古典詩歌研究彙刊

第十二輯

龔鵬程 主編

第 12 冊

宋代杜詩藝術批評研究

李 新 著

國家圖書館出版品預行編目資料

宋代杜詩藝術批評研究／李新 著 — 初版 — 新北市：花木蘭
文化出版社，2012〔民 101〕
序 4+ 目 2+282 面：17×24 公分
（古典詩歌研究彙刊 第十二輯；第 12 冊）
ISBN 978-986-254-908-7（精裝）
1.（唐）杜甫 2. 唐詩 3. 詩評 4. 宋代
820.91 101014410

ISBN-978-986-254-908-7

9 789862 549087

古典詩歌研究彙刊
第十二輯 第十二冊 ISBN：978-986-254-908-7

宋代杜詩藝術批評研究

作　　者	李 新
主　　編	龔鵬程
總 編 輯	杜潔祥
出　　版	花木蘭文化出版社
發 行 所	花木蘭文化出版社
發 行 人	高小娟
聯絡地址	新北市永和區中正路五九五號七樓
	電話：02-2923-1455／傳眞：02-2923-1452
網　　址	http://www.huamulan.tw 信箱 sut81518@gmail.com
印　　刷	普羅文化出版廣告事業
初　　版	2012 年 9 月
定　　價	第十二輯 24 冊（精裝）新台幣 33,600 元

宋代杜詩藝術批評研究

李 新 著

作者簡介

李新（1980～），男，文學博士，民革黨員，現為保定學院中文系講師、中華辭賦家聯合會理事，中國蘇軾研究學會、河北省作家協會、河北省楹聯學會會員、定州蘇軾文化研究會特約研究員。2002 年畢業於華北電力大學，獲管理學學士學位，2005 年，畢業於河北大學，獲文學碩士學位，2008 年，畢業於河北大學，獲文學博士學位。發表學術論文 50 餘篇，曾獲河北大學「優秀研究生獎學金」博士一等獎、保定學院首批「中青年骨幹教師」、第一屆、第二屆「十大青年科研標兵」榮譽稱號。

提　　要

　　兩宋時期，是杜詩學史上第一個研杜高潮期，有關杜甫與杜詩的「詩聖」說、「集大成」說，逐步確立並得以推廣，有宋一代文壇上，「千家注杜」、人人宗杜，蔚然成風。在宋人的詩話、筆記、論詩詩文及杜詩注本等眾多著作之中，對於杜詩的體裁、風格以及各種藝術表現手法，都有許多富有價值的藝術批評。

　　宋人對杜詩體裁運用之批評，充分肯定了其體格無所不備、諸體兼擅的詩體運用才能，對杜詩謀篇、構句，以及煉字、對仗、用典之法，從諸多方面加以藝術總結。宋人對於杜詩風格，從其深沈、渾厚之藝術境界，與抑揚、逆折之藝術表現兩方面，分別對杜詩的「沈鬱」、「頓挫」兩大特徵給以了總結，並關注到其多樣化的風格呈現。宋人對杜詩的藝術淵源，上起《風》、《騷》，下及唐代諸賢，充分驗證了其「轉益多師是汝師」的詩學繼承精神，並將杜詩奉為詩學楷模。不僅從倫理道德之「聖賢」層面，將杜甫作為理想人格的化身加以推崇，也從藝術表現層面，對於杜詩的藝術成就倍加讚賞，諸如「詩人之冠」、「第一才」、「超今冠古」之讚譽層出不窮，這兩方面的評述，共同構成了「詩聖」說的理論基礎與內涵，至南宋楊萬里，明確尊杜甫為「聖於詩者」，代表了宋人對於杜詩藝術成就的最高定評。

序　言

　　2012 年，在「詩聖」杜甫誕辰 1300 週年到來之際，筆者的博士學位論文書稿《宋代杜詩藝術批評研究》，蒙臺灣花木蘭文化出版社列入「古典詩歌研究彙刊」出版計劃，即將付梓，堪爲一大幸事！

　　唐代大詩人杜甫，通過現實主義的創作手法，深刻反映了「安史之亂」前後，大唐社會由盛轉衰的歷史史實，其作品被後世譽爲「詩史」；並在藝術表現上，「轉益多師是汝師」（《戲爲六絕句》其六）、承前啓後，對於前代詩歌經典、名家名作，上起《風》、《騷》、漢樂府，中有魏晉六朝，下及初、盛唐諸賢，皆加以學習承繼，被譽爲「集大成」，並作爲詩學楷模爲後輩所效法，「子美集開詩世界」（王禹偁《日長簡仲咸》），「詩家以少陵爲祖」（劉克莊《跋何秀才詩禪方丈》），「天下以杜甫爲師」（葉適《徐斯遠文集序》），下啓後世文壇詩學諸多法門。故以其獨樹一幟的詩壇成就，和仁義篤誠之人格魅力，最終獲得「詩聖」之桂冠，並在上個世紀的中葉（1962 年），被世界和平理事會認定爲中國古代四大「世界文化名人」（屈原、杜甫、關漢卿、曹雪芹）之一。杜詩學，也成爲了中國古代文學研究五大「顯學」（《詩經》學、「選學」即《文選》研究、「龍」學即《文心雕龍》研究、杜詩學、「紅」學即《紅樓夢》研究）之一。

　　在杜甫身後，特別是到了「北宋中葉以後，詩壇宗杜之風，盛況

空前，詩人幾乎無一不學杜甫。因此，整個宋代詩歌的發展，從某些方面來看，直可視爲一部杜詩影響史。」（許總《杜詩學發微》）兩宋時期，也成爲杜詩學史上第一個研杜高潮期，「千家註杜」、人人宗杜，在編輯杜詩、集註杜詩、杜詩編年、杜詩評點、詩話論杜等方面的著述層出不窮，取得了諸多理論成果，有關杜甫與杜詩的「詩聖」說、「詩史」說以及「集大成」說，逐步確立並得以發揚。因此，在2008 年筆者考取河北大學中國古代文學專業博士研究生之後，導師中國杜甫研究會副會長、文學院教授韓成武先生就爲我確定了「宋代杜詩藝術批評研究」這一學位論文課題，先從通讀華文軒先生的《古典文學研究資料彙編·杜甫卷（唐宋之部）》和吳文治先生的《宋詩話全編》（全十冊）等基本文獻資料入手，兼及《全宋詩》、《全宋文》、《全宋詞》、《全宋筆記》等等，從浩瀚的文獻中翻檢宋人對於杜詩藝術方面的批評，這一基礎工作持續了整整一年之久。

之後，又用近兩年時間撰寫文稿，終於在 2011 年初，完成了 20萬字的學位論文，業師韓先生爲我寫的《河北大學博士學位論文導師推薦書》如下：

> 關於宋人的杜詩藝術研究，雖有篇什見於書刊，但迄今缺少系統的全面的論述，原因主要是對文獻把握和學術視野的不足。李新的博士學位論文《宋代杜詩藝術批評研究》，彌補了前人研究之缺失，是一篇梳理細緻、結構完整的論文。

> 其長處有二：一是詳盡佔有文獻資料，對於兩宋時期有關杜詩藝術批評的詩話、筆記、論詩詩文、箚記、杜詩註本等，做出全面的搜集，逐篇逐段細緻閱讀，細緻體會其要義，做到不遺漏一條有價值的史料，不曲解前人的觀點。這爲其研究打下堅實的基礎。

> 其二是學術視野開闊，文章構架宏大，將宋人對杜詩的體裁藝術、章法句法及煉字藝術、對仗藝術、用典藝術、風格論述，以及杜詩的藝術淵源、宋代詩歌對杜詩藝術的

繼承等，做出全方位的展示，明晰而有深度地論述了宋人的杜詩藝術批評。文章具有較高的學術價值。文章思路清晰，理據充實，語言暢達。

　　　　同意李新參加博士學位論文答辯，並建議授予其博士學位。

在論文送外審後，中國社科院研究員、《文學遺產》主編陶文鵬先生、南開大學副校長、博士生導師陳洪先生、太原師範學院教授張瑞君先生、中國社科院研究員、《文學評論》主編張國星先生、南開大學文學院教授、博士導師盧盛江先生五位專家經過盲審，也一致認爲本論文的科研業務水平達到博士畢業要求，同意參加答辯。2011 年 6 月 4 日，河北大學文學院博士學位論文答辯現場，中國社科院劉躍進研究員、張國星研究員、國家圖書館詹福瑞館長、河南省社科院葛景春研究員親臨，北京語言大學韓經太教授擔任答辯委員會主席，對筆者的答辯很滿意，全票通過，決定授予筆者博士學位……

　　如今，拙作即將出版，敝帚自珍，聊以爲序，另撰《詩聖頌》一篇，以爲紀念——

　　大唐玄宗，先天元年，詩聖杜甫，降生中原。
　　人文故里，大河之南，地靈人傑，鞏縣瑤灣。
　　膳部員外，其祖審言，文章四友，家學淵源。
　　奉天縣令，其父杜閑，忠君愛民，奉儒守官。
　　望嶽泰山，初步詩壇，吳越齊趙，梁宋遍觀。
　　詩交李白，堪稱忘年，攜手同遊，論文求仙。
　　臨歧別後，求仕長安。十載困守，飽受苦寒。
　　兵車麗人，厥賦名篇。現實主義，頻見毫端。
　　獻賦朝聖，試藝集賢。致君堯舜，僅得微官。
　　改任參軍，鬱鬱寡歡。詠懷五百，歸省奉先。
　　不避風雪，行經驪山，朱門肉臭，榮枯難言！
　　安史叛亂，疾寇潼關，天子奔逃，移駕西南。
　　太子即位，國事惟艱。家中聞訊，一往無前。
　　遠赴靈武，形隻影單。遭遇胡兵，陷身長安。

苦吟春望，痛悼河山！逃奔鳳翔，授拾遺官。
疏救房琯，仗義執言。觸怒肅宗，面刺龍顏。
三司推問，不改從前。終遭貶謫，永訣長安。
三吏三別，新安潼關。華州任上，憤然棄官。
流離隴蜀，一歲四遷，秦州同谷，成都始安。
自築草堂，浣花溪邊。支離東北，漂泊西南。
秋風茅屋，憫人悲天。流離閬梓，頻望雪山，
憂國憂民，寢食難安。官軍掃北，力挽狂瀾。
嚴武鎮蜀，再添歡顏。檢校工部，企盼國安。
季鷹病卒，再駕行船。卜居夔州，奇水險山。
苦研詩藝，超越先賢。登高秋興，格律精嚴。
更出三峽，東下荊南。兩湖漂流，千險萬難。
岳陽登樓，戎馬關山。大曆五載，終賦遺篇。
所留詩作，其數逾千，沉鬱頓挫，筆勢如瀾，
諸體兼擅，難以追攀。享譽詩史，傳誦民間。
總集大成，詩中聖賢，千載之下，光耀文壇！

作　者
2012 年 2 月 18 日於古城保定

目次

引　言

　　兩宋王朝，由於統治者推行「崇文抑武」的基本國策，使宋代文人所享有的物質生活遠勝於前代，有充足的時間與精力用以治學；加之印刷術的革新，為宋人提供了讀書、藏書的便利；杜詩博大精深的思想內容、高超絕倫的藝術手法，特別是其出入經史、「學富五車」的特徵，使宋代文人對之產生了濃厚的興趣且推崇備至。同時，由於宋代政治上黨爭不斷，常常利用「文字獄」對文人進行打擊，致使詩人不敢寫深刻批判朝政的作品，把主要的心思轉移到詩歌藝術追求上來，而杜詩在藝術上又確實給後人提供了廣闊的引領和發展的空間。杜詩的有法可循，成了這個時代詩人的興奮點——如「少陵先生博極群書，馳騁今古……自唐迄今，餘五百年，為詩學之宗師，家傳而人誦之」（蔡夢弼《杜工部草堂詩箋跋》）〔註1〕，「子美集開詩世界」（王禹偁《日長簡仲咸》）〔註2〕，「詩家以少陵為祖」（劉克莊《跋何秀才詩禪方丈》）〔註3〕，「學詩者莫不以杜師」（趙蕃《石屏詩集序》）〔註4〕，

〔註1〕宋・佚名：《集千家注杜工部詩集》，臺灣商務印書館影印文淵閣四庫全書本，1983 年版。

〔註2〕傅璇琮等：《全宋詩》第二冊，北京：北京大學出版社，1991 年版，第 737 頁。

〔註3〕宋・劉克莊：《後村先生大全集》，四部叢刊本，卷九十九。

〔註4〕宋・戴復古著，金芝山校點：《戴復古詩集》，杭州：浙江古籍出版社，1992 年版，第 326 頁。

「天下以杜甫爲師」（葉適《徐斯遠文集序》）〔註5〕，「杜詩人皆能誦」（葉某《愛日齋叢鈔》）〔註6〕等等之論不絕；並且，「杜詩的意旨與此時的社會情境，杜甫的人格旨趣與文人士大夫的憂患情懷，杜詩的創作特徵與宋人對詩法的講究與推尚至爲合拍。」〔註7〕所以，「到了北宋中葉，尊杜成爲整個詩壇的共識」〔註8〕；「北宋中葉以後，詩壇宗杜之風，盛況空前，詩人幾乎無一不學杜甫。因此，整個宋代詩歌的發展，從某些方面來看，直可視爲一部杜詩影響史。」〔註9〕以上諸多因素，均爲兩宋時期成爲杜詩學史上第一個研杜高潮期奠定了基礎。

　　宋人治杜，在搜集與編輯杜詩、集注杜詩、杜詩編年、杜詩評點、詩話論杜等方面的著述層出不窮，取得了諸多理論成果，有關杜甫與杜詩的「詩聖」說、「詩史」說以及「集大成」說，逐步確立並得以發揚，有宋一代文壇上，「千家注杜」、人人宗杜，蔚然成風，如北宋蔡啓所云：「學詩者，非子美不道，雖武夫女子皆知尊異之，李太白而下殆莫與抗。」（《蔡寬夫詩話》）〔註10〕南宋陸游亦云：「唐詩人最盛，名家者以百數，惟杜詩注者數家」（《施司諫注東坡詩序》）〔註11〕；而且「宋人喜言杜詩」（《四庫全書總目·九家集注杜詩提要》）〔註12〕，

〔註5〕宋·葉適：《水心集》，臺灣商務印書館影印文淵閣四庫全書本，1983年版，卷十二。

〔註6〕宋·葉某：《愛日齋叢鈔》，臺灣商務印書館影印文淵閣四庫全書本，1983年版，卷四。

〔註7〕陳伯海：《唐詩學史稿》，石家莊：河北人民出版社，2004年版，第213頁。

〔註8〕袁行霈：《中國文學史》（第三卷），北京：高等教育出版社，2005年第2版，第78頁。

〔註9〕許總：《杜詩學發微》，南京：南京出版社，1989年版，第34頁。

〔註10〕宋·蔡啓：《蔡寬夫詩話》，《宋詩話輯佚》本，北京：中華書局，1980年版，第399頁。

〔註11〕宋·陸游：《陸游集·渭南文集》，北京：中華書局，1976年版，第2106頁。

〔註12〕清·永瑢等：《四庫全書總目》，北京：中華書局，1965年版，第1281頁。

對於杜詩藝術方面的批評，亦層出不窮，特別是對杜詩的藝術風格、體裁藝術、章句藝術、煉字藝術、對仗藝術、用典藝術、聲律藝術，乃至其藝術淵源、傳承接受及藝術成就等，均有精妙的評述和獨到的見解，開啓後世杜詩學研究之諸多法門，成爲中國古代文學批評的一大奇觀，加之宋代文壇對於杜詩詩學地位所給予的高度肯定，這些都在中國古代詩歌發展史與批評史上產生了重要意義和深遠影響。

關於本課題的研究現狀：

兩宋時期是中國古代詩歌發展史與批評史上高度自覺的時期，同時也是杜詩學史上第一個研杜高潮期。在宋代，杜甫以及杜詩在詩壇上影響深遠，擁有廣泛的受眾群體，並且成爲了宋代詩學以及文化上所推崇的典範。當前，學界對宋代杜詩學與杜詩接受的研究已出現了一些可觀的成果，專著如許總先生的《杜詩學發微》（南京出版社，1989 年版）、莫礪鋒先生的《杜甫評傳》（南京大學出版社，1993 年版）、蔡振念先生的《杜詩唐宋接受史》（五南圖書出版公司，2002 年版）、胡可先先生的《杜甫詩學引論》（安徽大學出版社，2003 年版）、鄔國平先生的《中國古代接受文學與理論》（黑龍江人民出版社，2005 年版）等總論性著作，分別列專章對杜詩在宋代的傳播和接受情況作了較爲宏觀和概括性的簡要闡述，但多從杜詩思想內容角度挖掘其文化學意義，未能從宋人對杜詩藝術批評的角度進行深入探索。

單篇研究論文方面，則有林繼中的《杜詩與宋人詩歌價值觀》（載《文學遺產》，1990 年 01 期）、楊勝寬的《南宋杜學片論》（載《杜甫研究學刊》，1995 年 03 期）和《唐宋人所體認的杜甫精神》（載《杜甫研究學刊》，2000 年 03 期）、劉文剛的《杜甫在宋代的魅力》（載《文史雜誌》，2003 年 01 期）、聶巧平的《宋代杜詩學論》（載《學術研究》，2000 年 09 期）等等，多從杜甫和杜詩在宋代的思想價值和精神影響力方面作論的文章，亦未能就宋人的杜詩藝術批評情況作專題研討。另有一些論文，偏重就宋代詩人對杜詩接受情況進行個案研究，如黃鎮林《語不驚人死不休——略論黃庭堅學杜》（載《杜甫

研究學刊》，2000 年第 4 期）、杭勇《論陳與義與江西詩派學杜之差異》（載《學術交流》，2009 年第 8 期）、黃桂鳳《「詩史」精神重放光輝──論宋末詩人對杜詩的接受》（載《孝感學院學報》，2005 年第 5 期）等等，但由於各自研究對象的侷限，對於宋人杜詩藝術批評的整體情況，則很少論及。

博士學位論文方面，2007 年華南師範大學王紅麗博士的論文《宋人唐詩觀研究》（導師：陳新璋，王國健），就宋人對杜詩從字句精準獨特、寫物工巧以及詩學經典等角度進行的評價情況有所論述。2005 年山東大學梁桂芳博士的論文《杜甫與宋代文化》（導師：張忠綱），則從文化學視角出發，偏重於闡釋杜甫對於宋代的文化史意義，其第四章「文學篇（上）──杜甫與宋代詩歌」，從杜甫與宋調的形成與變異、宋詩題材的拓展、宋詩的尊體與破體、宋詩的議論化理趣化、宋詩語言的創新發展之間關係諸方面，較為宏觀地論述了杜詩對於宋詩思想與藝術的影響，偏重於杜詩在宋代傳播、接受情況的研究。

碩士學位論文方面，2004 年暨南大學郭月蓮碩士的論文《老成：杜詩風格與宋代詩學的「視界融合」》（導師：劉紹瑾），從兩宋詩學理論及杜詩創作實際出發，探索了宋代詩學對於杜詩「老成」藝術特色的認同和繼承，2006 年暨南大學余思亮碩士的論文《宋代詩話中的杜甫批評》（導師：劉紹瑾），從宋代詩話特別是江西詩派詩學理論入手，著重從思想文化角度研究宋人崇杜現象，其第三章「宋代詩話論杜詩之語言風格與語言結構」，就宋人詩話中對於杜詩語言風格、煉字、句中眼、平仄對仗等方面的批評僅作了數千字的粗略論述，對於宋人的杜詩藝術批評關注尚不夠全面、缺乏深入系統的梳理，特別是對於宋詩話研究資料領域的最新成果──吳文治先生主編的《宋詩話全編》，未能夠加以利用。

本論文擬從整理和分析兩宋時期的詩話、筆記、選集、論詩詩文、箚記、杜詩注本等文獻入手，在對基本文學批評史料鈎沈的基礎上，進而在兩宋社會文化思潮的大背景觀照之下，結合宋代文壇的創作宗

尚，系統地梳理宋人對於杜詩藝術批評的面貌，並對宋人關於杜詩藝
術風格、藝術手法乃至藝術淵源、藝術成就等各角度的具體批評進行
深入地細化研究，將宋人批評與杜詩創作實際密切結合，力圖做到
宏、微觀闡釋和分析並重，貫通文、史、哲，還原宋代杜詩藝術批評
之全貌，並探尋其特徵和規律，揭示其在杜詩學發展史乃至中國文學
史上的價值和意義，預期填補宋代杜詩藝術批評專題研究領域的空
白。

第一章　宋人杜詩體裁藝術論

　　宋人對於杜詩體裁運用方面的批評，是基於其諸體兼備、古律均擅的特色而立論的，如北宋郭思《瑤溪集》云：「至老杜體格無所不備，斯周詩以來老杜所以爲獨步也。」〔註1〕至南宋，樓鑰《答杜仲高旃書》云：「工部之詩，眞有參造化之妙，別是一種肺肝，兼備眾體，間見層出，不可端倪。」〔註2〕蔡夢弼《杜工部草堂詩箋跋》贊曰：「少陵先生博極群書，馳騁今古……該具乎眾體。」〔註3〕林希逸《竹溪鬳齋十一槀續集》則云：「杜詩……至其思致之貌，體格之多，非惟一時人所不能及，而個人亦有未到焉者。」〔註4〕

　　南宋俞成《校正草堂詩箋跋》則通過列舉詩體名目，稱道杜詩體裁多樣：「子美之詩如化工，千形萬狀，體態不一，演而爲歌、爲行，發而爲歎、爲引、曰短述、曰口號，大而至於古風百韻，小而至於絕句五言，同出異名，初無定體。」〔註5〕還有，陳造《題韻類詩史》稱：「學詩，三百篇其祖也，次《楚辭》。……杜子美古律詩，實與之

〔註1〕宋・郭思：《瑤溪集》，《宋詩話輯佚》本，第532頁。
〔註2〕宋・樓鑰：《攻媿集》，臺灣商務印書館影印文淵閣四庫全書本，1983年版，卷六十六。
〔註3〕宋・佚名：《集千家注杜工部詩集》，臺灣商務印書館影印文淵閣四庫全書本，1983年版，序。
〔註4〕宋・林希逸：《竹溪鬳齋十一槀續集》，臺灣商務印書館影印文淵閣四庫全書本，1983年版，卷三十。
〔註5〕宋・黃鶴：《黃氏集千家注杜工部詩史補遺》，《古逸叢書》本，跋。

表裏。」〔註6〕陳鵠《耆舊續聞》稱：「老杜歌行並長韻律詩，切宜留意。」〔註7〕從學詩角度，肯定杜詩無論古、近體皆爲擅長，並奉之爲與《詩經》、《楚辭》並列的詩壇楷模。可見宋人對於杜詩體格完備、諸體皆長之推崇，並且，也分別就杜詩之古、近體作品給予了深入細緻的評析。

第一節　杜詩古體論

宋人對於杜詩中的古體詩作品是頗爲推重的，如南宋胡仲弓《次適安〈感古〉二首》其一云：「少陵合與古詩班」〔註8〕，認爲可與漢代的古詩相與匹敵；嚴羽《滄浪詩話》「詩評」篇則云：「太白《夢遊天姥吟》、《遠離別》等子美不能道；子美《北征》、《兵車行》、《垂老別》等太白不能作。論詩以李、杜爲準，挾天子以令諸侯也。」〔註9〕列舉杜甫數篇代表性的古體詩作，與李白古風相提並論，認爲二者均不可相互替代，各領風騷，並雄詩壇。楊萬里《誠齋詩話》云：「五言古詩，句雅淡而味深長者，……如少陵《羌村》、後山《送內》，皆是一唱三歎之聲。」〔註10〕稱美杜甫與宋代詩人陳師道之古詩作品，並具平淡悠遠情韻，得一唱三歎之妙。胡仔《苕溪漁隱叢話》後集卷六稱：「許彥周《詩話》云：『畫山水詩，少陵數首，無人可繼者……』苕溪漁隱曰：『少陵題畫山水數詩，其間古風二篇，尤爲超絕。』」〔註11〕

〔註6〕宋・陳造：《江湖長翁集》，臺灣商務印書館影印文淵閣四庫全書本，1983 年版，卷三十一。

〔註7〕宋・陳鵠：《耆舊續聞》，臺灣商務印書館影印文淵閣四庫全書本，1983 年版，卷二。

〔註8〕宋・胡仲弓：《葦航漫遊稿》，臺灣商務印書館影印文淵閣四庫全書本，1983 年版，卷四。

〔註9〕宋・嚴羽著，郭紹虞校釋：《滄浪詩話校釋》，北京：人民文學出版社，1983 年版，第 168 頁。

〔註10〕宋・楊萬里：《誠齋詩話》，《歷代詩話續編》本，第 142 頁。

〔註11〕宋・胡仔：《苕溪漁隱叢話》後集，北京：人民文學出版社，1962 年版，第 37 頁。

指出在杜甫那些「無人可繼」的題畫詩中，惟以《奉先劉少府新畫山水障歌》、《戲題王宰山水圖歌》二首古風，堪獲「超絕」之譽，足見其對杜詩古體作品的推崇。

宋末劉克莊則歷數杜甫多首古體名篇，加以贊評，如其《後村詩話》新集卷一云：

> 《前出塞》云：「君已富土境，開邊一何多？棄絕父母恩，吞聲行負戈。」又云：「生死向前去，不勞吏怒嗔。路逢相識人，附書與六親。哀哉兩決絕，不復同苦辛！」又言：「軍中異苦樂，主將寧盡聞？」又云：「殺人亦有限，列國自有疆。苟能制侵陵，豈在多殺傷？」又云：「驅馬天雨雪，軍行入高山。徑危抱寒石，指落曾冰間。已去漢月遠，何時築城還？」《後出塞》云：「千金買馬鞍，百金裝刀頭。」又云：「漁陽豪俠地，擊鼓吹笙竽。雲帆轉遼海，粳稻來東吳。越羅與楚練，照耀輿臺軀。主將位益崇，氣驕凌上都。邊人不敢議，議者死路衢。」又云：「中夜間道歸，故里但空村。惡名幸脫免，窮老無兒孫。」此十四篇，筆力與《文選》中《擬古》十九首並驅。〔註12〕

認為《前出塞九首》、《後出塞五首》可堪與有著「五言之冠冕」〔註13〕之稱的東漢文人詩《古詩十九首》並駕齊驅。其卷二云：「《與韋左丞》五言二篇，當以古風為勝。」〔註14〕這裡所論，乃是杜甫於天寶年間在長安寫給尚書左丞韋濟的兩首投贈詩——五排《贈韋左丞丈濟》和五古《奉贈韋左丞丈二十二韻》，顯然，劉克莊更加推重後者這首四十四句的五言長古，並稱：

> 《壯遊》詩押五十六韻，在五言古風中尤多悲壯語，如云：「往者十四五，出遊翰墨場。斯文崔魏徒，以我似班揚。」

〔註12〕宋·劉克莊：《後村詩話》，北京：中華書局，1983年版，第157～158頁。

〔註13〕梁·劉勰：《文心雕龍》，北京：中國友誼出版公司，1997年版，第36頁。

〔註14〕宋·劉克莊：《後村詩話》，北京：中華書局，1983年版，第173頁。

又云：「脫略小時輩，結交皆老蒼。」「東下姑蘇臺，已具
浮海航。到今有遺恨，不得窮扶桑。」又云：「上感九廟
焚，下憫萬民瘡。」「小臣議論絕，老病客殊方。」雖荊
卿之歌，雍門之琴，高漸離之築，音調節奏不如是之跌宕
豪放也。〔註15〕

認為以《壯遊》為代表的「跌宕豪放」的古體詩作，更能凸現杜詩「沈
鬱頓挫」的主體風格。

　　而且，宋人對於杜甫古體詩的批評，更多集中在他的「新題樂
府」、長篇古風、歌行體、古體絕句等諸般詩作上，以下分而述之。

一、「新題樂府」藝術

　　「新題樂府」，即杜甫所開創的，有別於以往沿用樂府舊題，而
自立新題以書寫時事的樂府體詩歌，其特徵是所謂「即事名篇，無復
依傍」；中唐詩人元稹首倡此論，其《樂府古題序》云：「近代唯詩人
杜甫《悲陳陶》、《哀江頭》、《兵車》、《麗人》等，凡所歌行，率皆即
事名篇，無復依傍。余少時與友人樂天、李公垂輩，謂是為當，遂不
復擬復古題。」〔註16〕其後宋人亦多沿襲此論，如北宋蔡啓《蔡寬夫
詩話》「樂府辭」條云：「齊、梁以來，文人喜為樂府辭，然沿襲之久，
往往失其命題本意……雖李白亦不免此。惟老杜《兵車行》、《悲青
阪》、《無家別》等數篇，皆因事自出己意，立題略不更蹈前人陳迹，
真豪傑也。」〔註17〕歷數齊、梁以來樂府詩創作，並與李白詩亦不免
「蹈前人陳迹」的做法相對比，高度稱賞杜甫「新題樂府」的開創之
功。根據杜詩的創作實際來看，杜甫樂府詩並非全部自擬新題，若樂
府舊題與其所要吟詠之事相合，則亦採用之，如《少年行》、前、後
《出塞》十四首等等，只有當樂府舊題不適合體現詩中所要表述的現
實情、事時，杜甫才「因事自出己意」，即事名篇；但畢竟他這種「新

〔註15〕宋‧劉克莊：《後村詩話》，北京：中華書局，1983年版，第171頁。
〔註16〕唐‧元稹：《元稹集》，上海：東方出版社，1996年版，第255頁。
〔註17〕宋‧蔡啓：《蔡寬夫詩話》，《宋詩話輯佚》本，第379頁。

題樂府」的首創之舉,「徹底結束了前人用舊題寫時事的文不對題的局面,為後來白居易等人倡導的新樂府運動奠定了基石,」〔註18〕功不可沒,亦不愧蔡氏之評。

至南宋,陳模《懷古錄》亦載:「蒼山曰:樂府自有聲調,所謂清調、側調、平調是也。李太白始信意用則說去,不問音調;杜工部則不作樂府而《悲陳陶》、《悲青阪》則隱然樂府風味。若不曉音調,不若以工部為法。」〔註19〕從樂府聲調音韻角度,與李白樂府「不問音調」、信意言說相對,肯定了杜甫「新題樂府」作品《悲陳陶》、《悲青阪》雖不刻意以求合樂,但終「隱然樂府風味」的詩體魅力。還有,趙與時《賓退錄》卷二記載:「劉中叟次莊《塵土黃》詩序謂:樂府自唐以來,杜甫則壯麗結約,如龍驤虎伏,容止有威。」〔註20〕回溯唐以還樂府詩發展歷程,從豪壯富麗的藝術風貌角度,給予了杜甫樂府體詩作極高的地位評價。

二、長篇古風藝術

在杜甫的古體詩中,宋人較為關注他那些十韻以上的長篇古風,因為五七言長古最能考較詩人的才力深厚與否,如南宋葉夢得《石林詩話》卷上云:「長篇最難,晉魏以前,詩無過十韻者。蓋常使人以意逆志,初不以序事傾盡為工。至老杜《述懷》、《北征》諸篇,窮極筆力,如太史公紀、傳,此固古今絕唱。」〔註21〕與魏晉之前古風「無過十韻者」相較,凸現杜甫長韻古風名篇的魅力;晁公遡《謝王甲獻詩啟》亦稱:「慕《北征》製作之大。」〔註22〕劉辰翁《跋白廷玉詩》云:「杜子美大篇,江河轉怪不測,雖太白、退之天才罕及。……若

〔註18〕韓成武:《詩聖:憂患世界中的杜甫》,保定:河北大學出版社,2004年版,第294頁。

〔註19〕宋・陳模:《懷古錄》,明抄《說集》本,卷中。

〔註20〕宋・趙與時:《賓退錄》,上海:上海古籍出版社,1983年版,第21頁。

〔註21〕宋・葉夢得:《石林詩話》,《歷代詩話》本,第411頁。

〔註22〕宋・晁公遡:《嵩山集》,臺灣商務印書館影印文淵閣四庫全書本,1983年版,卷二十四。

七言宕麗，或更入古野，而不爲俚，亦惟作者自知，雖大家數不能評也。」〔註23〕則認爲若唐詩名家李白、韓愈之天才製作，尚不能及杜甫之長篇古風。楊萬里《誠齋詩話》亦云：「七言長韻古詩，如杜少陵《丹青引曹將軍畫馬》、《奉先縣劉少府山水障歌》等篇，皆雄偉宏放，不可捕捉。學詩者於李杜蘇黃詩中，求此等類，誦讀沈酣，深得其意味，則落筆自絕矣。」〔註24〕從學詩者的角度，審視和品味杜甫七言長古的雄放之氣，作爲詩學的榜樣。

此外，胡仔《苕溪漁隱叢話》前集卷十一載：「《少陵詩總目》云：《八哀詩》維古風中最爲大筆，崔德符嘗論斯文可以表裏雅頌，中古作者莫及也。」〔註25〕高度稱讚杜甫的長篇五言古體組詩，直追《詩》三百篇，雖魏晉六朝中古詩人亦不能及。蔡夢弼《杜工部草堂詩話》卷一亦載：「崔德符曰：『少陵……兩紀行詩，《發秦州》至《鳳凰臺》，《發同谷縣》至《成都府》二十四首，皆以經行爲先後，無復差舛。昔韓子蒼嘗論此詩筆力變化當與太史公諸贊並駕，學者宜常諷誦之。』」〔註26〕讚賞杜甫乾元二年（759 年）兩組長篇五言古體紀行詩，強調其隨物賦形、隨行紀事的「筆力變化」之妙，一如朱熹所云：「杜詩……自秦州入蜀諸詩，分明如畫」〔註27〕，對其長篇古體組詩亦給以獨到的關注，並與前述葉石林一樣，將杜詩長古與司馬遷撰《史記》之筆力相提並論，可謂慧眼所見略同。正是由於長篇古風韻長難作、非高才不足以駕馭的文體特性，才使得「以文字爲詩，以才學爲詩」（《滄浪詩話・詩辨》）〔註28〕的宋代文人對杜甫優秀的長篇古體

〔註23〕 宋・劉辰翁：《須溪集》，臺灣商務印書館影印文淵閣四庫全書本，1983 年版，卷六。

〔註24〕 宋・楊萬里：《誠齋詩話》，《歷代詩話續編》本，第 139 頁。

〔註25〕 宋・胡仔：《苕溪漁隱叢話》前集，北京：人民文學出版社，1962 年版，第 70 頁。

〔註26〕 宋・蔡夢弼：《杜工部草堂詩話》，《歷代詩話續編》本，第 202 頁。

〔註27〕 宋・黎靖德：《朱子語類》，北京：中華書局，1994 年版，第 3326 頁。

〔註28〕 宋・嚴羽著，郭紹虞校釋：《滄浪詩話校釋》，北京：人民文學出版社，1983 年版，第 26 頁。

詩作品備加讚賞，這也是文壇之時代風氣使然。

　　但同時也有對於杜甫長篇古風特別是其組詩《八哀詩》之累句冗長的批評語，如葉夢得《石林詩話》卷上云：「《八哀》八篇，本非集中高作，而世多尊稱之不敢議，此乃揣骨聽聲耳。其病蓋傷於多也。如李邕、蘇源明詩中極多累句，余嘗痛刊去，僅各取其半，方爲盡善。然此語不可爲不知者言也。」〔註 29〕劉克莊《後村詩話》亦持此論，其後集卷二云：

> 杜《八哀詩》，崔德符謂可以表裏《雅》、《頌》，中古作者莫及。韓子蒼謂其筆力變化，當與太史公諸贊方駕。惟葉石林謂長篇最難，晉魏以前，無過十韻，常使人以意逆志，初不以序事傾盡爲工。此八篇本非集中高作，而世多尊稱，不敢議其病，蓋傷於多。如李邕、蘇源明篇中多累句，刮去其半，方盡善。余謂崔、韓比此詩於太史公紀傳，固不易之語；至於石林之評累句之病，爲長篇者不可不知。

其新集卷一云：

> 《八哀詩》如張曲江云：「仙鶴下人間，獨立霜毛整。」「上君白玉堂，倚君金華省。」如李北海云：「古人不可見，前輩復誰繼。」又云：「碑板照四裔。」又云：「豐屋珊瑚鈎，麒麟織成罽。紫騮隨劍幾，義取無虛歲。」又云：「獨步四十年，風聽九皋唳。」子美惟此二公尤尊敬。如李臨淮云：「平生白羽扇，零落蛟龍匣。」極悲壯。又云：「青蠅紛營營，風雨秋一葉。內省未入朝，死淚終映睫。」其形容臨淮憂讒畏譏，不敢入朝之意，說得出。餘人如鄭虔之類，非無可說，但每篇多蕪詞累句，或爲韻所拘，……不如《飲中八仙》之警策。蓋《八仙》篇，每人只三二句，《八哀詩》或累押二三十韻，以此知繁不如簡，大手筆亦然。〔註 30〕

列舉《八哀詩》中的蕪詞累句，並與《飲中八仙歌》之警策句相對比，

〔註 29〕宋・葉夢得：《石林詩話》，《歷代詩話》本，第 411 頁。

〔註 30〕宋・劉克莊：《後村詩話》，北京：中華書局，1983 年版，第 59 頁、第 155 頁。

指出其「或爲韻所拘」、「大手筆亦然」的長篇古風體制之原因，欲佐證葉石林之評。然而，《八哀詩》實爲詩中之紀傳體，分別爲八人立傳，記敍傳主生平，不得從略，《飲中八仙歌》非紀傳體詩，兩者本不可相比。所謂「蕪詞累句」，不免有苛責失察之嫌。

三、歌行體藝術

　　所謂歌行體，乃是「七言古詩與駢賦相互滲透和融合而產生的一種詩體」〔註31〕，以七言爲主，間以雜言，其體流動通脫，長於氣勢；宋人對此亦有評述，如南宋項安世《項氏家說》「詩賦」條所稱：「李杜之歌行，……序事叢蔚，寫物雄麗，小者十餘韻，大者百餘韻，皆用賦體作詩，此亦漢人之所未有也。」〔註32〕南宋吳曾《能改齋漫錄》「歌行吟謠」條則稱：「蔡元長嘗謂之曰：『汝知歌、行、吟、謠之別乎？近人昧此，作歌而爲行，製謠而爲曲者多矣。且雖有名章秀句，苦不得體。如人眉目娟好而顚倒位置，可乎？』余退讀少陵諸作，默有所契，惟心語口，未嘗爲人道也。」〔註33〕其中雖未明言，但暗示出杜甫歌行體詩較宋時人，更合乎該文體的特徵與要求，南宋王正德《餘師錄》亦云：「老杜歌行最見次第出入本末」〔註34〕，可相參證。

　　宋人對於杜甫歌行體詩具體作品的批評，主要集中在他於乾元二年（759年）十一月寓居同穀縣所作的《乾元中寓居同穀縣作歌七首》七言歌行體組詩上，如南宋王炎《七歌並序》稱：「杜工部有同穀七歌，其辭高古難及，而音節悲壯……」〔註35〕朱熹《跋杜工部同穀七

〔註31〕袁行霈：《中國文學史》（第二卷），北京：高等教育出版社，2005年第2版，第186頁。

〔註32〕宋・項安世：《項氏家說》，臺灣商務印書館影印文淵閣四庫全書本，1983年版，卷八。

〔註33〕宋・吳曾：《能改齋漫錄》，臺灣商務印書館影印文淵閣四庫全書本，1983年版，卷十。

〔註34〕宋・王正德：《餘師錄》，臺灣商務印書館影印文淵閣四庫全書本，1983年版，卷三。

〔註35〕宋・王炎：《雙溪類藁》，臺灣商務印書館影印文淵閣四庫全書本，1983年版，卷九。

歌》亦云：「杜陵此歌，豪宕奇絕，詩流少及之者。」〔註36〕均從詩
體審美及流變角度，給予了極高的地位評價。可見，正如南宋何汶《竹
莊詩話》卷一所載：「杜老歌行……後人莫及。」〔註37〕則能體現出
宋人對於杜甫歌行體詩批評的代表性意見。

四、古體絕句藝術

宋人對杜詩中大量存在的古體絕句作品也多有評述，如何汶
《竹莊詩話》卷六稱：「古詩有醇醲之氣，《江畔獨步尋花七絕句》。」
〔註38〕這裡所引乃上元二年（761年）杜甫寓居成都時期，所作之
七首絕句組詩：

> 其一　江上被花惱不徹，無處告訴只顛狂。走覓南鄰愛酒
> 　　　伴，經旬出飲獨空牀。
> 其二　稠花亂蕊裹江濱，行步敧危實怕春。詩酒尚堪驅使
> 　　　在，未須料理白頭人。
> 其三　江深竹靜兩三家，多事紅花映白花。報答春光知有
> 　　　處，應須美酒送生涯。
> 其四　東望少城花滿煙，百花高樓更可憐。誰能載酒開金
> 　　　盞，喚取佳人舞繡筵。
> 其五　黃師塔前江水東，春光懶困倚微風。桃花一簇開無
> 　　　主，可愛深紅愛淺紅？
> 其六　黃四娘家花滿蹊，千朵萬朵壓枝低。留連戲蝶時時
> 　　　舞，自在嬌鶯恰恰啼。
> 其七　不是愛花即欲死，只恐花盡老相催。繁枝容易紛紛
> 　　　落，嫩蕊商量細細開。

因此組作品乃是不大講求近體詩「黏對」聲律規則要求、富於古風意
味的絕句，故徑直稱之為「古詩」。其中大量詩句為非律句，且存在
失對、失黏現象，如組詩中其一、其六平仄聲調為：

〔註36〕宋・朱熹：《晦庵先生朱文公文集》，四部叢刊本，卷八十四。
〔註37〕宋・何汶：《竹莊詩話》，北京：中華書局，1984年版，第11頁。
〔註38〕宋・何汶：《竹莊詩話》，北京：中華書局，1984年版，第131頁。

> 其一　平仄仄平仄仄仄，平仄仄仄仄平平。仄仄平平仄仄
> 　　　仄，平平仄仄仄平平。
> 其六　平仄平平平仄平，平仄仄仄平平平。平平仄仄平平平
> 　　　仄，仄仄平平仄仄平。

其六第二句更是不避「三平調」，顯見當為古體。在杜甫集中類似的古絕組詩作品，還有如《絕句漫興九首》、《夔州歌十絕句》等。胡仔《苕溪漁隱叢話》前集卷四十七亦稱：「苕溪漁隱曰：『古詩不拘聲律，自唐至今詩人皆然，初不待破棄聲律。詩破棄聲律，老杜自有此體，如《絕句漫興》、《黃河》、《江畔獨步尋花》、《夔州歌》、《春水生》，皆不拘聲律，渾然成章，新奇可愛……』」﹝註39﹞更指出其體不拘於聲律所限，語言清新，渾然一體的藝術特色。

　　南宋吳曾《能改齋漫錄》「口號」條亦載：「郭思《詩話》以口號之始，引杜甫《歡喜口號絕句》十二首云：『觀其辭語，殆似今通俗凱歌，軍人所道之辭。』余按梁簡文帝已有《和衛尉新渝侯巡城口號》，不始於杜甫也。」﹝註40﹞所引乃杜甫於大曆二年（767年）所作的《承聞河北諸節度入朝歡喜口號絕句十二首》：

> 其一　祿山作逆降天誅，更有思明亦已無。洶洶人寰猶不
> 　　　定，時時戰鬥欲何須。
> 其二　社稷蒼生計必安，蠻夷雜種錯相干。周宣漢武今王
> 　　　是，孝子忠臣後代看。
> 其三　喧喧道路好童謠，河北將軍盡入朝。自是乾坤王室
> 　　　正，卻教江漢客魂銷。
> 其四　不道諸公無表來，茫茫庶事遣人猜。擁兵相學干戈
> 　　　銳，使者徒勞萬里迴。
> 其五　鳴玉鏘金盡正臣，修文偃武不無人。興王會靜妖氛
> 　　　氣，聖壽宜過一萬春。

﹝註39﹞ 宋・胡仔：《苕溪漁隱叢話》前集，北京：人民文學出版社，1962年版，第319頁。
﹝註40﹞ 宋・吳曾：《能改齋漫錄》，臺灣商務印書館影印文淵閣四庫全書本，1983年版，卷二。

其六　英雄見事若通神，聖哲爲心小一身。燕趙休矜出佳
　　　麗，宮闈不擬選才人。

其七　抱病江天白首郎，空山樓閣暮春光。衣冠是日朝天
　　　子，草奏何時入帝鄉。

其八　澶漫山東一百州，削成如桉抱青丘。苞茅重入歸關
　　　內，王祭還供盡海頭。

其九　東逾遼水北滹沱，星象風雲喜共和。紫氣關臨天地
　　　闊，黃金臺貯俊賢多。

其十　漁陽突騎邯鄲兒，酒酣並轡金鞭垂。意氣即歸雙闕
　　　舞，雄豪復遣五陵知。

其十一　李相將軍擁薊門，白頭惟有赤心存。竟能盡說諸侯
　　　入，知有從來天子尊。

其十二　十二年來多戰場，天威已息陣堂堂。神靈漢代中興
　　　主，功業汾陽異姓王。

詩人因聞河北諸道節度使歸降，入朝覲見天子，安史叛亂已息，國家
承平在望，遂歡欣鼓舞，不假聲律而「口占」、「口號」，隨口吟出類
似於「通俗凱歌」的古體絕句，如組詩中其一、其十平仄聲調爲：

其一　仄平仄仄仄平平，仄仄平平仄仄平。平平平平平仄
　　　仄，平平仄仄仄平平。

其十　平平平仄平平平，仄仄平平仄仄平。仄仄仄平平平
　　　仄，平平仄仄仄平平。

二詩二、三句皆「失黏」，其十第二句亦不避「三平調」，乃爲古體。
吳氏所論「通俗」，正符合「口號」之體的創作特徵，且對其體加以
溯源。杜甫集中類似的作品，還有如《喜聞盜賊總退口號五首》等。

　　此外，宋人還對杜甫其他一些特殊的古體詩類型加以評價，如關
於杜甫《曲江三章章五句》的批評，其詩作於困守長安時期的天寶十
一載（752年），共三章，每首五句，爲詩人自創，如下：

其一　曲江蕭條秋氣高，菱荷枯折隨風濤，游子空嗟垂二
　　　毛。白石素沙亦相蕩，哀鴻獨叫求其曹。

其二　即事非今亦非古，長歌激越梢林莽，比屋豪華固難

數。吾人甘作心似灰，弟侄何傷淚如雨。

其三　自斷此生休問天，杜曲幸有桑麻田，故將移住南山邊。短衣匹馬隨李廣，看射猛虎終殘年。

北宋詩僧惠洪《石門洪覺範天廚禁臠》「子美五句法」條載：「此格即事遣興可作。如題物、贈送之類，皆不可用。」〔註 41〕從功用角度，道出了這一詩格的創作動因。三首每句皆七言，既不符合聯內關鍵字位平仄相對、鄰聯之間平仄相黏的近體詩格律規則，又不同於一般的古風或歌行體作品，故南宋張表臣《珊瑚鈎詩話》卷三曰：「曲江三章云：『即事非今亦非古。』余曰：在今古間。」〔註 42〕確有一定的道理；但從該詩絕大多數句子均不合乎近體詩平仄聲律要求，只有「游子空嗟垂二毛」（平仄平平平仄平）、「即事非今亦非古」（平仄平平仄平仄）、「比屋豪華固難數」（仄仄平平仄平仄）、「自斷此生休問天」（仄仄仄平平仄平）四句爲律句變格，僅占全部三章十五句的 26.7% 來看，應更接近於一種特殊的七言古體詩；而「在今古間」之論，從中亦能反映出其對杜甫的詩體創新意識的肯定。

第二節　杜詩近體論

近體詩自初唐時期諸般體制定型之後，經過盛、中、晚唐的發展，產生了許多近體詩名家與名作，成爲宋代文人學習和效法的對象，在眾多的唐代詩人中，杜甫的近體詩無疑是出類拔萃的——據蕭滌非先生《杜甫研究》一書中的統計，杜甫詩現存 1458 首，其中五言律詩 631 首，七言律詩 151 首，五言排律 123 首，七言排律 8 首，五言絕句 31 首，七言絕句 107 首。他的近體詩五言律詩、七言律詩、排律與五、七言絕句共計 1037 首，〔註 43〕占其詩歌總量的 71%之多；而且，「杜甫的主要成就是他完善並完成了自齊、梁、初唐以來的近體詩的創作

〔註 41〕宋・釋惠洪：《石門洪覺範天廚禁臠》，上海：古典文學出版社，1958 年版，卷下。

〔註 42〕宋・張表臣：《珊瑚鈎詩話》，《歷代詩話》本，第 469 頁。

〔註 43〕蕭滌非：《杜甫研究》，濟南：齊魯書社，1980 年版，第 138 頁。

範式，特別是對七律的完善與定型，起了關鍵作用，對新體是個開創。」〔註44〕可見，宋人選取杜詩作爲近體詩學習和效法的楷模，誠可謂青眼有加；正如南宋吳沆《環溪詩話》所云：「前輩作詩皆有法，近體當法杜，長句當法韓與李。」〔註45〕並且，宋人還就杜甫的絕句、律詩、排律等各類近體詩作，分別給以了紛繁多樣的藝術批評。

一、近體絕句藝術

宋人對於杜詩的近體絕句，感受了其獨特的藝術個性，如嚴羽《滄浪詩話》「詩評」篇指出：「五言絕句眾唐人是一樣，少陵是一樣，韓退之是一樣，王荊公是一樣，本朝諸公是一樣。」〔註46〕葉適《習學記言》亦云：「七言絕句，凡唐人所謂工者，今人皆不能到，惟杜甫功力氣勢掩奪，則不復在其繩墨中。」〔註47〕

具而言之者，如黃徹《䂬溪詩話》卷四云：「杜詩四韻並絕句，味之皆覺字多，以字字不閒故也。他人雖長篇，若無可讀。正如賢人君子，並處朝廷，但得一二相助，已號得人；若不能爲有無者，縱累千百輩，蔑如也。」〔註48〕從用字角度指出了杜甫絕句亦如四韻律詩一樣，具有筆不虛泛、「字字不閒」的特長。曾季貍《艇齋詩話》云：「韓子蒼云：老杜『兩個黃鸝鳴翠柳，一行白鷺上青天』，古人用顏色事亦須匹配得相當方用，翠上方見得黃，青上方見得白。此說有理。」〔註49〕則從造境著色角度，揭示了老杜絕句清新自然的藝術特色，一如王維詩一般「詩中有畫」。嚴羽《滄浪詩話》「考證」篇云：「杜詩

〔註44〕葛景春：《李杜之變與唐代文化轉型・前言》，鄭州：大象出版社，2009 年版，第 9 頁。

〔註45〕宋・吳沆：《環溪詩話》，臺灣商務印書館影印文淵閣四庫全書本，1983 年版，卷二。

〔註46〕宋・嚴羽著，郭紹虞校釋：《滄浪詩話校釋》，北京：人民文學出版社，1983 年版，第 141 頁。

〔註47〕宋・葉適：《習學記言》，臺灣商務印書館影印文淵閣四庫全書本，1983 年版，卷四十七。

〔註48〕宋・黃徹：《䂬溪詩話》，北京：人民文學出版社，1986 年版，第 52 頁。

〔註49〕宋・曾季貍：《艇齋詩話》，《歷代詩話續編》本，第 303 頁。

『五雲高太甲，六月曠搏扶』，太甲之義殆不可曉，得非高太乙耶？乙爲甲蓋亦相近，以星對風亦從其類也。至於『杳杳東山攜漢妓』亦無義理，疑是『攜妓去』，蓋子美每於絕句喜對偶耳，臆度如此更俟宏識。」〔註50〕雖談文字考證，但也總結出了杜詩「每於絕句喜對偶」的創作特色。宋人這些對於杜詩絕句特色的藝術總結，皆從其創作實際出發，富於規律性。

另外，宋人並且針對杜甫近體絕句創作的不足，提出了異議，如南宋陳模《懷古錄》云：「李杜雖爲唐詩之宗師，好絕句直是少。然唐絕句多，好者亦不過二三人而已。」〔註51〕另如南宋洪邁《容齋五筆》卷十「絕句詩不貫穿」條云：

> 永嘉士人薛韶喜論詩，嘗立一說云：老杜近體律詩，精深妥帖，雖多至百韻，亦首尾相應，如常山之蛇，無間斷齦齬處。而絕句乃或不然，五言如「遲日江山麗，春風花草香。泥融飛燕子，沙暖睡鴛鴦」，「急雨捎溪足，斜暉轉樹腰。隔巢黃鳥並，翻藻白魚跳」，「江動月移石，溪虛雲傍花。鳥棲知故道，帆過宿誰家」，「鑿井交棕葉，開渠斷竹根。扁舟輕嫋纜，小徑曲通村」，「日出籬東水，雲生舍北泥。竹高鳴翡翠，沙僻舞鶺鴒」，「釣艇收緡盡，昏鴉接翅稀。月生初學扇，雲細不成衣」。「舍下筍穿壁，庭中藤刺簷。地晴絲冉冉，江白草纖纖」，七言如「慘徑楊花鋪白氈，點溪荷葉疊青錢。筍根雉子無人見，沙上鳧雛傍母眠」；「兩個黃鸝鳴翠柳，一行白鷺上青天。窗含西嶺千秋雪，門泊東吳萬里船」之類是也。〔註52〕

則通過列舉大量的杜甫五、七言近體絕句爲例，以證明薛氏所謂老杜「絕句詩不貫穿」之論，但從文體特徵的角度來看，絕句篇幅短小，只四句，固不及四韻八句之近體律詩，有起、承、轉、合與首尾相應

〔註50〕宋・嚴羽著，郭紹虞校釋：《滄浪詩話校釋》，北京：人民文學出版社，1983年版，第241～242頁。

〔註51〕宋・陳模：《懷古錄》，明抄《說集》本，卷上。

〔註52〕宋・洪邁：《容齋隨筆》，上海：上海古籍出版社，1978年版，第920頁。

的章法表現空間，薛氏以此立論，未免有求全責備之嫌。

　　相較之下，南宋吳可《藏海詩話》之論，則較爲公允：「有大才，作小詩輒不工，退之是也。子蒼然之。劉禹錫柳子厚小詩極妙，子美不甚留意絕句。子蒼亦然之。子蒼云：『絕句如小家事，句中著大家事不得』。」〔註53〕正如魏文帝曹丕《典論‧論文》中所言：「文非一體，鮮能備善」，〔註54〕創作主體的才具不同，其所適合併擅長的文體亦各有不同，就具體的創作實踐而言，顯然，與律詩、排律、樂府、歌行等適於展示縱橫才氣與華麗藻飾的體裁相比，篇幅短小、單一的絕句並非杜甫所長；吳氏所論，揭示出了詩文創作的一般規律，較爲客觀。

二、律詩藝術

　　在杜甫的近體詩中，律詩不僅數量眾多，而且佳作雲集，據葛景春先生《李杜之變與唐代文化轉型》一書中的統計，「杜甫律詩的數量占其詩總量 1458 首的 62.14%。就是說，杜甫的詩大多數是律詩。他的律詩的數量，差不多是盛唐詩人律詩數量的總和」，「杜甫律詩的質量，不僅是唐人第一，也是古今第一」。〔註55〕在宋人的詩學批評視野中，杜甫的律詩在唐詩諸家中，亦具有著獨樹一幟的榜樣地位，如南宋葉適《習學記言》云：「五七言律詩……極於唐人，而古詩廢矣。杜甫強作近體，以功力氣勢，掩奪眾作。」〔註56〕張戒《歲寒堂詩話》卷上則云：「世以王摩詰律詩配子美，古詩配太白，蓋摩詰古詩能道人心中事而不露筋骨，律詩至佳麗而老成。」〔註57〕雖稱美王維律詩，仍以杜甫律詩作爲標杆，可見「至佳麗而老成」，亦爲其對

〔註53〕宋‧吳可：《藏海詩話》，《歷代詩話續編》本，第 337 頁。

〔註54〕郭紹虞：《中國歷代文論選》（第一冊），上海：上海古籍出版社，1979年版，第 158 頁。

〔註55〕葛景春：《李杜之變與唐代文化轉型》，鄭州：大象出版社，2009 年版，第 82〜83 頁。

〔註56〕宋‧葉適：《習學記言》，臺灣商務印書館影印文淵閣四庫全書本，1983 年版，卷四十七。

〔註57〕宋‧張戒：《歲寒堂詩話》，《歷代詩話續編》本，第 460 頁。

杜律之贊評。

　　就杜甫律詩具體篇目而言，蘇軾《評七言麗句》云：「七言之偉麗者，杜子美云：『旌旗日暖龍蛇動，宮殿風微燕雀高』、『五更鼓角聲悲壯，三峽星河影動搖』爾後寂寥無聞焉。」〔註58〕楊萬里《誠齋詩話》則云：「七言襃頌功德，如少陵賈至諸人倡和《早朝大明宮》，乃爲典雅重大。」〔註59〕宋末劉克莊《後村詩話》新集卷二稱：「《謁玄元廟》、《次昭陵》二詩，巨麗駿壯，爲千古五言律詩典則。」〔註60〕可見，在宋人眼中，無論五、七言律詩，杜律名作在近體格律詩發展史上均有著甚至於空前絕後的地位。

　　從律詩作法角度評價杜律者亦頗多，如北宋沈括在《夢溪筆談》中稱：「詩又有正格、偏格，類例極多。故有三十四格、十九圖，四聲、八病之類。……唐名賢輩詩，多用正格，如杜甫律詩，用偏格者十無一二。」〔註61〕從律詩聲律體制正格、變格角度，肯定以杜律爲代表的「唐名賢輩詩」，多採用正格。南宋嚴羽《滄浪詩話》論「詩體」則云：「有律詩徹首尾對者（少陵多此體，不可概舉），有律詩徹首尾不對者。」〔註62〕則從律詩對仗角度，指出杜甫律詩中多有四聯八句首尾皆對之變體，律詩一般多以頷聯、頸聯對仗爲正體，然杜律此體在其集中殊多，可稱獨步（詳見本書第五章）。

　　南宋楊萬里《誠齋詩話》則云：

　　　唐律七言八句，一篇之中，句句皆奇，一句之中，字字皆奇，古今作者皆難之。……如老杜《九日》詩云：「老去悲秋強自寬，興來今日盡君歡。」不徒入句便字字對屬。

〔註58〕宋・蘇軾著，孔凡禮點校：《蘇軾文集》，北京：中華書局，1986 年版，第 2143 頁。

〔註59〕宋・楊萬里：《誠齋詩話》，《歷代詩話續編》本，第 138 頁。

〔註60〕宋・劉克莊：《後村詩話》，北京：中華書局，1983 年版，第 173 頁。

〔註61〕宋・沈括：《夢溪筆談》，臺灣商務印書館影印文淵閣四庫全書本，1983 年版，卷十五。

〔註62〕宋・嚴羽著，郭紹虞校釋：《滄浪詩話校釋》，北京：人民文學出版社，1983 年版，第 73 頁。

又第一句頃刻變化，才說悲秋，忽又自寬，以「自」對「君」甚切，君者君也，自者我也。「羞將短髮還吹帽，笑倩旁人爲正冠。」將一事翻騰作一聯，又孟嘉以落帽爲風流，少陵以不落爲風流，翻盡古人公案，最爲妙法。「藍水遠從千澗落，玉山高並兩峰寒。」詩人至此，筆力多衰，今方且雄傑挺拔，喚起一篇精神，自非筆力拔山，不至於此。「明年此會知誰健，醉把茱萸仔細看。」則意味深長，悠然無窮矣。〔註63〕

則從律詩篇章及用字角度稱道杜甫的七律名作，起、承、轉、合，筆力奇絕，更兼結句收尾，意韻悠長，並稱：

《金針法》云：「八句律詩，落句要如高山轉石，一去無回。」予以爲不然。詩已盡而味方永，乃善之善也。子美《重陽》詩云：「明年此會知誰健，醉把茱萸仔細看。」《夏日李尚書期不赴》云：「不是尚書期不顧，山陰野雪興難乘。」〔註64〕

以杜律落句收結之意味雋永，不同尋常，爲盡善盡美。范季隨《陵陽先生室中語》亦云：「杜少陵作八句近體詩，卒章有時而對，然語意皆卒章之詞。今人學之，臨了卻作一景聯，一篇之意無所歸，大可笑也。」〔註65〕感慨宋人學杜律以對作結，而不得要領。可見宋人對於杜甫律詩的創作手法，亦是推崇備至的。

三、排律藝術

排律，即四韻以上的長篇律詩，除首、尾聯外，中間各聯均要求對仗，各句間也都要嚴守平仄粘對的聲律格式，且須以一韻到底，非才高者不堪爲也。杜甫創作有大量的排律，據葛景春先生統計，「杜甫的排律，共有五排127首，七排8首。」〔註66〕宋人對於杜甫排律

〔註63〕宋・楊萬里：《誠齋詩話》，《歷代詩話續編》本，第139～140頁。
〔註64〕宋・楊萬里：《誠齋詩話》，《歷代詩話續編》本，第137頁。
〔註65〕宋・范季隨：《陵陽先生室中語》，《說郛》本，卷四十三。
〔註66〕葛景春：《李杜之變與唐代文化轉型》，鄭州：大象出版社，2009年版，第105頁。

的關注，主要集中在他那些數十乃及百韻之體大韻長的長篇排律上。
早在北宋時期，宋祁作《新唐書・杜甫傳贊》即云：「甫又善陳時事，
律切精深，至千言不少衰，世號詩史。」（《新唐書・文藝上・杜甫傳
贊》）〔註67〕蔡啓《蔡寬夫詩話》「荊公選杜韓詩」條亦云：「子美詩
善敘事，故號『詩史』。其律詩多至百韻，本末貫穿如一辭，前此蓋
未有。」〔註68〕蔡縧《西清詩話》云：「少陵淵蓄雲萃，變態百出，
雖數十百韻，格律益嚴謹，蓋操制詩家法度如此。」〔註69〕均指出其
數十百韻排律不僅體制長大，且能做到本末貫穿、格律嚴謹，故具有
「前此蓋未有」的首創之功。

至南宋，胡仔《苕溪漁隱叢話》後集卷八載：「元稹云：『……
詩人以來，未有如子美者。是時，山東人李白亦以奇文取稱，時人
謂之李、杜。余觀其壯浪縱態，擺去拘束，模寫物象，及樂府歌詩，
誠亦差肩於子美矣。至若鋪陳終始，排比聲韻，大或千言，次猶數
百，詞氣豪邁，而風調清深，屬對律切，而脫棄凡近，則李尚不能
歷其藩翰，況堂奧乎？」〔註70〕轉述中唐詩人元稹所作《唐檢校工
部員外郎杜君墓係銘并序》原文，亦認同在「鋪陳終始，排比聲韻，
大或千言，次猶數百」的排律方面，李白不能歷老杜之藩翰的觀點。
嚴羽《滄浪詩話》論「詩體」云：「有律詩至百五十韻者（少陵有百
韻律詩……）」〔註71〕也舉杜詩為範例。劉克莊《後村詩話》新集卷
五稱：「韓、杜二公五言有至百韻者，但韓喜押窄韻，杜喜押寬韻。」
〔註72〕指出杜甫長韻排律，不似韓愈強押窄韻以出奇。楊萬里《誠

〔註67〕宋・歐陽修，宋祁：《新唐書》，北京：中華書局，1975年版，第5738
頁。

〔註68〕宋・蔡啓：《蔡寬夫詩話》，《宋詩話輯佚》本，第393頁。

〔註69〕宋・蔡縧：《西清詩話》，臺灣廣文書局影印《古今詩話續編》本，
卷中。

〔註70〕宋・胡仔：《苕溪漁隱叢話》後集，北京：人民文學出版社，1962年
版，第56～57頁。

〔註71〕宋・嚴羽著，郭紹虞校釋：《滄浪詩話校釋》，北京：人民文學出版
社，1983年版，第73頁。

〔註72〕宋・劉克莊：《後村詩話》，北京：中華書局，1983年版，第221頁。

齋詩話》稱:「褒頌功德五言長韻律詩,最要典雅重大。如杜云:『鳳歷軒轅紀,龍飛四十春。八荒開壽域,一氣轉洪鈞。』又云:『碧瓦初寒外,金莖一氣旁。山河扶繡戶,日月近雕梁。』」〔註73〕以杜甫五排為典範;洪邁《容齋五筆》卷十「絕句詩不貫穿」條亦稱:「老杜近體律詩,精深妥帖,雖多至百韻,亦首尾相應,如常山之蛇,無間斷齟齬處。」〔註74〕

考察杜甫排律作品的創作實際,據筆者統計,依照仇本《杜詩詳注》,杜甫二十韻及以上的長篇排律詩數量情況,如下表所示:

排律韻數	作品量	杜甫長篇排律作品篇名
二十韻	七首	1.《奉贈鮮于京兆二十韻》、 2.《投贈哥舒開府翰二十韻》、 3.《奉贈太常張卿垍二十韻》、 4.《上韋左相二十韻》、 5.《喜聞官軍已臨賊境二十韻》、 6.《寄李十二白二十韻》、 7.《遣悶奉呈嚴公二十韻》
二十二韻	一首	1.《贈特進汝陽王二十二韻》
二十四韻	一首	1.《送盧十四弟侍御護韋尚書靈櫬歸上都二十四韻》
三十韻	八首	1.《橋陵詩三十韻因呈縣內諸官》、 2.《奉送郭中丞兼太僕卿充隴右節度使三十韻》、 3.《秦州見敕目,薛三璩授司議郎,畢四曜除監察,與二子有故,遠喜遷官,兼述索居,凡三十韻》、 4.《寄彭州高三十五使君適、虢州岑二十七長史參三十韻》、《寄張十二山人彪三十韻》、 5.《贈李八秘書別三十韻》、 6.《秋日荊南述懷三十韻》、 7.《秋日荊南送石首薛明府辭滿告別,奉寄薛尚書,頌德敘懷,斐然之作三十韻》

〔註73〕宋·楊萬里:《誠齋詩話》,《歷代詩話續編》本,第138頁。
〔註74〕宋·洪邁:《容齋隨筆》,上海:上海古籍出版社,1978年版,第920頁。

三十六韻	一首	1.《風疾舟中，伏枕書懷三十六韻，奉呈湖南親友》
四十韻	四首	1.《贈王二十四侍御契四十韻》、 2.《寄劉峽州伯華使君四十韻》、 3.《夔府書懷四十韻》、 4.《大曆三年春，白帝城放船出瞿塘峽。久居夔府，將適江陵，漂泊有詩凡四十韻》
五十韻	一首	1.《寄岳州賈司馬六丈、巴州嚴八使君兩閣老五十韻》
一百韻	一首	1.《秋日夔府詠懷，奉寄鄭監、李賓客一百韻》
共計	二十五首	----------------

　　表中杜甫這些長篇排律作品，大多爲投贈、贈答之作，以五排爲主，注重排律這種體式的文體應用性，且屬對精切，辭藻華美，首尾貫通，一氣連屬；甚至他生前留下的最後一首作品——《風疾舟中，伏枕書懷三十六韻，奉呈湖南親友》，也是用長篇排律寫成。可見兩宋文人之贊評，不爲虛談。正如南宋吳沆《環溪詩話》所謂：「他人之詩至十韻、二十韻則委靡叛散，而不能收拾；杜甫之詩至二十韻、三十韻則氣象愈高，波瀾愈闊，步驟馳騁愈嚴愈緊。非有本者，能如是乎！唐史有言：詩人以來未有如子美，渾涵汪洋，千彙萬狀，兼古今而有之也。」〔註75〕何汶《竹莊詩話》卷一亦云：「杜老……長韻律詩，後人莫及。」〔註76〕給以古今獨步，甚至空前絕後的最高讚譽。宋人對於杜甫排律作品的非議極少，唯有洪邁《容齋續筆》卷十四「詩要檢點」條稱：「作詩至百韻，詞意既多，故有失於點撿者。如杜老《夔府詠懷》，前云『滿坐涕潺湲』，後又云『伏臘涕漣漣』。」〔註77〕指摘杜甫《夔府書懷四十韻》前後用語雷同，有「失於點撿」之嫌，但亦如其所言「詩至百韻，詞意既多」，難免有此，不過爲白璧微瑕耳。

〔註75〕宋‧吳沆：《環溪詩話》，臺灣商務印書館影印文淵閣四庫全書本，1983 年版，卷一。
〔註76〕宋‧何汶：《竹莊詩話》，北京：中華書局，1984 年版，第 11 頁。
〔註77〕宋‧洪邁：《容齋隨筆》，上海：上海古籍出版社，1978 年版，第 386～387 頁。

　　此外，南宋張淏《雪谷雜記補編》「聯句所始」條載：「《苕溪漁隱叢話》曰：『《雪浪齋日記》云：退之聯句，古無此法。自退之斬新開闢。』予觀謝宣城集有聯句七篇、陶靖節有聯句一篇、杜工部有聯句一篇，則諸公已先爲之，至退之亦是沿襲其舊」〔註78〕，在考證聯句淵源之中，指出杜甫亦有一首聯句作品，即於大曆三年（768年）在江陵與李之芳、崔彧共作之《夏夜李尚書筵送宇文石首赴縣聯句》：

　　　　愛客尚書貴，之官宅相賢。——杜甫
　　　　酒香傾坐側，帆影駐江邊。——李之芳
　　　　翟表郎官瑞，鳧看令宰仙。——崔彧
　　　　雨稀雲葉斷，夜久燭花偏。——杜甫
　　　　數語歆紗帽，高文擲彩箋。——李之芳
　　　　興饒行處樂，離惜醉中眠。——崔彧
　　　　單父長多暇，河陽實少年。——杜甫
　　　　客居逢自出，爲別幾淒然。——李之芳

聯句，乃是一種由諸人依次賦詩而共作的詩體，一般認爲，源自漢武帝與群臣合作的《柏梁》詩，唐人聯句已有用排律體寫成，杜甫等作此篇聯句即是一首五排，並開韓愈聯句之先河；張淏論「聯句所始」，對於杜甫排律作品的評析，亦頗具詩學發現精神。

第三節　　杜詩拗律論

　　杜甫一生還創作了數量頗豐的介乎古、近體之間的拗體律詩，且成就非凡，這一點宋人也多有論及。關於拗體律詩的界定，王力先生在其《漢語詩律學》一書中曾指出：

　　　　律詩有三個要素：第一是字數合律，五言詩四十個字，七
　　　言詩五十六個字；第二是對仗合律，中兩聯必須講對仗；
　　　第三是平仄合律，每句平仄依一定的格式，並且講究黏對。
　　　如果三個要素具備，就是純粹的律詩；如果只具備前兩個

────────────────

〔註78〕宋・張淏：《雪谷雜記》，《武英殿聚珍版叢書》本，同治十三年江西書局刊本，卷二。

要素，就是古風式的律詩，亦稱拗律……〔註79〕

因此，拗律乃是一種「以古入律」的變體律詩。葉嘉瑩先生亦稱：「這種變體之拗律，與另一種謹守格律，而於格律之拘限中用騰擲跳躍的正格律詩，實在乃是同一成就的兩種表現。」〔註80〕而在杜甫拗律詩作中，最具代表性的當屬「吳體」詩，對此，北宋蔡啓《蔡寬夫詩話》「律詩體格」條曾云：「文章變態，固亡窮盡；然高下工拙，亦各係其人才。子美以『盤渦鷺浴底心性，獨樹花發自分明』爲吳體，……雖若爲戲，然不害其格力。」〔註81〕蔡氏所引杜甫原詩如下：

> 江草日日喚愁生，巫峽泠泠非世情。
> 盤渦鷺浴底心性，獨樹花發自分明。
> 十年戎馬暗萬國，異域賓客老孤城。
> 渭水秦山得見否，人今罷病虎縱橫。(《愁》)

杜詩題下自注云：「強戲爲吳體」。所謂「吳體」，係指杜甫那些不拘平仄、突破近體詩聲律要求（「黏對」規則），而取吳地方言聲調入詩的拗律作品，因杜甫青年時期曾遊吳越達五年之久，且由其詩中自言「詩罷聞吳詠」（《夜宴左氏莊》）可以看出，杜甫是通曉吳地方言音韻的。此詩全篇平仄聲調爲：

> 平仄仄仄仄平平，平仄平平平仄平。
> 平平仄仄仄平仄，仄仄平平仄平平。
> 仄平平仄仄仄仄，仄仄平平仄平平。
> 仄仄平平仄仄仄，平平平仄仄仄平。

可見，此詩雖字數合律，然而除了第二句與第七句爲變格律句以外，其他六句均爲拗句，且不合「黏對」規則，乃爲拗律作品，故具有古風之格力。另，宋末方回的《瀛奎律髓》卷二十五稱：

> 拗字詩，在老杜集七言律詩中謂之吳體。老杜七言律一百

〔註79〕王力：《漢語詩律學》，上海：上海世紀出版集團，2002 年版，第 466～467 頁。

〔註80〕葉嘉瑩：《迦陵論詩叢稿》，北京：中華書局，1984 年版，第 88～90 頁。

〔註81〕宋·蔡啓：《蔡寬夫詩話》，《宋詩話輯佚》本，第 387 頁。

五十九首，而此體凡十九出。不止句中拗一字，往往神出
鬼沒。雖拗字甚多，而骨格愈峻峭。今江湖學者，喜許渾
詩「水聲東去市朝變，山勢北來宮殿高」，「湘潭雲盡暮山
出，巴蜀雪銷春水來」，以爲丁卯句法，殊不知始於老杜，
如「負鹽出井此溪女，打鼓發船何處郎」？「寵光蕙葉與
多碧，點注桃花舒小紅」之類是也。……唐詩多此類，獨
老杜吳體之所謂拗，則才小者不能爲之矣。五言律亦有拗
者，止爲語句要渾成，氣勢要頓挫，則換易一兩字平仄無
害也，但不如七言吳體全拗爾！〔註82〕

徑直將杜甫「吳體」詩稱作「拗字詩」，總結了其數量及「骨格峻峭」
之藝術特色。並指出，宋代江湖詩人群體所喜之晚唐詩人許渾的「丁
卯句法」（因許渾有別墅於潤州丁卯橋，故其詩集名《丁卯集》），如
「水聲東去市朝變，山勢北來宮殿高」（仄平平仄仄平仄，平仄仄平
平仄平），「湘潭雲盡暮山出，巴蜀雪銷春水來」（平平平仄仄平仄，
平仄仄平平仄平）等，「唐詩多此類」，實爲變格律句，非老杜「吳體」
拗律之屬。南宋「中興四大詩人」之一的陸游，亦有《吳體寄張季長》
詩：

九月十月天雨霜，江南劍南途路長。
平生故人阻攜手，萬里一書空斷腸。
人生強健已難恃，世事變遷那可常？
兩家子孫各長大，他年窮達毋相忘。〔註83〕

此詩全篇平仄聲調爲：

仄仄仄仄平仄平，平平仄平平仄平。
平平仄平仄平仄，仄仄仄平平仄平。
平平平仄仄平仄，仄仄仄平平仄平。
仄平仄平仄平仄，平平平仄平仄平。

可見，除了第四句與第八句爲律句以外，其他六句均爲拗句，甚至出

〔註82〕元・方回選評，李慶甲集評校點：《瀛奎律髓彙評》，上海：上海古
　　　　籍出版社，1986年版，第1107頁。
〔註83〕宋・陸游：《劍南詩稿》，長沙：嶽麓書社，1998年版，第753頁。

現兩處「孤平」（第一句、第六句）之病犯，亦有杜甫「吳體」之風。

可見，杜甫採用吳語創作拗體律詩，對後世詩人影響深遠，不愧為對於近體格律詩的一大突破；正如蕭滌非先生《杜甫研究》中所論：「所謂的拗格律詩，便是在平仄的組合上，打破固定的勻整的格式而自創音節的一種律詩。因為這種拗格律詩中他又是甚至插入古詩的句子，所以前人說是『律中帶古』，這是杜甫的一個創造」。〔註84〕

北宋惠洪《石門洪覺範天廚禁臠》亦云：

> 《題省中院壁》：「掖垣竹埤梧十尋，洞門對雪常陰陰。落花游絲白日靜，鳴鳩乳燕青春深。腐儒衰晚謬通籍，退食遲回違寸心。袞職曾無一字補，許身愧比雙南金。」《卜居》：「浣花溪水水西頭，主人為卜林塘幽。已知出郭少塵事，更有澄江銷客愁。無數蜻蜓齊上下，一雙鸂鶒對沈浮。東行萬里堪乘興，須向山陰上小舟。」……前二詩子美作，……皆於引韻便失黏。既失黏，則若不拘聲律。然其對偶時精到，謂之骨含蘇李體。〔註85〕

所引杜甫前詩平仄聲調為：

> 仄平仄仄平仄平，仄平仄仄平平平。
> 仄平平平仄仄仄，平平仄仄平平平。
> 仄平仄仄平平，仄仄平平平仄平。
> 仄仄平平仄仄，平平仄仄平平平。

後詩平仄聲調則為：

> 仄平平仄仄平平，仄平仄仄平平平。
> 仄平仄仄平平仄，仄仄平平平仄平。
> 平仄平平平仄仄，仄平仄仄平仄平。
> 平平仄仄平平仄，平仄平平仄仄平。

可見，正如惠洪所論，杜甫此二詩從第一句開始（律詩首句即入韻稱為「引韻」），便不拘於近體律詩所謂「聯間相對，鄰聯相黏」之「黏

〔註84〕蕭滌非：《杜甫研究》，濟南：齊魯書社，1980年版，第115頁。
〔註85〕宋·釋惠洪：《石門洪覺範天廚禁臠》，上海：古典文學出版社，1958年版，卷上。

對」聲律要求,「於引韻便失黏」,乃有意用拗體,引古入律,含「蘇李體」古體之風骨。

　　至南宋,評述杜甫拗律之論更多,如胡仔《苕溪漁隱叢話》前集卷七稱:

　　苕溪漁隱曰:「律詩之作,用字平側,世固有定體,眾共守之。然不若時用變體,如兵之出奇,變化無窮,以驚世駭目。如老杜詩云:『竹裏行廚洗玉盤,花邊立馬簇金鞍。非關使者徵求急,自識將軍禮數寬。百年地僻柴門迥,五月江深草閣寒。看弄漁舟移白日,老農何有罄交歡。』此七言律詩之變體也。……老杜云:『山瓶乳酒下青雲,氣味濃香幸見分。鳴鞭走送憐漁父,洗盞開嘗對馬軍。』此絕句律詩之變體也。……又有七言律詩,至第三句便失粘落平側,亦別是一體。唐人用此甚多,但今人少用耳。如老杜云:『搖落深知宋玉悲,風流儒雅亦吾師。悵望千秋一灑淚,蕭條異代不同時。江山故宅空文藻,雲雨荒臺豈夢思。最是楚宮俱泯滅,舟人指點到今疑。』……起頭用側聲,故第三句亦用側聲。老杜云:『暮春三月巫峽長,晶晶行雲浮日光。雷聲忽送千山雨,花氣渾如百和香,黃鶯過水翻回去,燕子銜泥濕不妨。飛閣捲簾圖畫裏,虛無只少對瀟湘。』……起頭用平聲,故第三句亦用平聲。凡此皆律詩之變體,學者不可不知。」〔註86〕

以杜甫創作實際為依據,總結出了其拗體七律、拗體律絕等多種「變體」拗律作品之體式;其書前集卷四十七則云:

　　《禁臠》云:「魯直換字對句法,如『只今滿坐且尊酒,後夜此堂空月明』,『清談落筆一萬字,白眼舉觴三百杯』,『田中誰問不納履,坐上適來何處蠅』,『秋蟬門巷火新改,桑柘田園春向分』,『忽乘舟去值花雨,寄得書來應麥秋』。其法於當下平字處以仄字易之,欲其氣挺然不群,

─────────────

〔註86〕宋・胡仔:《苕溪漁隱叢話》前集,北京:人民文學出版社,1962年版,第42～43頁。

前此未有人作此體，獨魯直變之。」苕溪漁隱曰：「此體本出於老杜，如『寵光蕙葉與多碧，點注桃花舒小紅』，『一雙白魚不受釣，三寸黃柑猶自青』，『外江三峽且相接，斗酒新詩終日疏』，『負鹽出井此溪女，打鼓發釭何郡郎』，『沙上草閣柳新暗，城邊野池蓮欲紅』。似此體甚多，聊舉此數聯，非獨魯直變之也。余嘗效此體作一聯云：『天連風色共高運，秋與物華俱老成。』今俗謂之拗句者是也。……詩破棄聲律，老杜自有此體。」〔註87〕

列舉數聯杜律拗句，以糾正北宋惠洪《石門洪覺範天廚禁臠》「換字對句法」出自黃庭堅之論，其作法即「拗救」，出句拗，對句字換平仄以救之；如所引黃詩「只今滿坐且尊酒，後夜此堂空月明」，其平仄聲調爲「仄平仄仄仄平仄，仄仄仄平平仄平」，出句之律句正格平仄本應爲「（平）平仄仄平平仄」，第五字應平而仄，故下句律句正格平仄本應爲「（仄）仄平平仄仄平」，而將第五字由仄改平以救之；而所引杜詩「寵光蕙業與多碧，點注桃花舒小紅」（《江雨有懷鄭典設》），其平仄聲調爲「仄平仄仄仄平仄，仄仄平平平仄平」，出句平仄亦應爲「（平）平仄仄平平仄」，第五字應平而仄，故下句平仄應爲「（仄）仄平平仄仄平」，而改第五字爲平以救之；即所謂「換字對句」。乃正本清源，推究其源出自杜律。

吳沆《環溪詩話》則稱：

在杜詩中「城尖徑仄旌旆愁，獨立縹緲之飛樓。峽坼雲埋龍虎睡，江清日抱黿鼉遊」，是拗體；如「二月饒睡昏昏然，不獨夜短晝分眠。桃花氣暖眼自醉，春渚日落夢相牽」，是拗體。如「夜半歸來衝虎過，山黑家中已眠臥。傍觀北斗向江低，仰見明星當空大」，大是拗體，又如「白摧朽骨龍虎死，黑入太陰雷雨垂」、「客子入門月皎皎，誰家搗練風淒淒」、「負鹽出井此溪女，打鼓發船何郡郎」、「運

〔註87〕宋・胡仔：《苕溪漁隱叢話》前集，北京：人民文學出版社，1962年版，第319頁。

糧繩橋壯士喜，斬木火井窮猿呼」等句，皆拗體也。蓋其
詩以律而差拗，於拗之中又有律焉。……詩才拗，則健而
多奇…… 〔註88〕

亦列舉杜甫《白帝城最高樓》、《愁》、《夜歸》、《戲為韋偃雙松圖歌》、
《暮歸》、《十二月一日三首》其二、《入奏行贈西山檢察使竇侍御》
七首拗律作品，指出其於整飭合律之外，而語健多奇的藝術魅力。魏
慶之《詩人玉屑》「眼中拗字」條下引「樹密早蜂亂，江泥輕燕斜。」
（杜甫《入喬口》）〔註89〕，其五言律句正格平仄應為「（仄）仄平平
仄，平平仄仄平」，而出句第三字用仄成拗，乃改對句第三字為平以
救之。

宋末范晞文《對牀夜語》卷二云：

五言律詩，固要貼妥，然貼妥太過，必流於衰。茍時能出
奇，於第三字中下一拗字，則貼妥中隱然有峻直之風。老
杜有全篇如此者，試舉其一云：「帶甲滿天地，胡為君遠
行？親朋盡一哭，鞍馬去孤城。草木歲月晚，關河霜雪清。
別離已昨日，因見古人情。」散句如「乾坤萬里眼，時序
百年心」，「梅花萬里外，雪片一冬深」，「一逕野花落，孤
村春水生」，「蟲書玉佩蘚，燕舞翠帷塵」，「村春雨外急，
鄰火夜深明」，「山縣早休市，江橋春聚船」，「老馬夜知道，
蒼鷹飢著人」，用實字而拗也。「行色遞隱見，人煙時有
無」，「蟬聲集古寺，鳥影度寒塘」，「簷雨亂淋慢，山雪低
度牆」，「飛星過水白，落月動沙虛」，用虛字而拗也。其
他變態不一，卻在臨時幹旋之何如耳。茍執以為例，則盡
成死法矣。〔註90〕

亦列舉十數例杜甫拗律作品，從其創作實際中總結出，其五言拗律擅
長於出句第三字用拗的創作規律，可見杜甫乃有意為之，於貼妥中追

〔註88〕宋・吳沆：《環溪詩話》，臺灣商務印書館影印文淵閣四庫全書本，
　　　　1983 年版，卷二。
〔註89〕宋・魏慶之：《詩人玉屑》，臺灣商務印書館影印文淵閣四庫全書本，
　　　　1983 年版，卷三。
〔註90〕宋・范晞文：《對牀夜語》，《歷代詩話續編》本，第 418 頁。

求奇峻之風。

　　由上可知，宋人對於杜甫拗體律詩的評述雖較爲零散，但大都依據其創作實際而設論並總結規律，推敲聲律可謂細緻入微；且對老杜拗律作法推崇備至，更在創作中予以傚法。

　　綜上所述，在中國古典詩歌各種詩體形式已然發展完備的宋代，詩論家們對於杜詩各類體裁運用的批評，十分細緻，且無論是其古體詩，還是近體格律詩，均讚賞有加、褒多於貶，充分肯定了其「體格無所不備」、諸體兼擅的詩體運用才能。並且，宋人還依據其創作實際，總結出杜詩各體詩作之所長，如古體之才高韻長、跌宕豪放、「合與古詩班，」近體之典雅偉麗、律切精深、「至佳麗而老成，」尤其是對其富於代表性的新題樂府、長篇古風、律詩、排律等諸般詩體，均從其推陳出新、承前啓後等方面，給予了極高的詩學地位評價。同時，宋人也對杜甫不太擅長絕句創作的現象有所關注，如「子美不甚留意絕句，」「絕句詩不貫穿」等，體現出其批評視野的全面性。

　　宋人還對杜詩中以「吳體」（「拗字詩」）爲代表的獨特的拗體律詩，通過細緻地量化統計，以及與其他詩人創作相比較等方式，給予批評和總結。且不避繁瑣、不惜長篇累牘，動輒徵引數首杜詩全文加以印證，其批評態度可謂嚴謹求實。並且還聯繫中國古代詩歌體式的發展演變，從詩學「變體」之創新角度對於杜詩拗律做法予以肯定和推重，將之視爲既嚴於聲律而又敢於突破求變的創舉，作爲詩壇後學取法的範式。

　　儘管，宋人對於杜詩體裁藝術的批評與研究，還沒有像後來研究者那樣（如清代浦起龍《讀杜心解》等），做到精確的量化統計與分析，但這些有關於杜詩體裁藝術的評述，畢竟對於杜甫在有宋一代詩壇，被公認爲是「備於眾體」的「集大成」之詩學宗師，起到了極大的推促作用。

第二章　宋人杜詩章法句法論

　　劉勰在其《文心雕龍‧章句篇》中稱:「夫設情有宅,置言有位;宅情曰章,位言曰句。⋯⋯篇之彪炳,章無疵也;章之明靡,句無玷也」,﹝註1﹞足見裁章構句對於文學創作的重要性。在宋人的詩學視野中,杜甫的詩作是最為講求謀篇造句之法度的,如南宋何汶《竹莊詩話》卷一稱:「《楚詞》、杜、黃,固法度所在」,同卷亦載:「《雪浪齋日記》云:『⋯⋯欲法度備足,當看杜子美』。」﹝註2﹞嚴羽《滄浪詩話》「詩評」篇則云:「論詩以李杜為準,挾天子以令諸侯也。少陵詩法如孫吳,太白詩法如李廣。少陵如節制之師。」﹝註3﹞與李白詩並提,分以孫吳、李廣相比擬,孫子、吳起乃兵家之聖,遣兵布陣,井井有條,均有兵法傳世,杜詩法度嚴謹,故如孫吳「節制之師」;而李詩豪放飄逸,縱橫倜儻,以氣勢見長,不受詩律所限,有類「飛將軍」,故以李廣比之。南宋員興宗《〈七言古詩‧歌兩淮〉詩引》亦云:「事以詩敘者,唐人累累有焉。然有之而工,工之而傳,惟少陵、樂天二氏乃已也。蓋少陵以嚴,樂天以詳⋯⋯」﹝註4﹞,與白居易詩相

﹝註1﹞梁‧劉勰:《文心雕龍》,北京:中國友誼出版公司,1997年版,第140頁。

﹝註2﹞宋‧何汶:《竹莊詩話》,北京:中華書局,1984年版,第3頁、第10頁。

﹝註3﹞宋‧嚴羽著,郭紹虞校釋:《滄浪詩話校釋》,北京:人民文學出版社,1983年版,第170頁。

﹝註4﹞宋‧員興宗:《九華集》,臺灣商務印書館影印文淵閣四庫全書本,1983年版,卷二。

對比，凸現杜詩法度之嚴。並且，宋人對於杜詩的章法、句法藝術均分別給以了細緻入微的分析、評價，以下分而論之。

第一節　杜詩章法論

　　詩之章法，即詩歌創作中佈局、謀篇的法則，恰如對弈之開局布子、繪畫之勾勒輪廓，乃奠定篇什骨骼結構之法也。杜甫作詩，十分注重章法，如其詩中所言——「毫髮無遺憾，波瀾獨老成」（《敬贈鄭諫議十韻》），認爲詩篇應該章法細密，結構嚴整，且要力求波瀾起伏，跌宕多姿；還有「意愜關飛動，篇終接混茫」（《寄彭州高三十五使君、虢州岑二十七長史參三十韻》），認爲詩篇之意脈要變化飛動，結尾更須言有盡而意無窮，足見其對詩篇章法的重視。宋人頗爲推重杜詩的章法，如在北宋時期，范溫《潛溪詩眼》「山谷言詩法」條云：

> 山谷言文章必謹布置，……予以此概考古人法度，如《贈韋見素》詩云：「紈綺不餓死，儒冠多誤身。」此一篇立意，故使人靜聽而具陳之耳。自「甫昔少年日」至「再使風俗淳」，皆方言儒冠事業也。自「此意竟蕭條」至「蹭蹬無縱鱗」，言誤身事也。則意舉而文備，故已有是詩矣。然必言其所以見章者，於是有厚愧真知之句。所以真知者，謂傳誦其詩也。然宰相職在薦賢，不當徒愛人而已，士固不能無望，故曰「竊效貢公喜，難甘原憲貧」。果不能薦賢，則去之可也，故曰「焉能心怏怏，祇是走踆踆」，又將入海而去秦也。然其去也，必有遲遲不忍之意，故曰「尚憐終南山，回首清渭濱」。則所知不可以不別，故曰「常擬報一飯，況懷辭大臣」。夫如此，是可以相忘於江湖之外，雖見素亦不得而見矣，故曰「白鷗波浩蕩，萬里誰能馴」終焉。此詩前賢錄爲壓卷，蓋布置最得正體，如官府甲第，門堂房室，各有定處，不可亂也。〔註5〕

援引黃山谷「文章必謹布置」之語，細評杜甫《奉贈韋左丞丈二十二

〔註5〕宋・范溫：《潛溪詩眼》，《宋詩話輯佚》本，第323～324頁。

韻》（韋見素，乃韋濟之誤）之章法，由開篇立意，而順承、呼應，至卒章言志，布置得體，章法謹嚴，至被「前賢錄為壓卷」。

　　南宋葉某《愛日齋叢鈔》亦載：「老杜《古柏行》劉平國嘗評之云：……自『孔明廟前有老柏』，指夔州孔明廟之柏；自『憶昨路繞錦城東』，追言成都先主廟之柏；自『大廈如傾要梁棟』，總言兩處之柏。起意以嗟大材之人，且自況其身，今就其說，則此因夔州之柏，而思成都之廟。前云『君臣已與時際會』故應之先主武侯同秘宮，古祠喬木，視其存也，想孔明之遇合，見其大也。興大才之不用，以彼遇合，而重不用之，恨由其不用，而後知如蜀君臣際會之盛難得也，『志士幽人莫怨嗟』，不哀不怨，尤古詩法。李方叔云：『或謂子美作此詩，備詩家眾體，非獨形容一時君臣相遇之盛，亦所以自況，而又以憫其所值之時不如古也。』」〔註6〕稱讚其詩富有章法：先分述兩地之柏，繼而總之，兼以自況，託物言志，「尤古詩法」；不愧於南宋王正德《餘師錄》所評：「老杜歌行最見次第出入本末。」〔註7〕

　　杜甫的詩篇工於起、結，宋人對此也都有所認識，如南宋吳沆《環溪詩話》稱：「杜詩好處無他，但是入手來重，如『國破山河在』一句便重；又如『星臨萬戶動，月傍九霄多』氣象可想。」〔註8〕指出其五律《春望》、《春宿左省》等，開篇起首皆具有先聲奪人的藝術魅力。惠洪《石門洪覺範天廚禁臠》「賦題法」條云：「『若不得流水，還應過別山』者，題野燒也。『嚴霜百草白，深院一株青』者，題小松也。前人以為工，但是題其意爾，非能狀其體態也。如子美題雨，則曰『紫崖奔處黑，白鳥去邊明』。樂天賦琵琶，則曰『銀瓶忽破水漿迸，鐵騎突出刀槍鳴』。又曰『四弦一聲如裂帛』。此皆能曲盡萬物之情狀。若

〔註6〕宋・葉某：《愛日齋叢鈔》，臺灣商務印書館影印文淵閣四庫全書本，1983年版，卷三。

〔註7〕宋・王正德：《餘師錄》，臺灣商務印書館影印文淵閣四庫全書本，1983年版，卷三。

〔註8〕宋・吳沆：《環溪詩話》，臺灣商務印書館影印文淵閣四庫全書本，1983年版，卷一。

雨、若聲音,其不可把玩如石火電光,非人之才力能攬取之。然此但得其情狀,非能寫其不傳之妙哉。」〔註9〕通過詩作之類比,稱道杜詩開篇不僅僅做到點清題面,而且能夠鋪而賦之,曲盡其情狀。

關於杜詩的篇末收結,南宋陳長房《步里客談》曾云:「古人作詩,斷句輒旁入他意,最爲警策。如老杜云:『雞蟲得失無了時,注目寒江倚山閣』是也。黃魯直作《水仙花》詩,亦用此體,云:『坐對眞成被花惱,出門一笑大江橫。』」〔註10〕總結杜甫《縛雞行》詩終篇所使用的「宕開一筆」特殊章法,並指出其法爲黃庭堅《王充道送水仙花五十枝,欣然會心,爲之作詠》詩所繼承。南宋葉某《愛日齋叢鈔》則稱:

> 杜詩結語多用「安得」二字。《洗兵馬》云:「安得壯士挽天河,淨洗甲兵長不用。」《石筍行》云:「安得壯士提天綱,再平水土犀奔茫。」蓋全法《大風歌》「安得猛士兮守四方」,豈小力量敢道哉!不惟此爾,《遣興》云:「安得廉頗將,三軍同晏眠。」《喜雨》云:「安得鞭雷公,滂沱洗吳越。」《大麥行》云:「安得如鳥有羽翼,託身白雲還故鄉。」《光祿阪行》云:「安得更似開元中,道路只今多擁隔。」《茅屋爲秋風所破歌》云:「安得大廈千萬間,大庇天下寒士俱歡顏。」《王兵馬使二角鷹》云:「安得爾輩開其群,驅出六合梟鸞分。」《晚登瀼上堂》云:「安得隨鳥翔,迫此懼將恐。」《晝夢》云:「安得務農息戰鬥,普天無吏橫索錢。」《早秋苦熱》云:「安得赤腳踏層冰」,《後苦寒》云:「安得春泥補地裂」,《同穀縣歌》云:「安得送我置汝傍」,多壯語也。〔註11〕

列舉十數例杜詩,指出其完章結語之氣勢豪壯。

〔註9〕 宋·釋惠洪:《石門洪覺範天廚禁臠》,上海:古典文學出版社,1958年版,卷中。

〔註10〕 宋·陳長房:《步里客談》,臺灣商務印書館影印文淵閣四庫全書本,1983年版,卷下。

〔註11〕 宋·葉某:《愛日齋叢鈔》,臺灣商務印書館影印文淵閣四庫全書本,1983年版,卷三。

　　同時，宋人也指出杜詩篇中注重首尾相呼、前後相應的行文之法，如南宋周紫芝《竹坡詩話》云：「杜少陵《遊何將軍山林詩》，有『雨拋金鎖甲，苔臥綠沈槍』之句。言甲拋於雨，爲金所鎖；槍臥於苔，爲綠所沈。有『將軍不好武』之意。」〔註12〕照應首句，順承而鋪陳下筆；葛立方《韻語陽秋》卷一云：「老杜詩以後二句續前二句處甚多。如《喜弟觀到》詩云：『待爾嗔烏鵲，拋書示鶺鴒。枝間喜不去，原上急曾經。』《晴》詩云：『啼鳥爭引子，鳴鶴不歸林。下食遭泥去，高飛恨久陰。』《江閣臥病》詩云：『滑憶雕菰飯，香聞錦帶羹。溜匙兼暖腹，誰欲致杯罌。』《寄張山人詩》云：『曹植休前輩，張芝更後身。數篇吟可老，一字買堪貧。』如此之類甚多。此格起於謝靈運《廬陵王暮下》詩，云：『延州協心許，楚老惜蘭芳。解劍竟何及，撫墳徒自傷。』」〔註13〕列舉杜詩數例，並對此格加以溯源。

　　林希逸《竹溪鬳齋十一槀續集》則稱：「詩有直述句，有得意句，須分別得定，方可。『七月三日苦炎熱，對食暫餐還不能。已愁夜中自足蠍，況乃秋後轉多蠅。』此直述句也。『束帶發狂欲大叫，簿書何急來相仍。』此是傑句。『南望青松架短壑，安得赤腳蹋層冰。』此興句也。後四句如此，則前四句但見豪壯矣。」〔註14〕引述杜甫《早秋苦熱，堆案相仍》詩，稱美其篇章諸句鋪墊、映襯，各得其妙；嚴羽《滄浪詩話》「詩體」篇云：「有四句通義者（如少陵『神女峰娟妙，昭君宅有無，曲留明怨惜，夢盡失歡娛』是也），」〔註15〕引杜甫排律《大曆三年春，白帝城放船出瞿塘峽，久居夔府將適江陵，漂泊有詩，凡四十韻》爲例，指出此詩中四句語意貫通，且上下兩聯前後交錯相

〔註12〕宋・周紫芝：《竹坡詩話》，《歷代詩話》本，第338頁。
〔註13〕宋・葛立方：《韻語陽秋》，上海：上海古籍出版社，1984年版，第7頁。
〔註14〕宋・林希逸：《竹溪鬳齋十一槀續集》，臺灣商務印書館影印文淵閣四庫全書本，1983年版，卷二十九。
〔註15〕宋・嚴羽著，郭紹虞校釋：《滄浪詩話校釋》，北京：人民文學出版社，1983年版，第74頁。

應——「曲留」句上承「昭君」句,「夢盡」句上承「神女」句;宋末范晞文《對牀夜語》卷二亦云:「『汲黯匡君切,廉頗出將頻。直辭才不世,雄略動如神。』以下聯貼上聯也。『神女峰娟妙,昭君宅有無。曲留明怨惜,夢盡失歡娛。』猶前格也,特倒置下句耳。若『群盜哀王粲,中年召賈生。登樓初有作,前席竟爲榮。宅入先賢傳,才高處士名。異時懷二子,春日復含情』,未見其全篇如此,亦又一格也。」〔註16〕總結出杜詩多種前後相應之格。

宋人對於杜詩全篇行文中的剪裁手法亦大加讚賞,如蘇轍《詩病五事》云:「老杜陷賊時,有詩曰:『少陵野老吞聲哭,春日潛行曲江曲……』予愛其詞氣如百金戰馬,注坡驀澗,如履平地,得詩人之遺法。如白樂天詩,詞甚工,然拙於紀事,寸步不遺,猶恐失之。此其所以望老杜之藩垣而不及也。」〔註17〕文中所引爲杜甫至德二載(757 年)所作的《哀江頭》詩,詩人目睹淪陷後的曲江蕭索之境,追思昔年盛事,懷舊傷今,蘇轍指出其詩具有穿越時空而不受所限,「如履平地」的「詩人遺法」,即剪裁之法;不似白詩「拙於紀事,寸步不遺」。魏慶之《詩人玉屑》「有抔土障黃流氣象」條亦云:「凡人作詩,中間多起問答之辭,往往至數十言,收拾不得,便覺氣象委貼。子美《贈衛處士》詩略云:『焉知二十載,重上君子堂。昔別君未婚,兒女忽成行。怡然敬父執,問我來何方。』若使他人道到此下須更有數十句,而甫便云:『問答未及已,兒女羅酒漿。』此有抔土障黃流氣象。」〔註18〕稱道其詩剪除枝蔓、凸現主幹的剪裁之法,超出尋常詩人。

此外,宋人對於杜詩章法,亦推重其詩通篇語意貫穿、一氣連屬的特色,如北宋范溫《潛溪詩眼》「律詩法同文章」條所云:

〔註16〕宋・范晞文:《對牀夜語》,《歷代詩話續編》本,第 419 頁。
〔註17〕宋・蘇轍著,陳宏天等點校:《蘇轍集》,北京:中華書局,1990 年版,第 1228 頁。
〔註18〕宋・魏慶之:《詩人玉屑》,臺灣商務印書館影印文淵閣四庫全書本,1983 年版,卷十四。

古人律詩，亦是一片文章，語或似無倫次，而意若貫珠。
《十二月一日》詩云：「今朝臘月春意動，雲安縣前江可
憐。」此詩立意，念歲月之遷易，感異鄉之飄泊。其曰：
「一聲何處送書雁，百丈誰家上水舡。」則羈愁旅思，皆
在目前。「未將梅蕊驚愁眼，要取楸花媚遠天。」梅望春
而花，楸將夏而乃繁，言滯留之勢，當自冬過春，始終見
梅楸，則百花之開落，皆在其中矣。以此益念故國，思朝
廷，故曰：「明光起草人所羨，肺病幾時朝日邊。」《聞官
軍收河北》詩云：「劍外忽傳收薊北，初聞涕淚滿衣裳。」
夫人感極則悲，悲定而後喜，忽聞大盜之平，喜唐室復見
太平，顧視妻子，知免流離，故曰：「卻看妻子愁何在。」
其喜之至也，不知手之舞之，足之蹈之，故曰：「漫展詩
書喜欲狂。」從此有樂生之心，故曰：「白日放歌須縱酒。」
於是率中原流寓之人同歸，以青春和暖之時即路，故曰：
「青春作伴好還鄉。」言其道途，則曰：「欲從巴峽穿巫
峽。」言其所歸，則曰：「便下襄陽到洛陽。」此蓋曲盡
一時之意，愜當眾人之情，通暢而有條理，如辯士之語言
也。《游子詩》云：「巴蜀愁誰語，吳門興杳然。」巴、蜀
既無可與語，故欲遠之吳會。「九江春草外」，則想像將來
吳門之景物。「三峽暮帆前」，則去路先涉三峽之風波。「厭
就成都卜，休為吏部眠」，君平之卜所以養生，畢卓之酒
所以忘憂，今皆不能如意，則犯三峽之險，適九江之遠，
豈得已也哉？夫奔走萬里，無所稅駕，傷人世險隘，不能
容己，故曰：「蓬萊如可到，衰白問群仙」，終焉。騷人亦
多此意。《題桃詩》云：「小徑陞堂舊不斜，五棟桃樹亦從
遮。」此詩意在第一句，舊堂小徑，從來不斜，又五桃遮
掩之，已若圖畫矣。中間四句，皆舊日事。方天下太平，
家給食足，有桃實則饋貧人，故曰：「高秋總饋貧人實。」
和氣應期而至，人意開而樂之，故曰：「來歲還舒滿樹花。」
家家有忠厚之風，處處有魯恭之化。故曰：「窗戶每宜通
乳燕，兒童莫信打慈鴉。」及題此詩時，所向皆寇妻群盜，

何暇如此，故曰：「寡妻群盜非今日，天下車書正一家」
時也。……今人不求意處關紐，但以相似語言為貫穿，以
停穩筆畫為端直，豈不淺近也哉？〔註19〕

范氏以杜甫數首五、七律名篇為例，總結杜律用語雖不拘格套、「似
無倫次」，而「意若貫珠」、一氣通連的獨到章法，看似無法，實則有
法；正如晚唐杜牧《答莊充書》所謂：「凡為文以意為主，以氣為輔，
以辭彩章句為之兵衛」，〔註20〕不落宋人律作不求意脈關紐，僅以相
似語貫穿之淺近窠臼。南宋吳沆《環溪詩話》亦云：

杜詩又有渾全之體，……四句只作一句，八句只作一句。
如「安穩高詹事，新詩日日多。美名人不及，佳句法如何」，
是四句亦作一句；如「不見閔公三十年，新詩寄與淚潺潺。
舊來好事今能否，老去新詩誰與傳」，亦是四句只作一句。
如「寄語楊員外，山寒少茯苓。歸來稍暄暖，當為斸青冥。
翻動神仙窟，封題鳥獸形。兼將老藤杖，扶妝醉初醒」，即
是八句只作一句；又如「苦憶荊州醉司馬，謫官樽俎定常
開。九江日落醒何處，一柱觀頭眠幾回。可憐懷抱向人盡，
欲問平安無使來。故憑錦水將雙淚，好過瞿塘灩澦堆」，亦
是八句只作一句。〔註21〕

所引杜詩數例或四句作一句，或八句作一句，皆語勢貫穿，渾然一
體，能夠達到劉勰《文心雕龍·章句篇》中所謂「外文綺交，內義
脈注，跗萼相銜，首尾一體」〔註22〕的藝術高度，實乃章法藝術境
界之上乘。

〔註19〕宋·范溫：《潛溪詩眼》，《宋詩話輯佚》本，第318～320頁。
〔註20〕唐·杜牧：《樊川文集》，上海：上海古籍出版社，1978年版，第194
　　　　頁。
〔註21〕宋·吳沆：《環溪詩話》，臺灣商務印書館影印文淵閣四庫全書本，
　　　　1983年版，卷二。
〔註22〕梁·劉勰：《文心雕龍》，北京：中國友誼出版公司，1997年版，第
　　　　141頁。

第二節　杜詩句法論

　　陸機在其《文賦》中指出：「立片言而居要，乃一篇之警策」
〔註23〕，足見錘煉佳句對於謀篇的重要性。宋人於杜詩句法藝術的
評價與推賞，更多於對其章法藝術的探討，因杜甫本人作詩即重遣
詞造句之法，從其「賦詩新句穩，不覺自長吟」（《長吟》），「美名
人不及，佳句法如何」（《寄高三十五書記》），「李侯有佳句，往往
似陰鏗」（《與李十二白同尋范十隱居》），「故人得佳句，獨贈白頭
翁」（《奉答岑參補闕見贈》），「史閣行人在，詩家秀句傳」（《哭李
尙書之芳》），「最傳秀句寰區滿，未絕風流相國能」（《解悶十二首》
其八），「爲人性癖耽佳句，語不驚人死不休」（《江上值水如海勢聊
短述》）等等詩句，即足見其對句法藝術的完美、執著追求，和嚴
謹的創作態度。北宋魏泰《臨漢隱居詩話》曾稱：「老杜云：『美名
人不及，佳句法如何。』蓋詩欲氣格完邃，終篇如一，然造句之法
亦貴峻潔不凡也。」〔註24〕認同老杜作詩重句法之論。南宋孫奕《示
兒編》「性癖」條則稱：「性癖之不同，如人面焉……杜子美云：『爲
人性癖耽佳句』。」〔註25〕胡仔《苕溪漁隱叢話》前集卷八載：「《呂
氏童蒙訓》云：前人文章，各自一種句法，如老杜『今君起柂春江
流，予亦江邊具小舟』，『同心不減骨肉親，每語見許文章伯』，如
此之類，老杜句法也。」〔註26〕對杜詩句法特徵有著獨到的體認。
李綱《重校正〈杜子美集〉序》云：「杜子美詩，古今絕唱也。……
句法理致，老而益精。」〔註27〕因杜詩句法精妙，稱其爲「絕唱」。

〔註23〕晉·陸機撰，張少康集釋：《文賦集釋》，上海：上海古籍出版社，
　　　　1984年版，第104頁。
〔註24〕宋·魏泰：《臨漢隱居詩話》，《歷代詩話》本，第333頁。
〔註25〕宋·孫奕：《示兒編》，臺灣商務印書館影印文淵閣四庫全書本，1983
　　　　年版，卷十七。
〔註26〕宋·胡仔：《苕溪漁隱叢話》前集，北京：人民文學出版社，1962年
　　　　版，第48頁。
〔註27〕宋·李綱著，王瑞明點校：《李綱全集》，長沙：嶽麓書社，2004年
　　　　版，第1320頁。

極為講求詩藝法度的「江西詩派」領袖黃庭堅，其《與王觀復書三首》其二云：「觀杜子美到夔州後古律詩，便得句法，簡易而大巧出焉，平淡而山高水深，似欲及而不可企及。」〔註28〕南宋朱弁《風月堂詩話》亦云：「此老句法妙處，渾然天成，如蟲蝕木，不待刻雕，自成文理。」〔註29〕均對杜詩自然、渾成的句法藝術表現大加讚賞。

此外，據葉夢得《石林詩話》卷上記載，北宋名相王安石「每稱老杜『鈎簾宿鷺起，丸藥流鶯囀』之句，以為用意高妙，五字之模楷。」〔註30〕許顗《彥周詩話》稱杜甫《秦州》詩：「句法至此，古今一人而已。」〔註31〕分別拈取杜詩句法佳作加以評賞，並譽為「模楷」、「古今一人」。蘇軾之子、「斜川居士」蘇過作《和母仲山雨後》詩云：「杜陵有佳句，」〔註32〕南宋王之道《和呂叔恭題和州香林湯》詩云：「詞源眉山長，句法杜陵舊」〔註33〕，以詩論詩，稱賞杜詩句法。南宋陳俊卿則云：「杜子美詩人冠冕，後世莫及，以其句法森嚴……」〔註34〕更以「句法森嚴」，作為杜甫堪當「詩人冠冕」的重要因素。可見，宋人皆以杜詩的句法藝術作為詩學楷模，並從藝術方面給予多角度的品評。

〔註28〕宋・黃庭堅：《山谷集》，臺灣商務印書館影印文淵閣四庫全書本，1983 年版，卷十九。

〔註29〕宋・朱弁：《風月堂詩話》，臺灣商務印書館影印文淵閣四庫全書本，1983 年版，卷下。

〔註30〕宋・葉夢得：《石林詩話》，《歷代詩話》本，第 406 頁。

〔註31〕宋・許顗：《彥周詩話》，臺灣商務印書館影印文淵閣四庫全書本，1983 年版，卷一。

〔註32〕傅璇琮等：《全宋詩》第二十四冊，北京：北京大學出版社，1995 年版，第 15448 頁。

〔註33〕宋・王之道：《相山集》，臺灣商務印書館影印文淵閣四庫全書本，1983 年版，卷一。

〔註34〕宋・黃徹：《䂬溪詩話・序》，北京：人民文學出版社，1986 年版，第 1 頁。

一、句式結構

　　關於句法之概念界定，依蕭滌非先生所言，「是指一句詩的組織法或結構法而言」；〔註35〕首先，宋人對於杜詩創作中富於變化的句式語法結構（即詩句的意義節奏）給予了充分關注，正如北宋范溫《潛溪詩眼》「句法」條所云：「句法之學，自是一家工夫……五言詩亦有三字二字作兩節者，老杜云：『不知西閣意，肯別定留人。』肯別邪，定留人邪？山谷尤愛其深遠閒雅。」〔註36〕至南宋，孫奕《示兒編》「寺殘」條亦云：「『野寺殘僧少，山園細路高』，誦此詩者，皆疑子美既曰殘僧，又曰少，意若重複。以愚觀之，不見其繁複，當讀作野寺殘，所以僧少也；山園細，所以路高也。又《別常徵君》詩曰：『白髮少新洗，寒衣寬總長。』此皆是二字三字體也。亦有二字五字體，如《宿府》曰：『永夜角聲悲自語，中天月色好誰看。』」〔註37〕魏慶之《詩人玉屑》「上三下二（七言上五下二）」條下亦引「永夜角聲悲自語，中天月色好誰看（杜甫《宿府》）」〔註38〕爲範例。中國古典詩歌句子的韻律節奏，是固定地以每兩個音節爲一個「音步」即節奏單位的，「就五言詩來說，是二──二──一型的，就七言詩來說，是二──二──二──一型的」，〔註39〕從以上宋人所舉之杜詩五、七言句數例，可以看出，杜甫在創作實踐中，有意使詩句的句式結構，即意義節奏，突破了以兩個音節爲一個節奏單位的韻律節奏常態的侷限，避免了句勢的平板，給表情達意帶來極大的便利，如「肯別定留人」，句式爲「二──三」型；「野寺殘僧少，山園細路高」、「白髮少

〔註35〕蕭滌非：《杜甫研究論文集 3 輯》，北京：中華書局，1963 年版，第251 頁。

〔註36〕宋・范溫：《潛溪詩眼》，《宋詩話輯佚》本，第 330～331 頁。

〔註37〕宋・孫奕：《示兒編》，臺灣商務印書館影印文淵閣四庫全書本，1983 年版，卷十。

〔註38〕宋・魏慶之：《詩人玉屑》，臺灣商務印書館影印文淵閣四庫全書本，1983 年版，卷三。

〔註39〕韓成武：《杜詩藝譚》，石家莊：河北教育出版社，2002 年版，第 112頁。

新洗，寒衣寬總長」，句式均爲「三——二」型；「永夜角聲悲自語，
中天月色好誰看」，句式爲「五——二」型……同時，這些句式按照
韻律節奏誦讀，亦無句意晦澀之感，並未破壞詩歌的韻律之美。因此，
杜詩句式結構的處理，調和了意義節奏與韻律節奏，在不妨礙表意與
誦讀的前提下，使得詩歌句式富於變化，較之常態更趨多樣化，富有
開拓意義與探索精神。

二、倒裝句法

　　宋人於杜詩的倒裝句法，即句中詞序錯位（倒置）的現象，亦產
生了濃厚的興趣，並有諸多的贊評，如北宋惠洪《石門洪覺範天廚禁
臠》「錯綜句法」條云：「《秋興》：『紅稻啄殘鸚鵡粒，碧梧棲老鳳凰
枝。』……不錯綜則不成文章。若平直敘之，則曰『鸚鵡啄殘紅稻粒，
鳳凰棲老碧梧枝。』而以『紅稻』於上，以『鳳凰』於下者，錯綜之
也。」〔註40〕沈括《夢溪筆談》則稱：「杜子美詩，有『紅稻啄餘鸚
鵡粒，碧梧棲老鳳凰枝。』此亦語反而意全。韓退之《雪》詩：『入
鏡鸞窺沼，行天馬度橋。』亦仿此體，然稍牽強矣，不若前人之語渾
成也。」〔註41〕南宋胡仔《苕溪漁隱叢話》前集卷五十九亦載：「前
人評杜詩，云：『紅稻啄殘鸚鵡粒，碧梧棲老鳳凰技。』若云『鸚鵡
啄殘紅稻粒，鳳凰棲老碧梧枝。』便不是好句。」〔註42〕均談及了杜
甫七律組詩《秋興八首》其八的頷聯之詞序錯位，此聯將動詞賓語「紅
稻」、『碧梧』提前至句首的做法，既符合了在音調平仄上協於聲律的
詩體要求，且上下句語詞屬對精切而意奇，並使得句法錯綜，富於搖
曳動蕩之姿，可謂一石三鳥。

〔註40〕宋・釋惠洪：《石門洪覺範天廚禁臠》，上海：古典文學出版社，1958
　　　　年版，卷上。
〔註41〕宋・沈括：《夢溪筆談》，臺灣商務印書館影印文淵閣四庫全書本，
　　　　1983 年版，卷十四。
〔註42〕宋・胡仔：《苕溪漁隱叢話》前集，北京：人民文學出版社，1962 年
　　　　版，第 406 頁。

北宋王得臣《麈史》曰：「子美善用故事及常語，多倒其句而用之，蓋如此則語峻而體健。如『露從今夜白』、『月是故鄉明』之類是也。」〔註43〕引述杜詩《月夜憶舍弟》中頷聯兩句，將「露」、「月」提前，定語「今夜」、「故鄉」則後置，文勢奇峻，勁健有力。南宋羅大經《鶴林玉露》乙編卷六「詩文反句」條也指出：「杜詩有反言之者，如云『久判野鶴如雙鬢。』若正言之，當云雙鬢如野鶴也。又云『黃鵠高於五尺童，化爲白鳧似老翁。』若正言之，當云：五尺童時似黃鵠，化爲老翁似白鳧也。他如『紅豆啄殘鸚鵡粒，碧梧棲老鳳凰枝』亦然。」〔註44〕杜甫在詩句的比喻中，有意將「野鶴」、「黃鵠」、「白鳧」之類富於形象性的的喻體提前，而本體則置後，富於出語驚奇、先聲奪人之妙。南宋孫奕《示兒編》「出奇」條亦同此論，並舉杜詩數例，云：「杜詩……倒用一字，尤見工夫。如『蜀酒禁愁得，無錢何處賒』（《草堂即事》），『客睡何曾著，秋天不肯明』（《客愁》），『只作披衣慣，常從漉酒生』（《漫成》），『紅稻啄餘鸚鵡粒，碧梧棲老鳳凰枝』（《秋興》），凡倒著字句，自爽健也。」〔註45〕

同時，也有個別詩論家對此持有異議，如北宋蔡啓《蔡寬夫詩話》「杜詩優劣」條云：「詩語大忌用工太過，蓋煉句勝則意必不足，語工而意不足，則格力必弱，此自然之理也。『紅稻啄餘鸚鵡粒，碧梧棲老鳳凰枝』，可謂精切，而在其集中，本非佳處，不若『暫止飛鳥將數子，頻來語燕定新巢』，爲天然自在。」〔註46〕從未能出語天然角度來審視杜詩的倒裝構句，但也肯定了其煉句之「用工」、「精切」。

此外，宋末范晞文《對牀夜語》卷三還提道：「老杜多欲以顏色字置第一字，卻引實字來，如『紅入桃花嫩，青歸柳葉新』是也。不

〔註43〕宋・王得臣：《麈史》，臺灣商務印書館影印文淵閣四庫全書本，1983年版，卷二。
〔註44〕宋・羅大經：《鶴林玉露》，北京：中華書局，1983年版，第232頁。
〔註45〕宋・孫奕：《示兒編》，臺灣商務印書館影印文淵閣四庫全書本，1983年版，卷十。
〔註46〕宋・蔡啓：《蔡寬夫詩話》，《宋詩話輯佚》本，第385頁。

如此，則語既弱而氣亦餒。他如『青惜峰巒過，黃知橘柚來』、『碧知湖外草，紅見海東雲』、『綠垂風折筍，紅綻雨肥梅』、『紅浸珊瑚短，青懸薜荔長』、『翠深開斷壁，紅遠結飛樓』、『翠幹危棧竹，紅膩小湖蓮』、『紫收岷嶺芋，白種陸池蓮』，皆如前體。若『白摧朽骨龍虎死，黑入太陰雷雨垂』，益壯而險矣。」〔註47〕范氏所總結的將顏色字放置於句首的構句現象，在杜詩創作中大量存在，這不僅僅是出於詞序倒置的句法修辭，可取得文句勁健的藝術效果之考慮，更是作者審美心理過程的真實表述，正如韓成武師《杜甫對景物感知過程的真實表述》一文中所稱：「杜甫的詩境特徵，歷來被人們認為是『一大二真』，這個『真』字，就包涵了他在作品中真實地表述了感知世界的具體過程。……感覺是知覺的前奏，人對於物的感知過程，是由感覺物的個別屬性（如顏色、形狀、氣味等）到知覺（對物種的判斷）的過程。杜甫在寫景詩歌中，常把對景物顏色的感受放在句子的首位，就是這個道理。」〔註48〕

三、構句容量

宋人對於杜詩構句的容量之大、句意之含蘊深厚的特色也是頗為稱道的，如南宋吳沆《環溪詩話》所稱：

> 杜詩妙處人罕能知。凡人作詩，一句祇說得一件物事，多說得兩件；杜詩一句能說得三件、四件、五件物事。常人作詩，但說得眼前，遠不過數十里內；杜詩一句能說數百里，能說兩軍州，能說滿天下。此其所為妙。且如「重露成涓滴，稀星乍有無」，也是好句，然露與星祇是一件事。如「孤城返照紅將斂，近市浮煙翠且重」，亦是好句，然有孤城，也有返照，即是兩件事。又如「鼉吼風奔浪，魚跳日映沙」，有鼉也，風也，浪也，即是一句說三件事。如「絕

〔註47〕宋・范晞文：《對牀夜語》，《歷代詩話續編》本，第 423～424 頁。
〔註48〕韓成武：《杜甫新論》，保定：河北大學出版社，2007 年版，第 212 頁。

壁過雲開錦繡，疏松夾水奏笙簧」，即是一句說了四件事。
至如「旌旗日暖龍蛇動，宮殿風微燕雀高」，即是一句說五
件事。惟其實，是以健；若一字虛，即一字弱矣。……「獨
鶴不知何事舞，饑烏似欲向人啼」，祇是說眼前所見。如「藍
水遠從千澗落，玉山高並兩峰寒」，即是說數千里內事。如
「三峽樓臺淹日月，五溪衣服共雲山」，即是一句說百里
事。至如「浮雲連海岱，平野入青徐」，即是一句說兩軍州。
如「吳楚東南坼」，是一句說半天下。至如「乾坤日夜浮」，
即是一句說滿天下。……

杜詩句意大抵皆遠，一句在天，一句在地。如「三分割據
紆籌策」，即一句在地；「萬古雲霄一羽毛」，即一句在天。
如「江漢思歸客，乾坤一腐儒」，即上一句在地，下一句在
天。如「高風下木葉」，即一句在天；「永夜攬貂裘」，即一
句在地。如「關塞極天惟鳥道」，即一句在天；「江湖滿地
一漁翁」，即一句在地。惟其意遠，故舉上句即人不能知下
句。〔註49〕

吳氏所論，徵引大量杜詩名篇名句為依據，指出其句意縝密、包蘊深
遠的構句特徵，僅一句便能說得三件、四件、五件物事，甚或包攬天
地之間物象，「舉上句即人不能知下句」，超出凡品，堪稱「一句說滿
天下」。

　　楊萬里《誠齋詩話》亦云：「詩有一句七言而三意者。杜云：『對
食暫餐還不能。』……詩有句中無其辭，而句外有其意者。……杜云：
『遣人向市賒香粳，喚婦出房親自饌。』上言其力窮，故曰賒；下言
其無使令，故曰親。又：『東歸貧路自覺難，欲別上馬身無力。』上
有相干之意而不言，下有戀別之意而不忍。又：『朋酒日歡會，老夫
今始知。』嘲其獨遺己而不招也。又夏日不赴而云：『野雪興難乘。』
此不言熱而反言之也。」〔註50〕指出杜詩構句精切，而意在言外。羅

〔註49〕宋‧吳沆：《環溪詩話》，臺灣商務印書館影印文淵閣四庫全書本，
　　　　1983年版，卷一。
〔註50〕宋‧楊萬里：《誠齋詩話》，《歷代詩話續編》本，第138頁。

大經《鶴林玉露》乙編卷五「一聯八意」條則稱：「杜陵詩云：『萬里悲秋常作客，百年多病獨登臺。』蓋萬里，地之遠也；秋，時之淒慘也；作客，羈旅也；常作客，久旅也；百年，暮齒也；多病，衰疾也；臺，高迴處也；獨登臺，無親朋也。十四字之間含八意，而對偶又極精確。」〔註51〕評述杜甫七律《登高》頸聯之內蘊深沈、厚重，一聯兩句富含八意，亦足見宋人對杜詩一句寓多意、包蘊深厚的構句之法的推崇備至。

四、拙句藝術

宋人對於杜詩構句以拙爲奇、以俗爲雅的藝術特色，也多有襃揚之辭的，如北宋范溫《潛溪詩眼》「詩貴工拙相半」條云：

> 老杜詩凡一篇皆工拙相半，古人文章類如此。……如《望嶽詩》云：「齊魯青未了」，《洞庭詩》云：「吳楚東南坼，乾坤日夜浮。」語既高妙有力，而言東嶽與洞庭之大，無過於此，後來文士，極力道之，終有限量，益知其不可及。《望嶽》第二句如此，故先云「岱宗夫如何」，《洞庭》詩先如此，故後云「親朋無一字，老病有孤舟」，使《洞庭詩》無前兩句，而皆如後兩句，語雖健，終不工；《望嶽》詩無第二句，而云「岱宗夫如何」，雖曰亂道可也。今人學詩，多得老杜平慢處，乃鄰女效顰者。〔註52〕

稱美杜詩「工拙相半」，以拙語構句，而得高古勁健之妙。南宋蔡夢弼《杜工部草堂詩話》卷一亦載：「《漫叟詩話》曰：詩中有拙句，不失爲奇作。若子美云『兩個黃鸝鳴翠柳，一行白鷺上青天』之句是也。」〔註53〕指出杜詩句中黃鸝、翠柳、白鷺、青天之語，看似拙如口語，然其意象組合顏色互襯、清新秀麗，正得自然天成之妙。羅大經《鶴林玉露》丙編卷三「拙句」條亦稱：

> 作詩惟拙句最難。至於拙，則渾然天全，工巧不足言矣。……

〔註51〕宋・羅大經：《鶴林玉露》，北京：中華書局，1983 年版，第 215 頁。
〔註52〕宋・范溫：《潛溪詩眼》，《宋詩話輯佚》本，第 322～323 頁。
〔註53〕宋・蔡夢弼：《杜工部草堂詩話》，《歷代詩話續編》本，第 199 頁。

以杜陵言之，如「兩邊山木合，終日子規啼」，「野人時獨往，雲木曉相參」，「喜無多屋宇，幸不礙雲山」，「在家長早起，憂國願年豐」，「若無青嶂月，愁殺白頭人」，「百年渾得醉，一月不梳頭」，「一徑野花落，孤村春水生」，此五言之拙者也。「春水船如天上坐，老年花似霧中看」，「遷轉五州防禦使，起居八座太夫人」，「竹葉於人既無分，菊花從此不須開」，「莫思身外無窮事，且盡生前有限杯」，「雷聲忽送千峰雨，花氣渾如百和香」，「秋水才添四五尺，野航恰受兩三人」，「酒債尋常行處有，人生七十古來稀」，此七言之拙者也。他難殫舉，可以類推。杜陵云：「用拙存吾道」，夫拙之所在，道之所存也，詩文獨外是乎？〔註54〕

更援引杜詩多例五、七言拙句，指出其構句雖至拙而至奇，能達『渾然天全』之道的藝術境界。

杜詩構句多用方言諺語，以俗語入句，宋人對此亦多有關注，如北宋莊綽《雞肋編》卷下載：「杜少陵《新婚別》云：『雞狗亦得將』，世謂諺云：『嫁得雞逐雞飛，嫁得狗逐狗走』之語也。」〔註55〕指出杜詩以諺語構句；北宋惠洪《冷齋夜話》「詩用方言」條云：「句法欲老健有英氣，當間用方俗言為妙。如奇男子行人群中，自然有穎脫不可干之韻。老杜《八仙詩》，序李白曰『天子呼來不上船』，方俗言也，所謂襟紉是也。『家家養烏鬼，頓頓食黃魚』，川峽路人家多供祀烏蠻鬼，以臨江故，頓頓食黃魚耳。俗人不解，便作養畜字讀，遂使沈存中自差烏鬼為鸕鷀也，」認為杜詩構句間用方俗言，則句法『老健有英氣』，並舉例云：「詩人多用方言。南人謂象齒為白暗，犀角為黑暗。少陵詩云：『黑暗通蠻貨。』用方言也。」〔註56〕南宋胡仔《苕溪漁隱叢話》前集卷十亦載：「三山老人《語錄》云：《重過何氏》詩云：

〔註54〕宋・羅大經：《鶴林玉露》，北京：中華書局，1983 年版，第 288～289 頁。

〔註55〕宋・莊綽：《雞肋編》，北京：中華書局，2004 年版，第 117 頁。

〔註56〕宋・釋惠洪：《冷齋夜話》，臺灣商務印書館影印文淵閣四庫全書本，1983 年版，卷四、卷一。

『花妥鶯捎蝶，溪喧獺趁魚。』西北方言以墮爲妥，花妥即花墮也。」〔註57〕均指出杜詩以南、北方言入句。《苕溪漁隱叢話》前集卷十二則載：「洪駒父《詩話》云：世謂兄弟爲友於，謂子孫爲詒厥者，歇後語也。子美詩曰：『山鳥山花皆友於』，退之詩：『誰謂詒厥無基址』，韓、杜亦未能免俗，何也？苕溪漁隱曰：老杜詩云：『六月曠搏扶』，案《莊子》：『搏扶搖而上者九萬里。』疏云：『搏，鬥；扶搖，旋風也。』今云搏扶，亦是歇後語耳。」〔註58〕洪邁《容齋四筆》卷四「杜韓用歇後語」條亦稱：「杜韓二公作詩，或用歇後語。如『淒其望呂葛』『仙鳥仙花吾友於』……之類是已。」〔註59〕均指出杜詩甚至敢於以歇後語入句，只不過其中所引杜詩「仙鳥仙花吾友於」，當爲「山鳥山花吾友於」（《嶽麓山道林二寺行》）之誤。

還有，孫奕《示兒編》「用方言」條亦稱：

> 子美善以方言裏諺點化入詩句中，詞人墨客口不絕談。其曰「吾宗老孫子，質樸古人風」（《吾宗》），「客睡何曾著，秋天不肯明」（《夜客》），「汝去迎妻子，高秋念卻回」（《舍弟觀歸藍田》），「父母養我時，日夜令我藏」（《新婚別》），「棗熟從人打，葵荒欲自鋤」（《秋野》），「掉頭紗帽側，曝背竹書光」（同上），「見耶背面啼，垢膩腳不襪」（《北征》），「舊犬喜我歸，低徊入衣裾。鄰舍喜我歸，沽酒攜葫蘆」（《草堂》），「牀前兩小女，補綻才過膝」（《北征》），「誰能更拘束，爛醉是生涯」（《守歲》），「癡女饑咬我，啼畏猛虎聞」（《彭衙行》），「家家養烏鬼，頓頓食黃魚」（《遣興》），「一夜水高二尺強，數日不可更禁當」（《春水生》），「不分桃花紅勝錦，生憎柳絮白於綿」（《送路侍御入朝》），「負鹽出井此溪女，打鼓發船何郡郎」（《十二月一日》），「去歲茲辰捧

〔註57〕宋・胡仔：《苕溪漁隱叢話》前集，北京：人民文學出版社，1962年版，第63頁。

〔註58〕宋・胡仔：《苕溪漁隱叢話》前集，北京：人民文學出版社，1962年版，第77頁。

〔註59〕宋・洪邁：《容齋隨筆》，上海：上海古籍出版社，1978年版，第660頁。

御床，五更三點入鵷行」（《至日遣興》），「憑陵大叫呼五白，
袒跣不肯成梟盧」（《今夕行》），「老妻畫紙爲棋局，稚子敲
針作釣鉤」（《江村》），「與兄行長校一歲，賢者是兄愚是弟」
（《狂歌行》），「八月秋高風怒號，卷我屋上三重茅。南村
群童欺我老無力。公然抱茅入竹去，脣焦口燥呼不得」（《茅
屋爲秋風所破歌》），「但使殘年飽吃飯，只願無事長相見」
（《病後遇王倚飲贈歌》）。〔註60〕

竟舉杜詩二十餘首以方言構句之例，足見其研讀至細、持論公允。

　　對此，南宋羅大經《鶴林玉露》丙編卷三「以俗爲雅」條則稱：
「杜陵詩，亦有全篇用常俗語者，然不害其爲超妙。如云：『一夜水
高二尺強，數日不可更禁當。南市津頭有船賣，無錢即買繫籬旁。』
又云：『江上被花惱不徹，無處告訴只顛狂。走覓南鄰愛酒伴，經旬
出飲獨空床。』又云：『夜來醉歸衝虎過，昏黑家中已眠臥。傍見北
斗向江低，仰看明星當空大。庭前把燭嗔兩炬，峽口驚猿聞一個。白
頭老罷舞復歌，杖藜不睡誰能那？』是也。楊誠齋多效此體，亦自痛
快可喜。」〔註61〕指出杜詩以方言、諺語等俗語構句，能夠達到化俗
爲雅，「不害其爲超妙」的藝術境界，並爲宋代詩人楊萬里等所效
法。宋末范晞文《對牀夜語》卷二亦云：「『仰看明星當空大，無處
告訴只顛狂』，『但使殘年飽喫飯，案頭乾死讀書螢。』『卻似春風
相欺得，更接飛蟲打著人』，『堂上不合生楓樹』，『不分桃花紅似
錦』，『惜君只欲苦死留』，『數日不可更禁當。』皆化俗爲雅，靈丹
點鐵矣。又『王孫若箇邊』，『若箇』猶『那箇』。『遮莫鄰雞報五更』，
『遮莫』猶『儘教』。」〔註62〕范氏以多首使用俗語之杜詩名句爲
例，認同並讚賞其「化俗爲雅」的作法，若靈丹一點，化鐵成金；
同時，亦足見杜詩中這一現象的普遍性。

〔註60〕宋・孫奕：《示兒編》，臺灣商務印書館影印文淵閣四庫全書本，1983
　　　　年版，卷十。
〔註61〕宋・羅大經：《鶴林玉露》，北京：中華書局，1983年版，第285頁。
〔註62〕宋・范晞文：《對牀夜語》，《歷代詩話續編》本，第418～419頁。

　　同時，宋人也有對此不以爲然之語，如北宋蔡絛《西清詩話》云：
「至楊大年億，國朝儒宗，言少陵村夫子。」〔註63〕南宋李石《何南
仲分類杜詩敘》亦云：「近世楊大年尙『西昆體』，主李義山句法，往
往指摘子美之短而陋之，曰：村夫子語。」〔註64〕然而，詩風追求典
雅華麗、崇尙辭藻雕飾的「西昆體」代表詩人楊億之所謂「村夫子」
之譏，正從反面說明了杜詩構句自然天成、運俗爲雅的不可企及之
處。正如北宋劉頒《中山詩話》所載：「楊大年不喜杜工部詩，謂爲
村夫子，鄉人有強大年者，續杜句曰：『江漢思歸客』，楊亦屬對，鄉
人徐舉『乾坤一腐儒。』楊默然若少屈。」〔註65〕人爲藻飾者，終不
及造語自然天成之妙。南宋張戒《歲寒堂詩話》卷上亦云：「世徒見
子美詩多粗俗，不知粗俗語在詩句中最難，非粗俗，乃高古之極也。
自曹劉死至今一千年，惟子美一人能之。」〔註66〕是故，南宋詩人戴
昺作《有妄論宋唐詩體者答之》云：「少陵甘作村夫子，不害光芒萬
丈長！」〔註67〕南宋「江湖派」詩人戴復古亦有詞曰：「杜陵言語不
妨村，」（《望江南・僕既爲宋壺山說其自說未盡處，壺山必有答語，
僕自嘲三解》）〔註68〕均充分肯定了杜詩構句不避拙語村言，又能化
俗爲雅的藝術魅力。

　　綜上所述，宋人十分讚賞杜詩嚴於篇章佈局、遣語造句，「少陵
詩法如孫吳，」「少陵如節制之師」，「少陵以嚴」的謀篇構句法度，
對其章句藝術表現，做出了既宏觀而又細緻的評述。分別援引大量詩
例，從杜詩的布置謹嚴有法、工於起首收結、前後呼應、擅用剪裁、

〔註63〕宋・蔡絛：《西清詩話》，臺灣廣文書局影印《古今詩話續編》本，
　　　　卷下。
〔註64〕宋・李石：《方舟集》，臺灣商務印書館影印文淵閣四庫全書本，1983
　　　　年版，卷十。
〔註65〕宋・劉頒：《中山詩話》，《歷代詩話》本，第288頁。
〔註66〕宋・張戒：《歲寒堂詩話》，《歷代詩話續編》本，第450頁。
〔註67〕宋・戴昺：《東農野歌集》，臺灣商務印書館影印文淵閣四庫全書本，
　　　　1983年版，卷四。
〔註68〕宋・戴復古著，金芝山校點：《戴復古詩集》，杭州：浙江古籍出版
　　　　社，1992年版，第239頁。

一氣連屬等諸多方面，對其「毫髮無遺憾，波瀾獨老成」（《敬贈鄭諫議十韻》）的章法藝術加以總結和肯定。並且，從杜詩多樣化的句式結構、搖曳錯綜的倒裝句法、涵蘊深厚的構句容量，以及以拙爲奇、化俗爲雅的拙句運用等四個主要方面，對其「爲人性癖耽佳句，語不驚人死不休」（《江上值水如海勢聊短述》）的富於開拓創新精神的句法藝術，進行了系統的分析，均上升到詩學理論高度，給予了絕佳的讚譽。

從中亦可以看出，有宋一代詩壇諸家，對於杜詩的謀篇、構句之法，是自覺加以總結與學習的。儘管有個別詩論家如北宋「西昆體」代表詩人楊億，對杜詩以俗語構句之法持否定態度，「指摘子美之短而陋之，」至以「村夫子」目之，但畢竟遭到了同代多數詩人的有力反駁，正所謂「杜陵言語不妨村，」「不害光芒萬丈長！」

第三章　宋人杜詩煉字論

　　劉勰在其《文心雕龍》中稱：「句之清英，字不妄也」（《文心雕龍·章句篇》），「綴字屬篇，必須揀擇」（《文心雕龍·練字篇》）〔註1〕，可見於章句之外，煉字則直接關係到詩文全篇之優劣。宋人亦認識到煉字的重要性，如強幼安《唐子西文錄》云：「詩在與人商論，深求其疵而去之，等閒一字放過則不可。……作詩自有穩當字，第思之未到耳。」〔註2〕張表臣《珊瑚鈎詩話》卷一亦云：「詩以意為主，又須篇中鍊句，句中鍊字，乃得工耳。」〔註3〕

　　宋人對於杜詩的煉字藝術倍加推崇，如蔡夢弼《杜工部草堂詩話》卷一載：「子美之詩，……非特意語天出，尤工於用字，故卓然為一代冠，而歷世千百，膾炙人口。」〔註4〕將杜詩冠於一代、流芳百世之功歸於其煉字之精工。劉頒《中山詩話》亦云：「唐人為詩，量力致功，精思數十年，然後名家。杜工部云：『更覺良工用心苦。』然豈獨畫手心苦耶！」〔註5〕引杜詩《題李尊師松樹障子歌》中「更覺良工心獨苦」之語，證其以精煉苦吟之創作態度，方足以名家。呂居

〔註1〕梁·劉勰：《文心雕龍》，北京：中國友誼出版公司，1997年版，第140頁、第157頁。

〔註2〕宋·強幼安：《唐子西文錄》，《歷代詩話》本，第445頁。

〔註3〕宋·張表臣：《珊瑚鈎詩話》，《歷代詩話》本，第455頁。

〔註4〕宋·蔡夢弼：《杜工部草堂詩話》，《歷代詩話續編》本，第194～195頁。

〔註5〕宋·劉頒：《中山詩話》，《歷代詩話》本，第289頁。

仁《呂氏童蒙訓》則曰：「陸士衡《文賦》：『立片言以居要，乃一篇之警策。』此要論也。文章無警策，則不足以傳世，蓋不能竦動世人。如杜子美及唐人諸詩，無不如此。但晉宋間人專致力於此，故失於綺靡，而無高古氣味。子美詩云：『語不驚人死不休。』所謂驚人語，即警策也。」〔註6〕並稱「老杜云：『新詩改罷自長吟。』文字頻改，工夫自出。」〔註7〕分別引述杜詩中「語不驚人死不休」（《江上值水如海勢聊短述》），與「陶冶性靈存底物，新詩改罷自長吟」（《解悶十二首》其七）之句，稱美杜甫嚴於字詞推敲的創作態度。杜甫還常常願與其他詩人共同切磋詩藝，細究文辭——「何時一樽酒，重與細論文」（《春日憶李白》），對他人苦吟之創作態度亦在詩中加以稱讚——「知君苦思緣詩瘦」（《暮登四安寺鐘樓寄裴十迪》），正由此嚴謹的創作態度，杜詩中的造語煉字才能夠警策精工，以至於王安石讚歎道：「世間好語言，已被老杜道盡！」〔註8〕

至南宋時期，葛立方《韻語陽秋》卷四云：「杜子美云：『爲人性僻耽佳句，語不驚人死不休。』則是凡子美胸中流出者，無非驚人之語矣。讀其集者，當知此言不妄」，並舉例稱：「作詩在於練字，如老杜『飛星過水白，落月動沙虛』，是練中間一字。『地拆江帆隱，天清木葉聞』，是練末後一字。《酬李都督早春》詩云：『紅入桃花嫩，青歸柳葉新。』若非『入』與『歸』二字，則與兒童之詩何異？」〔註9〕曾豐作《復用韻呈黃教授二首》詩，其二亦云：「有底杜陵語，不驚人不休。」〔註10〕胡仔《苕溪漁隱叢話》前集卷八亦引《漫叟詩話》

〔註6〕宋・呂居仁：《呂氏童蒙訓》，《歷代詩話續編》本，第200頁。

〔註7〕宋・胡仔：《苕溪漁隱叢話》前集，北京：人民文學出版社，1962年版，第50頁。

〔註8〕宋・胡仔：《苕溪漁隱叢話》前集，北京：人民文學出版社，1962年版，第90頁。

〔註9〕宋・葛立方：《韻語陽秋》，上海：上海古籍出版社，1984年版，第57～58頁、第54頁。

〔註10〕宋・曾豐：《緣督集》，臺灣商務印書館影印文淵閣四庫全書本，1983年版，卷五。

云：「『桃花細逐楊花落，黃鳥時兼白鳥飛。』李商老云：『嘗見徐師川說一士大夫家，有老杜墨迹，其初云桃花欲共楊花語，自以淡墨改三字。』乃知古人字不厭改也，不然何以有日鍛月煉之語。」〔註11〕通過老杜遺墨，驗證其創作《曲江對酒》詩鍛煉字語之勤苦，堪稱「毫髮無遺憾」（《敬贈鄭諫議十韻》）；吳沆《環溪詩話》則云：「杜甫長於學，故以字見功。」〔註12〕將杜甫詩長於煉字歸於其才學之深厚。可見，宋代文人無論是對杜甫勤於煉字之創作態度，還是對於杜詩創作中煉字藝術之精工，都是極爲推重與讚賞的。

第一節　「詩眼」與「響字」

　　宋人對於杜詩煉字藝術的批評中，常以「詩眼」之語譽之，如北宋黃庭堅《贈高子勉四首》其四云：「拾遺句中有眼。」〔註13〕北宋陳應行《吟窗雜錄》「詩有眼」條下，列「杜甫詩：『江動月移石，溪虛雲傍花。』」〔註14〕稱美杜詩《絕句六首》其六首聯，「移」、「傍」爲詩中之眼。關於「詩眼」之意，《辭海》釋之曰：「即『句中眼』，指一句詩或一首詩中最精煉傳神的一個字。」〔註15〕南宋林之奇《拙齋文集》則稱：「紫微云：句中要有眼，非是要句句有之，只一篇之中一兩句有眼，便是好詩，老杜詩篇篇皆然。」〔註16〕認爲杜詩篇篇皆有詩眼。南宋俞文豹《吹劍錄》亦云：「詩有一聯一字，喚起一篇精神。杜……《鵝兒》詩：『引頸嗔船過，無行亂眼多。』一『嗔』

〔註11〕宋・胡仔：《苕溪漁隱叢話》前集，北京：人民文學出版社，1962年版，第49頁。

〔註12〕宋・吳沆：《環溪詩話》，臺灣商務印書館影印文淵閣四庫全書本，1983年版，卷二。

〔註13〕宋・黃庭堅：《山谷集》，臺灣商務印書館影印文淵閣四庫全書本，1983年版，卷十二。

〔註14〕宋・陳應行：《吟窗雜錄》，北京：中華書局，1997年版，卷九。

〔註15〕《辭海》，上海：上海辭書出版社，1979年版，第887頁。

〔註16〕宋・林之奇：《拙齋文集》，臺灣商務印書館影印文淵閣四庫全書本，1983年版，卷二。

字盡鵝兒之狀。《望觀弟未至》：『待爾嗔烏鵲，拋書示鶺鴒。』望人未到之時，抑鬱蘊結之情，『拋』與『嗔』字盡之矣。《禹廟》詩：『雲氣生虛壁，江聲走白沙。』一『生』字『走』字，古廟頓有神氣。」〔註17〕所舉杜詩中煉字，無論詠物、寫景，皆精煉傳神，若畫龍點睛之筆，堪得「詩眼」之譽。

　　宋人對於杜詩所煉之「詩眼」一字，是頗爲歎服的，如北宋歐陽修《六一詩話》載：「陳公時偶得杜集舊本，文多脫誤，至《送蔡都尉》詩云：『身輕一鳥』，其下脫一字。陳公因與數客各用一字補之。或云『疾』，或云『落』，或云『起』，或云『下』，莫能定。其後得一善本，乃是『身輕一鳥過』。陳公歎服，以爲雖一字，諸君亦不能到也。」〔註18〕所述乃杜甫《送蔡希魯都尉還隴右》詩中之句，非「過」字不能襯其身輕迅疾，陳公與數客所補數位皆不能及。南宋張表臣《珊瑚鉤詩話》卷二亦載：「陳無己先生語余曰：『今人愛杜甫詩，一句之內，至竊取數字以髣像之，非善學者。……《贈蔡希魯》詩云『身輕一鳥過』，力在一『過』字；《徐步》詩云『蕊粉上蜂鬚』，功在一『上』字。茲非用字之精乎？學者體其格、高其意、鍊其字，則自然有合矣，何必規規然髣像之乎？」〔註19〕稱道杜詩鍊字琢意之合乎自然，難於模倣。另據蔡夢弼《杜工部草堂詩話》卷二所載：「臨川王介甫曰：『老杜云：『詩人覺來往。』下得『覺』字大好。『暝色赴春愁。』下得『赴』字大好。若下『見』字『起』字，即小兒言語。足見吟詩要一字兩字工夫也。」〔註20〕南宋孫奕《示兒編》「出奇」條亦稱：「杜詩只一字出奇，便有過人處。如『二月已破三月來』，『一片花飛減卻春』，『朝罷誰攜兩袖煙』，『生憎柳絮白於綿』，『何用浮名絆此身』，

〔註17〕宋・俞文豹撰，張宗祥校訂：《吹劍錄全編》，上海：古典文學出版社，1958年版，正錄。
〔註18〕宋・歐陽修：《六一詩話》，北京：人民文學出版社，1962年版，第8頁。
〔註19〕宋・張表臣：《珊瑚鉤詩話》，《歷代詩話》本，第464頁。
〔註20〕宋・蔡夢弼：《杜工部草堂詩話》，《歷代詩話續編》本，第212頁。

則下得『破』字『減』字『攜』字『於』字『絆』字，皆不可及。」
〔註21〕足見在宋人心目中，杜詩煉字之不可企及處，雖一字之工，亦
出語超凡，難以仿像。

　　而且，宋人對於杜詩高超之煉字藝術的，亦常以「響字」譽之。
所謂「響字」，南宋嚴羽《滄浪詩話》論「詩法」曾云：「下字貴響，
造語貴圓」〔註22〕，意同「詩眼」，即詩句中最爲精煉、著力、出彩
之字也，如南宋何汶《竹莊詩話》卷一載《呂氏童蒙訓》云：「潘邠
老言：七言詩第五字要響，如『返照入江翻石壁，歸雲擁樹失山村，』
『翻』字，『失』字是響字也。五言詩第三字要響，如『圓荷浮小葉，
細麥落輕花』，『浮』字、『落』字是響字也。所謂響者，致力處也。」
〔註23〕分別選取杜甫五、七言作品《返照》、《爲農》詩中頷聯，指出
其所煉之響字，有使寫景狀物生動傳神之功。南宋蔡夢弼《杜工部草
堂詩話》卷二亦載：「東萊呂居仁曰：『詩每句中須有一兩字響，響字
乃妙指。如子美『身輕一鳥過』，『飛燕受風斜』，『過』字、『受』字
皆一句響字也。」〔註24〕『過』、『受』二字，曲盡飛鳥身輕迅捷之妙；
魏慶之《詩人玉屑》「眼用響字」條下則引「沙頭宿鷺聯拳靜，船尾
跳魚撥剌鳴」（杜甫《漫成一首》）〔註25〕爲例，『宿』、『跳』二字，
繪出夜景之下鷺、魚不同狀態，並與句尾之『靜』、『鳴』相呼應，亦
堪得「響字」之評。

　　此外，宋人對於杜詩煉字與煉句之間的關係，亦有所關注，如
北宋范溫《潛溪詩眼》「煉字」條云：「世俗所謂樂天《金針集》，殊
鄙淺，然其中有可取者，『煉句不如煉意』，非老於文學不能道此。

〔註21〕宋‧孫奕：《示兒編》，臺灣商務印書館影印文淵閣四庫全書本，1983
　　　　年版，卷十。
〔註22〕宋‧嚴羽著，郭紹虞校釋：《滄浪詩話校釋》，北京：人民文學出版
　　　　社，1983年版，第118頁。
〔註23〕宋‧何汶：《竹莊詩話》，北京：中華書局，1984年版，第9頁。
〔註24〕宋‧蔡夢弼：《杜工部草堂詩話》，《歷代詩話續編》本，第208頁。
〔註25〕宋‧魏慶之：《詩人玉屑》，臺灣商務印書館影印文淵閣四庫全書本，
　　　　1983年版，卷三。

又云:『煉字不如煉句』,則未安也,好句要須好字,如⋯⋯老杜《畫馬詩》:『戲拈禿筆掃驊騮。』初無意於畫,偶然天成,工在『拈』字。」〔註26〕以杜詩爲例,批駁《金針集》中所謂「煉字不如煉句」之論,「詩眼」既爲「句中眼」,那麼,句中煉字正堪爲點睛之筆。南宋孫奕《示兒編》「練字」條亦稱:

> 詩人嘲弄萬象,每句必須練字,子美工巧尤多。如《春日江村》詩云:「過懶從衣結,頻遊任履穿。」又云:「經心石鏡月,到面雪山風。」《陪王使君晦日泛江》云:「稍知花改岸,始驗鳥隨舟。」《漫興》云:「糝徑楊花鋪白氈,點溪荷葉疊青錢。」皆練得句首字好。《北風》云:「爽攜卑濕地,聲拔洞庭湖。」《壯遊》云:「氣劘屈賈壘,目短曹劉牆。」《泛西湖》云:「政化蕁絲熟,刀鳴鱠縷飛。」《早春》云:「紅入桃花嫩,青歸柳葉新。」《秋日夔府詠懷》云:「峽束滄江起,岩排石樹圓。」《建都十二韻》云:「風斷青蒲節,霜埋翠竹根。」《柴門》云:「足了垂白年,敢居高士差。」皆練得第二字好也。《復愁》云:「野鶻翻窺草,村船逆上溪。」《移居東村》云:「子能渠細石,吾亦沼清泉。」《收稻》云:「誰云滑易飽,老藉軟俱勻。」《遣悶》云:「暑雨留蒸濕,狂風借夕涼。」《柴門》云:「石乳上雲氣,杉清延月華。」《水宿遣興》云:「高枕翻新月,嚴城疊鼓鼙。」《過津口》云:「和風引桂楫,春日漲雲岑。」《春歸》云:「遠鷗浮水靜,輕燕受風斜。」《泛江作》云:「風蝶勤依槳,春鷗懶避船。」《春日江村》云:「捫蘿澀先登,涉巘眩反顧。」皆練得句腰字好也。《寫懷》云:「無貴賤不悲,無富貧亦足。」《風疾舟中伏枕書懷》云:「烏幾重重縛,鶉衣寸寸針。」《橋陵》詩云:「王劉美竹潤,裴李春蘭馨。」《謁玄元皇帝廟》云:「仙李盤根大,猗蘭奕葉光。」《贈虞十五司馬》云:「爽氣金天豁,清談玉露繁。」《絕句》云:「江碧鳥逾白,山青花欲燃。」《寄張十

〔註26〕宋・范溫:《潛溪詩眼》,《宋詩話輯佚》本,第 321 頁。

二彪》云：「數篇吟可老，一字買堪貧。」皆練得句尾字好
也。至於「綠垂風折筍，紅綻雨肥梅」，「雪嶺界天白，錦
城曛日黃」，「破柑霜落爪，嘗稻雪翻匙」，「霧交才灑地，
風逆旋隨雲」，「檢書燒燭短，看劍引杯長」，「紫崖奔處黑，
白鳥去邊明」，皆練得五言全句好也。「無邊落木蕭蕭下，
不盡長江滾滾來」，「旁見北斗向江低，仰看明星當空大」，
「返照入江翻石壁，歸雲擁樹失山村」，「影遭碧水潛勾引，
風妒紅花卻倒吹」，皆練得七言全句好也。〔註27〕

孫氏不厭其煩地列舉數十例杜甫的代表作品為證，指出煉字在杜詩中
的普遍性，並分別舉例，指出煉句首字、第二字、句腰字、句尾字，
乃至煉全句的諸多「工巧」處，以其創作實踐充分證明了「詩人嘲弄
萬象，每句必須練字」的文學創作規律，以及煉字對於煉句的重要性。

南宋吳沆《環溪詩話》則云：

杜詩……有險語出人意外，如「白摧朽骨龍蛇死」，人猶能
道；至「黑入太陰雷雨垂」，則人不能道矣：為險處在一「垂」
字，無人能下。如「峽坼雲埋龍虎睡」，人猶能道；至「江
清日抱黿鼉遊」，則人不能道矣：為險處在一「抱」字，無
人能下。如「江海闊無津」，人猶能道；「豫章深出地」，則
人不能道矣：為一「出」字難下。如「高浪蹴天浮」，人猶
能道；「大聲吹地轉」，則人不能道矣：為一「吹」字難下。
如「竹光團野色」，人猶能道；至「舍影漾江流」，人不能
道矣：為一「漾」字難下。如「月湧大江流」，人猶能道；
「星垂平野闊」，則人不能道矣：為一「垂」字難下。如「暗
水流花徑」，人猶能道；「春星帶草堂」，則人不能道矣：為
一「帶」字難下，「春」字又難下。凡如此等字，雖使古今
詩人極力思之，終不能到。如於「星」上加一「垂」字、
一「春」字；於「水」上加一「暗」字，初若生面，然《易》
言「天垂象，見吉凶」，《書》言「日中星鳥，以殷仲春」，
則「星」字上本有「垂」、「春」字。淵明《歸去來辭》云

─────────────

〔註27〕宋・孫奕：《示兒編》，臺灣商務印書館影印文淵閣四庫全書本，1983
　　　　年版，卷十。

「泉涓涓而始流」，春水「水」字本有暗字意，但用意深，
來處遠，人初讀不能便覺耳。大抵他人之詩工拙以篇論；
杜甫之詩工拙以字論。他人之詩有篇則無對，有對則無句，
有句則無字；杜甫之詩篇中則有對，對中則有句，句中則
有字。〔註28〕

吳氏亦舉眾多杜甫詩例，指出其「險語出人意外」的人所不能道處，
正在於構句成篇的最基本單位——字。他人之詩「工拙以篇論」，正
因為句中無字，而杜甫之詩「工拙以字論」，則因為句中有字，且為
「句中眼」，為「詩眼」，為「響字」。字奇，則句奇，則篇章自奇，
不同凡響。這也同樣揭示出了詩文煉字與構句謀篇、局部與整體之間
辨證關係的一個創作規律。

第二節　杜詩實字、虛字論

　　宋人對於杜詩的煉字藝術，還分實字、虛字予以批評，所謂「實
字」，即今之「文言實詞」，包括名詞、動詞、形容詞、數詞、量詞、
代詞等等。宋人對於杜詩的煉實字的品評很多，如南宋魏慶之《詩人
玉屑》「實字妝句」條下，引杜詩二首為例——「日月低秦樹，乾坤
繞漢宮。」（杜甫《投贈哥舒開府翰二十韻》），「旌旗日暖龍蛇動，宮
殿風微燕雀高」（杜甫《奉和賈至舍人早朝大明宮》）〔註29〕，所引前
詩中的動詞「低」、「繞」兩字，可以起到藉自然景物烘托、映襯宮殿
雄偉之功，而後詩中的動詞「動」、形容詞「高」，則將龍蛇、燕雀的
行為準確表達出來；杜詩所錘煉的這些實字，確能夠曲盡詩中所描繪
的自然景物、動物之態，堪為點睛「妝句」的傳神之筆。

　　北宋范溫《潛溪詩眼》「煉字」條曾言：「好句要須好字。……
工部又有所喜用字，如『修竹不受暑』，『野航恰受兩三人』，『吹面

〔註28〕宋·吳沆：《環溪詩話》，臺灣商務印書館影印文淵閣四庫全書本，
　　　　1983 年版，卷一。
〔註29〕宋·魏慶之：《詩人玉屑》，臺灣商務印書館影印文淵閣四庫全書本，
　　　　1983 年版，卷三。

受和風』，『輕燕受風斜』，受字皆入妙。老坡尤愛『輕燕受風斜』，以謂燕迎風低飛，乍前乍卻，非受字不能形容也。至於『能事不受相促迫』，『莫受二毛侵』，雖不及前句警策，要自穩愜爾。」〔註30〕范氏所舉杜詩數句，皆因動詞「受」字而使詩中所描述之景物特徵凸顯，如「修竹不受暑」（《陪李北海宴歷下亭》），寫出竹林之清涼；「野航恰受兩三人」（《南鄰》），點出農家船隻的狹小；「吹面受和風」（《上巳日徐司錄林園宴集》），展示出春風之和煦宜人；「輕燕受風斜」（《春歸》），正如東坡所云，繪出飛燕迎風那忽進忽退的身姿。南宋龔頤正《芥隱筆記》「老杜用受字進字逗字」條亦云：「老杜『受』字、『進』字、『逗』字最用工夫，『吹面受和風，』『修竹不受暑，』『飛燕受風斜，』『野航恰受兩三人，』『樹滋風涼進，』『山谷進風涼，』『殘生逗江漢，』『遠逗錦江波。』」〔註31〕所引杜詩除「受」字之外，形容風勢寒涼之「進」字，以及漂留江面之「逗」字，這些動詞的錘煉，均生動傳神，令讀者感同身受。還有，南宋黃徹《碧溪詩話》卷七云：「杜甫有用一字凡數十處不易者，如『緣江路熟俯青郊』，『傲睨俯峭壁』，『展席俯長流』，『杖藜俯沙渚』，『此邦俯要衝』，『四顧俯層巔』，『旄頭俯澗瀍』，『層臺俯風渚』，『游目俯大江』，『江檻俯鴛鴦』。其餘一字屢用若此類甚多，不能具述。」〔註32〕南宋周密《浩然齋雅談》亦云：「杜詩喜用『懸』字，然皆絕奇，如『江鳴夜雨懸』，『侵籬澗水懸』，『山猨樹樹懸』，『空林暮景懸』，『當空淚臉懸』，『獼猴疊疊懸，』『疎籬野蔓懸』，『複道重樓錦繡懸』。」〔註33〕所引杜詩這些所謂「喜用」之動詞，字字體物精深，爲傳神之筆，實乃詩人臨事對景、細心揣摩錘煉而成，所以堪稱奇絕，並

〔註30〕宋・范溫：《潛溪詩眼》，《宋詩話輯佚》本，第321～322頁。

〔註31〕宋・龔頤正：《芥隱筆記》，臺灣商務印書館影印文淵閣四庫全書本，1983年版，卷一。

〔註32〕宋・黃徹：《碧溪詩話》，北京：人民文學出版社，1986年版，第117～118頁。

〔註33〕宋・周密：《浩然齋雅談》，《武英殿聚珍版叢書》本，卷中。

非宋人「一字屢用」、「喜用」之論所能概括。

南宋何汶《竹莊詩話》亦多論杜詩之煉動詞,其卷二十四云:「杜甫『返照入江翻石壁,歸雲擁樹失山村』,腰中一字最工」,〔註34〕所引杜甫《返照》詩頷聯二句腰間,描繪斜陽回照江面之「翻」字,以及暮雲簇集籠罩山村之「失」字,體物細緻入微,將雨後黃昏夕照下的動態之景完美呈現,讀之恍若身臨其境;其卷二十三載:「《復齋漫錄》云:不言『見』、『聞』兩字,此便是字中無斧鑿痕也」,〔註35〕指出杜甫《客夜》詩頷聯「入簾殘月影,高枕遠江聲」,煉動詞至省卻不用,但以所見景物言之,以名代動,則語句凝煉自然,無斧鑿痕。南宋曾季狸《艇齋詩話》云:

> 老杜寫物之工,皆出於目見。如「花妥鶯捎蝶,溪喧獺趁魚。」「芹泥隨燕嘴,花粉上蜂鬚。」「仰蜂黏落絮,行蟻上桔梨。」「柱穿蜂溜蜜,棧缺燕添巢。」「風輕粉蝶喜,花暖蜜蜂喧。」非目見安能造此等語。〔註36〕

列舉五處杜詩寫景狀物之聯語,「出於目見」,讀之亦如目見親臨,皆為成功錘煉名詞、動詞之範例。

南宋洪邁《容齋續筆》卷五「杜詩用字」條則云:

> 律詩用「自」字、「相」字、「共」字、「獨」字、「誰」字之類,皆是實字,及彼我所稱,當以為對,故杜老未嘗不然。今略紀其句於此:「徑石相縈帶,川雲自去留。」「山花相映發,水鳥自孤飛。」「衰顏聊自哂,小吏最相輕。」「高城秋自落,雜樹晚相迷。」『百鳥各相命,孤雲無自心。」「勝地初相引,徐行得自娛。」「雲裏相呼疾,沙邊自宿稀。」『暗飛螢自照,水宿鳥相呼。」「猿掛時相學,鷗行炯自如。」「自吟詩送老,相勸酒開顏。」「俱飛峽蝶元相逐,並蒂芙蓉本自雙。」「自去自來堂上燕,相親相近水中鷗。」「此時對雪遙相憶,送客逢春可自由。」「梅

〔註34〕宋・何汶:《竹莊詩話》,北京:中華書局,1984 年版,第 446 頁。
〔註35〕宋・何汶:《竹莊詩話》,北京:中華書局,1984 年版,第 434 頁。
〔註36〕宋・曾季狸:《艇齋詩話》,《歷代詩話續編》本,第 290 頁。

花欲開不自覺，棣萼一別永相望。」「桃花氣暖眼自醉，
春渚日落夢相牽。」此以「自」字對「相」字也。「自須
開竹徑，誰道避雲蘿。」「自笑燈前舞，誰憐醉後歌。」「死
去憑誰報，歸來始自憐。」「哀歌時自短，醉舞爲誰醒。」
「離別人誰在，經過老自休。」「永夜角聲悲自語，中天
月色好誰看。」此以「自」字對「誰」字也。『野人時獨
往，雲木曉相參。」「正月鶯相見，非時鳥共聞。」「江上
形容吾獨老，天涯風俗病相親。」「縱飲久判人共棄，懶
朝眞與世相違。」「此日此時人共得，一談一笑俗相看。」
此以「共」字、「獨」字對「相」字也。〔註37〕

列舉了二十餘首杜甫律詩中煉代詞的例子，將這些「彼我所稱」、富
於人稱代詞意味的實字，巧妙用以對仗，可使這些聯語既表意無礙，
且語句凝煉。南宋曾季貍《艇齋詩話》載：「韓子蒼云：老杜『兩個
黃鸝鳴翠柳，一行白鷺上青天』，古人用顏色事亦須匹配得相當方用，
翠上方見得黃，青上方見得白。此說有理。」〔註38〕論杜詩之煉表顏
色之形容詞，這些顏色字全以搭配自然工巧見稱，讀之如臨目前，所
以此詩亦成爲流傳千載之名篇。

　　此外，宋人對於杜詩中的煉實字，還注意到了所謂「以實爲虛」
的特殊手法，如北宋范溫《潛溪詩眼》「杜詩高處」條云：「老杜《謝
嚴武詩》云：『雨映行宮辱贈詩。』山谷云：只此『雨映』兩字，寫
出一時景物，此句便雅健。余然後曉句中當無虛字。」〔註39〕所引杜
詩句中只用「雨映」這名詞、動詞兩個實字妝句，而省略虛字即介詞
「於」，使詩句典雅凝煉；南宋楊萬里《誠齋詩話》亦云：「詩有實字
而善用之者，以實爲虛。杜云：『弟子貧原憲，諸生老伏虔。』『老』
字蓋用『趙充國請行，上老之』。」〔註40〕所引杜詩中形容詞「老」

〔註37〕宋・洪邁：《容齋隨筆》，上海：上海古籍出版社，1978 年版，第 277
　　　　～278 頁。
〔註38〕宋・曾季貍：《艇齋詩話》，《歷代詩話續編》本，第 303 頁。
〔註39〕宋・范溫：《潛溪詩眼》，《宋詩話輯佚》本，第 331 頁。
〔註40〕宋・楊萬里：《誠齋詩話》，《歷代詩話續編》本，第 148 頁。

字使用了意動手法，即「以……爲老」，而在文面上又省略了虛字即介詞「以」，以實爲虛，乃爲煉實字手法之上乘。

所謂「虛字」，即今之「文言虛詞」，包括副詞、介詞、連詞、助詞、歎詞、擬聲詞等等。宋人對於杜詩煉虛字的品評也很多，如南宋魏慶之《詩人玉屑》「虛字妝句」條下，引杜詩爲例——「飄颻搏擊便，容易往來遊」（杜甫《獨立》），此爲該詩之頷聯，分別以「飄颻」、「容易」二副詞形容首聯「空外一鷙鳥，河間雙白鷗」中「鷙鳥」恣行搏擊，以及「白鷗」輕易往來之態，鮮活如畫；而「首用虛字」條下，亦引杜詩二首爲例——「無風雲出塞，不夜月臨關」（杜甫《秦州雜詩二十首》其七）「無邊落木蕭蕭下，不盡長江滾滾來」（杜甫《登高》）〔註41〕，一聯之中前後兩句，皆以「無」、「不」兩虛字即否定副詞起首，且上下成對，獨具特色。

宋末范晞文《對牀夜語》卷二論杜詩之煉虛字，則云：「虛活字極難下，虛死字尤不易，蓋雖是死字，欲使之活，此所以爲難。老杜『古牆猶竹色，虛閣自松聲』及『江山有巴蜀，棟宇自齊梁』，人到於今誦之。予近讀其《瞿塘兩崖》詩云：『入天猶石色，穿水忽雲根。』『猶』『忽』二字如浮雲風，閃爍無定，誰能迹其妙處。他如『江山且相見，戎馬未安居』，『故國猶兵馬，他鄉亦鼓鼙』，『地偏初衣裕，山擁更登危』，『詩書遂牆壁，奴僕且旌旄』，皆用力於一字。」〔註42〕范氏所謂「虛死字」，即指杜詩中「猶」、「自」、「忽」、「且」、「亦」、「初」、「更」、「遂」等等這些用作狀語的虛字，因其本身抽象、無實際意義，故稱；然而杜詩在對於這些「虛死字」的選擇、錘煉與處理上，著重其與詩中所描述之景物、形象特徵相協調，正如其所稱道的「入天猶石色，穿水忽雲根」一聯，緊扣瞿塘峽口兩崖既高聳入雲，復穿水至深的典型特徵，以「猶」、「忽」二字加以

〔註41〕 宋・魏慶之：《詩人玉屑》，臺灣商務印書館影印文淵閣四庫全書本，1983 年版，卷三。

〔註42〕 宋・范晞文：《對牀夜語》，《歷代詩話續編》本，第 418 頁。

烘托、渲染，而兼有動詞意味——「猶望」、「忽見」，虛字起死，形象生動；其他例句中虛字，亦各因事、隨物賦形，狀諸般情境若親臨其間，「運虛為實」〔註43〕，堪稱妙筆。

南宋葛立方《韻語陽秋》卷一亦云：「老杜寄身於兵戈騷屑之中，感時對物，則悲傷係之，如『感時花濺淚』是也，故作詩多用一『自』字。《田父泥飲》詩云：『步屨隨春風，村村自花柳。』《遣興》詩云：『愁眼看霜露，寒城菊自花。』《憶弟》詩云：『故園花自發，春日鳥還飛。』《日暮》詩云：『風月自清夜，江山非故園。』《滕王亭子》詩云：『古牆猶竹色，虛閣自松聲。』言人情對景，自有悲喜，而初不能累無情之物也。」〔註44〕葛氏所稱杜詩多煉一虛字「自」，以述樂景、敘悲情，此正本文第一章所論杜詩之「以樂寫哀」手法；「自」雖為副詞、虛字，然於寫景中兼具動詞意味，如「村村自花柳」、「風月自清夜」、「虛閣自松聲」之「自」，乃「自有」之意，「寒城菊自花」、「故園花自發」之「自」，乃「自開」之意，均「運虛為實」、虛字實用，言景自繁華、無情，以襯人之悲愁孤苦，有倍增其情之功。

南宋黃徹《䂬溪詩話》卷七曾云：「子美有『同學少年多不賤』，又『小徑陞堂舊不斜』，『群仙不愁思』，『夕烽來不近』，皆人所不敢用。甚類《周禮》：『凡師不功』，《左傳》：『仁而不武』，『晉人聞有楚師，師曠曰：不害』，『楚歸而動，不後』。本以易『無』字爾，而語勢頓壯。」〔註45〕論杜詩之煉否定副詞，多選用「不」，以代「無」字之意，因「不」字為仄聲、音重，不似「無」字平而音輕，具有加重詩句語氣之效；並指出其師法先秦儒典之語辭，字簡意精，因而「語

〔註43〕韓成武：《杜詩藝譚》，石家莊：河北教育出版社，2002 年版，第 105頁。

〔註44〕宋‧葛立方：《韻語陽秋》，上海：上海古籍出版社，1984 年版，第6頁。

〔註45〕宋‧黃徹：《䂬溪詩話》，北京：人民文學出版社，1986 年版，第 118〜119 頁。

勢頓壯」。

　　南宋羅大經《鶴林玉露》乙編卷二「詩用助語」條云：「詩用助語字貴帖妥，如杜少陵云：『古人稱逝矣，吾道卜終焉。』又云：『去矣英雄事，荒哉割據心。』」〔註46〕論杜詩之煉語助詞，若「矣」、「焉」、「哉」之屬，貴在妥帖，與詩中語境相諧，多用在慨歎、議論之處，有助於情志之闡發；其書甲編卷六「詩用字」條云：「作詩要健字撐柱，要活字斡旋。『紅入桃花嫩，青歸柳葉新。』『弟子貧原憲，諸生老伏虔。』『入』與『歸』字、『貧』與『老』字，乃撐柱也；『生理何顏面，憂端且歲時。』『名豈文章著，官應老病休。』『何』與『且』字、『豈』『應』字，乃斡旋也。撐柱如屋之柱，斡旋如車之軸。文亦然，詩以字，文以句。」〔註47〕則對杜詩之煉實字、虛字並論，指出其實字貴在勁健有力，可支撐全句，如「紅入桃花嫩，青歸柳葉新」（《奉酬李都督表丈早春作》）之動詞「入」、「歸」，「弟子貧原憲，諸生老伏虔」（《寄岳州賈司馬六丈、巴州嚴八使君兩閣老五十韻》）之形容詞「貧」、「老」，均為句中之眼，下筆著力，一字便可揭示出描寫對象的形態、特徵，堪為撐柱；而「生理何顏面，憂端且歲時」（《得弟消息二首》其二）之疑問代詞「何」、連詞「且」，「名豈文章著，官應老病休」（《旅夜書懷》）之助詞「豈」、「應」，則富有轉折意味，使語勢起伏斡旋，不愧「活字」之譽。所煉字為句、乃至全詩增色，「詩以字」之論，可謂允當。

　　綜上，宋人所論杜詩之煉字，無論實字、虛字，盡皆體物精深、細緻入微，寫景狀物、抒情敘事，均能以一字盡顯其形、其態，使讀者若親臨其境、感同身受，可謂「意匠慘澹經營中」（《丹青引》），至若「以實為虛」、「運虛為實」之法，則更為煉字藝術之上乘，因而為論者所歎服。

〔註46〕宋・羅大經：《鶴林玉露》，北京：中華書局，1983 年版，第 145 頁。
〔註47〕宋・羅大經：《鶴林玉露》，北京：中華書局，1983 年版，第 108 頁。

第三節　杜詩疊字、俗字論

　　宋人對於杜詩的煉字藝術，還特別關注到其煉疊字與俗字的運用。「疊字」，又稱「雙字」、「連綿字」，即疊音詞。如南宋葉夢得《石林詩話》卷上云：「詩下雙字極難，須使七言五言之間除去五字三字外，精神興致，全見於兩言，方爲工妙。……要之當令如老杜『無邊落木蕭蕭下，不盡長江滾滾來』，與『江天漠漠鳥雙去，風雨時時龍一吟』等，乃爲超絕。」〔註48〕分別引述杜甫七律《灩澦》與《登高》之頷聯，指出其下雙字而精神頓現的工妙之處，「蕭蕭」、「滾滾」、「漠漠」、「時時」之語，一一道盡所寫景物宏大壯闊之態，於詩聯中赫然奪目，確爲超絕妙筆。

　　南宋王構《修辭鑒衡》載楊萬里語曰：「王維詩云：『漠漠水田飛白鷺，陰陰夏木囀黃鸝』二句，以『漠漠』『陰陰』二字，喚起精神。又『無邊落木蕭蕭下，不盡長江滾滾來』二句，亦以『蕭蕭』『滾滾』，喚起精神。若曰『水田飛白鷺，夏木囀黃鸝。』『木葉蕭蕭下，長江不盡來。』則絕無光彩矣。見得連綿不是裝湊贅語。」〔註49〕將杜甫《登高》與王維七律《積雨輞川莊作》詩頷聯之煉疊字詩句相類比，指出連綿字非僅裝贅語，可視全詩「喚起精神」。南宋周紫芝《竹坡詩話》卷二亦稱：「詩中用雙疊字易得句。如『水田飛白鷺，夏木囀黃鸝』，此李嘉祐詩也。王摩詰乃云『漠漠水田飛白鷺，陰陰夏木囀黃鸝。』摩詰四字下得最爲穩切。若杜少陵『風吹客衣日杲杲，樹攪離思花冥冥』，『無邊落木蕭蕭下，不盡長江滾滾來』，則又妙不可言矣。」〔註50〕更稱道杜甫《醉歌行》、《登高》詩中之煉疊字，乃在王詩裁飾他人詩句功夫之上，自然天成，所以「妙不可言」。

　　宋末范晞文《對牀夜語》卷二云：「雙字用於五言，視七言爲難，蓋一聯十字耳，苟輕易放過，則何所取也。老杜雖不以此見工，然亦

〔註48〕宋・葉夢得：《石林詩話》，《歷代詩話》本，第 411 頁。
〔註49〕宋・王構：《修辭鑒衡》，臺灣商務印書館影印文淵閣四庫全書本，1983 年版，卷一。
〔註50〕宋・周紫芝：《竹坡詩話》，《歷代詩話》本，第 349 頁。

每加之意焉。觀其『納納乾坤大，行行郡國遙』，不用『納納』，則不足以見乾坤之大；不用『行行』，則不足以見道路之遠。又『寂寂春將晚，欣欣物自私』，則一氣轉旋之妙，萬物生成之喜，盡於斯矣。至若『汀煙輕冉冉，竹日淨暉暉』，『湛湛長江去，冥冥細雨來』，『野徑荒荒白，春流泯泯清』，『地晴絲冉冉，江碧草纖纖』，『急急能鳴雁，輕輕不下鷗』，『簷影微微落，津流脈脈斜』，『相逢雖袞袞，告別莫匆匆』等句，俱不泛。若『濟潭鱣發發，春草鹿呦呦』，則全用《詩》語也。」〔註51〕亦舉杜甫數聯五言詩，一一細論其用疊字之妙，雖「視七言為難」，然盡皆因事賦形、曲盡其態。同時，這些疊字的應用，亦可使詩句讀來琅琅上口，富於樂感與響暢之美。南宋何汶《竹莊詩話》卷二十三亦載：「《雪浪齋日記》云：古人下連綿字不虛發，如老杜『野日荒荒白，江流泯泯清』」。〔註52〕引杜甫五律《漫成二首》其一首聯，「荒荒」，乃無色也，正寫野日之白；「泯泯」，無聲也，正狀江流之清。一語道盡景物之神，誠不虛發耳。由上可見，誠如宋人所評，杜詩無論七言或五言，其中所煉之疊字，均體物精切、生動傳神，能以超絕妙筆，喚起一篇精神，可謂「筆不虛發」，非袛求文面點綴。

　　與前述宋人論杜詩句法，看重其以拙為奇、以俗為雅的拙句藝術相關，宋人論杜詩煉字藝術，亦關注到了其詩中多用俗字的現象，如南宋黃徹《䂬溪詩話》卷七：「數物以『個』，謂食為『吃』，甚近鄙俗，獨杜屢用。『峽口驚猿聞一個』，『兩個黃鸝鳴翠柳』，『卻繞井欄添個個』。《送李校書》云：『臨岐意頗切，對酒不能吃。』『樓頭吃酒樓下臥』，『但使殘年飽吃飯』，『梅熟許同朱老吃』。蓋篇中大概奇特，可以映帶者也。東坡云：『筆工效諸葛散卓，反不如常筆。正如人學老杜詩，但見其粗俗耳。』」〔註53〕認為杜詩煉俗字，蓋以俗襯奇，起到「映帶」之用。宋末范晞文《對牀夜語》卷二亦云：「數物以個，

〔註51〕宋・范晞文：《對牀夜語》，《歷代詩話續編》本，第 419～420 頁。
〔註52〕宋・何汶：《竹莊詩話》，北京：中華書局，1984 年版，第 435 頁。
〔註53〕宋・黃徹：《䂬溪詩話》，北京：人民文學出版社，1986 年版，第 112頁。

俗語也。老杜有『峽口驚猿聞一個』,『兩個黃鸝鳴翠柳』。雙字有『樵聲個個同』,『個個五花文』,『漁舟個個輕』,『卻繞井欄添個個』。」〔註54〕指出杜詩甚至雙字亦用俗語。

　　宋人對杜詩多煉俗字,亦從創作角度出發,給出更爲合理的解讀,如南宋蔡夢弼《杜工部草堂詩話》卷一載:「老杜詩詞,酷愛下『受』字,蓋自得之妙,不一而足。如『修竹不受暑』,『輕燕受風斜』,『吹面受和風』,『野航恰受兩三人』,誠用字之工也。然其所以大過人者無它,祇是平易,雖曰似俗,其實眼前事爾。『老妻畫紙爲棋局,稚子敲針作釣鈎。』以『老』對『稚』,以其妻對其子,無如此之親切,又是閨門之事,宜與智者道。」〔註55〕列舉杜詩名句,指出其中煉字精工過人之處,往往非穠華、險怪之語,而在於用字平易,即眼前事、身邊景,親切自然,固大俗而大雅。

　　南宋葉夢得亦頗爲讚賞杜詩之煉俗字,其《石林詩話》卷中云:
　　詩人以一字爲工,世固知之,惟老杜變化開闔,出奇無窮,殆不可以形迹捕。如「江山有巴蜀,棟宇自齊梁」,遠近數千里,上下數百年,只在「有」與「自」兩字間,而吞納山川之氣、俯仰古今之懷,皆見於言外。《滕王亭子》「粉牆猶竹色,虛閣自松聲,」若不用「猶」與「自」兩字,則餘八言凡亭子皆可用,不必滕王也。此皆工妙至到,人力不可及,而此老獨雍容閒肆,出於自然,略不見其用力處。今人多取其已用字,模放用之,偓促狹隘,盡成死法。
　　不知意與境會,言中其節,凡字皆可用也。〔註56〕
分別以杜甫五律《上兜率寺》與《滕王亭子》頷聯煉字爲例,指出其工妙、不可及處,正在其善用凡字,能「出於自然」,非人爲用力可致。時人雖欲模學,然直接取爲己用,則反失自然之工,「盡成死法」耳;其書卷下復云:

〔註54〕宋・范晞文:《對牀夜語》,《歷代詩話續編》本,第419頁。
〔註55〕宋・蔡夢弼:《杜工部草堂詩話》,《歷代詩話續編》本,第205頁。
〔註56〕宋・葉夢得:《石林詩話》,《歷代詩話》本,第420～421頁。

　　詩語固忌用巧太過，然緣情體物，自有天然工妙，雖巧而不見刻削之痕。老杜「細雨魚兒出，微風燕子斜」，此十字殆無一字虛設。細雨著水面爲漚，魚常上浮而淰。若大雨則伏而不出矣。燕體輕弱，風猛則不能勝，唯微風乃受以爲勢，故又有「輕燕受風斜」之語。至「穿花蛺蝶深深見，點水蜻蜓款款飛」，「深深」字若無「穿」字，「款款」字若無「點」字，皆無以見其精微如此。然讀之渾然，全似未嘗用力，此所以不礙其氣格超勝。使晚唐諸子爲之，便當如「魚躍練波抛玉尺，鶯穿絲柳織金梭」體矣。〔註57〕

則分別以杜甫五律《水檻遣心二首》其一、七律《曲江二首》其二頸聯爲例，論杜詩煉字之「天然工妙」處，看似俗字、平常語、不著刻削、用力，實則錘煉意蘊、渾然天成，遠勝晚唐諸子「有字無篇」之體，並稱：

　　詩禁體物語，此學詩者類能言之也。歐陽文忠公守汝陰，嘗與客賦雪於聚星堂，舉此令，往往皆閣筆不能下；然此亦定法，若能者，則出入縱橫，何可拘礙。鄭谷「亂飄僧舍茶煙濕，密灑歌樓酒力微」，非不去體物語，而氣格如此其卑。蘇子瞻「凍合玉樓寒起粟，光搖銀海眩生花」，超然飛動，何害其言「玉樓」、「銀海」。韓退之兩篇，力欲去此弊，雖冥搜奇譎，亦不免有「縞帶銀杯」之句。杜子美「暗度南樓月，寒生北渚雲。」初不避雲月字。若「隨風且開葉，帶雨不成花」，則退之兩篇，工殆無以愈也。〔註58〕

指出詩家所謂「禁體物語」，常以避風、花、雪、月諸般俗字眼爲能，然上乘之作，則不必拘泥此論。並從正反兩面舉例，晚唐鄭谷避之，然氣格卑微，蘇軾不避，亦氣勢超然；韓愈雖欲避而不能，其傾力創作之五言排律，亦不免有「隨車翻縞帶，逐馬散銀盃」（《詠雪贈張籍》）二句，未能避俗。而後舉杜甫五律《舟中夜雪，有懷盧十四侍御弟》和《對雪》頷聯煉字爲例，指出其雖不避「雲」、「月」、「花」、「葉」

〔註57〕宋・葉夢得：《石林詩話》，《歷代詩話》本，第431頁。

〔註58〕宋・葉夢得：《石林詩話》，《歷代詩話》本，第436頁。

之俗字，依舊能夠緣情體物、合於自然，超出韓愈輩刻意規避之作多矣。南宋陸游《老學庵筆記》則稱：「杜少陵《曲江》詩云：『一片飛花減卻春，風飄萬點正愁人。且看欲盡花經眼，莫厭傷多酒入脣。江上小堂巢翡翠，花間高塚臥麒麟。細推物理須行樂，何用浮名絆此身？』三聯中疊用三『花』字，而意不重複，又何好也。」〔註59〕指出杜甫七律《曲江二首》其一（所引「花間高塚臥麒麟」句，當為「苑邊高塚臥麒麟」之誤），雖連用「花」字，未能「禁體物語」甚矣，然其對景抒情、語出天然，又意不相重，自然為好。

　　可見，宋人對於杜詩之煉俗字頗加稱賞，正在於其平易自然、淡泊渾成，煉字更在煉意，能「以平易之字來包孕深刻的內容或刻畫事物的神態」〔註60〕，並且，「宋代詩壇有一個整體性的風格追求，那就是以平淡為美」〔註61〕，杜詩以俗為雅、以平易自然為工的煉字特色，則與宋人的審美眼光相一致，因而才會倍受推崇。

　　綜上所述，宋人對於杜詩的煉字藝術，首先對其「語不驚人死不休」（《江上值水如海勢聊短述》）、「新詩改罷自長吟」（《解悶十二首》其七）之精益求精、孜孜以求的創作態度和苦吟精神，頗為歎服。並且，宋人對其創作實踐中，無論是堪稱「詩眼」、「響字」的句中一字，亦或實字（「文言實詞」）、虛字（「文言虛詞」）、疊字（「疊音詞」）、俗字等之苦心錘煉，均作為詩學標杆，給予了普遍的讚譽和推崇。

　　宋人評述杜詩煉字時引證之多，分類之細，可謂頗具慧眼，用心至深，值得稱道。甚至還通過不厭其煩地補杜詩之缺字、仿竊杜詩用字等類似於文字遊戲的方式，親身感受和學習其煉字之功。這也從側面反映出，崇尚「以文字為詩」（《滄浪詩話·詩辨》）的宋代詩壇整

〔註59〕宋·陸游：《老學庵筆記》，北京：中華書局，1979年版，第140頁。
〔註60〕韓成武：《杜詩藝譚》，石家莊：河北教育出版社，2002年版，第100頁。
〔註61〕袁行霈：《中國文學史》（第三卷），北京：高等教育出版社，2005年第2版，第13頁。

體，對杜詩煉字藝術手法的高度重視與全面性關注。杜詩煉字所達到
的自然渾成、煉字重在煉意的藝術境界，也正與有宋一代詩人以平淡
為美的美學追求相契合。

第四章　宋人杜詩對仗論

　　在宋人的論著特別是眾多詩話中，對於杜詩的對仗藝術有著頗多評述；關於對仗這一文學現象，劉勰《文心雕龍・麗辭篇》曾評曰：「造物賦形，支體必雙。神理爲用，事不孤立」，〔註1〕指出對仗是文學對自然形態的模倣，是在天人合一的傳統理念下，作家對於中正、和諧之美的審美追求。杜甫一生詩歌創作中之對仗手法靈活多變、格律精研深至，因此宋人對杜詩的對仗藝術推崇備至，每多褒揚之語，如胡仔《苕溪漁隱叢話》前集卷八所云：「先生詩該眾美者，不唯近體嚴於屬對，至於古風句對者亦然」〔註2〕，稱美其古、近體詩盡皆對仗精嚴。南宋孫奕《示兒編》「屬對不拘」條則稱：「草堂先生……未始有一字非的對也。先生詞源袞袞，不擇地而出，無可無不可」〔註3〕，對其對仗之多變、精工給以極高的讚譽。

　　並且，宋人還擇取杜詩中多種對仗體式進行藝術批評，如北宋惠洪《石門洪覺範天廚禁臠》「近體三種頷聯法」條云：「《寒食對月》：『無家對寒食，有淚如金波。斫卻月中桂，清光應更多。仳離放紅蕊，

〔註1〕梁・劉勰：《文心雕龍》，北京：中國友誼出版公司，1997年版，第143頁。

〔註2〕宋・胡仔：《苕溪漁隱叢話》前集，北京：人民文學出版社，1962年版，第51～52頁。

〔註3〕宋・孫奕：《示兒編》，臺灣商務印書館影印文淵閣四庫全書本，1983年版，卷十。

想象颦青蛾。牛女漫愁思，秋期猶渡河』。此杜子美詩也。其法頷聯
雖不拘對偶，……然破題引韻已的對矣。謂之偷春格，言如梅花偷春
色而先開也。」〔註4〕即律詩首聯二句即使用對仗，而三四句則不用
對仗之體；在杜甫律詩中，還有如：

> 臥病荒郊遠，通行小徑難。故人能領客，攜酒重相看。
> 自愧無鮭菜，空煩卸馬鞍。移樽勸山簡，頭白恐風寒。
>
> （《王竟攜酒，高亦同過》）
>
> 並照巫山出，新窺楚水清。羈棲愁裏見，二十四回明。
> 必驗升沈體，如知進退情。不違銀漢落，亦伴玉繩橫。
>
> （《月三首》其二）

諸篇所用對仗，亦為首聯對而頷聯不對的「偷春格」。

　　北宋趙次公則論及杜詩對仗中的地名對，其注解杜甫七律《送韓
十四江東省覲》頸聯「黃牛峽靜灘聲轉，白馬江寒樹影稀」云：「此
在蜀州作。黃牛峽，韓所經之地。白馬江，蜀州江名，今所稱亦然，
乃韓與公為別之處。……公詩凡寄遠及送行，或居此念彼，必兩句分
言地之所在」〔註5〕，指出此聯對仗中，上下兩句嵌入黃牛峽、白馬
江二地名，分別用以代指韓、杜二人，言彼行至黃牛峽，己猶於白馬
江遙望，足見其惜別之情，總結出了杜詩對仗中的以地代人之體。此
體在杜詩對仗中普遍出現，他如「渭北春天樹，江東日暮雲」（《春日
憶李白》），「地闊峨眉晚，天高岷首春」（《贈別鄭煉赴襄陽》），「岷嶺
南蠻北，徐關東海西」（《送舍弟頻赴齊州三首》其二），「綿谷元通漢，
沱江不向秦」（《贈別何邕》）等等，皆以地名入對，分寓主、客二人，
抒發對友人的惜別與思念之情，含蓄而蘊藉。

　　南宋羅大經《鶴林玉露》乙編卷一「詩互體」條云：「杜少陵詩
云：『風含翠篠娟娟淨，雨裛紅蕖冉冉香。』上句風中有雨，下句雨

〔註4〕　宋·釋惠洪：《石門洪覺範天廚禁臠》，上海：古典文學出版社，1958
　　　　年版，卷上。
〔註5〕　宋·趙次公注，林繼中輯校：《杜詩趙次公先後解輯校》，上海：上
　　　　海古籍出版社，1994 年版，第 476 頁。

中有風，謂之互體。」〔註 6〕以杜甫七律《狂夫》頷聯爲例，總結出此種上下句語義互文的特殊對仗形式。南宋嚴羽《滄浪詩話》論「詩體」云：「有律詩徹首尾對者（少陵多此體，不可概舉）」〔註 7〕，據筆者統計，在杜甫的五律中，還有如下篇目，爲首尾四聯八句全對者：

漢北豺狼滿，巴西道路難。血埋諸將甲，骨斷使臣鞍。
牢落新燒棧，蒼茫舊築壇。深懷喻蜀意，慟哭望王官。
（《王命》）

農務村村急，春流岸岸深。乾坤萬里眼，時序百年心。
茅屋還堪賦，桃源自可尋。艱難昧生理，飄泊到如今。
（《春日江村五首》其一）

遠岸秋沙白，連山晚照紅。潛鱗輸駭浪，歸翼會高風。
砧響家家發，樵聲個個同。飛霜任青女，賜被隔南宮。
（《秋野五首》其四）

路出雙林外，亭窺萬井中。江城孤照日，山谷遠含風。
兵革身將老，關河信不通。猶殘數行淚，忍對百花叢。
（《登牛頭山亭子》）

西漢親王子，成都老客星。百年雙白鬢，一別五秋螢。
忍斷杯中物，祇看座右銘。不能隨皂蓋，自醉逐浮萍。
（《戲題寄上漢中王三首》其一）

新亭有高會，行子得良時。日動映江幕，風鳴排檻旗。
絕筆終不改，勸酒欲無詞。已墮峴山淚，因題零雨詩。
（《隨章留後新亭會送諸君》）

老病巫山裏，稽留楚客中。藥殘他日裹，花發去年叢。
夜足沾沙雨，春多逆水風。合分雙賜筆，猶作一飄蓬。
（《老病》）

〔註 6〕宋・羅大經：《鶴林玉露》，北京：中華書局，1983 年版，第 132 頁。
〔註 7〕宋・嚴羽著，郭紹虞校釋：《滄浪詩話校釋》，北京：人民文學出版社，1983 年版，第 73 頁。

隱豹深愁雨，潛龍故起雲。泥多仍徑曲，心醉阻賢群。
忍待江山麗，還披鮑謝文。高樓憶疏豁，秋興坐氛氳。
（《戲寄崔評事表任、蘇五表弟、韋大少府諸任》）

城郭悲笳暮，村墟過翼稀。甲兵年數久，賦斂夜深歸。
暗樹依岩落，明河繞塞微。斗斜人更望，月細鵲休飛。
（《夜二首》其二）

野屋流寒水，山籬帶薄雲。　靜應連虎穴，喧已去人群。
筆架沾窗雨，書簽映隙曛。　蕭蕭千里足，個個五花文。
（《題柏大兄弟山居屋壁二首》其二）

鬢毛垂領白，花蕊亞枝紅。欹倒衰年廢，招尋令節同。
薄衣臨積水，吹面受和風。有喜留攀桂，無勞問轉蓬。
（《上巳日徐司錄林園宴集》）

共計十一首之多，在杜詩七律中，例如：

風急天高猿嘯哀，渚清沙白鳥飛回。
無邊落木蕭蕭下，不盡長江滾滾來。
萬里悲秋常作客，百年多病獨登臺。
艱難苦恨繁霜鬢，潦倒新停濁酒杯。（《登高》）

歲暮陰陽催短景，天涯霜雪霽寒宵。
五更鼓角聲悲壯，三峽星河影動搖。
野哭幾家聞戰伐，夷歌數處起漁樵。
臥龍躍馬終黃土，人事依依漫寂寥。（《閣夜》）

年年至日長為客，忽忽窮愁泥殺人。
江上形容吾獨老，天涯風俗自相親。
杖藜雪後臨丹壑，鳴玉朝來散紫宸。
心折此時無一寸，路迷何處是三秦。（《冬至》）

以上三篇，也均繫通篇八句全為對仗者。因此，嚴氏「少陵多此體」
之論，不為虛言。

　　可見，宋人對於杜詩對仗藝術的批評，均立足於杜詩的創作實
際；更為值得關注的是，宋人還對杜詩中幾種特殊的對仗形式，諸如
借對、當句對、扇對、流水對等，通過大量詩例的列舉，加以藝術總

結，這在杜詩藝術接受史上富有著重要的意義。

第一節　杜詩借對論

　　借對，亦稱「假對」，即在需要構成對仗的一聯詩上下兩句，通過一詞多義或諧音的特殊途徑，借義或借音實現工對的對仗方式。宋人詩話中曾多次引杜詩爲例，提及此種對仗，如北宋蔡啓《蔡寬夫詩話》「假對」條云：「詩家有假對，本非用意，蓋造語適到，因以用之。若杜子美『本無丹竈術，那免白頭翁』，……借『丹』對『白』，……而晚唐諸人，遂立以爲格。」〔註8〕南宋嚴羽《滄浪詩話》論「詩體」則稱：「有借對，……少陵『竹葉於人既無分，菊花從此不須開』是也」〔註9〕，此聯引自《九日五首》其一，「竹葉」爲酒名，此處借其植物學意義，與『菊花』構成工對。

　　南宋孫奕《示兒編》「假對」條，則徵引了更多杜詩借對詩例：
　　　詩律有借對法，苟下字工巧，賢於正格也。少陵《北鄰》
　　　云：「愛酒晉山簡，能詩何水曹。」《贈張四學士》云：「紫
　　　誥仍兼綰，黃麻似六經。」又「無復隨高鳳，空餘泣聚螢。」
　　　《送楊六使西番》云：「子雲清自守，今日起爲官。」《寄
　　　韋有夏郎中》云：「飲子頻通汗，懷君想報珠。」《九日》
　　　云：「坐開桑落酒，來折菊花枝」蓋用「山簡」對「水曹」，
　　　「兼綰」對「六經」，「高鳳」對「聚螢」，「子雲」對「今
　　　日」，「飲子」對「懷君」，「桑落」對「菊花」。〔註10〕
可見，宋人主要是根據杜詩的創作實踐，爲借對加以命名的，而依據借對實現途徑的不同，又可分爲借義對和借音對兩種，並分別列舉大量杜詩的代表作品給予了細緻的評析。

〔註8〕宋・蔡啓：《蔡寬夫詩話》，《宋詩話輯佚》本，第400頁。
〔註9〕宋・嚴羽著，郭紹虞校釋：《滄浪詩話校釋》，北京：人民文學出版社，1983年版，第74頁。
〔註10〕宋・孫奕：《示兒編》，臺灣商務印書館影印文淵閣四庫全書本，1983年版，卷九。

　　所謂借義對，亦稱「字對」，如王力先生所說：「一個詞有兩個以上的意義，詩人在詩中用的是甲義，但是同時借用它的乙義或丙義來與另一詞相對。」〔註11〕宋人曾多次論及杜詩中的借義對，如北宋惠洪《石門洪覺範天廚禁臠》云：「《春日曲江》：『朝回日日典春衣，每日江頭盡醉歸。酒債尋常行處有，人生七十古來稀。穿花蛺蝶深深見，點水蜻蜓款款飛，傳語春光共流轉，暫時相賞莫相違。』……『尋常』，七尺爲尋，八尺爲常。」〔註12〕南宋吳可《藏海詩話》亦云：「世傳『酒債尋常行處有，人生七十古來稀』，以爲『尋常』是數，所以對『七十』。」〔註13〕均指出杜詩此對看似寬泛，實則借「尋常」二字表數量之義，與下句「七十」一詞構成了數目類的工對。

　　南宋羅大經《鶴林玉露》乙編卷四「雲日對」條稱：「葉石林云：杜工部詩，對偶至嚴，而《送楊六判官》云『子雲清自守，今日起爲官』，獨不相對。竊意『今日』字，當是『令尹』字傳寫之訛耳。余謂不然，此聯之工，正爲假『雲』對『日』，兩句一意，乃詩家活法。若作『令尹』字，則索然無神，夫人能道之矣。且送楊姓人，故用子雲爲切題，豈應又泛然用一令尹耶？如『次第尋書箚，呼兒檢贈篇』之句，亦是假以『第』對『兒』，詩家此類甚多。」〔註14〕指出此詩借「子雲」人名中「雲」字，與下句「日」字構成了天文時令類的對仗，然忽略了杜詩借「子」字表干支紀時之意，亦與「今」字構成了時令類的對仗（同時，「子」字諧「紫」，與「今」字諧「金」，亦可構成顏色類的對仗）。許顗《彥周詩話》則云：「『萬里戎王子，何年別月支？……』不曉此詩指何物。」〔註15〕此處引杜詩《陪鄭廣文遊何將軍山林十首》其三之首聯，「戎王子」乃產自月支國的一種奇花，杜詩亦分別借「子」

〔註11〕王力：《古代漢語》，北京：中華書局，1978年版，第1456頁。
〔註12〕宋・釋惠洪：《石門洪覺範天廚禁臠》，上海：古典文學出版社，1958年版，卷上。
〔註13〕宋・吳可：《藏海詩話》，《歷代詩話續編》本，第330頁。
〔註14〕宋・羅大經：《鶴林玉露》，北京：中華書局，1983年版，第194頁。
〔註15〕宋・許顗：《彥周詩話》，臺灣商務印書館影印文淵閣四庫全書本，1983年版，卷一。

與「支」字表干支紀時之意，構成了時令類的對仗。

　　蔡啓《蔡寬夫詩話》「杜詩白鳥解」條曰：「『江湖多白鳥，天地有青蠅。』人遂以白鳥爲鷺。而《禮記・月令》『群鳥養羞』，鄭氏乃引《夏小正》丹鳥白鳥之說，謂白鳥爲蚊蚋，則知以對青蠅，意亦深矣。」〔註16〕指出杜詩借蚊蚋之異名「白鳥」的字面意義，與下句「青蠅」一詞構成了動物類的工對。惠洪《冷齋夜話》「稚子」條亦云：「老杜詩曰：『竹根稚子無人見，沙上鳧雛並母眠。』世或不解『稚子無人見』何等語。唐人《食筍》詩曰：『稚子脫錦繃，駢頭玉香滑。』則稚子爲筍明矣。」〔註17〕指出其借竹筍之異名「稚子」的字面意義，與下句「鳧雛」一詞構成了動物類的工對。還有，蘇軾《書杜子美詩》云：「『省郎憂病士，書信有柴胡。飲子頻通汗，懷君想報珠……』此杜子美詩也。沈佺期《回波》詩云：『姓名雖蒙齒錄，袍笏未易牙緋。』子美用『飲子』對『懷君』，亦『齒錄』『牙緋』之比也。」〔註18〕不僅指出杜甫《寄韋有夏郎中》詩中借湯藥俗稱之「飲子」中「子」字表代名之義，與下句中的「君」字構成了代名類的對仗，且與初唐詩人沈佺期的《回波》詩中同類對仗（沈詩則借「齒」字，與下句中「牙」字構成了身體類的對仗）相類比，將借義對這一對仗形式加以歸類總結。兩宋之際的計有功《唐詩紀事》卷十八「杜甫」條亦云：「《寄韋有夏都中詩》云：『省郎憂病士，書信有柴胡。飲子頻通汗，懷君想報珠。』『飲子』對『懷君』，或云沈佺期『齒錄』對『牙緋』……之類也。」〔註19〕

　　所謂借音對，亦稱「聲對」，即在一聯詩中，通過上下句某語詞的諧音構成工整的對仗。宋人詩話亦有論及杜詩借音對者，如北宋邵

〔註16〕宋・蔡啓：《蔡寬夫詩話》，《宋詩話輯佚》本，第 385 頁。

〔註17〕宋・釋惠洪：《冷齋夜話》，臺灣商務印書館影印文淵閣四庫全書本，1983 年版，卷二。

〔註18〕宋・蘇軾著，孔凡禮點校：《蘇軾文集》，北京：中華書局，1986 年版，第 2118 頁。

〔註19〕宋・計有功撰，王仲鏞校箋：《唐詩紀事校箋》，北京：中華書局，2007 年版，第 589 頁。

博《邵氏聞見後錄》卷十七云：「唐詩家有假對律……如杜子美『枸杞因吾有，雞棲奈汝何』。」﹝註20﹞指出其借藥材「枸杞」之「枸」諧音「狗」，與下句「雞棲」（皂莢樹）之「雞」字面構成了動物類的工對。南宋俞成《螢雪叢說》亦云：「詩史以『皇眷』對『紫宸』……自然假藉使得好。」﹝註21﹞此處所引爲杜甫《奉贈鮮于京兆二十韻》詩中「獻納紆皇眷，中間謁紫宸」一聯，指出其巧借「皇」字與「黃」諧音與「紫」構成了顏色類的工對。南宋羅大經《鶴林玉露》乙編卷四「雲日對」條稱：「杜工部詩……如『次第尋書箚，呼兒檢贈篇』之句，亦是假以『第』對『兒』，詩家此類甚多。」﹝註22﹞引用杜詩《哭李常侍嶧二首》其二中之例，指出其借上句「次第」之「第」字，諧音「弟」，與下句「兒」字構成了人倫類的工對。

此外，北宋張邦基《墨莊漫錄》卷二「白題乃氈笠」條曰：「杜子美《秦州》詩云：『馬驕珠汗落，胡舞白題斜。』……《南史》：宋武帝時，有西北遠邊有滑國遣使入貢，莫知所出，裴子野云：『漢潁陰侯胡白題將一人。服虔注曰：『白題，胡名也。』又漢定遠侯擊虜入滑，此其後乎？』人服其博識。予常疑之。蓋白題其胡下馬舍之，始悟白題乃胡人爲氈笠也。」﹝註23﹞指出杜詩借上句「珠汗」中「珠」字與表顏色的「朱」字諧音，與下句胡人氈笠之異名「白題」中的「白」字表顏色意義，構成了顏色類的工對；並且，此對係雙借——上句借音，下句借義，堪稱卓絕。

可見，宋人所論之杜詩借對，無論是借音還是借義，都可使本已成對的詩句錦上添花，由寬對變爲工對，達到工巧自然之妙，且須通過讀者仔細鑒賞方能領會，耐人尋味，妙趣橫生，具有「讓觀衆（讀

﹝註20﹞宋・邵博：《邵氏聞見後錄》，北京：中華書局，1983 年版，第 135頁。

﹝註21﹞宋・俞成：《螢雪叢說》，《百川學海》本，北京：中華書局，2009 年版，卷下。

﹝註22﹞宋・羅大經：《鶴林玉露》，北京：中華書局，1983 年版，第 194 頁。

﹝註23﹞宋・張邦基：《墨莊漫錄》，北京：中華書局，2002 年版，第 58 頁。

者）納悶片刻之後拍案叫絕，擊節稱善」的藝術魅力。」〔註24〕從中
亦可看出論詩者獨到的審美眼光與鑑賞力。

第二節　杜詩流水對、當句對、扇對論

　　流水對，即構成對仗的一聯詩上下兩句，連貫而下地表達一個完
整的意思；形如流水，動態成對，故稱；其五言者稱爲「十字對（格）」，
七言者稱爲「十四字對（格）」。如嚴羽《滄浪詩話》論「詩體」所言：
「有十字對（劉眘虛『滄浪千萬里，日夜一孤舟』），……有十四字對
（劉長卿『江客不堪頻北望，塞鴻何事又南飛』）是也，」〔註25〕由
於流水對上、下兩句意脈相聯，富於動感，所以是一種動態的對仗，
可以克服一般對舉式對仗的凝固、板刻之缺陷。

　　南宋葛立方《韻語陽秋》卷一亦曾論及杜詩中的流水對，並舉詩
例云：「五言律詩，於對聯中十字作一意處……詩家謂之『十字格』，
今人用此格者殊少。老杜亦時有此格，《放船》詩云：『直愁騎馬滑，
故作泛舟回』。《對雨》云：『不愁巴道路，恐濕漢旌旗』，《江月》云：
『天邊長作客，老去一沾巾』」〔註26〕葛氏所引杜詩三聯對仗，第一、
三例均爲因果關係的復句流水對，而第二例則爲轉折關係的復句流水
對。南宋陳模《懷古錄》亦云：「杜詩：『風磴吹陰雪，雲門吼瀑泉。
酒醒思臥簟，衣冷欲裝綿。』此本是難解，乃是十字一意解。『風磴
吹陰雪』者，乃『雲門吼瀑泉』也。酒醒而思臥簟之衣，冷則裝綿矣。
讀者要當以活法求之，不可據以一律。」〔註27〕所引兩聯出自杜甫《陪
鄭廣文遊何將軍山林十首》其六，每聯上、下兩句皆意脈相承，「十

〔註24〕劉明華：《杜詩修辭藝術》，鄭州：中州古籍出版社，1991 年版，第
　　　　27 頁。
〔註25〕宋・嚴羽著，郭紹虞校釋：《滄浪詩話校釋》，北京：人民文學出版
　　　　社，1983 年版，第 74 頁。
〔註26〕宋・葛立方：《韻語陽秋》，上海：上海古籍出版社，1984 年版，第
　　　　8 頁。
〔註27〕宋・陳模：《懷古錄》，明抄《說集》本，卷上。

字一意」，均爲順承關係的復句流水對。杜詩這些流水對的運用，使其對仗充滿了流動感，既保證了詩聯文面的偶對，又具有前波後浪、相互銜接的意脈，嚴整、流利而不失於板滯。

應該說，杜詩對仗多用流水，也與詩人的審美情趣有重要關係，「以『飛動』爲美，是杜甫審美情趣的一個重要方面。……在此情趣支配下，他難以滿足那種板滯的、凝固的對仗形式，而採用活潑的、富於流動感的『流水對』。」〔註28〕在「今人用此格者殊少」的宋代，足見葛氏對杜詩對仗多用流水對的推重。

當句對，亦稱「就句對」，即構成對仗的一聯詩上下兩句本身又自成對仗之意；有廣義和狹義之分，廣義的當句對，是指對仗的上下兩句，在本句中各自都具有兩個語法結構相同的詞或片語構成對偶，宋人詩話中曾多次論及杜詩中的此種對仗，如嚴羽《滄浪詩話》論「詩體」曰：「有就句對（又曰當句有對），如少陵『小院迴廊春寂寂，浴鳧飛鷺晚悠悠』，李嘉祐『孤雲獨鳥川光暮，萬里千山海氣秋』是也。」〔註29〕洪邁《容齋續筆》卷三「詩文當句對」條亦云：

> 唐人詩文，或於一句中自成對偶，謂之當句對。……杜詩「小院迴廊春寂寂，浴鳧飛鷺晚悠悠」，「清江錦石傷心麗，嫩蕊濃花滿目斑」，「書簽藥裹封蛛網，野店山橋送馬蹄，」「戎馬不如歸馬逸，千家今有百家存，」「犬羊曾爛漫，宮闕尚蕭條」，「蛟龍引子過，荷芰逐花低，」「干戈況復塵隨眼，鬢髮還應雪滿頭，」「百萬傳深入，寰區望匪他」，「象床玉手，萬草千花，」「落絮遊絲，隨風照日，」「青袍白馬，金谷銅駝，」「竹寒沙碧，菱刺藤梢，」「長年三老，捩柁開頭，」「門巷荊棘底，君臣豺虎邊，」「養拙干戈，全生麋鹿，」「舍舟策馬，拖玉腰金，」「高江急峽，翠木蒼藤，」「古廟杉松，歲時伏臘，」「三分割據，萬古雲霄，」

〔註28〕韓成武：《杜詩藝譚》，石家莊：河北教育出版社，2002年版，第171～172頁。

〔註29〕宋・嚴羽著，郭紹虞校釋：《滄浪詩話校釋》，北京：人民文學出版社，1983年版，第74頁。

「伯仲之間，指揮若定，」「桃蹊李徑，梔子紅椒，」「庾
信羅含，春來秋去，」「楓林橘樹，複道重樓」之類，不可
勝舉。〔註30〕

立足於杜詩創作實際，羅列其二十餘首詩中對仗爲證。南宋魏慶之《詩
人玉屑》則將廣義當句對稱爲「連珠（句中字相對）」，並在其條下列
舉杜詩「百年雙白鬢，一別五秋螢」（《戲題寄上漢中王三首》其一）
爲例證。〔註31〕

　　狹義的當句對，則在對仗形式上要求更爲嚴格，「是指對仗的兩
句每句中不但出現語法結構相同的詞或片語，而且這兩個詞或片語須
有一個字重複」〔註32〕，上述洪邁《容齋續筆》「詩文當句對」條所
列杜詩當句對，僅「戎馬不如歸馬逸，千家今有百家存」（《白帝》）
一例，爲狹義的當句對，其餘均爲廣義的當句對。另，胡仔《苕溪漁
隱叢話》前集卷八載：「《漫叟詩話》云：『桃花細逐楊花落，黃鳥時
兼白鳥飛。』李商老云：『嘗見徐師川說一士大夫家，有老杜墨迹，
其初云桃花欲共楊花語，自以淡墨改三字。』乃知古人字不厭改也，
不然何以有日鍛月煉之語。」〔註33〕此處雖言杜詩煉字，但所引其《曲
江對酒》中的頷聯，正是句中自成對仗，且各有一字相重的狹義的當
句對。依據韓成武師《杜詩藝譚》一書中的統計，在現存全部杜詩中，
共有八處狹義當句對，除上例外，還有如「即從巴峽穿巫峽，便下襄
陽向洛陽」（《聞官軍收河南河北》），「朱櫻此日垂朱實，郭外誰家負
郭田？」（《惠義寺園送辛員外》），「戎馬不如歸馬逸，千家今有百家
存」（《白帝》），「南京久客耕南畝，北望傷神坐北窗」（《進艇》），「自

〔註30〕宋・洪邁：《容齋隨筆》，上海：上海古籍出版社，1978年版，第248
　　　　～249頁。
〔註31〕宋・魏慶之：《詩人玉屑》，臺灣商務印書館影印文淵閣四庫全書本，
　　　　1983年版，卷三。
〔註32〕韓成武：《杜詩藝譚》，石家莊：河北教育出版社，2002年版，第174
　　　　～175頁。
〔註33〕宋・胡仔：《苕溪漁隱叢話》前集，北京：人民文學出版社，1962年
　　　　版，第49頁。

去自來堂上燕，相親相近水中鷗」（《江村》），「此日此時人共得，一
談一笑俗相看」（《人日二首》其二），「一重一掩吾肺腑，山鳥山花吾
友於」（《嶽麓山道林二寺行》〔註34〕等等。可見，杜詩中這種特殊對
仗的大量使用，能使詩句音節流轉，和諧入耳，更有助於詩中情感的
抒發，故爲宋人所稱賞；惜對於杜詩中狹義的當句對的認識，尚不夠
深刻、全面。

扇對者，亦稱「隔句對」，如嚴羽《滄浪詩話》論「詩體」中所
云：「有扇對（又謂之隔句對……蓋以第一句對第三句，第二句對第
四句）。」〔註35〕胡仔《苕溪漁隱叢話》前集卷九曾論及杜詩中的扇
對：「律詩有扇對格，第一與第三句對，第二與第四對，如少陵《哭
台州鄭司戶蘇少監詩》云：『得罪台州去，時危棄碩儒，移官蓬閣後，
穀貴歿潛夫。』……是也。」〔註36〕南宋蔡夢弼《杜工部草堂詩話》
卷一則全文轉引此條，曰：「苕溪胡元任《叢話》曰：『律詩有扇對格，
第一與第三句對，第二與第四句對。如少陵《台州鄭司戶蘇少監》詩
云：『得罪台州去，時危棄碩儒。移官蓬閣後，穀貴歿潛夫。』……
是也。』」〔註37〕二詩話所引杜詩中的扇對，乃追懷友人鄭虔、蘇源
明之作，故上下兩聯分而敘之，以點清題面，且又交錯隔句成對，有
如摺扇彎曲而合之貌，故稱扇對，誠可謂實至名歸。

第三節　杜詩輕重對、偏枯對論

宋人對於杜詩對仗藝術除了多推重褒揚之語以外，也有一些負面
的評價，這就是所謂的「輕重對」與「偏枯對」，如南宋魏慶之《詩

〔註34〕韓成武：《杜詩藝譚》，石家莊：河北教育出版社，2002 年版，第 178
頁。

〔註35〕宋‧嚴羽著，郭紹虞校釋：《滄浪詩話校釋》，北京：人民文學出版
社，1983 年版，第 74 頁。

〔註36〕宋‧胡仔：《苕溪漁隱叢話》前集，北京：人民文學出版社，1962 年
版，第 57 頁。

〔註37〕宋‧蔡夢弼：《杜工部草堂詩話》，《歷代詩話續編》本，第 199～200
頁。

人玉屑》「輕重對」條，下引杜詩二例：「桑麻深雨露，燕雀半生成」
（《屏迹》），『三分割據紆籌策，萬古雲霄一羽毛』」〔註38〕，即謂不
合以「生成」對「雨露」、『羽毛』對『籌策』，一為動詞，一為名詞，
詞性固不屬，有輕重失衡、偏枯之嫌。宋末范晞文《對牀夜語》卷二
亦云：「老杜詩：『兩邊山木合，終日子規啼。』以『終日』對『兩邊』。
『不知雲雨散，虛費短長吟。』以『短長』對『雲雨』。『桑麻深雨露，
燕雀半生成。』以『生成』對『雨露』。『風物悲游子，登臨憶侍郎。』
以『登臨』對『風物』。句意適然，不覺其為偏枯，然終非法也。」
〔註39〕也認為杜詩對仗中，詞性多有不屬；其書卷三云：

> 好句易得，好聯難得，如「池塘生春草」之類是也。唐人：
> 「天勢圍平野，河流入斷山。」「朽關生濕菌，傾屋照斜
> 陽。」「風兼殘雪起，河滯斷冰流。」「興闌啼鳥換，坐久
> 落花多。」「客尋朝磬至，僧背夕陽歸。」「廢巢侵燒色，
> 荒冢入鋤聲。」「石梯迎雨潤，沙井帶潮鹹。」「迸筍侵窗
> 長，驚蟬出樹飛。」下句皆勝於上。老杜固不當以此論其
> 工拙，然亦時有此作。如「地卑荒野大，天遠暮江遲」、「亂
> 雲低薄暮，急雪舞迴風」、「深山催短景，喬木易高風」、「岸
> 風翻夕浪，舟雪灑寒燈」、「風箏吹玉柱，露井凍銀牀」、「薄
> 雲巖際宿，孤月浪中翻」、「遠鷗浮水靜，輕燕受風斜」等
> 句，皆不免此病。〔註40〕

認為杜詩時有下句勝於上句之聯語，前後輕重不諧，亦當視為對仗之
「偏枯」，然范氏已知「好句易得，好聯難得」，此論未免過於苛求。

更有甚者，南宋孫奕《示兒編》「偏枯對」條，則列舉杜詩十八
條例證，一一指出其對仗之失：

> 詩貴於的對，而病於偏枯，雖子美尚有此病，如《重過何
> 氏》曰：「手自栽蒲柳，家才足稻梁」，《寄李白》曰：「稻

〔註38〕宋・魏慶之：《詩人玉屑》，臺灣商務印書館影印文淵閣四庫全書本，
　　　　1983年版，卷三。
〔註39〕宋・范晞文：《對牀夜語》，《歷代詩話續編》本，第420頁。
〔註40〕宋・范晞文：《對牀夜語》，《歷代詩話續編》本，第427頁。

梁求未足，蕙苡謗何頻。」《田舍》曰：「櫸柳枝枝弱，枇杷樹樹香」，此以一草木對二草木也。《贈崔評事》曰：「燕王買駿骨，渭老得熊羆。」《得舍弟消息》詩曰：「浪傳烏鵲喜，深負鶺鴒詩。」《寄高詹事》曰：「天上多鴻雁，池中足鯉魚。」《寄李白》曰：「幾年遭鵩鳥，獨泣向麒麟。」又曰：「麒麟不動爐煙轉，孔雀徐開扇影還。」此以一鳥對二鳥獸也。《秋野》曰：「吾老甘貧病，榮華有是非。」《寄李白》曰：「未負幽棲志，兼全寵辱身。」《偶題》曰：「作者皆殊列，名聲豈浪垂。」《上韋左相》曰：「聰明過管輅，尺牘倒陳遵。」是以二字對一意也。《人日》曰：「冰雪鶯難至，春寒花較遲。」是以二景物對一物也。《歸雁》曰：「見花辭漳海，避雪到羅浮。」是以一水對二山也。《月夜》曰：「遙憐小兒女，未解憶長安。」是以二人對一郡也。《上韋左相》曰：「巫咸不可問，鄒魯莫容身。」是以一人對二國也。《贈太常張卿均》曰：「友於皆挺拔，公望各端倪。」是以歇後對正語也。《龍門》曰：「往還時屢改，川水日悠哉。」是以實對虛也。大手筆如老杜則可，然不免為白圭之玷，恐後學不可效尤。〔註41〕

孫氏此條所論，從純粹的「工對」律法角度來看，雖不無道理，然不免求全責備，似「歇後對正語」竟亦成為詬病，可見宋人「以文字為詩，以才學為詩」（《滄浪詩話‧詩辨》）〔註42〕的創作與品詩傾向。然杜詩境界渾厚、以情馭文，集諸家之大成，風格、表現手法本非一途，對仗用工對、寬對亦不拘一格，所以孫氏最後也不得不承認「大手筆如老杜則可」。其書「屬對不拘」條更稱：

人皆知草堂先生「四十明朝過，飛騰暮景斜」（《杜位宅守歲》），「羈棲愁裏見，二十四回明」（《月》），「百萬傳深入，寰區望匪他」（《散愁》），「戎馬不如歸馬逸，千家今有百家

〔註41〕宋‧孫奕：《示兒編》，臺灣商務印書館影印文淵閣四庫全書本，1983年版，卷九。

〔註42〕宋‧嚴羽著，郭紹虞校釋：《滄浪詩話校釋》，北京：人民文學出版社，1983年版，第26頁。

存」（《白帝》），皆爲偏對。不知「近接西南境，長懷十九泉」（《秦州雜詩》），「酒債尋常行處有，人生七十古來稀」（《曲江》），不害爲正對。至於「雙雙瞻客上，一一背人飛」（《歸雁》），「蒼茫城七十，流落劍三千」（《寄賈司馬》），「十五男兒志，三千弟子行」（《示宗武》），「圭竇三千士，雲梯七十城」（《送郭中丞》），「秋水才深四五尺，野航恰受兩三人」（《南鄰》），「霜皮溜雨四十圍，黛色參天二千尺」（《古柏行》），又未始有一字非的對也。先生詞源袞袞，不擇地而出，無可無不可，何拘拘讘讘所可議。〔註43〕

對於杜詩對仗，終以「無可無不可」論之，亦足見其對於杜詩創作過程中緣情體物、因事設對，而「屬對不拘」、不刻意爲之的認同。

對所謂「輕重對」、「偏枯對」不以爲然者，亦大有人在，如北宋王觀國《學林》「對屬」條即稱：

> 杜子美《田舍》詩曰：「櫸柳枝枝弱，枇杷樹樹香。」或說櫸柳者，柳之一種，其名爲櫸柳，非雙聲字也，枇杷乃雙聲字，櫸柳不可以對枇杷。觀國案：子美此詩題曰《田舍》，則當在田舍時，偶見櫸柳、枇杷，蓋所謂景物如此，乃以爲對爾。子美《覓松苗子詩》曰：「落落出群非櫸柳，青青不朽豈楊梅？」以櫸柳對楊梅，乃正對也。然則以櫸柳對枇杷，非誤也。子美《寄高詹事詩》云：「天上多鴻雁，池中足鯉魚。」鴻雁二物也，鯉者魚之一種，其名爲鯉，疑不可以對鴻雁。然《懷李白》詩曰：「鴻雁幾時到，江湖秋水多」。則以鴻雁對江湖，爲正對矣。《得舍弟消息詩》曰：「浪傳烏鵲喜，深得鶺鴒詩。」烏與鵲二物，疑不可以對鶺鴒，然《偶題》詩曰：「音書恨烏鵲，號怒怪熊羆。」則以「烏鵲」對「熊羆」爲正對矣。又《寄李白詩》曰：「幾年遭鵩鳥，獨泣向麒麟。」鵩鳥，鳥之名鵩者，疑不可以對麒麟。然《寄賈岳州嚴巴州兩閣老》詩曰：「貔虎開金甲，麒麟受玉鞭。」則「貔虎」對「麒麟」，爲正對矣。而《哭

　　韋晉之詩》詩曰：「鵩鳥長沙諱，犀牛蜀郡憐。」以「鵩鳥」
　　對「犀牛」，亦爲正對矣。子美豈不知對偶之偏正邪？蓋其
　　縱橫出入，無不合也。〔註44〕

認爲以杜甫之才學，自當知「對偶之偏正」，而其詩所謂「輕重」、「偏
枯」，正是其有意爲之，「爲情而造文」〔註45〕，不拘一格，所以其「縱
橫出入」，亦無不可也。

　　綜上所述，在宋人的詩學批評著作，特別是眾多的詩話中，對於
杜詩對仗藝術的屬對工巧、多樣精深，多給以了深入而細膩的評析。
且立足於杜詩創作實際，列舉了大量的對仗詩例加以佐證，特別是對
杜詩中幾種特殊對仗形式如「借對」（「假對」）、「流水對」（「十字對」
與「十四字對」）、「當句對」（「就句對」）、「扇對」（「隔句對」）等的
藝術觀照與品評，從創作現象的分析上升到詩學理論層面的總結，對
後世詩歌創作與文學理論批評，均富於指導意義。

　　美中不足的是，宋人如嚴羽、洪邁、魏慶之等，對於杜詩中當句
對的擇取和體認，還主要停留在廣義當句對的層面上，未能深入辨析
和總結，且選取的杜詩中扇對之例證，僅有《哭台州鄭司戶蘇少監詩》
中的一聯對仗。同時，也有南宋魏慶之、范晞文、孫奕等，就杜詩中
的「輕重對」、「偏枯對」現象，不惜大篇幅羅列詩例加以指摘，雖不
免有求全責備之嫌，但也體現出宋人詩學批評視野的全面性，對於杜
詩亦並非盲目尊崇。

〔註44〕宋・王觀國：《學林》，臺灣商務印書館影印文淵閣四庫全書本，1983
　　　　年版，卷八。

〔註45〕梁・劉勰：《文心雕龍》，北京：中國友誼出版公司，1997 年版，第
　　　　131 頁。

第五章　宋人杜詩用典論

　　用典，一稱用事，劉勰在《文心雕龍・事類篇》中稱：「事類者，蓋文章之外，據事以類義，援古以證今者也。」〔註1〕道出了用典這一文學修辭手法的內涵。今人羅積勇在其《用典研究》一書中指出：「為了一定的修辭目的，在自己的言語作品中明引或暗引古代故事或有來歷的現成話，這種修辭手法就是用典。」〔註2〕羅先生定義中所說的『引古代故事』，就是用事典；而引用「有來歷的現成話」，則為用語典。宋人對於杜詩的用典藝術的論述極為龐雜眾多，這也是與當時的社會歷史文化背景密切相關的。

第一節　宋人重用典的時代文化背景

　　有宋一代，從北宋建隆元年（960）開國後，宋太祖趙匡胤「杯酒釋兵權」，直至祥興二年（1279）南宋滅亡，舉凡 320 多年，一直實行的是「崇文抑武」的基本國策，文臣的權力一直高於武將。並且，宋朝繼承並發展了唐朝的選官作法，實行科舉取士制度，打破門第限制，廣開門路，以招納富有才學之士，從而把更多的人才引導到讀書仕進的道路上來，這樣文人士子的社會地位也有了極大的提高，「『萬

〔註1〕梁・劉勰：《文心雕龍》，北京：中國友誼出版公司，1997 年版，第 152 頁。

〔註2〕羅積勇：《用典研究》，武漢：武漢大學出版社，2005 年版，第 2 頁。

般皆下品，惟有讀書高』這樣的社會心態，正在逐漸形成。」〔註3〕
誠如柳詒徵先生《中國文化史》一書中所言：「有宋一代，武功不競，
而學術特昌。」〔註4〕

　　爲適應這種崇文政策，從開國伊始，宋朝統治者便積聚人力編撰
四部大型書籍：《太平廣記》、《太平御覽》、《文苑英華》、《冊府元龜》，
爲宋人詩文創作和學術批評研究活動，奠定了良好的基礎；再加上宋
代印刷術的改良──特別是活字印刷術的產生，書籍得以大量印行，
在當時，只要有經濟條件，藏書萬卷，「可不逾時而集」〔註5〕；這些
爲宋人閱讀前人詩文典籍提供了極大的便利，並爲宋人解讀杜詩典故
出處，從客觀上提供了可靠性的依據。正如鄔國平先生《中國古代接
受文學與理論》一書中所說：

> 宋代文人生活條件比較優厚，讀書成才爲人所羨慕，而印
> 刷術的進步使刻印圖書的品種和數量都有較大增長，使許
> 多典籍廣爲流傳，爲讀者提供了方便。在這種條件下，當
> 時士人們嗜好讀書蔚爲風氣。其反映在詩歌創作和批評
> 中，形成偏重學問的傾向。〔註6〕

正是由於這主、客觀兩方面的因素，宋人尙學問、重讀書的熱情被極
度地調動起來，宋代文人的讀書量應遠遠超過了唐人。甚至，連大宋
皇帝都普遍提倡讀書，如宋太宗就曾多次對臣下說：「朕性喜讀書，
開卷有益，不爲勞也」，「他無所愛，但喜讀書」〔註7〕，宋眞宗趙恒
也稱：「太祖太宗丕變弊俗，崇尙斯文。朕獲紹先業，謹導聖訓，禮

〔註3〕 姚瀛艇：《宋代文化史》，開封：河南大學出版社，1992 年版，第 9
　　　　頁。
〔註4〕 柳詒徵：《中國文化史》，上海：東方出版中心，1988 年版，第 503
　　　　頁。
〔註5〕 曹之：《中國古籍版本學》，武漢：武漢大學出版社，1992 年版，第
　　　　198 頁。
〔註6〕 鄔國平：《中國古代接受文學與理論》，哈爾濱：黑龍江人民出版社，
　　　　2005 年版，第 103～104 頁。
〔註7〕 宋・李燾：《續資治通鑑長編》，北京：中華書局，1986 年版，第 213
　　　　頁、第 274 頁。

樂交舉，儒術化成……」（《宋史・陳彭年傳》）〔註8〕，據說曾親作《勸學詩》云：

> 富家不用買良田，書中自有千鍾粟；安房不用架高梁，
> 書中自有黃金屋；娶妻莫恨無良媒，書中自有顏如玉；
> 出門莫恨無人隨，書中車馬多如簇；男兒欲遂平生志，
> 六經勤向窗前讀。（《古文眞寶・眞宗皇帝勸學》）〔註9〕

以帝王之尊，爲讀書人描繪了美妙的前景，即可以眞正實現「學而優則仕」的人生理想。

　　上有所行，下必有所效，如北宋文人汪洙曾作《神童詩・勸學》云：

> 天子重英豪，文章教爾曹；萬般皆下品，惟有讀書高。
> 少小須勤學，文章可立身；滿朝朱紫貴，盡是讀書人。
> 學問勤中得，螢窗萬卷書；三冬今足用，誰笑腹空虛。
> 自小多才學，平生志氣高；別人懷寶劍，我有筆如刀。
> 朝爲田舍郎，暮登天子堂；將相本無種，男兒當自強。
> 學乃身之寶，儒爲席上珍；君看爲宰相，必用讀書人。
> 莫道儒冠誤，詩書不負人；達而相天下，窮則善其身。
> 遺子黃金寶，何如教一經；姓名書錦軸，朱紫佐朝廷。
> 古有千文義，須知後學通；聖賢俱間出，以此發蒙童。
> 神童衫子短，袖大惹春風；未去朝天子，先來謁相公。
> 年紀雖然小，文章日漸多；待看十五六，一舉便登科。
> 大比因時舉，鄉書以類升；名題仙桂籍，天府快先登。
> 喜中青錢選，才高壓眾英；螢窗新脫迹，雁塔早題名。
> 年少初登第，皇都得意回；禹門三級浪，平地一聲雷。
> 一舉登科日，雙親未老時；錦衣歸故里，端的是男兒。
>
> 〔註10〕

〔註 8〕元・脫脫等：《宋史》，北京：中華書局，1977 年版，第 9664 頁。

〔註 9〕宋・黃堅選編，熊禮彙點校：《詳說古文眞寶大全》，長沙：湖南人民出版社，2007 年版，第 14 頁。

〔註 10〕毛水清，梁揚：《中國傳統蒙學大典》，南寧：廣西人民出版社，1993年版，第 3～21 頁。

更是具體而鮮明地提出了「萬般皆下品，惟有讀書高」的口號，對宋代乃至後世的文人產生了深遠的影響；而北宋「元祐」文壇領袖蘇軾亦曾寫詩云：「別來十年學不厭，讀破萬卷詩愈美」（《送任極通判黃州兼寄其兄孜》）〔註11〕，可見其重讀書、重才學的詩學趣尚；而南宋「中興四大詩人」之一的陸游，亦在其詩中自言：「我生學語即耽書，萬卷縱橫眼欲枯」（《解嘲》），「一編蠹簡晴窗下，數卷疏籬落木中」（《幽居》），「倦枕續成驚斷夢，斜風吹落讀殘書」（《幽居》）〔註12〕，足見其啓蒙讀書非常之早，日常讀書亦十分勤奮。

在這樣一個鼓勵讀書，注重學問的時代，詩文創作和批評出現學問化的傾向，就是很自然的了。如北宋黃庭堅強調：「詞意高勝，要從學問中來」（《論作詩文》）〔註13〕，其批評友人作品則云：「予友生王觀復作詩有古人態度，雖氣格已超俗，但未能從容中玉佩之音，左準繩、右規矩爾。意者讀書未破萬卷，觀古人之文章未能盡得其規摹及所總覽籠絡」（《跋書柳子厚詩》）〔註14〕。南宋葛立方《韻語陽秋》卷一也稱：「杜甫云：『讀書破萬卷，下筆如有神。』欲下筆，當自讀書始。」〔註15〕因而，「宋人詩話多有總結用事使典方法技巧的內容，這也是重學問的一種反映。宋人往往將杜甫視爲士人而重學問的典範。」〔註16〕

〔註11〕宋・蘇軾撰，清・王文誥輯注：《蘇軾詩集》，北京：中華書局，1982年版，第233～234頁。

〔註12〕宋・陸游：《劍南詩稿》，長沙：嶽麓書社，1998年版，第1415頁、第327頁、第1390頁。

〔註13〕宋・黃庭堅：《山谷集・別集》，臺灣商務印書館影印文淵閣四庫全書本，1983年版，卷六。

〔註14〕宋・黃庭堅：《山谷集》，臺灣商務印書館影印文淵閣四庫全書本，1983年版，卷二十六。

〔註15〕宋・葛立方：《韻語陽秋》，上海：上海古籍出版社，1984年版，第11頁。

〔註16〕鄔國平：《中國古代接受文學與理論》，哈爾濱：黑龍江人民出版社，2005年版，第104頁。

因此，提倡「讀書破萬卷，下筆如有神」（《奉贈韋左丞丈二十二韻》）、「群書萬卷常暗誦」（《可歎》）、「男兒須讀五車書」（《題柏學士茅屋》）、「覓句新知律，攤書解滿床」（《又示宗武》）的唐代大詩人杜甫的作詩之法，在「以文字爲詩，以才學爲詩」（《滄浪詩話·詩辨》）〔註17〕之重學問的宋代詩壇，便獲得了極大的認同。據胡仔《苕溪漁隱叢話》後集卷五載：「《東皋雜錄》云：有問荊公：『老杜詩，何故妙絕古今？』公曰：『老杜固嘗言之：讀書破萬卷，下筆如有神。』」〔註18〕藉北宋名相、詩人王安石之語，道出了杜詩「妙絕古今」之源，乃在讀書萬卷。南宋曾噩《九家集注杜詩序》亦云：「『讀書破萬卷，下筆如有神。』此杜少陵作詩之根柢也。」〔註19〕宋末陳仁子《萬氏詩社序》亦云：「杜少陵讀書萬卷，……胸中所學，汪洋鬱積，隨其興觀自然流麗。」〔註20〕宋末劉克莊《後村詩話》前集卷二則稱：「放翁，學力也，似杜甫；誠齋，天分也，似李白。」〔註21〕可見，兩宋文壇皆以讀書萬卷作爲杜詩成就的本因，正如劉勰《文心雕龍·事類篇》中所謂：「文章由學，能在天資。才自內發，學以外成」，「綜學在博」。〔註22〕

同時，宋人也把讀書萬卷作爲認識、解讀杜詩的前提，如計有功《唐詩紀事》卷十八「杜甫」條所稱：「先儒云：『不行一萬里，不讀萬卷書，不知老杜詩。』信然。」〔註23〕南宋李昂英《吳輦門杜詩九

〔註17〕宋·嚴羽著，郭紹虞校釋：《滄浪詩話校釋》，北京：人民文學出版社，1983 年版，第 26 頁。

〔註18〕宋·胡仔：《苕溪漁隱叢話》後集，北京：人民文學出版社，1962 年版，第 29 頁。

〔註19〕宋·郭知達：《九家集注杜詩》（《杜詩引得》本），上海：上海古籍出版社，1985 年版，第 1 頁。

〔註20〕宋·陳仁子：《牧萊脞語二稿》，北京圖書館藏清初影元鈔本，卷五。

〔註21〕宋·劉克莊：《後村詩話》，北京：中華書局，1983 年版，第 33 頁。

〔註22〕梁·劉勰：《文心雕龍》，北京：中國友誼出版公司，1997 年版，第 153 頁。

〔註23〕宋·計有功撰，王仲鏞校箋：《唐詩紀事校箋》，北京：中華書局，2007 年版，第 589 頁。

發序》亦云：「不讀萬卷書，莫讀杜詩。」﹝註24﹞因而，在宋人對杜詩的批評中，對於能夠體現其學問的用典之法，自然也就頗爲關注了。

　　在北宋詩壇，「江西詩派」的領袖黃庭堅的言論可謂最具影響力，其《答洪駒父書》曰：「自作語最難。老杜作詩，退之作文，無一字無來處。蓋後人讀書少，故謂韓杜自作此語耳。古之能爲文章者，眞能陶冶萬物，雖取古人之陳言入於翰墨，如靈丹一粒，點鐵成金也。」﹝註25﹞其同時代人惠洪著《冷齋夜話》「換骨奪胎法」條亦載：「山谷云：『詩意無窮，而人之才有限。以有限之才，追無窮之意，雖淵明、少陵不得工也。然不易其意而造其語，謂之換骨法。規模其意形容之，謂之奪胎法。』」﹝註26﹞這就是中國古代文學批評史上有名的「點鐵成金」、「奪胎換骨」說，提出像杜甫、韓愈、陶淵明這樣的文壇巨擘，亦多用前人故典，「無一字無來處」，其《論詩作文》更稱：「作詩句要須詳略用事精切，更無虛字也。如老杜詩，字字有出處，熟讀三五十遍，尋其用意處，則所得多矣。」﹝註27﹞因此提倡學詩者要如杜詩般「用事精切」，字字無虛發，對前代詩歌語言作積極的借鑒，這成爲江西詩派詩學重要的理論基礎，在兩宋詩壇產生了深遠的影響。

　　對此，錢鍾書先生在《宋詩選注》一書中指出：「杜詩是否處處有來歷，沒有半個字杜撰，且撇開不談。至少黃庭堅是那樣看它，要學它那樣的……『無一字無來處』就是鍾嶸《詩品》所謂『句無虛語，語無虛字』。鍾嶸早就反對的這種『貴用事』、『殆同書抄』的形式主義，」﹝註28﹞金人王若虛即對黃庭堅此論頗不以爲然，其所著《滹南

﹝註24﹞ 宋・李昴英：《文溪集》，臺灣商務印書館影印文淵閣四庫全書本，1983 年版，卷三。

﹝註25﹞ 宋・黃庭堅：《山谷集》，臺灣商務印書館影印文淵閣四庫全書本，1983 年版，卷十九。

﹝註26﹞ 宋・釋惠洪：《冷齋夜話》，臺灣商務印書館影印文淵閣四庫全書本，1983 年版，卷一。

﹝註27﹞ 宋・黃庭堅：《山谷集・別集》，臺灣商務印書館影印文淵閣四庫全書本，1983 年版，卷六。

﹝註28﹞ 錢鍾書：《宋詩選注》，北京：人民文學出版社，1958 年版，第 97 頁。

詩話》卷一甚至稱：「魯直論詩，有『奪胎換骨，點鐵成金』之喻，世以為名言。以予觀之，特剽竊之點者耳。」〔註29〕雖觀點大不相同，但據其所稱，黃庭堅之論「世以為名言」，情況應當屬實。另據胡仔《苕溪漁隱叢話》前集卷十一載：「苕溪漁隱曰：余觀《注詩史》是二曲李歜，述其《自序》云：『……少游一日來問余曰：某細味杜詩，皆於古人語句補綴為詩，平穩妥貼，若神施鬼設，不知工部腹中幾個國子監邪？余喜此譚，遂筆寄同叔，子由一字同叔。使知少游留心於老杜。』」〔註30〕引述北宋李歜所著之《注詩史》自序中所載秦觀之語，認同其所謂杜詩擅長化用古人語典之論；由此可見，黃庭堅所稱杜詩「無一字無來處」之論，在其當世即廣有知音。

　　至南宋，亦有諸多詩評家沿襲此論，如陳善《捫虱新話》云：「文人自是好採取。韓文杜詩，號簿蹈襲者，然無一字無來處。……老杜詩如董仲舒策，句句典實，堪出題目。」〔註31〕且將杜詩比之於漢儒文章，認為「句句典實」；林希逸《竹溪鬳齋十一槁續集》亦云：「趙次公注杜詩，用工極深。其自序云：余喜本朝孫覺莘老之說，謂：『杜子美詩無兩字無來處』。又王直方立之之說，謂：『不行一萬里，不讀萬卷書，不可看老杜詩』。因留功十年，注此詩，稍盡其詩，乃知非特兩字如此耳，往往一字緊切，必有來處，皆從萬卷中來。」〔註32〕從注杜者的角度，指出杜詩用典廣博之創作特徵，亦屬「無一字無來處」論者。南宋王楙《野客叢書》「杜詩合古意」條云：

　　鮑照詩：「昔如鞲上鷹，今如檻中猿。」杜詩：「昔如水上鱗，今如置中兔。」庾信詩：「細笙纏鐘格，圓花釘鼓床。」杜詩：「繡段裝簷額，金花帖鼓腰。」鮑照詩：「北風驅雁

〔註29〕金・王若虛：《滹南詩話》，《歷代詩話續編》本，第 523 頁。

〔註30〕宋・胡仔：《苕溪漁隱叢話》前集，北京：人民文學出版社，1962 年版，第 75 頁。

〔註31〕宋・陳善：《捫虱新話》上集，《儒學警悟》本，北京：中華書局，2001 年版，卷三。

〔註32〕宋・林希逸：《竹溪鬳齋十一槁續集》，臺灣商務印書館影印文淵閣四庫全書本，1983 年版，卷三十。

天雨霜。」杜詩：「驅馬天雨雪。」沈約詩：「山櫻花欲燃。」杜詩：「山青花欲燃。」杜詩合古人之意，往往若此，注所不聞。又如子美《鷹》詩：「側目似愁胡。」王原叔但引隋魏彥深賦爲言，不知「狀似愁胡」，乃晉孫楚《鷹賦》中語耳。杜詩「速令相就飲一斗」，人多引鮑照「且願得志數相就」，以證相就二字有所自，不知相就飲三字，見庾信詩，「野人相就飲。」……前輩謂老杜詩無兩字無來歷，山谷亦云：「老杜詩，退之文，無一字無來處。」信哉！〔註33〕楊萬里《誠齋詩話》亦云：「庾信《月》詩云：『渡河光不濕。』杜云：『入河蟾不沒。』……此皆用古人句律，而不用其句意，以故爲新，奪胎換骨。」〔註34〕則列舉杜甫化用前人語典的創作實例，以驗證其詩之善用典故；張戒《歲寒堂詩話》卷上云：「詩以用事爲博，始於顏光祿而極於杜子美」〔註35〕，更認爲杜詩集用事之大成。

此外，宋人頗重杜詩的用典，也與當時的社會政治環境有關，宋代雖以文士治國，但較前代加強了中央集權，並設文字獄，控制社會輿論，如南宋洪邁《容齋續筆》卷二「唐詩無避諱」條稱：「唐人歌詩，其於先世及當時事，直辭詠寄，略無避隱。至宮禁嬖昵，非外間所應知者，皆反覆極言，而上之人亦不以爲罪。……今之詩人不敢爾也。」〔註36〕而反觀宋代，文字禁忌日漸嚴密，文字涉獄者頗多，如北宋詩壇巨匠蘇軾，就曾因「烏臺詩案」入獄遭貶；「江西詩派」領袖黃庭堅也曾因「荊南碑文案」遭除名羈管，這些都深刻地影響了文人士大夫的創作、言論空間；爲避文禍，宋人只好另闢蹊徑，從尋求典故出處、挖掘學術、藝術價值角度解讀杜詩，而忽略其思想性與批判現實精神，正如韓成武師所言，「不敢標舉杜詩的靈魂旗幟，而僅

〔註33〕宋・王楙：《野客叢書》，臺灣商務印書館影印文淵閣四庫全書本，1983年版，卷十九。

〔註34〕宋・楊萬里：《誠齋詩話》，《歷代詩話續編》本，第148頁。

〔註35〕宋・張戒：《歲寒堂詩話》，《歷代詩話續編》本，第452頁。

〔註36〕宋・洪邁：《容齋隨筆》，上海：上海古籍出版社，1978年版，第236～237頁。

將杜詩的用典一途指爲康莊大道。」〔註37〕因而才會對杜詩的用典藝
術津津樂道、百談不厭。

　　宋人對於杜詩的用典藝術，多依據其創作實際，從用事典、語典，
以及正用、反用、明用、暗用諸角度，給以細緻批評和藝術總結，所
留下來的相關論述亦層出不窮，在杜詩學史乃至中國古代文學史上成
爲一道獨特的風景線，且影響深遠。

第二節　杜詩事典論

　　關於使用典故中的用事典，即在作品中引用古代名人的傳說故
事，從而使作品內涵深厚，富有典雅性；正如羅積勇先生所說：「典
故典故，顧名思義，一般認爲是典正、典雅之故事。故典雅性效果歷
來被看作用典的主要修辭效果。……典雅這一修辭效果的形成，很大
程度上與士大夫、文化人這一特殊階層有關。這一階層負責雅文化的
傳播，所以傳播者本身的趣味品性及他們傳播時所使用的工具——書
面語就與典雅密切有關。而典故正是多用於書面語，典故的內容很多
就是有關名士文人的故事。所以，在用這些典故敘說、描寫某一對象
時，就往往使人覺得這個對象也帶上了典雅性。」〔註38〕然而詩貴含
蓄凝煉，事典不可濫用，而以簡約精切爲佳，正如劉勰《文心雕龍·
事類篇》所稱：「綜學在博，取事貴約」；〔註39〕宋人亦有此論，如南
宋葉夢得《石林詩話》卷上云：「詩之用事，不可牽強，必至於不得
不用而後用之，則事詞爲一，莫見其安排鬥湊之迹。」〔註40〕葉氏從
詩作用事的合理性、必要性角度，強調了用事的自然、妥貼，特別是

〔註37〕韓成武：《杜詩藝譚》，石家莊：河北教育出版社，2002 年版，第 75
　　　　頁。
〔註38〕羅積勇：《用典研究》，武漢：武漢大學出版社，2005 年版，第 257
　　　　～258 頁。
〔註39〕梁·劉勰：《文心雕龍》，北京：中國友誼出版公司，1997 年版，第
　　　　153 頁。
〔註40〕宋·葉夢得：《石林詩話》，《歷代詩話》本，第 413 頁。

事典要與詩歌所詠內容達到相融與渾成。

　　基於此，宋人對於杜詩中的用事典之精煉渾成，常常給以高度評價，如北宋蔡啓《蔡寬夫詩話》「詩家使事之難」條云：「安祿山之亂，哥舒翰與賊將崔乾祐戰潼關，見黃旗軍數百隊，官軍以爲賊，賊以爲官軍，相持久之，忽不知所在。是日，昭陵奏陵內前石馬皆汗流。子美詩所謂『玉衣晨自舉，鐵馬汗常趨』，蓋記此事也。李晟平朱泚，李義山作詩，復引用之，云：『天教李令心如舊，可待昭陵石馬來。』此雖一等用事，然義山但知推美西平，不知於昭陵似不當耳。乃知詩家使事難。若子美，所謂不爲事使者也。」〔註41〕將杜甫《行次昭陵》與李商隱《復京》詩之中用事相類比，雖用同一事，然杜詩過唐太宗昭陵而自然用之，不似李詩牽強，確乎「不爲事使者」。其書「用事渾成」條亦云：「杜子美《收京詩》以櫻桃對杕杜，薦櫻桃事，初若不類，及其云『賞因歌杕杜，歸及薦櫻桃』，則渾然天成，略不見牽強之迹，如此乃爲工耳。」〔註42〕所引爲杜甫《收京三首》其三，敘寫至德二載（757 年）唐朝官軍收復兩京後的繁忙場景，「杕杜」，即《詩經・小雅》中的名篇《杕杜》，其內容爲慰勞征戍歸還者；而「薦櫻桃」，典出《禮記・月令》：「仲夏之月……天子乃雛嘗黍，羞以含桃，先薦寢廟」〔註43〕，指此月天子向祖先宗廟進獻櫻桃爲享；二事典初看或似不類，然在杜詩中合爲一聯，正切當時唐肅宗收京後所爲諸事，自然渾成，爲用事之上乘。

　　北宋潘淳《潘子眞詩話》「乘龍」條稱：「《楚國先賢傳》：『孫雋，字文英，與李元禮俱娶太尉桓叔玄女，時人謂桓叔玄兩女乘龍，言得婿如龍也。』杜詩云：『門闌多喜色，女婿近乘龍。』宋景文亦云：『承家男得鳳，擇婿女乘龍。』俱用乘龍事，而不如宋之切當；至

〔註41〕宋・蔡啓：《蔡寬夫詩話》，《宋詩話輯佚》本，第 382 頁。

〔註42〕宋・蔡啓：《蔡寬夫詩話》，第 390 頁。

〔註43〕李學勤：《十三經註疏（標點本）・禮記正義》，北京：北京大學出版社，1999 年版，第 498～504 頁。

造語則杜渾厚而有工，是知文章當以韻爲勝也。」〔註44〕則通過杜甫《李監宅》與宋祁《肅簡魯公挽詞四首》其四用事之對比，指出宋詩不及杜詩造語之渾厚而精工。宋末劉克莊《後村詩話》新集卷二亦稱：「《別房太尉墓》云：『對棋陪謝傅，把劍覓徐君。』用事極精切。」〔註45〕所論杜詩乃爲憑弔朝中故相、同僚房琯所作，引用東晉宰相謝安弈棋破敵（典出《晉書‧謝安傳》：「玄等既破堅，有驛書至，安方對客圍棋，看書既竟，便攝放床上，了無喜色，棋如故。客問之，徐答云：『小兒輩遂已破賊。』」〔註46〕）、及吳季札掛劍徐君墳上（典出《史記‧吳太伯世家》：「季札之初使，北過徐君。徐君好季札劍，口弗敢言。季札心知之，爲使上國，未獻。還至徐，徐君已死，於是乃解其寶劍，繫之徐君塚樹而去。從者曰：『徐君已死，尚誰予乎？』季子曰：『不然。始吾心已許之，豈以死倍吾心哉！』」〔註47〕）二事典，皆簡約精煉，且切合杜、房二人之身份關係，可謂以古切今，渾然一體。宋末范晞文《對牀夜語》卷三稱：「詩用古人名，前輩謂之點鬼簿，蓋惡其爲事所使也。如老杜『但見文翁能化俗，焉知李廣不封侯』，『今日朝廷須汲黯，中原將帥憶廉頗』等作，皆借古以明今，何患乎多？李商隱集中半是古人名，不過因事造對，何益於詩？」〔註48〕亦將杜詩用事典與李商隱詩相比較，指出其借古喻今，不爲事所使的特點，不似李詩但以古事成對，無益於詩。

　　南宋吳沆《環溪詩話》則云：

　　　古今詩人未有不用事，觀杜詩「繡衣屢許攜佳醞，阜蓋能忘折野梅。戲假霜威促山簡，眞成一醉習池回」，是四句中

〔註44〕宋‧潘淳：《潘子眞詩話》，《宋詩話輯佚》本，第 302 頁。

〔註45〕宋‧劉克莊：《後村詩話》，北京：中華書局，1983 年版，第 177 頁。

〔註46〕唐‧房玄齡：《晉書‧謝安傳》，北京：中華書局，1974 年版，第 2075 頁。

〔註47〕漢‧司馬遷：《史記‧吳太伯世家》，北京：中華書局，1959 年版，第 1459 頁。

〔註48〕宋‧范晞文：《對牀夜語》，《歷代詩話續編》本，第 427～428 頁。

渾將太守、御史事實使到，詩人豈可以不用事。然善用之，
即是使事；不善用之，則反爲事所使。事祇是眾人家事，
但要人會使。如「黃綺終辭漢，巢由不見堯」，巢、由、黃、
綺，是人能知；至「終辭漢、不見堯」六字，即非杜甫不
能道矣。巢、由合下不見堯，黃、綺初年不出，但終能辭
漢而已。又從「風鴛、雨燕」上說來，風鴛、雨燕以喻禍
難，「藏近渚、集深條」以喻避禍難之意，則用意尤深矣。
又如「前軍蘇武節，左將呂虔刀」，蘇武節、呂虔刀二事，
亦人所共知；至「前軍、左將」四字，即非杜甫不能道矣。
又如「弟子貧原憲，諸生老服虔」，原憲、服虔二事，亦眾
所共知；至「弟子、諸生」四字，即非杜甫不能道矣。「前
軍、左將、弟子、諸生」八字皆實，故下面驅遣得動，是
名使事；若取次用一虛字貼之，即名羊將狼兵，安能使之
哉。〔註49〕

從杜詩創作實際出發，列舉其所用諸般事典，盡皆「祇是眾人家事」
之熟典，但能善用之耳；亦可見其事典乃爲詩中敘事、抒情需要而用，
並非爲賣弄學問，而使用不爲人所知的僻典。正如王得臣《麈史》所
云：「杜子美善於用事。」〔註50〕

第三節　杜詩語典論

　　關於用語典，指在作品中化用古代文獻、經典或名家詩文中的成
語、成句，即前文羅積勇先生所謂「有來歷的現成話」。而自稱「讀
書破萬卷，下筆如有神」（《奉贈韋左丞丈二十二韻》）、「轉益多師是
汝師」（《戲爲六絕句》其六）的大詩人杜甫，其作品中化用前代文獻
與詩文經典的創作情況，可謂不勝枚舉、比比皆是；正如北宋李復《與
侯謨秀才》中所稱：「承問杜詩所用事實。杜讀書多，不曾盡見其所

〔註49〕宋・吳沆：《環溪詩話》，臺灣商務印書館影印文淵閣四庫全書本，
　　　　1983年版，卷三。
〔註50〕宋・王得臣：《麈史》，臺灣商務印書館影印文淵閣四庫全書本，1983
　　　　年版，卷二。

讀之書，則不能盡注。」〔註51〕宋人常常在其所著的詩話、筆記中，竭力對杜詩所用語典的出處加以注解，包括用經、史、子、集，進而詩、文、騷、賦，乃至佛經、筆記、天文、方志……不一而足；從中亦可以見宋人讀書之多，學識之廣博；而這也是「千注杜詩」〔註52〕的兩宋時代特有的學術現象。茲各列舉數例以述之：

論杜詩用經者，如：

陳鵠《耆舊續聞》：「作詩用經語，尤難得峭健，杜子美《端午賜衣》詩：『自天題處濕，當暑著來輕。』『自天』『當暑』皆經語，而用之不覺其弱。此可爲省題詩法。」〔註53〕

黃徹《䂮溪詩話》卷四：「古人作詩，有用經傳全句。……杜：『誰謂荼苦甘如薺』，『富貴於我如浮雲』」。

《䂮溪詩話》卷七：「《杜集》多用經書語，如『車轔轔，馬蕭蕭』，未嘗外入一字。如『天屬尊《堯典》，神功協《禹謨》』，『卿月升金掌，王春度玉墀』，『霽潭鱣發發，春草鹿呦呦』，皆渾然嚴重，如天陛赤墀，植璧鳴玉，法度森鏘。然後人不敢用者，豈所造語膚淺不類耶？……子美『南風作秋聲，殺氣薄炎熾』，蓋用《易》：『雷風相薄』」。

《䂮溪詩話》卷九：「凡作詩，有用事出處，有造語出處。如『五陵衣馬自輕肥』，雖出《論語》，總合其語，乃潘岳『裘馬悉輕肥』。」〔註54〕

呂祖謙《詩律武庫》後集「作霖雨」條：「《書·說命》：『若歲大旱，用汝作霖雨。』又《左傳》：『凡雨自三日以往爲霖。』故杜甫《上韋相》云：『霖雨思賢佐』。」〔註55〕

〔註51〕宋·李復：《潏水集》，臺灣商務印書館影印文淵閣四庫全書本，1983年版，卷五。

〔註52〕金·王若虛：《滹南詩話》，《歷代詩話續編》本，第506頁。

〔註53〕宋·陳鵠：《耆舊續聞》，臺灣商務印書館影印文淵閣四庫全書本，1983年版，卷五。

〔註54〕宋·黃徹：《䂮溪詩話》，北京：人民文學出版社，1986年版，第55頁、第107～110頁、第153頁。

〔註55〕宋·呂祖謙：《詩律武庫》後集，《金華叢書》本，南京：江蘇廣陵

　　楊萬里《誠齋詩話》:「有用文語爲詩句者,尤工。杜云:
　　『侍臣雙宋玉,戰策兩穰苴。』蓋用如『六五帝,四三王』。」
　　〔註56〕

　　吳曾《能改齋漫錄》「腹腴」條:「杜子美:『遍勸腹腴愧少
　　年』,本《禮記》:『冬右腴,夏右鰭。』鄭氏曰:『腴,腹
　　下也。』」〔註57〕

由上可以看出,出身於「奉儒守官」(《進〈雕賦〉表》)之家的大詩
人杜甫,在其作品中確常用經書語,舉凡《詩》、《書》、《易》、《禮》、
《春秋》等儒家五經之屬,皆能善用之,甚至「用經傳全句」,而不
失於纖弱,爲宋人所歎服,以爲省題詩師法之楷模。

　　論杜詩用史書者,如:

　　程大昌《演繁露續集》「蹄間三丈」條:「杜詩曰:『蹄間三
　　丈是徐行。』《史記》:『陳軫曰:秦馬蹄間三尋。』」〔註58〕

　　范晞文《對牀夜語》卷三:「《漢書》:『大兒孔文舉,小兒
　　楊德祖。』《最能行》云:『小兒學問止《論語》,大兒結束
　　隨商旅。』《徐卿二子歌》:『大兒九齡色清澈,秋水爲神玉
　　爲骨。小兒五歲氣食牛,滿堂賓客皆回頭。』《劉少府畫山
　　水歌》:『大兒聰明到,能添老樹巔崖裏。小兒心孔開,貌
　　得山僧及童子。』本漢語也。」〔註59〕

　　孫奕《示兒編》「類前人句」條:「《晉書‧載記》云:『蛟
　　龍得云雨,雕鶚在秋天。』杜子美《贈嚴八閣》亦全用之。」
　　〔註60〕

　　　古籍刻印社,1983 年版,卷十。
〔註56〕宋‧楊萬里:《誠齋詩話》,《歷代詩話續編》本,第 148 頁。
〔註57〕宋‧吳曾:《能改齋漫錄》,臺灣商務印書館影印文淵閣四庫全書本,
　　　1983 年版,卷七。
〔註58〕宋‧程大昌:《演繁露續集》,臺灣商務印書館影印文淵閣四庫全書
　　　本,1983 年版,卷四。
〔註59〕宋‧范晞文:《對牀夜語》,《歷代詩話續編》本,第 425 頁。
〔註60〕宋‧孫奕:《示兒編》,臺灣商務印書館影印文淵閣四庫全書本,1983
　　　年版,卷九。

潘淳《潘子眞詩話》「露井凍銀床」條：「《晉書・樂志・淮南篇》云：『淮南王，自言尊，百尺高樓與天連，後園鑿井銀作床，金瓶素綆汲寒漿。』杜詩『露井凍銀床』事，始見於此。」〔註61〕

程大昌《演繁露續集》「乞爲奴」條：「杜詩：『不敢長語臨交衢，但道困苦乞爲奴。』《南史》：『齊武子眞，明帝遣殺之，子眞走入林下，叩頭乞爲奴贖死，不許。』」〔註62〕呂祖謙《詩律武庫》「倚杖對孤松」條：「《晉・謝安傳》：『安初未仕時，所居有松一株，安常倚杖相對』……杜公詩有：『倚杖對孤松』，即此事也。」〔註63〕

呂祖謙《詩律武庫》後集「咫尺萬里」條：「《南史・竟陵王子良傳》云：『賁文煥善畫，於扇上圖山水，曰：咫尺之內，萬里非遙。』故杜公《題王宰畫山水圖》云：『尤工遠勢古難比，咫尺應須論萬里』是也。」〔註64〕

可見，從《史記》，至《漢書》、《晉書》、《南史》，唐前諸史，杜詩皆有引用，且多全句用之，正如南宋胡仔《苕溪漁隱叢話》後集卷一所言：「工部善看史書」〔註65〕，加之其最爲推崇的遠祖西晉學者、當陽君杜預亦曾爲先秦史書《春秋左傳》作注，其詩中用史書語典，自爲常例。而因其詩能出入經史之間，典實厚重，在藝術表現上，則誠如南宋何汶《竹莊詩話》卷一所載：「《漫齋語錄》云：『大率詩語出入經史，自然有力。』」〔註66〕

　　論杜詩用諸子者，如：

潘淳《詩話補遺》：「《孫子雜書》：『楚莊王攻宋，廚有臭肉，

〔註61〕宋・潘淳：《潘子眞詩話》，《宋詩話輯佚》本，第 300 頁。

〔註62〕宋・程大昌：《演繁露續集》，臺灣商務印書館影印文淵閣四庫全書本，1983 年版，卷四。

〔註63〕宋・呂祖謙：《詩律武庫》，《金華叢書》本，卷十三。

〔註64〕宋・呂祖謙：《詩律武庫》後集，《金華叢書》本，卷六。

〔註65〕宋・胡仔：《苕溪漁隱叢話》後集，北京：人民文學出版社，1962 年版，第 5 頁。

〔註66〕宋・何汶：《竹莊詩話》，北京：中華書局，1984 年版，第 4 頁。

尊有敗酒，而三軍有饑色。』杜詩：『朱門酒肉臭，路有凍死骨。』亦有所自。」〔註67〕

呂祖謙《詩律武庫》「響遏行雲」條：「《列子》：『昔薛譚學謳於秦青，未窮青之技，自謂盡之，求辭去，青弗止，餞於郊衢，撫節悲歌，聲振林木，響遏行雲。譚於是愧謝求返，終身不敢言歸。』故杜公《聽楊氏歌》：『吾昔聞秦青，傾側天下耳。』」〔註68〕

龔頤正《芥隱筆記》「老杜仿淮南子語」條：「《淮南子》：『水清則魚聚，木茂而鳥樂。』所以老杜有『林茂鳥攸歸，水深魚知聚。』」〔註69〕

論杜詩用楚騷者，如：

吳幵《優古堂詩話》「成梟而牟呼五白」條：「杜子美《今夕行》：『憑陵大叫呼五白，袒跣不肯成梟盧。』學者謂杜用劉毅劉裕東府樗蒱事，雖杜用此，然屈原《招魂》已嘗云：『成梟而牟呼五白。』」〔註70〕

曾季貍《艇齋詩話》：「老杜詩用『粔籹』，出《楚詞·招魂》『粔籹蜜餌，有餦餭些。』」〔註71〕

呂祖謙《詩律武庫》「沆瀣朝霞」條：「《楚辭》云：『餐六氣而飲沆瀣，漱正陰而餐朝霞。』……故杜公《空囊》詩：『翠柏苦猶食，明霞高可餐。』」〔註72〕

論杜詩用古樂府者，如：

曾季貍《艇齋詩話》：「老杜『使君自有婦，莫學野鴛鴦』，出古樂府，云：『使君自有婦，羅敷自有夫。』……老杜『同

〔註67〕張忠綱：《杜甫詩話六種校注·諸家老杜詩評》，濟南：齊魯書社，第72頁。

〔註68〕宋·呂祖謙：《詩律武庫》，《金華叢書》本，卷七。

〔註69〕宋·龔頤正：《芥隱筆記》，臺灣商務印書館影印文淵閣四庫全書本，1983年版，卷一。

〔註70〕宋·吳幵：《優古堂詩話》，《歷代詩話續編》本，第255頁。

〔註71〕宋·曾季貍：《艇齋詩話》，《歷代詩話續編》本，第315頁。

〔註72〕宋·呂祖謙：《詩律武庫》，《金華叢書》本，卷六。

姓古所敦，不受外嫌猜」，用古樂府《放歌行》『明慮自天斷，不受外嫌猜。』」〔註73〕

吳曾《能改齋漫錄》「野鴛鴦」條：「杜子美《豔曲》云：『使君自有婦，莫學野鴛鴦。』古樂府《夜黃倚歌》云：『湖中百種鳥，半雌半是雄。鴛鴦逐野鴨，恐畏不成雙。』豈非用此耶？」

《能改齋漫錄》「猿啼三聲淚沾衣」條：「川峽記行者歌曰：『巴東三峽猿鳴悲，猿啼三聲淚沾衣。』故古樂府有『巫峽長，猿鳴三聲淚沾衣』……故子美詩：『聽猿實下三聲淚。』」〔註74〕

呂祖謙《詩律武庫》後集「擊唾壺」條：「魏太祖樂府云：『老驥伏櫪，志在千里。烈士暮年，壯心不已。』……杜公《和劉景文》：『莫因老驥思千里，醉後哀歌缺唾壺。』」〔註75〕

強幼安《唐子西文錄》：「杜子美祖《木蘭詩》。」〔註76〕

曾季貍《艇齋詩話》：「老杜《還成都草堂詩》云『城郭喜我來』、『大官喜我來』等語，本古樂府《木蘭詩》『爺娘聞我歸』、『阿姨聞我歸』之語，老杜用此體。」〔註77〕

吳子良《荊溪林下偶談》：「子美《草堂》詩：『舊犬喜我來，低徊入衣裙，鄰舍喜我歸，沽酒攜葫蘆；大官喜我來，遣騎問所須；城郭聞我來，賓客臨村墟。』蓋用《木蘭詩》云：『爺娘聞女來，出郭相扶將。阿姊聞妹來，當戶理紅妝。小弟聞姊來，磨刀霍霍向豬羊。』但連用古人句……」〔註78〕

〔註73〕宋・曾季貍：《艇齋詩話》，第313頁。
〔註74〕宋・吳曾：《能改齋漫錄》，臺灣商務印書館影印文淵閣四庫全書本，1983年版，卷七、卷八。
〔註75〕宋・呂祖謙：《詩律武庫》後集，《金華叢書》本，卷十三。
〔註76〕宋・強幼安：《唐子西文錄》，《歷代詩話》本，第444頁。
〔註77〕宋・曾季貍：《艇齋詩話》，《歷代詩話續編》本，第307頁。
〔註78〕宋・吳子良：《荊溪林下偶談》，臺灣商務印書館影印文淵閣四庫全書本，1983年版，卷二。

范晞文《對牀夜語》卷二:「若『爺娘妻子走相送』,則本《木蘭》『不聞爺娘哭子聲』。」〔註79〕

可見,杜甫在樂府詩創作上,不僅有「即事名篇,無復依傍」之「新題樂府」的開創之功;而且還善用漢魏以來的古樂府名篇之語典;宋人所論,正是符合杜詩創作實際的。

論杜詩用賦者,如:

胡仔《苕溪漁隱叢話》前集卷九:「三山老人《語錄》云:張平子《南都賦》:『淯水蕩其胸。』相如《子虛賦》:『弓不虛發,中必決眥。』《望嶽詩》:『蕩胸生層雲,決眥入歸鳥。』借用二賦中字也。」〔註80〕

吳曾《能改齋漫錄》「雲閣」條:「《甘泉賦》:『乘雲閣而上下兮』……杜子美詩:『散騎未知雲閣處。』」〔註81〕

曾季貍《艇齋詩話》:「老杜『側生野岸及江蒲』,出《蜀都賦》『旁挺龍目,側生荔枝』。老杜『魚知丙穴由來美』,出《蜀都賦》『嘉魚出於丙穴』。」〔註82〕

王得臣《麈史》:「古善詩者善用人語,渾然若己出,唯李杜。顏延年《赭白馬賦》云:『旦刷幽燕,夕秣荊楚。』子美《驄馬行》曰:『晝洗須騰涇渭深,夕趨可刷幽並夜。』……蓋皆出於顏賦也。」〔註83〕

潘淳《詩話補遺》:「馬融《廣成頌》云:『洞蕩胸臆,發明耳目。』杜詩云:『蕩胸生層雲』。」〔註84〕

〔註79〕宋・范晞文:《對牀夜語》,《歷代詩話續編》本,第418~419頁。

〔註80〕宋・胡仔:《苕溪漁隱叢話》前集,北京:人民文學出版社,1962年版,第61頁。

〔註81〕宋・吳曾:《能改齋漫錄》,臺灣商務印書館影印文淵閣四庫全書本,1983年版,卷六。

〔註82〕宋・曾季貍:《艇齋詩話》,第316頁。

〔註83〕宋・王得臣:《麈史》,臺灣商務印書館影印文淵閣四庫全書本,1983年版,卷二。

〔註84〕張忠綱:《杜甫詩話六種校注・諸家老杜詩評》,濟南:齊魯書社,第70頁。

　　呂祖謙《詩律武庫》後集「半死心」條：「枚乘《七發》云：
　　『龍門之桐，高百尺而無枝。其根半死半生』……故杜少
　　陵詩有『猶傷半死心』之句，此也。」〔註85〕

　　呂祖謙《詩律武庫》「馮夷擊鼓」條：「曹子建《洛神賦》
　　云：『馮夷擊鼓，女媧清歌。』……故杜詩：『馮夷擊鼓群
　　龍趨。』」〔註86〕

杜甫本人亦擅長作賦，其詩中自稱「賦料揚雄敵」（《奉贈韋左丞丈二
十二韻》），並曾在十載長安困守時期（746～755 年）多次向唐玄宗
獻賦，如《三大禮賦》、《雕賦》、《天狗賦》、《封西嶽賦》等，他對古
代辭賦名家的作品自是爛熟於心的；從上述宋人所論來看，杜詩中多
用古賦語典，當是顯而易見的。

　　論杜詩用《文選》者，如：

　　郭思《瑤溪集》：「子美教其子曰：『熟精《文選》理。』《文
　　選》之尚，不爲奇乎！今人不爲詩則已，苟爲詩，則《文
　　選》不可不熟也。《文選》是文章祖宗，自兩漢而下，至魏、
　　晉、宋、齊，精者斯采，萃而成編，則爲文章者，焉得不
　　尚《文選》也。唐時文弊，尚《文選》太甚，李衛公德裕
　　云：『家不蓄《文選》。』此蓋有激而說也。老杜於詩學，
　　世以謂前無古人，後無來者。然觀其詩大率宗法《文選》，
　　摭其華髓，旁羅曲探，咀嚼爲我語。」〔註87〕

　　王應麟《困學紀聞》：「少陵有詩云：『續兒誦《文選》。』
　　又訓其子『熟精《文選》理』。蓋《選》學自成一家，……
　　故曰：《文選》爛，秀才半。」〔註88〕

　　張戒《歲寒堂詩話》卷上：「杜子美云『續兒誦《文選》』，
　　又云『熟精《文選》理』……子美不獨教子，其作詩乃自

〔註85〕宋・呂祖謙：《詩律武庫》後集，《金華叢書》本，卷十四。
〔註86〕宋・呂祖謙：《詩律武庫》，《金華叢書》本，卷七。
〔註87〕宋・郭思：《瑤溪集》，《宋詩話輯佚》本，第 532 頁。
〔註88〕宋・王應麟：《困學紀聞》，臺灣商務印書館影印文淵閣四庫全書本，
　　　　1983 年版，卷十七。

《文選》中來，大抵宏麗語也。」〔註89〕

葛立方《韻語陽秋》卷三：「杜子美詩喜用《文選》語，故宗武亦習之不置，所謂『熟精《文選》理，休覓彩衣輕』。又云『呼婢取酒壺，續兒誦《文選》』是也。」

《韻語陽秋》卷一：「杜甫《觀安西過兵詩》云：『談笑無河北，心肝奉至尊。』……蓋用左太沖《詠史詩》『長嘯激清風，志若無東吳』也。」〔註90〕

曾季貍《艇齋詩話》：「老杜『立登要路津』，『要路津』三字出《選》詩『何不策高足，先據要路津。』……老杜『食薇不願餘』，『不願餘』三字出《選》詩，左太沖《詠史》云：『飲河期滿腹，貴足不願餘。』……老杜『草《玄》吾豈敢，賦或似相如』，出左太沖《詠史》詩『言論準宣尼，詞賦擬相如』。」〔註91〕

邵博《河南邵氏聞見後錄》卷十八：「杜子美『使君自有婦』，《選》中《羅敷詩》語也。」〔註92〕

呂祖謙《詩律武庫》後集「朱絲繩玉壺冰」條：「《文選》鮑照《白頭吟》：『直如朱絲繩，清如玉壺冰。』……故杜詩云：『熒熒金錯刀，濯濯朱絲繩。』」〔註93〕

正如宋人所論，有唐一代，出現了對梁代《昭明文選》的學習熱潮，其書選錄自先秦至梁代的詩文辭賦，將千餘年間名家名作，盡行囊括其中；自唐初，高宗顯慶年間即出版了「李善注本」，玄宗開元年間又出版了「五臣注本」，「選學」成為當時的顯學。大詩人杜甫對《昭明文選》亦非常重視，在其客居蜀地期間，就開始指導孩子們誦讀這部文學總集了，如其詩云：「續兒誦《文選》」（《水閣朝霽奉簡雲安嚴

〔註89〕宋·張戒：《歲寒堂詩話》，《歷代詩話續編》本，第456頁。

〔註90〕宋·葛立方：《韻語陽秋》，上海：上海古籍出版社，1984年版，第39頁、第7頁。

〔註91〕宋·曾季貍：《艇齋詩話》，《歷代詩話續編》本，第315～318頁。

〔註92〕宋·邵博：《邵氏聞見後錄》，北京：中華書局，1983年版，第143頁。

〔註93〕宋·呂祖謙：《詩律武庫》後集，《金華叢書》本，卷七。

明府》），並告誡小兒子宗武，要「熟精《文選》理」（《宗武生日》），
因此杜詩對於《文選》之語典，自是精熟善用，「咀嚼爲我語」。

論杜詩用神話、仙話者，如：

潘淳《詩話補遺》：「《穆天子傳》：『天子之馬走千里，勝
人猛獸。』……杜詩云：『吾聞天子之馬走千里。』……
《穆天子傳》：『壬寅，天子飲於文山之下。天子之豪馬、
龍狗、豪牛，以三十祭文山。』……杜詩云：『曾祝沈豪
牛』。」〔註94〕

張邦基《墨莊漫錄》卷九「曾彥和題《穆天子傳》」條：「《穆
天子傳》，古書也。杜子美多用其事語，如『天子之馬走千
里』，『王命官屬休』，『曾祝沈豪牛』，『噴玉大宛兒』，凡此
四皆出此書也。」〔註95〕

呂祖謙《詩律武庫》「王母謠」條：「《穆天子傳》：『穆王西
征，至崑崙丘。見西王母，與之觴於瑤池之上。』……杜
詩：『惜哉瑤池飲，日晏崑崙丘』之句。」〔註96〕

胡仔《苕溪漁隱叢話》後集卷五：「葛洪《神仙傳》亦云：
『王遙遇雨，使弟子以九節杖擔籃，不沾濕。』劉向《列
仙傳》云：『華山絕頂，有石臼，號玉女洗頭盆。中有碧水，
未嘗增減。』故《望嶽詩》：『安得仙人九節杖，拄到玉女
洗頭盆。』」〔註97〕

論杜詩用佛經者，如：

呂祖謙《詩律武庫》「是身如丘井」條：「《維摩經》云：『……
是身如浮雲，須臾變滅。是身如電，念念不住。』……杜
公《別贊上人》：『是身如浮雲，安可限南北。』」

《詩律武庫》「摩尼珠」條：「《圓覺經》云：『譬如清靜摩

〔註94〕張忠綱：《杜甫詩話六種校注・諸家老杜詩評》，濟南：齊魯書社，
　　　　第71頁。
〔註95〕宋・張邦基：《墨莊漫錄》，北京：中華書局，2002年版，第240頁。
〔註96〕宋・呂祖謙：《詩律武庫》，《金華叢書》本，卷五。
〔註97〕宋・胡仔：《苕溪漁隱叢話》後集，北京：人民文學出版社，1962年
　　　　版，第32頁。

尼寶珠，映於五色，隨方各見。』……故杜詩有：『惟有摩尼珠，可照濁水源。』」〔註98〕

論杜詩用筆記者，如：

　　方深道《諸家老杜詩評》卷三：「《西京雜記》云：『瓠子河決，有蛟龍從九子，自決中逆入上河，噴沫流波數十里。』杜詩云：『蛟龍引子過』，用此事也。」〔註99〕

　　呂祖謙《詩律武庫》「牛馬縮如蝟」條：「《西京雜記》：『漢元封二年，大雪深一丈，野獸皆死，牛馬蜷縮如蝟。』……故杜公《寒》詩用此事云：『漢時長安雪一丈，牛馬毛寒縮如蝟。』」〔註100〕

　　吳曾《能改齋漫錄》「觀者如堵牆」條：「《世說》：『衛玠自豫章至下都，人久仰其名，觀者如堵牆。』故杜子美詩：『集賢學士如堵牆，觀我落筆中書堂。』」〔註101〕

　　胡仔《苕溪漁隱叢話》後集卷五：「張華《博物志》曰：『江陵有臺甚大，而惟有一柱，眾梁皆共此柱。后土人呼爲木履觀，或曰一柱觀。』……故子美《泊松滋江亭》云：『一柱全應近，高密莫再經。』《下峽》云：『船經一柱過，留眼共登臨。』《送李功曹之荊州》云：『孤城一柱觀，落日九江流。』又，《所思》云：『九江日落醒何處，一柱觀頭眠幾回。』《夔府詠懷》云：『音徽一柱數。』」〔註102〕

論杜詩用天文志者，如：

　　呂祖謙《詩律武庫》「老人星」條：「《漢·天文志》云：『比地有大星曰南極老人，老人見，治安；不見，兵起。常以秋分時候之於南郊。』杜詩『今宵南極外，甘作老人星。』」

〔註98〕宋·呂祖謙：《詩律武庫》，《金華叢書》本，卷八、卷十。

〔註99〕張忠綱：《杜甫詩話六種校注·諸家老杜詩評》，濟南：齊魯書社，第61頁。

〔註100〕宋·呂祖謙：《詩律武庫》，《金華叢書》本，卷十三。

〔註101〕宋·吳曾：《能改齋漫錄》，臺灣商務印書館影印文淵閣四庫全書本，1983年版，卷七。

〔註102〕宋·胡仔：《苕溪漁隱叢話》後集，北京，人民文學出版社，1962年版，第30頁。

《詩律武庫》「南極」條：「《晉・天文志》云：『南極常以秋分之旦見於丙，春分之夕而沒於丁。見則治平，主壽昌』。故詩有『南極老人應壽昌』之句。」〔註103〕

論杜詩用地方志者，如：

吳曾《能改齋漫錄》「青田鶴」條：「晉《永嘉郡記》曰：『有沐溪野，去青田九里，此中有雙白鶴，年年生子，長大便去，只餘父母一雙在耳。清白可愛，多云神所養。』故杜子美《薛少保畫鶴》詩云：『薛公十一鶴，皆寫青田眞。』《夔府詠懷》詩：『馬來皆汗血，鶴唳必青田。』」〔註104〕

龔頤正《芥隱筆記》「老杜秦城字」條：「《三輔黃圖》：『長安故城，城南爲南斗形，城北爲北斗形，故號斗城。』……老杜：『秦城近斗勺。』『秦城北斗邊。』『北斗臨故秦。』」

〔註105〕

此外，還有如北宋潘淳《詩話補遺》稱：「《六韜》云：『愛及於屋上之烏，憎人憎及於儲胥。』……老杜詩：『丈人屋上烏，人好烏亦好。』」〔註106〕論杜詩用武經；南宋呂祖謙《詩律武庫》後集「紫金丹」條云：「《靈樞經》，扁鵲所注。其言畫霞爲妊女之胎，十月分胎，狀如紫金，上赤下黑，左青右白，其中央黃，號曰紫金丹。故杜公《寄嚴武》詩有：『衰顏欲付紫金丹』之句」；其書「甲子雨」條稱：「《齊民要術》：『諺云：春甲子雨，赤地千里。夏甲子雨，乘船入市。秋甲子雨，禾頭生耳。』故杜工部《雨》詩云：『冥冥甲子雨，已度立春時。』又《秋雨歎》云：『禾頭生耳黍穗黑』。」〔註107〕分別論杜詩用醫書和用農書。

〔註103〕宋・呂祖謙：《詩律武庫》，《金華叢書》本，卷四。

〔註104〕宋・吳曾：《能改齋漫錄》，臺灣商務印書館影印文淵閣四庫全書本，1983年版，卷十五。

〔註105〕宋・龔頤正：《芥隱筆記》，臺灣商務印書館影印文淵閣四庫全書本，1983年版，卷一。

〔註106〕張忠綱：《杜甫詩話六種校注・諸家老杜詩評》，濟南：齊魯書社，第67頁。

〔註107〕宋・呂祖謙：《詩律武庫》後集，《金華叢書》本，卷六、卷十。

同時，宋人詩話中，還有一些將杜詩所用各類文獻語典，綜合來加以評論的，如北宋潘淳《潘子眞詩話》「杜詩來歷」條稱：

> 顏之推論文章云：「至於陶冶性情，從容諷諫，入其滋味，亦樂事也。」老杜「陶冶性靈存底物」，蓋本於此。……陸士衡《傷逝賦》云：「託末契於後生。」杜詩云：「晚將末契託年少。」《瑞應圖》曰：「王者宴不及醉，則銀甕出。」《洗兵馬》詩云：「不知何國進白環，復道諸山出銀甕。」舜時西王母進白環，見《宋書志》。「游子久在外，門戶無人持」，《古樂府‧隴西行》：「健婦持門戶，勝一大丈夫，焉知肘腋禍，自及梟獍徒。」肘腋是趙滅智伯事。蘇秦激張儀相秦，以馬韉席坐之，「人來坐馬韉」之句，出於此也。古人造語，俯仰紆餘，各有態。「小麥青青大麥枯，誰當獲者婦與姑，丈夫何在西擊胡。」凡此句中，每函問答之詞「大麥乾枯小麥黃，問誰腰鐮胡與羌」，句法實有所自。劉孝標《廣絕交論》云：「王陽登則貢公喜，罕生逝而國子悲。」故老杜詩云：「竊效貢公喜。」〔註108〕

南宋胡仔《苕溪漁隱叢話》前集卷十一則云：

> 余讀史傳，及舊聞於知識間，得少陵詩事甚多，皆王原叔所不注者，如《冬狩行》云：「自從獻寶朝河宗」，《穆天子傳》：「天子西征，至陽紆山，河伯馮夷之所居，是爲河宗。天子乃沈璧禮焉。河伯乃與天子披圖視典，以觀天下寶器。」《秋日夔府詠懷》云：「穰多栗過拳」，《西京雜記》：「上林苑嶧陽栗大如拳。」又云：「門求七祖禪」，《傳燈錄》：「北宋神秀門人普寂立其師爲第六祖，而自稱七祖。」《秋日題鄭監湖上亭》云：「高唐寒浪減，髣髴識昭丘。」《荊州圖記》：「當陽東南七十里有楚昭王墓，登樓即見，所謂昭丘也。」《夔府書懷》云：「藻繪憶遊睢」，魏文帝《與曹洪書》：「遊睢渙者，學藻繪之彩。」注云：「睢、渙之間出文章。」《枯柟詩》：「凍雨落流膠」，《楚詞》：「使凍雨分瀧塵」，注云：「江東呼夏月暴雨爲凍雨，音東。」《八哀‧張九齡》

詩：「仙鶴下人間，獨立霜毛整。」《張九齡家傳》：「九齡初生，母夢九鶴從天而下」，恐少陵用此事。《西京雜記》：「元封中，雪大寒，牛馬皆蜷縮如蝟。」故《前苦寒行》云：「漢時長安雪一丈，牛馬毛寒縮如蝟。」《述古詩》：「邪贏無乃勞」，張平子《西京賦》：「邪贏優而足恃」，注云：「邪偏之利，自饒足恃也。」一作贏，一作贏，非是。《臘日》云：「口脂面藥隨恩澤，翠管銀罌下九霄」，唐制，臘日賜北門學士口脂，盛以碧鏤牙筒，《酉陽雜俎》亦云。《灩澦堆》云：「如馬戒舟航」，《水經》：「白帝山城門西江有孤石，冬出二十餘丈，夏即沒，有時才出。」又《十道志》：「灩澦大如馬，瞿塘不可下。」《秋興》云：「昆吾御宿自逶迤」，事見《揚雄傳》：「武帝開廣上林，南至宜春、鼎湖、御宿、昆吾。」《舊唐書》：「郭子儀上言，吐蕃、黨項不可忽，宜早爲備。廣德元年，遣李之芳等使於吐蕃，爲虜所留，二年乃得歸。」故《哭李之芳》詩云：「奉使失張騫」，蓋此事也。代宗自楚王徙封成王，《洗兵馬》云：「成王功大心轉小」，代宗時爲元帥故也。《自京赴奉先縣詠懷》云：「君臣留歡娛，樂動殷膠葛」，半山老人刊作膠葛，未詳其事所出，後讀《上林賦》：「張樂乎膠葛之寓」，寓，屋也，膠葛，曠遠深貌。乃出此也。《梅雨》云：「南京犀浦道，四月熟黃梅」，今本犀作西，非是。犀浦在成都府二十五里，太守李冰作五石犀沈江以壓水怪，因以名縣，出《成都記》。《贈射洪李四丈》云：「丈人屋上烏．人好烏亦好」，《六韜》：「武王登夏臺以臨殷民，周公曰：愛人者，愛其屋上烏；憎人者，憎其餘胥。」《和賈至舍人早朝大明宮》云：「五夜漏聲催曉箭」，《顏氏家訓》：「或問一夜五更何所訓？答云：漢、魏以來，謂甲夜乙夜丙夜丁夜戊夜，又謂之五鼓，亦謂之五更，皆以五爲節也。」《風疾舟中伏枕書懷》云：「疑惑樽中弩」，樂廣乃弓影，此云弩影，事見《風俗通》：「應郴爲汲令，夏至日，賜主簿杜宣酒，北壁上有懸赤弩，照杯中，形如蛇，因得疾。郴知之，使宣於舊處設酒，猶有

蛇。郴指曰：此弩影耳。」《解悶》云：「復憶襄陽孟浩然，清詩句句盡堪傳，即今耆舊無新語，漫釣槎頭縮項鯿。」《襄陽耆舊傳》：「峴山下漢水中出鯿魚，味極肥美，常禁人採捕，以槎斷水，因謂之槎頭鯿。宋張敬兒爲刺史，作六櫓船獻齊高帝曰：奉槎頭縮項鯿一千八百頭。孟浩然嘗有詩云：試垂竹竿釣，果得槎頭鯿。用此事也。」《飲中八仙歌》云：「天子呼來不上船」，按范傳正《李太白墓碑》云：「明皇泛白蓮池，召公作序，公已被酒，命高將軍扶以登舟。」恐少陵用此事。或云蜀人呼衣襟紐爲舡，有以見太白醉甚，雖見天子，披襟自若，其眞率之至也。〔註109〕

其書後集卷六亦載：

《復齋漫錄》云：張景陽詩：「昔在西京時，朝野多歡娛。」故子美詩：「朝野歡娛後，乾坤震蕩中。」後漢吳漢亡命在漁陽，會王郎起，漢說太守彭寵曰：「漁陽突騎，天下所聞也。君何不合二郡精銳，附劉公擊邯鄲，此一時之功也。」故子美詩：「漁陽突騎猶精銳。」又，「漁陽突騎邯鄲兒。」劉劭《趙都賦》云：「其用器則六弓四弩、綠沈黃間，堂溪魚腸，丁令角端。」故《重過何氏詩》：「雨拋金鎖甲，苔臥綠沈槍。」……《古詩》云：「采葵莫傷根，傷根葵不生。結友莫羞貧，羞貧友不成。」杜詩「刈葵莫放手，放手傷葵根」者，蓋取此也。〔註110〕

由上可見，這幾部宋人詩話將杜詩所用各類語典的文獻出處，若經、史、子、集，詩、文、樂府、辭賦，甚或筆記、方志、燈錄等等……幾乎列舉殆盡，以驗證其造語皆有來歷，「無一字無來處」。其注解可謂字字有本，細緻入微；從中亦可見杜詩中所用語典確乎出入經史、歷時久遠，這也是與其「讀書破萬卷」、「轉益多師」的學識積累和創作準備分不開的。

〔註109〕宋・胡仔：《苕溪漁隱叢話》前集，北京：人民文學出版社，1962年版，第70～72頁。

〔註110〕宋・胡仔：《苕溪漁隱叢話》後集，北京：人民文學出版社，1962年版，第41頁。

第四節　杜詩活用典故論

關於用典藝術手法的要求，劉勰《文心雕龍·事類篇》曾言：「雖引古事，而莫取舊辭」〔註 111〕，在宋人的詩學批評視野中，杜詩的用典也並非僅僅照搬古事、全抄古語，而是能夠活用典故、「點鐵成金」；如南宋林希逸《竹溪鬳齋十一槁續集》所稱：「事則或專用、或借用、或直用、或翻用、或用其意，……杜公詩句皆有焉。」〔註 112〕杜詩除了上述的正用、明用典故以外，還擅長反用、暗用典故，這一點宋人也是關注到了的。

所謂反用典故，是指在詩文作品中將所用故事或語句從反面意義來徵引，即翻用典故；因此，「反用又被稱爲『翻案法』。」〔註 113〕關於杜詩中的反用典故，北宋陳師道《後山詩話》曾言：「孟嘉落帽，前世以爲勝絕。杜子美《九日詩》云：『羞將短髮還吹帽，笑倩旁人爲正冠。』其文雅曠達，不減昔人。故謂詩非力學可致，正須胸肚中泄爾。」〔註 114〕杜詩所用「孟嘉落帽」典，出自《晉書·孟嘉傳》：「孟嘉……後爲征西桓溫參軍，溫甚重之。九月九日，溫燕龍山，僚佐畢集。時佐吏並著戎服。有風至，吹嘉帽墮落，嘉 不之覺。溫使左右勿言，欲觀其舉止。嘉良久如廁，溫令取還之，命孫盛作文嘲 嘉，著嘉坐處。嘉還見，即答之，其文甚美，四坐嗟歎。」〔註 115〕此典用以形容文士才思敏捷、有風度；杜詩則藉以言己身恐風吹帽露髮，無才遮羞，而倩人正冠，自我解嘲，正係反用之。

南宋黃徹《䂬溪詩話》卷四亦云：「老杜：『途窮反遭俗眼白』，本用阮籍事，意謂我輩本宜以白眼視俗人，至小人得志，嫉視君子，

〔註 111〕梁·劉勰：《文心雕龍》，北京：中國友誼出版公司，1997 年版，第152 頁。

〔註 112〕宋·林希逸：《竹溪鬳齋十一槁續集》，臺灣商務印書館影印文淵閣四庫全書本，1983 年版，卷三十。

〔註 113〕羅積勇：《用典研究》，武漢：武漢大學出版社，2005 年版，第 25 頁。

〔註 114〕宋·陳師道：《後山詩話》，《歷代詩話》本，第 302 頁。

〔註 115〕唐·房玄齡：《晉書·孟嘉傳》，北京：中華書局，1974 年版，第 2580～2581 頁。

是反遭其眼白，故倒用之。」〔註116〕所引杜詩乃七古《丹青引贈曹霸將軍》，本用「青白眼」之事典，出自《晉書·阮籍傳》：「籍又能爲青白眼。見禮俗之士，以白眼對之。常言『禮豈爲我設耶？』時有喪母，嵇喜來弔，阮作白眼，喜不懌而去；喜弟康聞之，乃備酒挾琴造焉，阮大悅，遂見青眼。」〔註117〕而詩中藉以言曹霸窮途，反遭世俗小人白眼，感歎世態炎涼；亦爲反面用典。南宋葉某《愛日齋叢鈔》則稱：「陶詩：『結廬在人境，而無車馬喧。』少陵《東樓》詩：『雖有車馬客，而無人世喧。』就古語一轉，正使事之法，……不爲古事所使也。」〔註118〕所引杜詩乃於文面反用陶淵明《飲酒》其五首二句之語典，然用意則同；正是「點鐵成金」、「莫取舊辭」之法，故爲葉氏所稱善。

　　暗用典故，則如羅積勇所說，「暗用是將典故的出處、來歷等隱去，使故事、古語與自己的敘說盡可能銜接無痕的一種用典方式。」〔註119〕即用典與寫實密合無間，使讀者感覺不到是在用典，即或不知此典，亦不妨礙其對詩句的理解，而知道典故者則更能體味個中情味，此乃最爲上乘的用典手法。關於杜詩中的暗用典故，如北宋蔡絛《西清詩話》云：「杜少陵云：『作詩用事，要如釋氏語：水中著鹽，飲水乃知鹽味。』此說詩家密藏也。如『五更鼓角聲悲壯，三峽星河影動搖』。人徒見凌轢造化之氣，不知乃用事也。《禰衡傳》：『撾漁陽摻，聲悲壯。』《漢武故事》：『星辰影動搖，東方朔謂民勞之應。』則善用故事者，如繫風捕影，豈有迹耶？此理迨不容聲，餘乃顯言之，已落第二矣。」〔註120〕稱引杜甫「水中著鹽」之語，比擬典故暗用

〔註116〕宋·黃徹：《䂬溪詩話》，北京：人民文學出版社，1986年版，第60～61頁。
〔註117〕唐·房玄齡：《晉書·阮籍傳》，北京：中華書局，1974年版，第1361頁。
〔註118〕宋·葉某：《愛日齋叢鈔》，臺灣商務印書館影印文淵閣四庫全書本，1983年版，卷三。
〔註119〕羅積勇：《用典研究》，武漢：武漢大學出版社，2005年版，第24頁。
〔註120〕宋·蔡絛：《西清詩話》，臺灣廣文書局影印《古今詩話續編》本，卷上。

之妙處，並引用杜甫七律《閣夜》頷聯以證之，雖用古書語典而不露痕迹。南宋周紫芝《竹坡詩話》卷二亦云：「凡詩人作語，要令事在語中而人不知。余讀太史公《天官書》：『天一、槍、棓、矛、盾動搖，角大，兵起。』杜少陵詩云：『五更鼓角聲悲壯，三峽星河影動搖。』蓋暗用遷語，而語中乃有用兵之意。詩至於此，可以為工也。」〔註 121〕亦稱美杜甫此詩暗用典故之工妙，能使典故與寫實融而為一，「事在語中而人不知」。

　　宋末蔡正孫《詩林廣記》前集卷二「杜子美」條則云：「（《示宗武》）詩注云：嵇紹，新解覓句，稍知音律。王渾、阿戎年小，漸解滿床攤書。謝玄少好配紫羅香囊，叔父安焚之。嵇康顧其子紹曰：阿紹明年共我長矣，吾甚喜爾成人。愚謂：前輩云：用事多，填塞故實，謂之錄鬼簿。如少陵此詩，未嘗不用事，而渾然不覺其為用事，可謂精妙者也。」〔註 122〕所引杜甫原詩如下：

　　　　汝啼吾手戰，吾笑汝身長。處處逢正月，迢迢滯遠方。
　　　　飄零還柏酒，衰病只藜床。訓喻青衿子，名慚白首郎。
　　　　賦詩猶落筆，獻壽更稱觴。不見江東弟，高歌淚數行。
　　　　（《元日示宗武》）

指出杜詩暗用典故而使之與本篇渾然一體，而不落「錄鬼簿」之窠臼。宋末王構《修辭鑒衡》載《薄氏漫齋錄》云：「用故事當如己出，如杜甫寄人詩云：『徑欲依劉表，還疑厭禰衡。』此事用王粲依劉表、曹公厭禰衡，卻點化只作杜甫欲去依他人、恐他人厭之語，此便如己出也。」〔註 123〕引用杜甫長篇排律《奉送郭中丞兼太僕卿充隴右節度使三十韻》中詩句，指出其借古事切今人，點化自然，用典如同己出；據北宋蔡啓《蔡寬夫詩話》「荊公言使事法」條載，王安石論詩中用典曾言：「若能自出己意，借事以相發明，情態畢出，則用事雖

〔註 121〕宋・周紫芝：《竹坡詩話》，《歷代詩話》本，第 346 頁。
〔註 122〕宋・蔡正孫：《詩林廣記》，北京：中華書局，1982 年版，第 31 頁。
〔註 123〕宋・王構：《修辭鑒衡》，臺灣商務印書館影印文淵閣四庫全書本，1983
　　　　年版，卷一。

－121－

多，亦何所妨。」〔註124〕杜詩用典，則不愧此論。

　　誠如上述宋人所言，杜詩中的暗用典故，造語自然，不露痕迹，確能達到劉勰《文心雕龍‧事類篇》中所謂「用舊合機，不啻自其口出」，「用人若己」〔註125〕的藝術境界，故而爲之歎服。

　　此外，宋人還評述了杜詩其他一些活用典故的方式，如南宋黃徹《䂬溪詩話》卷四云：「律詩有一對通用一事者。『更尋嘉樹傳，莫忘《角弓》詩。』乃《左傳》：『韓宣子聘魯，嘗賦《角弓》，及譽嘉樹。魯人請封殖此樹，以無忘《角弓》』。」〔註126〕指出杜甫五律《冬日有懷李白》頷聯上下兩句，合用一則典故；而南宋吳曾《能改齋漫錄》「子美笛詩引胡騎武陵事」條則稱：「杜子美《吹笛》七言詩云：『胡騎中宵堪北走，武陵一曲想南征。』上句取陳周宏讓《長笛吐清氣》詩：『胡騎爭北歸，遍知別鄉苦。』下句取陳賀徹《長笛吐清氣》詩：『方知出塞者，不憚武陵深。』」〔註127〕指出杜甫七律《吹笛》頸聯，上下兩句則各用一古人同題之語典，復爲用典一格；足見其用典方式之靈活多樣。正如杜仲陵先生所說，杜詩方式靈活、形態不一的用典手法，「自有其特色，不惟超邁六代，在唐詩中也是獨闢蹊徑，而爲後人所宗仰、所師法的」〔註128〕，這一點早已爲宋人普遍認同。

第五節　宋代杜詩用典悖論

　　在宋代文壇所充斥的大量關於杜詩用典藝術的贊評之外，也有一些詩論家對此，特別是「無一字無來處」之論，有著不同觀點，如南宋嚴羽《滄浪詩話》論「詩法」則稱：「不必太著題，不必多使事。

〔註124〕宋‧蔡啓：《蔡寬夫詩話》，《宋詩話輯佚》本，第419頁。

〔註125〕梁‧劉勰：《文心雕龍》，北京：中國友誼出版公司，1997年版，第154頁。

〔註126〕宋‧黃徹：《䂬溪詩話》，北京：人民文學出版社，1986年版，第57頁。

〔註127〕宋‧吳曾：《能改齋漫錄》，臺灣商務印書館影印文淵閣四庫全書本，1983年版，卷六。

〔註128〕杜仲陵：《讀杜卮言》，成都：巴蜀書社，1986年版，第72頁。

押韻不必有出處，用字不必拘來歷。」〔註 129〕「中興四大詩人」之
一的陸游，亦在其《老學庵筆記》卷七中稱：

> 今人解杜詩，但尋出處，不知少陵之意，初不如是。且如
> 《岳陽樓詩》：「昔聞洞庭水，今上岳陽樓。吳楚東南坼，
> 乾坤日夜浮。親朋無一字，老病有孤舟。戎馬關山北，憑
> 軒涕泗流。」此豈可以出處求哉！縱使字字尋得出處，去
> 少陵之意益遠矣。蓋後人無不知杜詩所以妙絕古今者何
> 在，但以一字亦有出處爲工，如《西崑酬唱集》中詩，何
> 曾有一字無出處，便以爲追配少陵，可乎？且今人作詩，
> 亦未嘗無出處，渠自不知，若爲之箋注，亦字字有出處，
> 但不妨其爲惡詩耳。〔註 130〕

以杜甫五律名篇《登岳陽樓》爲例，批評時人解讀杜詩字字求出
處的之失，並將宋初崇尚用典的「西崑體」詩作對比，指出句句
尚典實、「字字有出處」，未必佳作，故於杜詩亦不可僅「以出處
求哉」。

　　針對從北宋黃庭堅以來所謂杜詩「無一字無來處」之論，南宋包
恢《石屏詩後集序》則針鋒相對地指出：「黃太史稱杜詩無一字無來
處。然杜無意用事，眞意至而事自至耳。黃有意用事，未免少與杜異，
不知四詩三百篇，用何古人事若語哉？」〔註 131〕認爲杜詩用典，乃
是爲抒情服務——「爲情而用事」，而黃庭堅用事則有意爲之，「爲事
而造情」；並以《詩》三百篇，無事可用仍爲經典作例，駁斥黃庭堅，
可謂語勢犀利。南宋朱弁《風月堂詩話》則稱：

> 客或謂予曰：「篇章以故實相誇，起於何時？」予曰：「江
> 左自顏、謝以來乃始有之。可以表學問，而非詩之至也。
> 觀古今勝語皆自肺腑中流出，初無綴緝工夫。故鍾嶸云：

〔註 129〕宋・嚴羽著，郭紹虞校釋：《滄浪詩話校釋》，北京：人民文學出版社，
　　　　　1983 年版，第 114～116 頁。
〔註 130〕宋・陸游：《老學庵筆記》，北京：中華書局，1979 年版，第 95 頁。
〔註 131〕宋・戴復古著，金芝山校點：《戴復古詩集》，杭州：浙江古籍出版社，
　　　　　1992 年版，第 324 頁。

經國文符，應資博古；撰德駁奏，宜窮往烈。至於吟詠性情，亦何貴於用事？『思君如流水』，既是即目；『高臺多悲風』，亦唯所見；『清晨登隴首』，羌無故實；『明月照積雪』，詎出經史？其所論爲有淵源矣。」客又曰：「僕見世之愛老杜者嘗謂人曰：『此老出語絕人，無一字無來處。』審如此言，則詞必有據，字必援古，所由來遠，有不可已者。」予曰：「論事當考源流。今言詩不究其源，而踵其末流以爲標準，不知國風、雅、頌祖述何人！此老句法妙處，渾然天成，如蟲蝕木，不待刻雕，自成文理。其鼓鑄鎔瀉，殆不用世間槖鑰，近古以還，無出其右，眞詩人之冠冕也。如近體格俯同今作，則詞不遺奇，雜以事實，掇英擷華，妥帖平穩，殆以文爲滑稽，特詩中之一事耳，豈見其大全者耶？」〔註132〕

朱氏則從用典之手法的盛行論起，並引南朝梁代著名詩歌理論家鍾嶸在《詩品序》中提出之「直尋」說——「吟詠性情，亦何貴於用事？」，「觀古今勝語，多非補假，皆由直尋。」〔註133〕作爲理論依據；論證「詞必有據，字必援古」之解杜詩者方法之謬，而以渾然天成、「不待刻雕」爲杜詩之至妙，與包氏之論無二。

南宋胡仔《苕溪漁隱叢話》前集卷六則載：

山谷云：「予謫居黔州，盡書子美兩川、夔、峽諸詩，以遺丹棱楊素翁，俾刻之石，使大雅之音久湮沒而復盈三巴之耳。素翁又欲作高屋廣楹庇此石，因請名焉。予名之曰大雅堂，仍爲作記，其略云：『由杜子美以來，四百餘年，斯文委地。文章之士，隨世所能，傑出時輩，未有升子美之堂者，況室家之好邪！余嘗欲隨欣然會意處，箋以數語，終以汩沒世俗，初不暇給。雖然，子美詩妙處，乃在無意於文。夫無意而意已至，非廣之以《國風》、《雅》、《頌》，深之以《離騷》、《九歌》，安能咀嚼其意味，闖然入其門邪！

〔註132〕宋·朱弁：《風月堂詩話》，臺灣商務印書館影印文淵閣四庫全書本，1983年版，卷下。
〔註133〕梁·鍾嶸：《詩品》，《歷代詩話》本，第4頁。

故使後生輩自求之，則得之深矣。使後之登大雅堂者，能
以余說而求之，則思過半矣。彼喜穿鑿者，棄其大旨，取
其發興，於所遇林泉人物、草木魚蟲，以爲物物皆有所託，
如世間商度隱語者，則子美之詩委地矣。』」〔註134〕

引述黃庭堅晚年所作之《大雅堂記》原文，指出時人之「喜穿鑿
者」，解杜詩「以爲物物皆有所託」，則有失論詩之旨，忽視杜詩
「無意於文」之渾成處；則對同樣是黃庭堅所提出的頗具影響的
杜詩「無一字無來處」之論，有「以子之矛，攻子之盾」的反駁
之力。

　　對於杜詩具體創作中的用典，宋人亦有頗不以爲然者，如北宋
蔡啓《蔡寬夫詩話》「杜詩優劣」條云：「詩語大忌用工太過，蓋煉
句勝則意必不足，語工而意不足，則格力必弱，此自然之理也。……
其用事若『宓子彈琴邑宰日，終軍棄繻英妙年』，雖字字皆本出處，
然比『今日朝廷須汲黯，中原將帥憶廉頗』，雖無出處一字，而語意
自到。故知造語用事，雖同出一人之手，而優劣自異，信乎詩之難
也。」〔註135〕將杜甫《七月一日題終明府水樓二首》其二與《奉寄
高常侍》中用典相比較，指出前者雖字字本乎「宓子彈琴」原典，
然「語工而意不足」，不似後者用事自然。故南宋陳叔方《穎川語小》
亦云：「用事之誤，雖杜少陵不能免。」〔註136〕

　　南宋朱熹作《跋章國華所集注杜詩》則稱：「杜詩佳處，有在用
事造語之外者，惟其虛心諷詠，乃能見之。」〔註137〕指出杜詩佳作
往往並非那些善用典故之作；南宋朱弁《風月堂詩話》云：「唐杜甫
《詠蒹葭》云：『體弱春苗早，叢長夜露多。』則亦未始求故實也。
如其它《詠薤》云：『束比青芻色，圓齊玉箸頭。』《黃粱》云：『味

〔註134〕宋·胡仔：《苕溪漁隱叢話》前集，北京：人民文學出版社，1962年
　　　　版，第36頁。
〔註135〕宋·蔡啓：《蔡寬夫詩話》，《宋詩話輯佚》本，第385～386頁。
〔註136〕宋·陳叔方：《穎川語小》，臺灣商務印書館影印文淵閣四庫全書本，
　　　　1983年版，卷下。
〔註137〕宋·朱熹：《晦庵先生朱文公文集》，四部叢刊本，卷八十四。

豈同金菊，香宜配綠葵。』則於體物外，又有影寫之功矣。予與晁叔用論此，叔用曰：陳無己嘗舉老杜《詠子規》云：『渺渺春風見，蕭蕭夜色淒。客懷那見此，故作傍人低。』如此等語，蓋不從古人筆墨畦徑中來，其所鎔裁，殆別有造化也，又惡用故實爲哉！」〔註138〕則以杜詩數篇創作實例爲證，指出其佳篇多未典故事實，「自鑄偉辭」〔註139〕，亦別有造化。

宋末劉克莊《後村詩話》新集卷二亦稱：「《登高》云：『無邊落木蕭蕭下，不盡長江滾滾來。萬里悲秋常作客，百年多病獨登臺。』此二聯不用故事，自然高妙，在樊川《齊山九日》七言之上。」〔註140〕通過將老杜、小杜二首重陽登高之七律相比較，指出杜甫詩雖不用典故，然即景抒情，自然之妙，遠勝晚唐杜牧《九日齊山登高》「菊花須插滿頭歸」、「牛山何必獨沾衣？」諸句接連化用「陶淵明採菊」、齊景公「牛山下涕」等故典之篇。可見，此輩詩論家對於杜詩不尚典實之作，則更爲青睞；在皆尚杜詩「無一字無來處」之論的宋代詩壇，亦敢於從杜詩創作實際出發，據實而論，分庭抗禮，從而據有一席之地。

綜上所述，基於有宋一代統治者所制定的「崇文抑武」的基本國策，和「萬般皆下品，惟有讀書高」（《神童詩・勸學》）的舉世提倡重讀書、尊士人之社會文化背景，以及「以文字爲詩，以才學爲詩」（《滄浪詩話・詩辨》）之重文字來歷出處、崇尚才學的詩壇創作與詩歌批評傾向，宋人對於杜詩中的用典藝術極爲關注，並成爲當時詩學批評領域的一大重要內容。

其中，既包括不厭其煩的鉤稽事典、注釋語典，也注重總結其多種用典手法（包括正用、反用、明用、暗用）等等，爲探尋杜詩中語

〔註138〕宋・朱弁：《風月堂詩話》，臺灣商務印書館影印文淵閣四庫全書本，1983 年版，卷上。

〔註139〕梁・劉勰：《文心雕龍》，北京：中國友誼出版公司，1997 年版，第32 頁。

〔註140〕宋・劉克莊：《後村詩話》，北京：中華書局，1983 年版，第 178 頁。

句之典故出處，宋人不惜遍查經史子集、百家典籍，態度雖極認真，然其做法終不免有迂腐之嫌。雖有少數詩論家如包恢、朱弁、胡仔、朱熹、劉克莊等對此持反面觀點，認爲「杜詩佳處，有在用事造語之外者」，但對於杜詩用典藝術的批評，畢竟成爲宋代杜詩學研究的一大主流，黃庭堅等有關杜詩「無一字無來處」之論也風行於世，並對後世杜詩學研究發展方向，產生深遠影響。

第六章　宋人杜詩風格論

　　有宋一代，由於印刷術的革新與推廣，在客觀上爲杜集的編纂與評注提供了便利條件，出現了所謂「千注杜詩」〔註1〕的盛況，這也爲宋人通讀杜詩並瞭解其藝術全貌提供了可能；因此，宋人對於杜詩藝術風格的認知較爲全面，既包括對其「沈鬱頓挫」之主體詩風的認定和闡釋，也有對其多樣化的風格表現的體認。

第一節　「沈鬱頓挫」論

　　「沈鬱頓挫」，本爲杜甫天寶十三載（754）在《進〈雕賦〉表》中對其詩賦作品的自我評價：「臣之述作，雖不能鼓吹六經，先鳴數子，至於沈鬱頓挫，隨時敏捷，而揚雄、枚皋之徒，庶可跂及也。」〔註2〕後世遂以之作爲杜詩主體藝術風格的定評。至南宋，葛立方《韻語陽秋》卷八曾引述此表云：「老杜高自稱許，有乃祖之風。上書明皇云：『臣之述作，沈鬱頓挫，揚雄枚皋，可企及也』……甫以詩雄於世，自比諸人誠未爲過。」〔註3〕惜其對「沈鬱頓挫」未從風格角

〔註1〕金・王若虛：《滹南詩話》，《歷代詩話續編》本，北京：中華書局，1983年版，第506頁。

〔註2〕清・仇兆鰲：《杜詩詳注》，北京：中華書局，1979年版，第2172頁。

〔註3〕宋・葛立方：《韻語陽秋》，上海：上海古籍出版社，1984年版，第102頁。

度加以指認。至嚴羽《滄浪詩話》，始在其「詩體」篇，專門標舉「少陵體」〔註4〕，代指杜詩獨特的藝術風格，並在「詩評」篇以李杜比較的方式，概括出杜詩的主體風格：

> 李杜二公正不當優劣，太白有一二妙處子美不能道；子美有一二妙處太白不能作；子美不能爲太白之飄逸；太白不能爲子美之沈鬱⋯⋯〔註5〕

明確地拈出杜詩之「沈鬱」與李詩的「飄逸」風格相提並論。而楊萬里《誠齋詩話》，則通過列舉杜詩中具有「沈鬱頓挫」風格特徵的典型性詩例，凸現「杜子美詩體」的主體風格：

> 「麒麟圖畫鴻雁行，紫極出入黃金印。」又：「白摧朽骨龍虎死，黑入太陰雷雨垂。」又：「指揮能事回天地，訓練強兵動鬼神。」又：「路經灩澦雙蓬鬢，天入滄浪一釣舟。」此杜子美詩體也。〔註6〕

關於「沈鬱頓挫」風格的藝術內涵，歷代論者多從渾厚宏壯之境界、起伏跌宕之手法角度分釋「沈鬱」與「頓挫」，如「沈鬱，是感情的悲慨壯大深厚；頓挫，是感情表達的波浪起伏、反覆低回。」〔註7〕「思想感情的博大深厚，以及表現手法的沈著蘊藉，是形成這種風格的主要因素。」〔註8〕宋人亦多從杜詩「沈鬱」之藝術境界與「頓挫」之藝術表現兩方面，來揭示其主體風格的藝術內涵，以下分而論之。

一、「沈鬱」之藝術境界——深沈、渾厚、壯闊

關於杜詩主體風格——「沈鬱頓挫」中之「沈鬱」，以往學界多從其包蘊的思想感情角度加以解讀、闡釋，如韓成武師認爲：「『沈鬱』

〔註4〕宋·嚴羽著，郭紹虞校釋：《滄浪詩話校釋》，北京：人民文學出版社，1983年版，第58頁。
〔註5〕宋·嚴羽著，郭紹虞校釋：《滄浪詩話校釋》，第166～168頁。
〔註6〕宋·楊萬里：《誠齋詩話》，《歷代詩話續編》本，第137頁。
〔註7〕袁行霈：《中國文學史》（第二卷），北京：高等教育出版社，2005年第2版，第291頁。
〔註8〕游國恩等：《中國文學史》（第二冊），北京：人民文學出版社，1983年版，第98頁。

的思想感情所指，人們認爲是深厚、深沈、沈雄、沈著、濃鬱、鬱勃、憂鬱、鬱結……」〔註9〕，羅宗強先生在其《唐詩小史》一書中也指出，杜詩之「沈鬱」，在藝術表現上有「一種悲壯的、闊大的感情境界」〔註10〕，前述兩部通行的《中國文學史》亦皆持此論。杜詩如此之思想感情表達，從藝術層面來審視，則體現爲渾厚、壯闊、宏深的藝術境界。

宋人從杜詩之造語、造境、氣韻等諸多藝術角度，對其沈鬱雄渾之語境呈現，給予了較高的贊評，如：

潘淳《潘子眞詩話》：「至造語則杜渾厚而有工，是知文章當以韻爲勝也。」〔註11〕

張方平《讀杜工部詩》：「文物皇唐盛，詩家老杜豪。」〔註12〕

蘇軾《書唐氏六家書後一首》：「杜子美詩，格力天縱，奄有漢、魏、晉、宋以來風流。」〔註13〕

孫覿《浮溪集序》：「杜子美詩格力自大，雄跨百代，爲古今詩人之冠。」〔註14〕

胡仔《苕溪漁隱叢話》：「半山老人詩云：『吾觀少陵詩，謂與元氣侔。力能排天斡九地，壯顏毅色不可求。』」〔註15〕

〔註 9〕韓成武：《少陵體詩選・前言》，保定：河北大學出版社，2004 年版，第 1 頁。

〔註10〕羅宗強：《唐詩小史》，天津：百花文藝出版社，2008 年版，第 134 頁。

〔註11〕宋・潘淳：《潘子眞詩話》，《宋詩話輯佚》本，第 302 頁。

〔註12〕宋・張方平：《樂全集》，臺灣商務印書館影印文淵閣四庫全書本，1983 年版，卷二。

〔註13〕宋・蘇軾著，孔凡禮點校：《蘇軾文集》，北京：中華書局，1986 年版，第 2206 頁。

〔註14〕宋・孫覿：《浮溪集》，臺灣商務印書館影印文淵閣四庫全書本，1983 年版，原序。

〔註15〕宋・胡仔：《苕溪漁隱叢話》前集，北京：人民文學出版社，1962 年版，第 72 頁。

吳聿《觀林詩話》:「杜工部詩,世傳骨氣高峭,如爽鶻摩霄,駿馬絕地。」〔註16〕

張戒《歲寒堂詩話》:「(杜子美)作詩乃自《文選》中來,大抵宏麗語也」〔註17〕

李綱《讀四家詩選四首並序》:「子美詩閎深典麗,集諸家之大成。」〔註18〕……

舉凡渾厚、雄豪、壯毅、高峭、宏麗、閎深等諸多贊評,均道出了杜詩「沈鬱」之詩境的表徵,在「沈鬱」之諸多藝術呈現中,宋人更加著眼於其渾成自然、沈著深厚的藝術境界,如:

陳模《懷古錄》:「工部筆力沛然,如天涵地負,……如杜詩:『吳楚東南坼,乾坤日夜浮。』『碧知湖外草,紅見海東雲。』『浮雲連海岱,平野入青徐。』『江山有巴蜀,棟宇自齊梁。』所謂乾端坤倪,軒豁呈露者……其工處直與造化相等,渾涵而無迹可見。宋人力極其描模,終不及其自然之工。」〔註19〕

朱弁《風月堂詩話》:「世之愛老杜者嘗謂人曰:『此老出語絕人……』此老句法妙處,渾然天成,如蟲蝕木,不待刻雕,自成文理。其鼓鑄鎔瀉,殆不用世間橐鑰,近古以還,無出其右,真詩人之冠冕也。」〔註20〕

曾豐《贈豫章來子儀言詩》:「老杜氣渾全。」〔註21〕

程公許《諸友載酒飲滄江海棠下,公許以上壽親庭,不克與勝賞。翌日招飲,出示新作,敬和元韻》:「杜陵老翁身

〔註16〕宋·吳聿:《觀林詩話》,《歷代詩話續編》本,第129頁。

〔註17〕宋·張戒:《歲寒堂詩話》,《歷代詩話續編》本,第456頁。

〔註18〕宋·李綱著,王瑞明點校:《李綱全集》,長沙:嶽麓書社,2004年版,第97頁。

〔註19〕宋·陳模:《懷古錄》,明抄《說集》本,卷上。

〔註20〕宋·朱弁:《風月堂詩話》,臺灣商務印書館影印文淵閣四庫全書本,1983年版,卷下。

〔註21〕宋·曾豐:《緣督集》,臺灣商務印書館影印文淵閣四庫全書本,1983年版,卷三。

　　轉蓬，浣花溪頭詩更工。想來隱語最沈著。」〔註22〕……
宋代詩壇最具影響的「江西詩派」領袖黃庭堅亦嘗云：「子美詩妙處
乃在無意於文」（《大雅堂記》），「觀杜子美到夔州後詩，……皆不煩
繩削而自合矣」（《與王觀復書三首》其一）〔註23〕。山谷之評，正如
許總先生在其《杜詩學發微》中所言：「『無意於文』，正是反對『構
空強作』，主張『待境而生』，追求如同『流水鳴無意，白雲出無心』
的渾成自然的藝術境界。」〔註24〕宋人之所以在杜詩「沈鬱」詩境的
諸多表徵呈現中，對其渾成自然之境界倍加青目，當與有宋一代詩風
多以自然、平淡爲主導的美學追求相關，杜詩深沈、渾厚的境界表現，
正與之相應。

　　就杜詩中的具體篇目，來論及其豪壯、沈雄、偉麗之藝術境界者
亦頗多，如：

　　黃徹《䂬溪詩話》：「觀杜老《壯遊》云：『東下姑蘇臺，已
　　具浮海航。到今有遺恨，不得窮扶桑。……劍池石壁仄，
　　長洲荷芰香。嵯峨閶門北，清廟映回塘。……越女天下白，
　　鑒湖五月涼。剡溪蘊秀異，欲罷不能忘。歸帆拂天姥，中
　　歲貢舊鄉。……放蕩齊趙間，西歸到咸陽。』其豪氣逸韻，
　　可以想見。」〔註25〕

　　許顗《彥周詩話》：「《出塞曲》：『落日照大旗，馬鳴風蕭蕭。
　　悲笳數聲動，壯士慘不驕。』又《八哀詩》：『汝陽讓帝子，
　　眉宇真天人。虬鬚似太宗，色映塞外春。』此等力量，不
　　容他人到。」〔註26〕

〔註22〕宋・程公許：《滄洲塵缶編》，臺灣商務印書館影印文淵閣四庫全書
　　　　本，1983年版，卷七。
〔註23〕宋・黃庭堅：《山谷集》，臺灣商務印書館影印文淵閣四庫全書本，
　　　　1983年版，卷十七、卷十九。
〔註24〕許總：《杜詩學發微》，南京：南京出版社，1989年版，第82頁。
〔註25〕宋・黃徹：《䂬溪詩話》，北京：人民文學出版社，1986年版，第126
　　　　頁。
〔註26〕宋・許顗：《彥周詩話》，臺灣商務印書館影印文淵閣四庫全書本，
　　　　1983年版，卷一。

朱熹《跋杜工部同穀七歌》:「杜陵此歌,豪宕奇絕,詩流少及之者。」〔註27〕

王炎《七歌並序》:「杜工部有同穀七歌,其辭高古難及,而音節悲壯。」〔註28〕

劉克莊《後村詩話》新集:「《聞官軍臨賊》篇,二十韻,多佳句。……其敘時事,甚悲壯老健。」〔註29〕

葉夢得《石林詩話》:「七言難於氣象雄渾,句中有力,而紆徐不失言外之意。自老杜『錦江春色來天地,玉壘浮雲變古今』,與『五更鼓角聲悲壯,三峽星河影動搖』等句之後,嘗恨無復繼者。」〔註30〕

蘇軾《評七言麗句》:「七言之偉麗者,杜子美云:『旌旗日暖龍蛇動,宮殿風微燕雀高』、『五更曉角聲悲壯,三峽星河影動搖』爾後寂寥無聞焉。」〔註31〕

同時,宋人亦多通過將杜詩藝術境界與盛唐乃至前後歷代名家的縱橫比較,對其「沈鬱」風格加以體認,如:

歐陽修《六一詩話》:「唐之晚年,詩人無復李、杜豪放之格……」〔註32〕

謝采伯《密齋筆記》:「杜詩、韓筆、顏書,規模大,氣韻高古。」〔註33〕

陳仁子《唐詩序》:「李豪、韓贍、韋淡、柳逴、白俗、杜

〔註27〕 宋·朱熹:《晦庵先生朱文公文集》,四部叢刊本,卷八十四。

〔註28〕 宋·王炎:《雙溪類藁》,臺灣商務印書館影印文淵閣四庫全書本,1983年版,卷九。

〔註29〕 宋·劉克莊:《後村詩話》,北京:中華書局,1983年版,第175頁。

〔註30〕 宋·葉夢得:《石林詩話》,《歷代詩話》本,北京:中華書局,1981年版,第432頁。

〔註31〕 宋·蘇軾著,孔凡禮點校:《蘇軾文集》,北京:中華書局,1986年版,第2143頁。

〔註32〕 宋·歐陽修:《六一詩話》,北京:人民文學出版社,1962年版,第9頁。

〔註33〕 宋·謝采伯:《密齋筆記》,臺灣商務印書館影印文淵閣四庫全書本,1983年版,卷三。

渾成。」〔註34〕

張戒《歲寒堂詩話》:「阮嗣宗詩,專以意勝;陶淵明詩,專以味勝;曹子建詩,專以韻勝;杜子美詩,專以氣勝。然意可學也,味亦可學也,若夫韻有高下,氣有強弱,則不可強矣。此韓退之之文,曹子建杜子美之詩,後世所以莫能及也。……子美之詩,顏魯公之書,雄姿傑出,千古獨步,可仰而不可及耳。……杜子美李太白韓退之三人,才力俱不可及,而就其中退之喜崛奇之態,太白多天仙之詞,退之猶可學,太白不可及也。至於杜子美,則又不然,氣吞曹劉,固無與爲敵。……唐人詩當推韓杜,韓詩豪,杜詩雄,然杜之雄亦可以兼韓之豪也。」〔註35〕

蔡夢弼《杜工部草堂詩話》:「陶淵明詩:『採菊東籬下,悠然見南山。』……老杜亦曰:『夜闌接軟語,落月如金盆。』予愛其意度閒雅,不減淵明,而語句雄健過之。」〔註36〕

劉克莊《後村詩話》新集:「《舞劍器行》,世所膾炙絕妙好詞也。……余謂此篇與《琵琶行》,一如壯士軒昂赴敵場,一如兒女恩怨相爾汝。杜有建安黃初氣骨,白未脫長慶體耳。」〔註37〕

朱弁《風月堂詩話》:「李義山擬老杜詩云:『歲月行如此,江湖坐渺然。』直是老杜語也。……然未似老杜沈涵汪洋,筆力有餘也。」〔註38〕

通過對比,杜詩之沈雄、豪健,富於氣骨的藝術境界,更加凸現,因之對於杜詩「沈鬱」風格的認知亦更爲清晰、具體。

此外,杜詩藝術境界的渾厚、壯闊、宏深,也與其創作中精湛的造境技巧分不開,如韓成武師指出:「杜甫每每採用『時空並馭』的

〔註34〕宋・陳仁子:《牧萊脞語》,北京圖書館藏清初影元鈔本,卷七。
〔註35〕宋・張戒:《歲寒堂詩話》,《歷代詩話續編》本,第450~459頁。
〔註36〕宋・蔡夢弼:《杜工部草堂詩話》,《歷代詩話續編》本,第207頁。
〔註37〕宋・劉克莊:《後村詩話》,北京:中華書局,1983年版,第164頁。
〔註38〕宋・朱弁:《風月堂詩話》,臺灣商務印書館影印文淵閣四庫全書本,1983年版,卷下。

手法，即在一個聯語（一個押韻單元的兩句詩）中，從時間和空間兩個角度下筆，使詩境具有超常的廣度、厚度與深度，這也是形成『沈鬱』風格的因素。」〔註39〕關於這一點，宋人於杜詩具體篇什的批評中，亦頗有體認，如對於《登岳陽樓》，北宋蔡縧《西清詩話》云：「洞庭天下壯觀，自昔騷人墨客鬥麗搜奇者尤眾，⋯⋯然未若孟浩然『氣蒸雲夢澤，波動岳陽城』，則洞庭空闊無際、氣象雄張如在目前。至讀杜子美詩，則又不然：『吳楚東南坼，乾坤日夜浮。』不知少陵胸中吞幾雲夢也。」〔註40〕蔡氏通過對比指出，杜詩所構之境，遠遠比孟詩壯闊，殊不知，杜詩高超之處，更在於其聯上下兩句，分別從「吳楚」、「日夜」時空兩個角度，縱橫交叉落筆，時空並馭，境界則比孟詩僅從空間著眼更加宏大，氣象渾厚而吞吐天地，從而超越同輩詩人；故強幼安《唐子西文錄》亦云：「過岳陽樓觀杜子美詩，不過四十字爾，氣象閎放，涵蓄深遠，殆與洞庭爭雄，所謂富哉言乎者。太白、退之輩率為大篇，極其筆力，終不逮也。杜詩雖小而大，餘詩雖大而小。」〔註41〕

南宋時期，魏慶之《詩人玉屑》「豪壯」條下引「『吳楚東南坼，乾坤日夜浮』（杜甫《洞庭湖》）。」〔註42〕亦讚賞此聯詩句時空並舉，所成豪壯渾厚之境界（詩題《洞庭湖》，當為《登岳陽樓》之誤）。袁文《甕牖閒評》云：「杜工部⋯⋯『江山有巴蜀，棟宇自齊梁。』至矣哉詩之極也！」〔註43〕此處所引為《上兜率寺》頷聯，亦從時、空兩個角度入手，描述兜率寺既得江山之形勝，復披歷史的悠久風塵，

〔註39〕 韓成武：《少陵體詩選・前言》，保定：河北大學出版社，2004 年版，第 2 頁。

〔註40〕 宋・蔡縧：《西清詩話》，臺灣廣文書局影印《古今詩話續編》本，1973 年版，卷中。

〔註41〕 宋・強幼安：《唐子西文錄》，《歷代詩話》本，第 447 頁。

〔註42〕 宋・魏慶之：《詩人玉屑》，臺灣商務印書館影印文淵閣四庫全書本，1983 年版，卷三。

〔註43〕 宋・袁文：《甕牖閒評》，上海：上海古籍出版社，1985 年版，第 95頁。

得詩境宏闊之極至，與《登岳陽樓》有異曲同工之妙。

　　此外，北宋方勺《泊宅編》卷二「杜甫用乾坤字」條云：「詩中用乾坤字最多且工唯杜甫，記其十聯：『乾坤萬里眼，時序百年心。』『身世雙蓬鬢，乾坤一草亭。』『江漢思歸客，乾坤一腐儒。』『吳楚東南坼，乾坤日夜浮。』『不眠憂戰伐，無力正乾坤。』『納納乾坤大，行行郡國遙。』『日月籠中鳥，乾坤水上萍。』『胡虜三年入，乾坤一戰收。』『日月低秦樹，乾坤繞漢宮。』『開闢乾坤正，榮枯雨露偏』。」〔註44〕在所徵引的杜詩聯語中，若「乾坤萬里眼，時序百年心」、「吳楚東南坼，乾坤日夜浮」、「日月籠中鳥，乾坤水上萍」、「胡虜三年入，乾坤一戰收」等，均從時、空兩角度雙維落筆，造成宏壯深沈的詩境。可見，宋人對於杜詩「時空並馭」之造境技巧，雖未能從理論上加以總結，但在創作層面多有體認，從中亦獲得了對於杜詩深沈、渾厚、壯闊之藝術境界乃至於「沈鬱」風格形成的感性認知。

二、「頓挫」之藝術表現——抑揚、跌宕、逆折

　　關於杜詩風格之「頓挫」，歷代論者亦多從藝術表現層面加以闡釋，如韓成武師所論：「『頓挫』一詞的本原意義是『抑折』，後來又派生出新的意義。南朝宋人范曄做《後漢書》，在《孔融傳贊》中說：『北海天逸，音情頓挫』。李賢注：『頓挫，猶抑揚也。』此後，『頓挫』一詞就常被人用來指詩文、繪畫、書法、舞蹈的跌宕起伏、迴旋轉折，……杜詩的『頓挫』風格，也是包含著藝術形式的層面的。當今學者對於杜詩『頓挫』作出多種解釋，或曰『表達方式的迴旋紆折』，或曰『表現手法的沈著蘊藉』，或曰『形式上的波瀾老成』，或曰『聲調、詞句有停頓、轉折』。」〔註45〕羅宗強先生在其《唐詩小史》中亦云，「杜詩……頓挫的特點，還表現在百轉千回、反覆詠歎的抒情

〔註44〕宋・方勺：《泊宅編》，北京：中華書局，1983 年版，第 12 頁。
〔註45〕韓成武：《少陵體詩選・前言》，保定：河北大學出版社，2004 年版，第 10 頁。

方式。」〔註46〕杜詩之藝術表現，並非像李白詩那樣噴薄而發，如長江奔騰，一瀉千里，而是極盡抑揚、跌宕、逆折之變化，如黃河之水，百曲千折，他曾在詩中提出「思飄雲物外，律中鬼神驚。毫髮無遺憾，波瀾獨老成」（《敬贈鄭諫議十韻》）的詩歌審美追求，讚賞「庾信文章老更成，凌雲健筆意縱橫」（《戲爲六絕句》其一）那樣的創作風貌，宋人對杜詩這種「頓挫」的藝術表現，亦頗爲認同與推崇。

如北宋范溫《潛溪詩眼》「命意用事」條云：「詩有一篇命意，有句中命意。如老杜《上韋見素》詩，布置如此，是一篇命意也。至其道遲遲不忍去之意，則曰『尙憐終南山，回首清渭濱』；其道欲與見素別，則曰『常擬報一飯，況懷辭大臣』。此句中命意也。蓋如此，然後可以頓挫高雅。」〔註47〕范氏所引者，實爲杜甫困守長安時期所作之《奉贈韋左丞丈二十二韻》，韋見素，乃韋濟之誤。其篇末欲作歸隱之想，反言之以「尙憐終南山，回首清渭濱」，終南山、渭水皆在長安附近，借指京城，「道遲遲不忍去之意」；與韋左丞道別，卻說「常擬報一飯，況懷辭大臣」，語意含蓄，頓挫典雅。南宋陳模《懷古錄》亦云：「杜詩：『午夜角聲悲自壯，中天月色好誰看。』誰看蓋言角聲悲矣，然而自壯；月色好矣，然又誰看。此又每一句之中自轉者。」〔註48〕所引爲杜甫七律《宿府》之頷聯（「午夜角聲悲自壯」，當爲「永夜角聲悲自語」之誤），上下兩句句意自轉，富於抑揚、逆折之勢。蔡夢弼《杜工部草堂詩話》卷二，更以杜詩長篇古風《自京赴奉先縣詠懷五百字》爲例，揭示其「頓挫」之藝術表現：

> 士人程文窮日力作一論，既不限聲律，復不拘詩句，尙罕得反復折難，使其理判然者。觀《赴奉先詠懷五百言》，乃聲律中老杜心迹論一篇也。自「杜陵有布衣，老大意轉拙。許身一何愚，竊比稷與契」，其心術祈嚮，自是稷契等人。

〔註46〕羅宗強：《唐詩小史》，天津：百花文藝出版社，2008 年版，第 134 頁。

〔註47〕宋・范溫：《潛溪詩眼》，《宋詩話輯佚》本，第 325〜326 頁。

〔註48〕宋・陳模：《懷古錄》，明抄《說集》本，卷中。

「窮年憂黎元，歎息腸內熱」，與飢渴由己者何異？然常為
不知者所病，故曰「取笑同學翁」。世不我知，而所守不變，
故曰「浩歌彌激烈」。又云：「非無江海志，瀟灑送日月。
當今廊廟具，建廈豈云缺？葵藿傾太陽，物性固莫奪。」
言非不知隱遁為高也，亦非以國無其人也，特廢義亂倫，
有所不可。「以茲悟生理，獨恥事干謁。」言志大術疏，未
始阿附以借勢也。為下士所笑。而浩歌自若，皇皇慕君而
雅志棲遁，既不合時，而又不為低屈，皆設疑互答，屢致
意焉，非巨刃有餘，孰能之乎！〔註49〕

篇中杜甫自言其心路歷程：年歲老大，不巧反拙；許身至愚，卻自比
稷契；世不我知，而浩歌彌烈；以茲悟理，然不為低屈……各句之間，
語意頻頻逆折、對撞，極盡起伏跌宕之妙。韓成武師認為，「杜詩每
於一句或兩句之中，意思發生逆轉，前後形成針鋒相對之勢，是造成
『頓挫』的重要原因之一。」〔註50〕正所謂「人貴直，文貴曲」、「文
似看山不喜平」，但洋洋數百言長篇，相鄰詩句間逆折、對撞的頻度
竟如此之高，蔡氏以「巨刃有餘」評之，實不謬也。

　　除此之外，宋人批評中也指出，杜詩創作中幾種特殊的表現手法
的運用，也是構成其「頓挫」之藝術風格重要因素。

　　其一，杜詩取景抒情中的「以樂寫哀」手法。

　　北宋蔡縧《西清詩話》曾云：「人之好惡，固自不同。杜子美在
蜀作《悶》詩，乃云：『捲簾惟白水，隱几亦青山。』若使予居此，
應從王逸少語：『吾當卒以樂死』，豈復更有悶耶？」〔註51〕所引杜甫
原詩如下：

　　瘴癘浮三蜀，風雲暗百蠻。捲簾唯白水，隱几亦青山。

〔註49〕宋・蔡夢弼：《杜工部草堂詩話》，《歷代詩話續編》本，第222～223
　　　　頁。
〔註50〕韓成武：《少陵體詩選・前言》，保定：河北大學出版社，2004年版，
　　　　第10頁。
〔註51〕宋・蔡縧：《西清詩話》，臺灣廣文書局影印《古今詩話續編》本，
　　　　卷上。

猿捷長難見，鷗輕故不還。無錢從滯客，有鏡巧催顏。

（《悶》）

張邦基《墨莊漫錄》卷二「蔡約之未契杜子美《悶》詩」條云：「蔡縧約之《西清詩話》云：人之好惡，固自不同，杜子美在蜀作《悶》詩，乃云：『捲簾惟白水，隱幾亦青山。』若使予居此，應從王逸少語：『吾當卒以樂死』，豈復更有悶乎？予以謂此時約之未契此語耳。人方憂愁亡聊，惟清歌妙舞滿前，無適而非悶。子美居西川，一飯未嘗忘君，其憂在王室，而又生理不具，與死爲鄰，其悶甚矣。故對青山，青山悶；對白水，白水悶。平時可愛樂之物，皆寓之爲悶也。約之處富貴，所欠二物耳。其後竄斥，經歷崎嶇險阻，必悟此詩之爲工也。」〔註52〕張氏所評之杜甫《悶》詩頷聯，正是借青山、白水之樂景，反襯詩人家國之憂，其情與景的關係不是和諧相融，而是衝突、對撞，並以此增強作品抒情的力度，如清人王夫之《薑齋詩話》所言「以樂景寫哀，以哀景寫樂，一倍增其哀樂。」〔註53〕惜蔡氏未能領悟杜詩獨特的取景方式之妙處。

無獨有偶，至南宋，亦有多家評者論及此詩，如王楙《野客叢書》「子美《悶》詩」條載：「《西清詩話》曰：人之好惡，固自不同，子美在蜀作《悶》詩，乃云：『捲簾惟白水，隱幾亦青山。』若使余若此，從王逸少語，當卒以樂死，豈復更有悶乎？僕謂《西清詩話》此言事未識牢度之趣耳，平時見青山白水，固自可樂，然當愁悶無聊之時，青山白水，但見其愁，不見其樂，豈可以常理觀哉？老杜在蜀，棲棲依人，無聊之甚，安得不以青山白水位悶邪！」〔註54〕曹彥約《昌谷集》「杜少陵《悶》詩說」條亦載：「黃太史云：杜少陵《悶》詩，『捲簾惟白水，隱幾亦青山。』使余得此，當如王逸少語，正須卒以

〔註52〕宋·張邦基：《墨莊漫錄》，北京：中華書局，2002年版，第55頁。

〔註53〕清·王夫之等：《清詩話·薑齋詩話》，上海：上海古籍出版社，1999年版，第4頁。

〔註54〕宋·王楙：《野客叢書》，臺灣商務印書館影印文淵閣四庫全書本，1983年版，卷九。

樂死，寧更悶耶！余謂少陵……大曆間往來東屯、白帝，貧病甚矣，所謂『爲客無時了，悲秋向夕終。』『瘴癘浮三蜀，風雲暗百蠻。』見青山白水，安得不悶也。」〔註55〕均指出杜甫《悶》詩，乃以青山、白水之樂景，反襯己身愁悶孤苦之情，而以蔡氏之論爲非。

　　費袞《梁溪漫志》「杜少陵《悶》詩」條，亦論及此詩：「杜少陵作《悶》詩云：『捲簾惟白水，隱幾亦青山。』或曰：『人之好惡，固自不同，若使吾居此，當卒以樂死矣。』予以爲不然，人心憂鬱，則所觸而皆悶；其心平和，則何適而非快。青山白水，本是樂處，苟其心中不快，則慘澹蒼莽適足以增悶耳。少陵又有詩云：『感時花濺淚，恨別鳥驚心。』花鳥本是平時可喜之物，而抑鬱如此者，亦以觸目有感，所遇之時異耳。」〔註56〕所得結論與王楙、曹彥約無二，並另舉《春望》詩頷聯加以佐證，杜甫深陷安史叛軍統治下的長安，時當春日，傷國懷家，大自然多去春來、花開鳥鳴，家國時局卻依舊動蕩不堪，遂觀花而濺淚，聽鳥而驚心，如鍾嶸《詩品序》中所謂「氣之動物，物之感人，故搖蕩性情，形諸舞詠」〔註57〕，乃以樂景反襯哀情，從而掀起巨大的感情波瀾，獲得超強的抒情效果。

　　然而，宋代仍有許多詩論家未能深入理解杜詩這種「以樂寫哀」的表現手法，如下：

　　　　強幼安《唐子西文錄》：「古之作者，初無意於造語，所謂因事以陳詞，如杜子美《北征》一篇，直紀行役爾，忽云『或紅如丹砂，或黑如點漆，雨露之所濡，甘苦齊結實。』此類是也。文章只如人作家書乃是。」〔註58〕

　　　　惠洪《石門洪覺範天廚禁臠》：「《送路六侍御入朝》：『不分桃花紅勝錦，生憎柳絮白於綿。』……錦、綿，色紅白而

<hr />

〔註55〕宋・曹彥約：《昌谷集》，臺灣商務印書館影印文淵閣四庫全書本，1983年版，卷十六。

〔註56〕宋・費袞：《梁溪漫志》，臺灣商務印書館影印文淵閣四庫全書本，1983年版，卷七。

〔註57〕梁・鍾嶸：《詩品》，《歷代詩話》本，第2頁。

〔註58〕宋・強幼安：《唐子西文錄》，《歷代詩話》本，第447頁。

適用。朝廷用眞材，天下福也。而眞材者忠正，小人諂諛
似忠，詐奸似正，故爲子美所不分而憎之也。」〔註59〕

吳可《藏海詩話》：「老杜詩云：『行步欹危實怕春。』『怕
春』之語，乃是無合中有合。謂『春』字上不應用『怕』
字，今卻用之，故爲奇耳。」〔註60〕

《北征》詩中對山間麗景的描寫，是爲了反襯篇中所述之「靡靡逾阡
陌，人煙眇蕭瑟。所遇多被傷，呻吟更流血」的人間苦難，以樂寫哀，
慨歎安史叛亂，生靈塗炭，人命尚不及草木幸運，並非強氏所謂「只
如人作家書」之閒筆。而《送路六侍御入朝》亦借「紅似錦」之桃花、
「白於綿」之柳絮，諸般麗景，反襯「更爲後會知何地？忽漫相逢是
別筵」的生別之愁情，因情、景的不協與衝突，故有「生憎」的心理
失衡，由此更加凸現別情之苦；並無惠洪所謂諷刺朝廷忠奸不辨的政
治功用。吳可雖稱讚《江畔獨步尋花》詩『怕春』出語之奇，卻未能
正確分析其何以爲奇，所謂「知其然而不知其所以然」；杜甫之意，
乃爲後半「詩酒尚堪驅使在，未須料理白頭人」預設鋪墊，以反襯自
身頭白仍羈旅異鄉之愁。

但宋代詩論家中，畢竟還是有張邦基、王楙、曹彥約、費袞等數
人，能夠領悟到杜詩「以樂寫哀」的取景抒情手法的個中三昧，藉此
深化對杜詩「頓挫」之藝術表現的體認；正如韓成武師所概括的那樣
——「杜詩的『頓挫』風格還來自他獨特的取景抒情方式。……他慣
以麗景伴愁心，心越愁而景越麗，從而構成情與景的巨大衝突，在衝
突中，感情獲得了超常的力度。」〔註61〕

其二，杜詩即事詠懷中的「以有襯無」手法。

司馬光《溫公續詩話》云：「古人爲詩，貴於意在言外，使人思

〔註59〕宋・釋惠洪：《石門洪覺範天廚禁臠》，上海：古典文學出版社，1958
年版，卷中。

〔註60〕宋・吳可：《藏海詩話》，《歷代詩話續編》本，第328頁。

〔註61〕韓成武：《少陵體詩選・前言》，保定：河北大學出版社，2004年版，
第11頁。

而得之，故言之者無罪，聞之者足以戒也。近世詩人惟杜子美最得詩人之體，如『國破山河在，城春草木深。感時花濺淚，恨別鳥驚心。』山河在，明無餘物矣；草木深，明無人矣；花鳥，平時可娛之物，見之而泣，聞之而悲，則時可知矣。他皆類此，不可徧舉。」〔註62〕司馬溫公所評《春望》一詩，首聯「國破山河在，城春草木深」，通過眺望淪陷後長安的破敗景象，抒寫了憂國傷時的深沈感慨，其中即使用了「以有寫無」的表現手法：山河依舊卻國都淪亡，「無餘物矣」，草木深深卻荒無人迹，通過眼前之「有」來襯托「無」，使得詩人的痛悼之情更加深沈。

　　南宋胡仔《苕溪漁隱叢話》前集卷三十六亦云：「老杜《題蜀相廟詩》云：『映階碧草自春色，隔葉黃鶴空好音。』亦自別託意在其中矣。」〔註63〕所論爲杜甫作於流寓成都時期的七律名篇《蜀相》：

　　　　丞相祠堂何處尋？錦官城外柏森森。
　　　　映階碧草自春色，隔葉黃鸝空好音。
　　　　三顧頻煩天下計，兩朝開濟老臣心。
　　　　出師未捷身先死，長使英雄淚滿襟！

其頷聯借描寫「映階碧草」、「隔葉黃鸝」的祠堂豔麗春景，反襯詩人此刻惟有對於蜀漢賢相的一片緬懷敬仰之心，故無暇觀賞，所以碧草自春、黃鸝空好，「自別託意」，申「出師未捷身先死，長使英雄淚滿襟」的傷悼之情，與《春望》首聯俱屬同一筆墨。此二家所揭示的杜詩「以有襯無」之藝術表現手法，通過描寫眼前之「有」，來反襯「無」，「有」中生「無」，確實能達到出奇制勝、強化作品的抒情效果，使作品更加委婉含蓄，「曲盡人情」，〔註64〕富於藝術感染力。

　　其三，杜詩造境中的「以巨寫微」手法。

〔註62〕宋・司馬光：《溫公續詩話》，《歷代詩話》本，第277～278頁。
〔註63〕宋・胡仔：《苕溪漁隱叢話》前集，北京：人民文學出版社，1962年版，第242頁。
〔註64〕李新等：《「曲盡人情」贊杜詩》，長春師範學院學報（人文社會科學版），2004年第2期。

南宋羅大經《鶴林玉露》丙編卷一「籠鳥水萍」條云:「或問杜陵詩云:『日月籠中鳥,乾坤水上萍。』何也?余曰,此自歎之詞耳。蓋拘束以度日月,若鳥在籠中,漂泛於乾坤間,若萍浮水上。本是形容淒涼之意,乃翻作壯麗之語。」〔註65〕羅氏所論爲杜甫五律《衡州送李大夫七丈勉赴廣州》:

　　斧鉞下青冥,樓船過洞庭。北風隨爽氣,南斗避文星。
　　日月籠中鳥,乾坤水上萍。王孫丈人行,垂老見飄零。

指出此詩頸聯之本意,乃爲借日月、乾坤之壯麗語境,以巨寫微,慨歎自身之淒涼孤苦;正如同時代的趙次公所注云:「我身於日月之下,如籠中之鳥局而不伸;於天地之中,如水上芝萍而不定。」〔註66〕此亦即韓成武師所概括的「以空闊顯孤微」 手法——「採用反襯的藝術手法,把自身放在空闊無垠的宇宙間,構成宇宙之廣與一己之微的極度反差。」〔註67〕宋人對杜詩此種表現手法亦多加讚譽,另如南宋張表臣《珊瑚鈎詩話》卷二云:「《江漢》詩,言乾坤之大,腐儒無所寄其身……茲非命意之深乎?」〔註68〕杜甫原詩如下:

　　江漢思歸客,乾坤一腐儒。片雲天共遠,永夜月同孤。
　　落日心猶壯,秋風病欲蘇。古來存老馬,不必取長途。

　　(《江漢》)

詩人將自我抒情形象置身浩蕩壯闊的「乾坤」、「江漢」之間,從而倍顯一己之身的孤微、渺小;南宋何汶《竹莊詩話》卷二十三則載:「山谷云:凡作詩要開廣,如老杜『日月籠中鳥,乾坤水上萍』之類」〔註69〕,然杜詩開廣之景,正爲反襯自身孤微而設;其書卷六亦載:「師先生《詩注》云:鮑當《孤雁》詩云:『更無聲接續,空有影相隨』,孤則孤矣,

〔註65〕宋·羅大經:《鶴林玉露》,北京:中華書局,1983年版,第251頁。
〔註66〕宋·趙次公注,林繼中輯校:《杜詩趙次公先後解輯校》,上海:上海古籍出版社,1994年版,第1503頁。
〔註67〕韓成武:《杜詩藝譚》,石家莊:河北教育出版社,2002年版,第53頁。
〔註68〕宋·張表臣:《珊瑚鈎詩話》,《歷代詩話》本,第464頁。
〔註69〕宋·何汶:《竹莊詩話》,北京:中華書局,1984年版,第435頁。

豈若子美有飲啄念群之語，孤中乃有不孤之意。而『誰憐一片影，相失萬重雲』，又有不盡之意乎？」〔註70〕對比二首《孤雁》，杜詩孤雁意象不僅有「飲啄念群」的不孤之意，更在「萬重雲」的宏大背景烘托之下，以巨寫微，愈顯其孤，從而緊扣詩題。

綜合以上宋人對於杜詩「以樂寫哀」、「以有襯無」、「以巨寫微」等幾種特殊藝術手法的評價，可以看出，杜詩在藝術表現上，很少平鋪直敘，常常以委婉曲折、前後衝突、情景對撞之筆法，使作品達到微婉頓挫、波瀾起伏的藝術效果；而宋人所論的這些藝術表現，也都是杜詩「頓挫」風格生成的重要因素。

第二節　多樣化風格論

由前文可知，宋人對於杜詩的主體風格為「沈鬱頓挫」的認定大體一致，並從其「沈鬱」之藝術境界和「頓挫」之藝術表現兩方面分別給以深入剖析；但杜詩也因其表現內容、選用詩體乃至詩人生活階段的不同，在主體風格以外，呈現出多樣化的藝術風貌，這也是古往今來許多偉大的作家所具備的。宋人對杜詩多樣化的藝術風格也給予了較多的關注與評述。

早在北宋時期，文壇領袖蘇軾曾言：「子美詩，備諸家體」（《辨杜子美杜鵑詩》）〔註71〕，「蘇門四學士」之一的秦觀則在其《韓愈論》中稱：「杜子美之於詩，實積眾流之長，適當其時而已。昔蘇武、李陵之詩長於高妙；曹植、劉公於之詩長於豪逸；陶潛、阮籍之詩長於藻麗；於是子美者，窮高妙之格，極豪逸之氣，包沖澹之趣，兼峻潔之姿，備藻麗之態，而諸家之作所不及焉。然不集諸家之長，子美亦不能獨至於斯也……」〔註72〕以集兩漢、魏晉詩壇各家之長稱道杜詩

〔註70〕宋・何汶：《竹莊詩話》，北京：中華書局，1984 年版，第 129 頁。
〔註71〕宋・蘇軾著，孔凡禮點校：《蘇軾文集》，北京：中華書局，1986 年版，第 2100 頁。
〔註72〕宋・秦觀撰，徐培均箋注：《淮海集箋注》，上海：上海古籍出版社，1994 年版，第 751～752 頁。

風格之多樣，並由此引發出了杜詩的「集成大」說（詳見本書第七章）。

胡仔《苕溪漁隱叢話》前集卷六，載北宋陳正敏《遯齋閒覽》云：

> 或問王荊公云：「編四家詩，以杜甫爲第一，李白爲第四，
> 豈白之才格詞致不逮甫也？」公曰：「白之歌詩，豪放飄逸，
> 人固莫及；然其格止於此而已，不知變也。至於甫，則悲
> 歡窮泰，發斂抑揚，疾徐縱橫，無施不可，故其詩有平淡
> 簡易者，有綺麗精確者，有嚴重威武若三軍之帥者，有奮
> 迅馳驟若泛駕之馬者，有淡泊閒靜若山谷隱士者，有風流
> 醞藉若貴介公子者。蓋其詩緒密而思深，觀者苟不能臻其
> 閫奧，未易識其妙處，夫豈淺近者所能窺哉？此甫所以光
> 掩前人，而後來無繼也。」〔註73〕

可見，王安石係從宋人之唐詩選本評論角度，通過與李白詩的對比，
肯定了杜詩風格「疾徐縱橫，無施不可」的相容特徵。北宋孫僅《讀
杜工部詩集序》云：

> 公之詩支而爲六家，孟郊得其氣焰，張籍得其簡麗，姚合
> 得其清雅，貫島得其奇僻，杜牧、薛能得其豪健，陸龜蒙
> 得其贍博，皆出公之奇偏而，尚軒軒然自號一家，嬔世炬
> 俗。後人師擬不暇，矧合之乎！風騷而下，唐而上，一人
> 而已。〔註74〕

則通過分析杜詩藝術在中晚唐的傳承流變，揭示其兼具眾長、雄跨一
代的文學史地位。

到了南宋，徐鹿卿《跋黃瀛父適意集》云：「有豪放焉，有奇崛
焉，有平易焉，有藻麗焉，而四體之中平易尤難工。就唐人論之，則
太白得其豪，牧之得其奇，樂天得其易，晚唐得其麗，兼之者少陵。」
〔註75〕亦通過與有唐一代詩壇名家風格對比，凸現「少陵體」的相容

〔註73〕宋・胡仔：《苕溪漁隱叢話》前集，北京：人民文學出版社，1962年
版，第37頁。

〔註74〕宋・黃希，黃鶴：《補注杜詩》，臺灣商務印書館影印文淵閣四庫全
書本，1983年版，傳序碑銘。

〔註75〕宋・徐鹿卿：《清正存藁》，臺灣商務印書館影印文淵閣四庫全書本，
1983年版，卷五。

多樣。袁燮《題魏丞相詩》則徑直稱道：「唐人最工於詩，……獨杜少陵雄傑宏放，兼有眾美。」〔註76〕而魏慶之《詩人玉屑》「典重」、「清新」、「奇偉」、「綺麗」、「刻琢」、「自然」、「豪壯」、「閒適」〔註77〕諸風格條目下，均有杜詩詩句列選，可見在魏氏心目中，亦對杜詩風格作兼美之評。

宋人亦將杜詩與當代詩人風格特徵對比，論其詩才多樣、詩思寬廣，如北宋陳師道《後山詩話》云：「詩欲其好，則不能好矣。王介甫以工，蘇子瞻以新，黃魯直以奇。而子美之詩，奇常、工易、新陳莫不好也。」〔註78〕南宋張戒《歲寒堂詩話》卷上亦論曰：「王介甫只知巧語之爲詩，而不知拙語亦詩也。山谷只知奇語之爲詩，而不知常語亦詩也。歐陽公詩專以快意爲主，蘇端明詩專以刻意爲工，李義山詩只知有金玉龍鳳，杜牧之詩只知有綺羅脂粉，李長吉詩只知有花草蜂蝶，而不知世間一切皆詩也。惟杜子美則不然，在山林則山林，在廊廟則廊廟，遇巧則巧，遇拙則拙，遇奇則奇，遇俗則俗，或放或收，或新或舊，一切物，一切事，一切意，無非詩者。」〔註79〕

由是，關於杜詩風格「備極全美」之論斷不絕宋代文壇：

　蔡絛《西清詩話》云：「少陵淵蓄雲萃，變態百出。」

〔註80〕

　曾季貍《艇齋詩話》：「杜詩，備極全美。」〔註81〕

　吳沆《環溪詩話》：「古今之美，備在杜詩。」〔註82〕

〔註76〕宋·袁燮：《絜齋集》，臺灣商務印書館影印文淵閣四庫全書本，1983年版，卷八。

〔註77〕宋·魏慶之：《詩人玉屑》，臺灣商務印書館影印文淵閣四庫全書本，1983年版，卷三。

〔註78〕宋·陳師道：《後山詩話》，《歷代詩話》本，第306頁。

〔註79〕宋·張戒：《歲寒堂詩話》，《歷代詩話續編》本，第464頁。

〔註80〕宋·蔡條：《西清詩話》，臺灣廣文書局影印《古今詩話續編》本，卷中。

〔註81〕宋·曾季貍：《艇齋詩話》，《歷代詩話續編》本，第297頁。

〔註82〕宋·吳沆：《環溪詩話》，臺灣商務印書館影印文淵閣四庫全書本，1983年版，卷一。

方深道《諸家老杜詩評》：「老杜詩，蓋備有眾體。」〔註83〕

釋普聞《詩論》：「老杜之詩，備於眾體。」〔註84〕

黃裳《陳商老詩集序》：「讀杜甫詩，如看羲之法帖，備眾體而求知無所不有。」〔註85〕

從詩歌造語角度論述、總結杜詩多樣化語言風格者亦頗多，如胡仔《苕溪漁隱叢話》前集卷六所載：「謝無逸語江信民云：老杜有自然不做底語到極至處者，有雕琢語到極至處者。如『丹青不知老將至，富貴於我如浮雲』，此自然不做底語到極至處者也。如『金鍾大鏞在東序，冰壺玉衡懸清秋』，此雕琢語到極至處者也。」〔註86〕分舉杜詩《丹青引贈曹霸將軍》、《寄裴施州》中名句為例，證其雕琢與自然語兼備；吳可《藏海詩話》亦云：「老杜句語穩順而奇特」，並稱「杜詩敘年譜，得以考其辭力，少而銳，壯而肆，老而嚴，非妙於文章不足以致此。如說華麗平淡，此是造語也。方少則華麗，年加長漸入平淡也。」〔註87〕認為其語言風格變換多樣與生活閱歷相關。

還有，魯訔《編次杜工部詩序》云：

騷人雅士，同知祖尚少陵，同欲模楷聲韻，同苦其意律深嚴難讀也。余謂少陵老人，初不事艱澀左隱以病人，其平易處，有賤夫老婦初可道者。至其深純宏妙，千古不可追迹，則序事穩實，立意渾大；遇物寫難狀之景，紓情出不說之意；借古的確，感時深遠，若江海浩漾，風雲蕩汩，蛟龍黿鼉，出沒其間，而變化莫測，風澄雲霽，象緯回薄，錯峙偉麗，細大無不可觀。……其夐逸高聳，則若鑿太虛

〔註83〕張忠綱：《杜甫詩話六種校注‧諸家老杜詩評》，濟南：齊魯書社，第47頁。

〔註84〕宋‧釋普聞：《詩論》，《說郛》本，上海：商務印書館，1927年版，卷七十九。

〔註85〕宋‧黃裳：《演山集》，臺灣商務印書館影印文淵閣四庫全書本，1983年版，卷二十一。

〔註86〕宋‧胡仔：《苕溪漁隱叢話》前集，北京：人民文學出版社，1962年版，第36頁。

〔註87〕宋‧吳可：《藏海詩話》，《歷代詩話續編》本，第328～330頁。

而噭萬籟；其馳驟怪駭，則若仗天策而騎箕尾；其直截峻
整，則若儼鉤陳而界雲漢。〔註88〕

讚譽杜詩語言變化莫測，如風雲變幻、龍黿出沒，頗富於形象化。葉
夢得《石林詩話》卷上則借禪語論杜詩，云：

禪宗論雲門有三種語：其一為隨波逐浪句，謂隨物應機，
不主故常；其二為截斷眾流句，謂超出言外，非情識所到；
其三為函蓋乾坤句，謂泯然皆契，無間可伺。其深淺以是
為序。余嘗戲為學子言：老杜詩亦有此三種語，但先後不
同，「波漂菰米沈雲黑，露冷蓮房墜粉紅」為函蓋乾坤句，
以「落花游絲白日靜，鳴鳩乳燕青春深」為隨波逐浪句，
以「百年地僻柴門迴，五月江深草閣寒」為截斷眾流句。

〔註89〕

稱道杜詩之造語，兼集佛教禪宗「雲門三境」。

從具體篇目而論證杜詩兼集眾美者，如北宋范溫《潛溪詩眼》「杜
詩巧而能壯」條曰：

老杜云：「綠垂風折筍，紅綻雨肥梅」，「岸花飛送客，檣燕
語留人。」亦極綺麗，其模寫景物，意自親切，所以妙絕
古今。其言春容閒適，則有「穿花蛺蝶深深見，點水蜻蜓
款款飛」，「落花遊絲白日靜，鳴鳩乳燕青春深。」其言秋
景悲壯，則有「藍水遠從千澗落，玉山高併兩峰寒」，「無
邊落木蕭蕭下，不盡長江滾滾來」。其富貴之詞，則有「香
回合殿春風轉，花覆千官淑景移」，「麒麟不動爐煙轉，孔
雀徐開扇影還」。其弔古，則有「映階碧草自春色，隔葉黃
鸝空好音」，「竹送清溪月，苔移玉座春」。皆出於風花，然
窮理盡性，移奪造化。自古詩人巧即不壯，壯即不巧。巧
而能壯，乃如是也矣。〔註90〕

徵引多首杜詩名篇名句，論述其「巧而能壯」、相容壯美與優美的風

〔註88〕宋・黃希，黃鶴：《補注杜詩》，臺灣商務印書館影印文淵閣四庫全
　　　　書本，1983年版，傅序碑銘。
〔註89〕宋・葉夢得：《石林詩話》，《歷代詩話》本，第406頁。
〔註90〕宋・范溫：《潛溪詩眼》，《宋詩話輯佚》本，第326～327頁。

格特徵。而南宋張表臣《珊瑚鉤詩話》卷一亦云：

> 予讀杜詩云：「江漢思歸客，乾坤一腐儒」，「功業頻看鏡，
> 行藏獨倚樓」，歎其含蓄如此；及云「虎氣必騰上，龍身寧
> 久藏」，「蛟龍得雲雨，雕鶚在秋天」，則又駭其奮迅也。「草
> 深迷市井，地僻懶衣裳」，「經心石鏡月，到面雪山風」，愛
> 其清曠如此；及云「退朝花底散，歸院柳邊迷」，「君隨丞
> 相後，我住日華東」，則又怪其華豔也。「久客得無淚，故
> 妻難及晨」，「囊空恐羞澀，留得一錢看」，嗟其窮愁如此；
> 及云「香霧雲鬟濕，清輝玉臂寒」，「笑時花近靨，舞罷錦
> 纏頭」，則又疑其侈麗也。至讀「識歸龍鳳質，威定虎狼都」，
> 「風塵三尺劍，社稷一戎衣」，則又見其發揚而蹈厲矣；「五
> 聖聯龍袞，千官列雁行」，「聖圖天廣大，宗祀日光輝」，則
> 又得其雄深而雅健矣。〔註91〕

亦從杜詩創作實際出發，論述其備極「含蓄」、「奮迅」、「清曠」、「華
豔」、「侈麗」、「雄深雅健」等諸般藝術風貌；兩家論者皆稱引杜詩
例證達十數處，充分說明了其風格多樣、相容眾貌的藝術特徵。

宋末劉克莊《後村詩話》前集卷一云：「杜五言……用事琢對，
如『須爲殿下走，不可好樓居』，如『竟無宣室召，徒有茂陵求』，
如『魯衛彌尊重，徐陳略喪亡』。八句之中，著此一聯，安得不獨步
乎？若全集千四百篇，無此等句爲氣骨，篇篇都作『園荷浮小葉，
細麥落輕花』道了，則似近人詩矣！」〔註92〕還將杜詩的壯美、優
美兼備，與近世詩人專擅一格比較，指出其不可企及之處。一如胡
銓《僧祖詩信序》所言：「甫之詩，短章大篇，紆餘妍而卓犖傑，筆
端若有鬼神，不可致詰。後之議者至謂：書至於顏、畫至於吳、詩
至於甫極矣！」〔註93〕

可以看出，宋人通過將杜詩與古今詩風對比、分析杜詩遣辭造
語、列舉杜詩名篇名句等途徑，在對於杜詩「沈鬱頓挫」主體風格的

〔註91〕宋・張表臣：《珊瑚鉤詩話》，《歷代詩話》本，第453～454頁。
〔註92〕宋・劉克莊：《後村詩話》，北京：中華書局，1983年版，第7頁。
〔註93〕宋・胡銓：《胡澹庵先生文集》，乾隆二十二年刊本，卷十三。

認定之外，對其兼具豪放、奇偉、典重、清新、綺麗、自然等等「全美」的多樣化藝術風格，亦給以了既宏觀又具體的闡釋。

　　綜上所述，宋人關於杜詩藝術風格方面的諸多批評，雖尚未普遍明確標舉「沈鬱頓挫」作爲杜詩的主體風格（除南宋嚴羽《滄浪詩話》外），但在對於能夠代表「少陵體」、「杜子美詩體」典型性特徵的概括評述中，還是多從其深沈、渾厚、壯闊之藝術境界，與抑揚、跌宕、逆折之藝術表現兩方面，分別對杜詩「沈鬱」、「頓挫」兩大藝術特徵給予了指認和總結。這足以說明，在宋人的批評視野中，對杜詩「沈鬱頓挫」之主體風格的認定，是比較清晰的（儘管也有個別詩評家，如蔡絛、強幼安、惠洪、吳可等，對於杜詩中「頓挫」之風格表現的理解，尚不夠準確）。

　　獨具個性的風格，是一個作家藝術成熟的主要標誌，宋人對於杜詩主體風格的體認，也正是宋人在名家眾多的唐詩百花園中，惟獨擷取杜甫奉爲「詩聖」的前提。同時，宋人也多從杜詩的創作實際出發，將之與古今詩人名家風格作對比，從而關注到其主體詩風外，「備極全美」的多樣化藝術風格呈現，體現出宋人對於杜詩藝術風格認知的全面化和立體化，這也有助於宋人對於杜詩其他藝術特徵、表現手法的深入體認。

第七章　宋人杜詩藝術淵源論

　　如前所述，有宋一代詩壇，對於杜甫詩歌的藝術表現，給以了多方位研究和極高的讚譽，並作爲詩學楷模加以推重，出現了舉世公認的杜詩「集大成」說。與此同時，也從中國古代詩歌發展史的角度，對杜詩的藝術淵源進行了深入而細緻的探索。

第一節　「集大成」說

　　「集大成」，本爲孟子稱頌儒家學派創始人孔子之語，出自《孟子·萬章下》：「孔子之謂集大成」，〔註1〕指集前聖先賢之所長，成之於己身；而關於杜詩爲中國古典詩歌藝術之「集大成」者的最早評述，應該要上溯至中唐時期，詩人元稹所作的《唐故檢校工部員外郎杜君墓係銘并序》，如下：

> 余讀詩至杜子美，而知大小之有所總萃焉。……至於子美，蓋所謂上薄風騷，下該沈宋，言奪蘇李，氣吞曹劉，掩顏謝之孤高，雜徐庾之流麗，盡得古今之體勢，而兼人人之所獨專矣。使仲尼鍛其旨要，尚不知貴，其多乎哉。苟以其能所不能，無可無不可，則詩人以來，未有如子美者。〔註2〕

〔註1〕李學勤：《十三經註疏（標點本）·孟子註疏》，北京：北京大學出版社，1999 年版，第 269 頁。

〔註2〕唐·元稹：《元稹集》，上海：東方出版社，1996 年版，第 600～601 頁。

指出杜詩兼集前輩詩人名家之所長的藝術魅力，自有詩人以來，可謂空前，雖未明言，而「集大成」之意，已然呼之欲出。

至北宋，宋祁作《新唐書·杜甫傳贊》云：

> 唐興，詩人承陳隋風流，浮靡相矜。至宋之問、沈佺期等，研揣聲音，浮切不差，而號「律詩」，競相沿襲。逮開元間，稍裁以雅正，然恃華者質反，好麗者壯違，人得一概，皆自名所長。至甫，渾涵汪茫，千彙萬狀，兼古今而有之，他人不足，甫乃厭餘，殘膏剩馥，沾丐後人多矣。故元稹謂：「詩人以來，未有如子美者。」〔註3〕

亦沿襲元稹之論，以史家之筆，從梳理唐代詩歌發展史的角度，指出杜詩「兼古今而有之」的藝術特徵與成就。一代文豪蘇軾，則作《書唐氏六家書後一首》云：「杜子美詩，格力天縱，奄有漢、魏、晉、宋以來風流」，《辨杜子美杜鵑詩》云：「子美詩，備諸家體」，《書吳道子畫後》云：「詩至於杜子美……而古今之變，天下之能事畢矣」，〔註4〕推杜詩爲古來詩家之最，集古今詩家之所長。並且，陳師道《後山詩話》中，更有兩處記載：「蘇子瞻云：『子美之詩，退之之文，魯公之書，皆集大成者也』」，「子瞻謂杜詩、韓文、顏書、左史，皆集大成者也。」〔註5〕由此可見，蘇軾多次明確提出了杜詩「集大成」的論斷，當爲「集大成」說的首倡者。其弟蘇轍，有《和張安道讀杜集》詩曰：「杜叟詩篇在，唐人氣力豪。近時無沈、宋，前輩蔑劉、曹。天驥精神穩，層臺結構牢。龍騰非有迹，鯨轉自生濤。浩蕩來何極，雍容去若遨……」〔註6〕亦上承中唐元稹之論，如「近時無沈、宋，前輩蔑劉、曹」之句，直接出自《唐故檢校工部員外郎杜君墓係

〔註3〕 宋·歐陽修，宋祁：《新唐書》，北京：中華書局，1975 年版，第 5738 頁。

〔註4〕 宋·蘇軾著，孔凡禮點校：《蘇軾文集》，北京：中華書局，1986 年版，第 2206 頁、第 2100 頁、第 2210 頁。

〔註5〕 宋·陳師道：《後山詩話》，《歷代詩話》本，第 304 頁、第 309 頁。

〔註6〕 宋·蘇轍著，陳宏天等點校：《蘇轍集》，北京：中華書局，1990 年版，第 54 頁。

銘并序》，認同杜詩在藝術上的「集大成」。

蘇軾弟子、「蘇門四學士」之一的秦觀，在其所著《韓愈論》中稱：

> 杜子美之於詩，實積眾流之長，適當其時而已。昔蘇武、李陵之詩長於高妙；曹植、劉公幹之詩長於豪逸；陶潛、阮籍之詩長於藻麗；於是子美者，窮高妙之格，極豪逸之氣，包沖澹之趣，兼峻潔之姿，備藻麗之態，而諸家之作所不及焉。然不集諸家之長，子美亦不能獨至於斯也，豈非適當其時故耶？《孟子》曰：「伯夷，聖之清者也。伊尹，聖之任者也。柳下惠，聖之和者也。孔子，聖之時者也。孔子之所謂集大成。」嗚呼！子美亦集詩之大成者歟？〔註7〕

則繼承其師蘇軾之論，將杜甫與歷代詩壇名家之詩歌藝術相對比，更加具體而詳盡地論述了杜詩藝術「集大成」說的內涵──「集諸家之長」，「積眾流之長，適當其時」。可見，經過宋祁、蘇軾兄弟、秦觀等的先後評述，杜詩「集大成」說，最終得以定型。

此外，北宋時期，還有如王得臣《增注杜工部詩序》贊曰：「逮至子美之詩，……千彙萬狀，茹古涵今，無有涯涘……故卓然為一代冠，而歷世千百，膾炙人口。」〔註8〕黃裳《陳商老詩集序》云：「讀杜甫詩，如看羲之法帖，備眾體而求之無所不有」〔註9〕，方深道《諸家老杜詩評》卷三稱：「老杜詩，蓋備有眾體，」〔註10〕詩僧釋普聞《詩論》稱：「老杜之詩，備於眾體」〔註11〕等等關於杜詩藝術風貌

〔註7〕宋・秦觀撰，徐培均箋注：《淮海集箋注》，上海：上海古籍出版社，1994年版，第751～752頁。

〔註8〕宋・黃希，黃鶴：《補注杜詩》，臺灣商務印書館影印文淵閣四庫全書本，1983年版，傳序碑銘。

〔註9〕宋・黃裳：《演山集》，臺灣商務印書館影印文淵閣四庫全書本，1983年版，卷二十一。

〔註10〕張忠綱：《杜甫詩話六種校注・諸家老杜詩評》，濟南：齊魯書社，第47頁。

〔註11〕宋・釋普聞：《詩論》，《說郛》本，卷七十九。

「備有眾體」的評論，也均概括出了「集大成」說的特徵，這些論述，也代表了北宋詩壇對於杜詩藝術淵源的認知。

至南宋，「集大成」說依舊傳播深遠，胡仔《苕溪漁隱叢話》後集卷八稱：

> 元稹云：「余讀詩至杜子美，而知古人之才，有所總萃焉。……至於子美，所謂上薄風雅，下該沈、宋，言奪蘇李，氣吞曹劉，掩顏謝之孤高，雜徐庾之流麗，盡得古人之體勢，而兼昔人之所獨專。如使仲尼考鍛其旨要，尚不知貴其多乎哉？苟以其能所不能，無可無不可，則詩人以來，未有如子美者。」……

> 苕溪漁隱曰：「宋子京作《唐史・杜甫贊》，秦少游作《進論》，皆本元稹之說，意同而詞異耳，子京贊云：『唐興，詩人承隋、陳風流，浮靡相矜。至宋之問、沈佺期等，研揣聲音，浮切不差，而號律詩。競相沿襲。逮開元間，稍裁以雅正。然恃華者質反，好麗者壯違。人得一概，皆自名所長。至甫，渾涵汪茫，千彙萬狀，兼古今而有之。他人不足，甫乃厭餘，殘膏剩馥，沾丐後人多矣。故元稹謂詩人以來，未有如子美者。甫又善陳時事，律切精深，至千言不少衰，世號詩史。昌黎韓愈於文章少許可，至歌詩獨推曰：李杜文章在，光焰萬丈長。誠可信云。』少游《進論》云：『杜子美之於詩，實積眾家之長，適當其時而已。昔蘇武、李陵之詩，長於高妙。曹植、劉公幹之詩，長於豪逸。陶潛、阮籍之詩，長於沖澹。謝靈運、鮑照之詩，長於峻潔。徐陵、庾信之詩，長於藻麗。於是杜子美者，窮高妙之格，極豪逸之氣，包沖澹之趣，兼峻潔之姿，備藻麗之態，而諸家之作，所不及焉。然不集諸家之長，杜氏亦不能獨至於斯也；豈非適當其時故邪？』」〔註12〕

分別引述了宋祁《新唐書・杜甫傳贊》和秦觀《韓愈論》原文，指出

〔註12〕宋・胡仔：《苕溪漁隱叢話》後集，北京：人民文學出版社，1962年版，第56～58頁。

其「皆本元稹之說」，並對杜詩藝術之「集大成」形成一致共識。

「南宋四名臣」之一的李綱《讀四家詩選四首并序》云：「子美詩閎深典麗，集諸家之大成。」〔註13〕呂午《書題紫芝編唐詩》云：「唐詩惟杜工部號『集大成』，自我朝數鉅公發明之，後學咸知宗師，如車指南，罔迷所向也。」〔註14〕陳必復《山居存稿》自序云：「余愛晚唐諸子，⋯⋯及讀少陵先生集，然後知晚唐諸子之詩盡在是矣。所謂詩之集大成者也。」〔註15〕徐鹿卿《跋黃瀛父適意集》則稱：

> 余幼讀少陵詩，知其辭而未知其義；少長知其義而未知其味；迨今則略知其味矣。大抵義到則辭到，辭義俱到味道而體質實矣。故有豪放焉，有奇崛焉，有平易焉，有藻麗焉，而四體之中平易尤難工。就唐人論之，則太白得其豪，牧之得其奇，樂天得其易，晚唐得其麗，兼之者少陵，所謂集大成者也。〔註16〕

以個人的學詩體會，並通過杜詩與唐詩名家的比較，肯定了「集大成」說的論斷。

此外，如南宋吳沆《環溪詩話》所謂：「古今之美備在杜詩」〔註17〕，袁燮《題魏丞相詩》所云：「唐人最工於詩，苦心疲神以索之，句愈新巧，去古愈邈。獨杜少陵雄傑宏放，兼有眾美，可謂難能矣！」〔註18〕等評述，亦為「集大成」說之論。

可見，在兩宋詩壇，杜詩藝術「集大成」說得到了廣泛的傳播和詩人們普遍的認同，對當世及後代文學發展都有著深遠的影響。

〔註13〕宋・李綱著，王瑞明點校：《李綱全集》，長沙：嶽麓書社，2004年版，第97頁。

〔註14〕宋・呂午：《竹坡類藁》，《北京圖書館古籍珍本叢刊》本，卷三。

〔註15〕宋・陳必復：《山居存藁》，《南宋群賢小集》本，清嘉慶石門顧氏讀畫齋刊本，卷一。

〔註16〕宋・徐鹿卿：《清正存藁》，臺灣商務印書館影印文淵閣四庫全書本，1983年版，卷五。

〔註17〕宋・吳沆：《環溪詩話》，臺灣商務印書館影印文淵閣四庫全書本，1983年版，卷一。

〔註18〕宋・袁燮：《絜齋集》，臺灣商務印書館影印文淵閣四庫全書本，1983年版，卷八。

第二節　憲章漢魏，取材六朝

　　杜詩「集大成」說在宋代詩壇提出，並得到了普遍認同和接受的同時，對於杜詩如何「集大成」之具體藝術淵源的探討，也隨之勃然興起。如南宋釋居簡《送高九萬菊磵遊吳門序》稱：「少陵得《三百篇》之旨歸，鼓吹漢魏六朝之作，遂集大成」〔註19〕；張戒《歲寒堂詩話》卷上云：「子美詩奄有古今，學者能識《國風》騷人之旨，然後知子美用意處，識漢魏詩，然後知子美遣詞處。至於掩顏謝之孤高，雜徐庾之流麗，在子美不足道耳」〔註20〕；嚴羽《滄浪詩話》「詩評」篇云：「少陵詩憲章漢魏而取材於六朝，至其自得之妙，則前輩所謂集大成者也」〔註21〕。均指出杜詩遠紹《詩經》之旨，特別是兼宗漢魏六朝以還諸名家詩，故得「集大成」之謂。宋末劉辰翁作《語羅履泰》亦稱：「杜詩：『不及前人更勿疑，遞相祖述竟先誰。別裁偽體親風雅，轉益多師是汝師。』此杜示後人以學詩之法。」〔註22〕引述杜甫《戲爲六絕句》其六，以夫子自道方式，指出其學詩之法，乃在「轉益多師」。

　　具體而言，論及杜詩宗法《詩經》者，如北宋蔡縧《西清詩話》云：

> 唐人弔杜子美：「賦出三都上，詩須二雅求。」蓋少陵遠繼周詩法度。余嘗以經旨箋其詩云：「與奴白飯馬青芻」，雖不言主人，而待奴、馬如此，則主人可知。與《詩》所謂「言刈其楚，言秣其馬」；「言刈其蔞，言秣其駒」同意。又「小城萬丈餘，大城鐵不如」，則小城難爲高、大城難爲堅故也。正得古人著書互相備意。……少陵《飲中八仙歌》

〔註19〕宋・釋居簡：《北磵集》，臺灣商務印書館影印文淵閣四庫全書本，1983 年版，卷五。

〔註20〕宋・張戒：《歲寒堂詩話》，《歷代詩話續編》本，第 451 頁。

〔註21〕宋・嚴羽著，郭紹虞校釋：《滄浪詩話校釋》，北京：人民文學出版社，1983 年版，第 171 頁。

〔註22〕宋・劉辰翁：《須溪集》，臺灣商務印書館影印文淵閣四庫全書本，1983 年版，卷六。

用韻，「船」字、「眠」字、「天」字各二用，「前」字凡三，
於古未見其體。余嘗質之叔父文正，曰：「此歌分八篇，人
人各異，雖制重韻無害，亦周詩分章意也。」握牘吮墨者，
可不知乎。〔註23〕

從互文見義及分章重韻等創作角度，指出杜詩承繼「周詩法度」，有
《詩經》之遺風。

北宋馬永卿《嬾眞子》云：

古人吟詩，絕不草草；至於命題，各有深意。老杜《獨酌》
詩云：「步屧深林晚，開樽獨酌遲。仰蜂粘落絮，行蟻上
枯梨。」《徐步》詩云：「整履步青蕪，荒庭日欲晡。芹泥
隨燕觜，花蕊上蜂鬚。」且獨酌則無獻酬也，徐步則非奔
走也，以故蜂蟻之類微細之物皆能見之也。若夫與客對
談，急趨而過，則何暇詳視至於是哉！……《東山》之詩
蓋嘗言之：「伊威在室，蠨蛸在戶。町疃鹿場，熠耀宵
行。」……杜詩之源出於此。〔註24〕

則以杜甫《獨酌》、《徐步》二詩命題之法，取自《東山》爲例，指出
杜詩對於《詩經》具體詩篇的效法。

此外，北宋郭思《瑤溪集》云：

《詩》之六義，後世賦別爲一大文，而比少興多，詩人之
全者，惟杜子美時能兼之。如《新月詩》，「光細弦欲上，
影斜輪未安。」位不正，德不充，風之事也。「微升古塞外，
已隱暮雲端。」才升便隱，似當日事，比之事也。「河漢不
改色，關山空自寒。」河漢是矣，而關山自淒然，有所感
興也。〔註25〕

北宋范溫《潛溪詩眼》「形似語與激昂語」條云：

形似之意，蓋出於詩人之賦，「蕭蕭馬鳴，悠悠旆旌」是也。

〔註23〕宋‧蔡絛：《西清詩話》，臺灣廣文書局影印《古今詩話續編》本，
　　　　卷上。

〔註24〕宋‧馬永卿：《嬾眞子》，臺灣商務印書館影印文淵閣四庫全書本，
　　　　1983年版，卷一。

〔註25〕宋‧郭思：《瑤溪集》，《宋詩話輯佚》本，第532頁。

激昂之語，蓋出於詩人之興，「周餘黎民，靡有孑遺」是也。古人形似之語，如鏡取形，燈取影也。故老杜所題詩，往往親到其處，益知其工。激昂之言，《孟子》所謂「不以文害辭，不以辭害志」，初不可形迹考，然如此乃見一時之意。余遊武侯廟，然後知《古柏詩》所謂「柯如青銅根如石」，信然，決不可改，此乃形似之語。「霜皮溜雨四十圍，黛色參天二千尺，雲來氣接巫峽長，月出寒通雪山白。」此激昂之語，不如此，則不見柏之大也。文章固多端，警策往往在此兩體耳。〔註26〕

南宋羅大經《鶴林玉露》乙編卷四「詩興」條云：

詩莫尚乎興……興多兼比賦，而比賦不兼歟。古詩皆然，今姑以杜陵詩言之《發潭州》云：「岸花飛送客，檣燕語留人。」蓋因飛花、語燕，傷人情之薄。言送客、留人，止有燕與花耳。此賦也，亦興也。若「感時花濺淚，恨別鳥驚心。」則賦而非興矣。《堂成》云：「暫止飛烏將數子，頻來語燕定新巢。」蓋因烏飛、燕語，而喜己之攜雛卜居，其樂與之相似。此比也，亦興也。若「鴻雁影來聯塞上，鸊鵜飛急到沙頭。」則比而非興矣。〔註27〕

亦各舉具體詩篇，指出《詩經》「六義」中賦、比、興之法，於杜詩中皆可見之，足見其宗法之迹。正如南宋張鎡《俞玉汝以詩編來因次卷首韻》詩中所云：「大雅既不作，少陵得深致！」〔註28〕南宋著名詞人姜夔，曾著《白石道人詩說》云：「詩有出於《風》者，出於《雅》者，出於《頌》者。屈、宋之文，《風》出也；韓、柳之詩，《雅》出也；杜子美獨能兼之。」〔註29〕其對於杜詩宗法《詩經》風、雅、頌諸體的總結，可謂語出中的。

〔註26〕宋・范溫：《潛溪詩眼》，《宋詩話輯佚》本，第322頁。

〔註27〕宋・羅大經：《鶴林玉露》，北京：中華書局，1983年版，第185頁。

〔註28〕宋・張鎡：《南湖集》，臺灣商務印書館影印文淵閣四庫全書本，1983年版，卷一。

〔註29〕宋・姜夔：《白石詩說》，北京：人民文學出版社，1962年版，第30頁。

　　南宋陳造《答陳夢錫書》則云：「夫三百篇之爲經，後世無以加。士以詩名，捨是無善學。屈氏之騷，杜氏之古律，三百篇之正派」，其《題韻類詩史》亦云：「學詩，三百篇其祖也，次《楚辭》。……杜子美古律詩，實與之表裏。」〔註30〕均從詩學經典角度，指出杜詩實與《詩經》、《楚辭》一脈相承。

　　南宋葛立方《韻語陽秋》卷三稱：

> 李太白、杜子美詩皆掣鯨手也。余觀太白《古風》、子美《偶題》之篇，然後知二子之源流遠矣。李云：「《大雅》久不作，吾衰竟誰陳！《王風》委蔓草，戰國多荊榛。」則知李之所得在《雅》。杜云：「文章千古事，得失寸心知。騷人嗟不見，漢選盛於斯。」則知杜之所得在《騷》。
> 〔註31〕

亦引杜甫《偶題》詩中名句，認爲杜詩於《詩經》外，更對屈騷爲代表的《楚辭》有所宗法；而從杜詩中「竊攀屈宋宜方駕」（《戲爲六絕句》其五），「遲遲戀屈宋，渺渺臥荊衡」（《送覃二判官》），「羈離交屈宋」（《贈鄭十八賁》），「先生有才過屈宋」（《醉時歌》），「不必伊周地，皆登屈宋才」（《秋日荊南述懷三十韻》）等詩句來看，杜甫確實是以屈原、宋玉等楚辭代表作家爲藝術標杆的，足見宋人的評述是符合事實的。

　　論及杜詩取法兩漢樂府、古詩者，如北宋潘淳《潘子眞詩話》「杜詩來歷」條云：「古人造語，俯仰紆餘各有態。『小麥青青大麥枯，誰當獲者婦與姑，丈夫何在西擊胡。』凡此句中，每涵問答之詞。……老杜『大麥乾枯小麥黃』，『問誰腰鐮胡與羌』，句法實有所自。」〔註32〕指出杜甫《大麥行》詩自設問答之句法，乃本自東漢桓帝時期樂府民歌《小麥謠》。南宋吳曾《能改齋漫錄》「杜子美杜

〔註30〕宋・陳造：《江湖長翁集》，臺灣商務印書館影印文淵閣四庫全書本，1983 年版，卷二十六、卷三十一。

〔註31〕宋・葛立方：《韻語陽秋》，上海：上海古籍出版社，1984 年版，第36 頁。

〔註32〕宋・潘淳：《潘子眞詩話》，《宋詩話輯佚》本，第 301 頁。

鵑詩用樂府江南古辭格」條載：

> 王觀國《學林新編》云：「『子美絕句云：『前年渝州殺刺史，
> 今年開州殺刺史，群盜相隨劇虎狼，食人更肯留妻子。此
> 詩正與《杜鵑》詩相類，乃是一格。』」……予嘗以爲王氏
> 甚得之，但不曾援引古人爲證，且樂府有《江南》古辭云：
> 「江南可採蓮，荷葉何田田，魚戲荷葉間，魚戲荷葉東，
> 魚戲荷葉西，魚戲荷葉南，魚戲荷葉北。」子美正用此格。
> 〔註33〕

則通過對杜甫《杜鵑詩》與《三絕句》其一等詩篇押重韻之體制特徵
的總結，並加以溯源，指出杜甫此類詩篇乃是對於漢樂府《江南》的
效法。還有，北宋惠洪《石門洪覺範天廚禁臠》云：

> 《題省中院壁》：「掖垣竹埤梧十尋，洞門對雪常陰陰。落
> 花遊絲白日靜，鳴鳩乳燕青春深。腐儒衰晚謬通籍，退食
> 遲回違寸心。袞職曾無一字補，許身愧比雙南金。」《卜居》：
> 「浣花溪水水西頭，主人爲卜林塘幽。已知出郭少塵事，
> 更有澄江銷客愁。無數蜻蜓齊上下，一雙鸂鶒對沈浮。東
> 行萬里堪乘興，須向山陰上小舟。」……前二詩子美作，……
> 皆於引韻便失黏。既失黏，則若不拘聲律。然其對偶時精
> 到，謂之骨含蘇李體。〔註34〕

指出杜甫拗體律詩，引古入律，有漢代「蘇李體」之古風。北宋吳
开《優古堂詩話》「杜甫取李陵詩」條云：「杜詩：『思家步月清宵立，
憶弟看雲白日眠。』又云：『別時孤雲今不飛，時復看雲淚橫臆。』
蓋取李陵《別蘇武》詩云：『仰視浮雲飛，奄忽互相逾。長當從此別，
且復立斯須。』」〔註35〕指出杜甫《恨別》及《苦戰行》等詩中句意，
乃取自李陵五言古詩《別蘇武》，亦爲對「蘇李體」之效法。南宋孫
奕《示兒編》「用古今句法」條云：「杜詩『刈葵莫放手，放手莫傷

〔註33〕 宋・吳曾：《能改齋漫錄》，臺灣商務印書館影印文淵閣四庫全書本，
1983 年版，卷十。

〔註34〕 宋・釋惠洪：《石門洪覺範天廚禁臠》，上海：古典文學出版社，1958
年版，卷上。

〔註35〕 宋・吳开：《優古堂詩話》，《歷代詩話續編》本，第 272 頁。

根』……用古詩『采葵莫傷根，傷根葵不生。』」〔註 36〕則指出杜甫
《示從孫濟》詩，對於東漢無名氏《古詩二首》其一詩句的化用。

　　論及杜詩取法建安詩風者，如北宋范溫《潛溪詩眼》「詩宗建安」
條云：

> 建安詩辯而不華，質而不俚，風調高雅，格力遒壯，其言
> 直致而少對偶，指事情而綺麗，……唐諸詩人，……惟老
> 杜、李太白、韓退之早年皆學建安，晚乃各自變成一家耳。
> 如老杜「崆峒小麥熟」、「人生不相見」、《新安》、《石壕》、
> 《潼關吏》、《新婚》、《垂老》、《無家別》、《夏日》、《夏夜
> 歎》，皆全體作建安語。〔註 37〕

認爲杜甫諸多新題樂府及古風詩作，皆於造語習建安詩風，格調高
古，而情感深厚，甚至全篇「作建安語」；南宋劉克莊《後村詩話》
新集卷一則云：

> 《舞劍器行》，世所膾炙絕妙好詞也。內云：「先帝侍女
> 八千人，公孫劍器初第一。五十年間似反掌，風塵鴻洞
> 昏王室。梨園子弟散如煙，女樂餘姿映寒日。金粟堆前
> 木已拱，瞿塘石城草蕭瑟。玳宴急管曲復終，樂極哀來
> 月東出。」余謂此篇與《琵琶行》，一如壯士軒昂赴敵場，
> 一如兒女恩怨相爾汝。杜有建安黃初氣骨，白未脫長慶
> 體耳。〔註 38〕

通過杜甫與白居易歌行體代表詩作的形象對比，指出杜詩有漢魏風骨
之高古慷慨，而白詩則難脫中唐後期纖弱哀怨本色。

　　此外，南宋曾季貍《艇齋詩話》云：「老杜『主人敬愛客』，出曹
子建詩『公子敬愛客。』」〔註 39〕王楙《野客叢書》「杜詩合古意」條
稱：「阮藉詩：『昔年十四五，志尚好書詩。』杜詩：『往昔十四五，

〔註 36〕宋・孫奕：《示兒編》，臺灣商務印書館影印文淵閣四庫全書本，1983
　　　　年版，卷九。
〔註 37〕宋・范溫：《潛溪詩眼》，《宋詩話輯佚》本，第 315 頁。
〔註 38〕宋・劉克莊：《後村詩話》，北京：中華書局，1983 年版，第 164 頁。
〔註 39〕宋・曾季貍：《艇齋詩話》，《歷代詩話續編》本，第 313 頁。

出遊翰墨場。』」〔註40〕吳曾《能改齋漫錄》「浮蟻」條云:「曹子建
《七啓》:『盛以翠尊,而酌以雕觴。浮蟻鼎沸,酷烈馨香。』故杜子
美《贈汝陽王》詩曰:『仙醴求浮蟻。』《江樓夜宴》詩:『尊蟻添相
續。』《簡院內諸公》詩云:『蟻浮仍臘味,鷗浮已春聲』」,「不翅猶
過多」條亦云:「杜子美詩:『方駕曹劉不翅過。』見王仲宣《公燕》
詩:『見眷良不翅』」〔註41〕等,均指出,杜甫在創作實踐中亦常常化
用曹植、王粲等建安代表詩人的名句入詩,足見其對建安詩風的推重
與取法。

　　宋人論述杜詩宗法《文選》者亦頗多,除前文第六章所述之論杜
詩用《文選》語典外,如:

　　　郭思《瑤溪集》:「子美教其子曰:『熟精《文選》理。』……
　　老杜於詩學,世以謂前無古人,後無來者。然觀其詩大率宗
　　法《文選》,摭其華髓,旁羅曲探,咀嚼為我語。至老杜體
　　格,無所不備,斯周詩以來,老杜所以為獨步也。」〔註42〕

　　　張戒《歲寒堂詩話》卷上:「杜子美云『續兒誦《文選》』,
　　又云『熟精《文選》理』……子美不獨教子,其作詩乃自
　　《文選》中來,大抵宏麗語也。」〔註43〕

　　　葛立方《韻語陽秋》卷三云:「杜子美詩喜用《文選》語,
　　故宗武亦習之不置,所謂『熟精《文選》理,休覓彩衣輕』。
　　又云『呼婢取酒壺,續兒誦《文選》』是也。」〔註44〕高似
　　孫《選詩句圖序》亦云:「杜公訓兒熟精選理,兒豈能熟,
　　公自熟耳。早參公法,全律用六朝句。」〔註45〕

〔註40〕宋・王楙:《野客叢書》,臺灣商務印書館影印文淵閣四庫全書本,
　　　1983年版,卷十九。
〔註41〕宋・吳曾:《能改齋漫錄》,臺灣商務印書館影印文淵閣四庫全書本,
　　　1983年版,卷六、卷七。
〔註42〕宋・郭思:《瑤溪集》,《宋詩話輯佚》本,第532頁。
〔註43〕宋・張戒:《歲寒堂詩話》,《歷代詩話續編》本,第456頁。
〔註44〕宋・葛立方:《韻語陽秋》,上海:上海古籍出版社,1984年版,第
　　　39頁。
〔註45〕宋・高似孫:《選詩句圖》,《百川學海》本,序。

皆引杜甫《宗武生日》等詩中之句，以證杜詩創作之取法《文選》，故能體格完備，出語宏麗，獨步於詩史。南宋理學名家朱熹則稱：「李太白始終學《選》詩，所以好。杜子美詩好者，亦多是傚選體，漸放手」〔註46〕；「李杜韓柳，初亦皆學選詩者，然杜韓變多而柳李變少。」〔註47〕均通過唐詩名家詩學淵源的比較，指出杜詩宗法《選》詩的時代文化傾向，以及杜詩能將通與變、繼承與創新並重，超出同代。

　　論及杜詩取法六朝詩人詩作者，在宋人詩話、筆記中比比皆是。如南宋孫奕《示兒編》「遞相祖述」條云：

> 老杜《戲爲》詩曰：「未及前賢更勿疑，遞相祖述復先誰。」所謂夫子自道也。當觀其《後出塞》曰：「借問大將誰，恐是霍驃姚。」句法得之郭景純《遊仙詩》：「借問此爲誰？云是鬼谷子。」《送十一舅》云：「雖有車馬客，而無世人喧。」句法得之淵明《雜詩》：「結廬在人境，而無車馬喧。」……《醉歌》云：「天開地裂長安陌，寒盡春生洛陽殿。」即靈運「日映昆明水，春生洛陽殿」之體也。〔註48〕

指出杜詩對於晉、宋詩壇之名家——遊仙詩人郭璞、田園詩人陶淵明和山水詩人謝靈運詩作句法的承襲；還有，南宋龔頤正《芥隱筆記》「古人用字」條云：「淵明『日月不肯遲』《雜詩》。『晨雞不肯鳴』《飲酒》詩。老杜有『秋天不肯明。』『江平不肯流。』『兵戈不肯休。』『王室不肯微。』」〔註49〕吳曾《能改齋漫錄》「逝湍奔峭」條云：「謝靈運《七里瀨》：『孤客傷逝湍，徒旅苦奔峭。』……故杜子美詩云：『奔峭背赤甲。』」〔註50〕曾季貍《艇齋詩話》云：「老杜『白

〔註46〕宋・黎靖德：《朱子語類》，北京：中華書局，1994 年版，第 3326 頁。

〔註47〕宋・朱熹：《晦庵先生朱文公文集》，四部叢刊本，卷八十四。

〔註48〕宋・孫奕：《示兒編》，臺灣商務印書館影印文淵閣四庫全書本，1983 年版，卷九。

〔註49〕宋・龔頤正：《芥隱筆記》，臺灣商務印書館影印文淵閣四庫全書本，1983 年版，卷一。

〔註50〕宋・吳曾：《能改齋漫錄》，臺灣商務印書館影印文淵閣四庫全書本，1983 年版，卷七。

首淒其』，出謝靈運詩『懷賢亦淒其。』」〔註51〕；葛立方《韻語陽秋》卷一云：

> 老杜詩以後二句續前二句處甚多。如《喜弟觀到》詩云：「待爾嗔烏鵲，拋書示鶺鴒。枝間喜不去，原上急曾經。」《晴》詩云：「啼鳥爭引子，鳴鶴不歸林。下食遭泥去，高飛恨久陰。」《江閣臥病》詩云：「滑憶雕菰飯，香聞錦帶羹。溜匙兼暖腹，誰欲致杯罌。」《寄張山人詩》云：「曹植休前輩，張芝更後身。數篇吟可老，一字買堪貧。」如此之類甚多。此格起於謝靈運《盧陵王墓下》詩，云：「延州協心許，楚老惜蘭芳。解劍竟何及，撫墳徒自傷。」〔註52〕

也分別通過對創作實際的分析，指出杜詩善於學習陶、謝詩之造語、用字、體格。

故宋末陳仁子《玄暉宣城集序》云：「古今以陶之興趣，兼謝之才力，惟子美一人」〔註53〕，稱美杜詩能兼集陶、謝二人之所長，可為中的；且杜詩中亦有所謂「焉得思如陶謝手，令渠述作與同遊」（《江上值水如海勢聊短述》），「陶謝不枝梧，風騷共推激」（《夜聽許十一誦詩愛而有作》）等語，亦可見杜甫對於陶、謝詩篇的推崇與自覺接受。

北宋邵博《河南邵氏聞見後錄》卷十八曰：「古今詩人多以記境熟，語或相類。鮑明遠云：『昔如鞲上鷹，今似檻中猿。』杜子美云：『昔如縱壑魚，今如喪家狗。』」〔註54〕南宋王楙《野客叢書》「賤子具陳」條亦稱：「杜子美《上韋右丞》詩曰：『丈人試靜聽，賤子請具陳。甫昔少年日，早充觀國賓』云云，此詩正用鮑照《東武吟》意，照曰：『主人且勿喧，賤子歌一言。僕本寒鄉士，出身蒙漢恩。』」〔註55〕均

〔註51〕宋・曾季狸：《艇齋詩話》，《歷代詩話續編》本，第 313 頁。

〔註52〕宋・葛立方：《韻語陽秋》，上海：上海古籍出版社，1984 年版，第 7 頁。

〔註53〕宋・陳仁子：《牧萊脞語》，北京圖書館藏清初影元鈔本，卷七。

〔註54〕宋・邵博：《邵氏聞見後錄》，北京：中華書局，1983 年版，第 142 頁。

〔註55〕宋・王楙：《野客叢書》，臺灣商務印書館影印文淵閣四庫全書本，1983 年版，卷十九。

指出杜詩亦對南朝劉宋時期「元嘉三大家」之一的鮑照詩作有所承襲。
同書「杜詩合古意」條云：

鮑照詩：「昔如鞲上鷹，今如檻中猿。」杜詩：「昔如水上
鱗，今如置中兔。」庾信詩：「細笙纏鐘格，圓花釘鼓床。」
杜詩：「繡段裝額譬，金花帖鼓腰。」鮑照詩：「北風驅雁
天雨霜。」杜詩：「驅馬天雨雪。」沈約詩：「山櫻花欲燃。」
杜詩：「山青花欲燃。」杜詩合古人之意，往往若此，注所
不聞。……杜詩「速令相就飲一斗」，人多引鮑照「且願得
志數相就」，以證相就二字有所自，不知相就飲三字，見庾
信詩，「野人相就飲。」〔註56〕

則從創作出發，點明了杜詩對於劉宋之鮑照、齊、梁之沈約、庾信等
南朝三代詩人作品的取法。

吳曾《能改齋漫錄》「白露團」條云：

杜子美《初月》詩云：「庭前有白露，暗滿菊花團。」又《白
露》詩云：「白露團甘子。」又《江月》詩云：「玉露團清
影。」又絕句「玉座應悲白露團。」按謝惠連詩：「團團滿
葉露。」謝元暉「猶沾餘露團。」庾信《把得肙臺露》詩：
「惟有團階露，承睫共沾衣。」杜詩所本也。〔註57〕

亦從詩中意象之承襲角度，指出杜詩對於劉宋之謝惠連、南齊之謝
朓、梁之庾信等南朝三代詩人作品語詞的化用。

　　北宋吳幵《優古堂詩話》則對杜詩宗法庾信句法之論述頗多，其
書「石燕泥龍」條則云：「周庾信《喜晴》詩：『已歡無石燕，彌欲棄
泥龍。』又《初晴》詩云：『燕燥還爲石，龍殘更是泥。』此意凡兩
用，然前一聯不及後一聯也。乃知杜子美『紅稻啄餘鸚鵡粒，碧梧棲
老鳳凰枝』斡旋句法所本。」〔註58〕指出杜甫《秋興八首》其八頷聯

〔註56〕宋・王楙：《野客叢書》，臺灣商務印書館影印文淵閣四庫全書本，
　　　　1983年版，卷十九。
〔註57〕宋・吳曾：《能改齋漫錄》，臺灣商務印書館影印文淵閣四庫全書本，
　　　　1983年版，卷六。
〔註58〕宋・吳幵：《優古堂詩話》，《歷代詩話續編》本，第251頁。

之斡旋構句，出自庾信之體；陳師道《後山詩話》亦載：「黃魯直云：『杜之……句法出庾信，但過之爾。』」〔註59〕亦不爲虛言。南宋楊萬里《誠齋詩話》則稱：「句有偶似古人者，亦有述之者。……杜云：『薄雲岩際宿，孤月浪中翻。』此庾信『白雲岩際出，清月波中上』也，『出』『上』二字勝矣。……庾信云：『永韜三尺劍，長卷一戎衣。』杜云：『風塵三尺劍，社稷一戎衣。』亦勝庾矣。」〔註60〕亦通過對比杜甫與庾信之詩作，指出其對庾詩句法的效法，且能學而勝之；杜詩中亦有「庾信文章老更成，凌雲健筆意縱橫」（《戲爲六絕句》其一），「庾信平生最蕭瑟，暮年詩賦動江關」（《詠懷古迹五首》其一）等對庾信作品有著高度評價的詩句，可見宋人之評價是完全符合其創作實際的。

南宋陳傅良《書種德堂因記陳仲孚問詩語》云：「杜子美云：『謝朓每篇堪諷詠』，蓋嘗得法於此耳。」〔註61〕則引杜甫《寄岑嘉州》詩中之句，以論其對南齊「永明體」代表詩人謝朓的師法。南宋吳曾《能改齋漫錄》「滄洲趣」條亦稱：「謝元暉《之宣城出新林浦向板橋》：『既歡懷祿情，復協滄洲趣。』……乃悟杜子美《劉少府山水障歌》：『聞君掃卻赤縣圖，乘興遺畫滄洲趣。』」〔註62〕指出杜詩創作中效法謝朓作品之處；且杜詩曾自言：「孰知二謝將能事」（《解悶十二首》其七），可見其對「大謝」謝靈運、「小謝」謝朓均有意加以學習，而這一點宋人也是十分認同的。

並且，吳曾《能改齋漫錄》「關山月」條亦云：

王褒有《關山月》詩云：「關山夜月明，秋色照孤星。半形同漢陣，全影逐胡兵。天寒光轉白，風多暈欲生。寄言亭

〔註59〕宋・陳師道：《後山詩話》，《歷代詩話》本，第303頁。
〔註60〕宋・楊萬里：《誠齋詩話》，《歷代詩話續編》本，第136頁。
〔註61〕宋・陳傅良：《止齋集》，臺灣商務印書館影印文淵閣四庫全書本，1983年版，卷四十一。
〔註62〕宋・吳曾：《能改齋漫錄》，臺灣商務印書館影印文淵閣四庫全書本，1983年版，卷七。

上吏，遊客解雞鳴。」……故杜子美詠月凡使關山者五，《初
月》云：「關山空自寒。」《玩月呈漢中王》云：「關山同一
照。」《吹笛》云：「月傍關山幾處明。」又《寄張彪》詩
云：「關山信月明。」又《十六夜玩月》詩：「關山隨地闊，
河漢近人流。」〔註63〕

同書「黃鳥」條云：「杜詩：『轉枝黃鳥近，泛渚白鷗輕』，蓋用齊虞
炎《玉階怨》云：『紫藤拂花樹，黃鳥度青枝』」，「麗人行」條云：「梁
沈約有《麗人賦》……故杜子美有《麗人行》」，「冥冥江雨」條云：「杜
子美詩：『冥冥江雨熟楊梅。』冥冥江雨，蓋用梁范雲《巫山高》云：
『冥冥暮雨歸』」，「花照眼」條云：「杜子美詩：『花枝照眼句還成。』
蓋本於梁武帝《春歌》：『階上香入懷，庭中花照眼』」〔註64〕，則把
杜詩對於齊、梁時期詩人如王褒、虞炎、范雲、沈約、梁武帝蕭衍等
人作品的承襲化用一一羅列；其中的後三位，加之前述的謝朓，則同
屬南朝著名的「永明體」詩人群體——「竟陵八友」之列，從中亦足
見杜甫對「永明體」作家的自覺學習。

北宋黃伯思《東觀餘論》卷下云：

《隋·經籍志》、《唐·藝文志》，遜集皆八卷，……集中若
「團團月隱洲」，「輕燕逐飛花」，「繞岸平沙合，連山遠霧
浮」，「岸花臨水發，江燕繞檣飛」，「遊魚上急瀨」，「薄雲
巖際宿」等語，子美皆採為己句，但小異耳。故曰「能詩
何水曹」。信非虛賞。〔註65〕

則指出杜甫對於梁代詩人何遜語句的取法，並引杜詩「能詩何水曹」
（《北鄰》）為佐證。北宋蔡縧《西清詩話》則云：

詩之聲律，至唐始成。然亦多原六朝旨意，而造語工夫，

〔註63〕宋·吳曾：《能改齋漫錄》，臺灣商務印書館影印文淵閣四庫全書本，
　　　　1983年版，卷六。
〔註64〕宋·吳曾：《能改齋漫錄》，臺灣商務印書館影印文淵閣四庫全書本，
　　　　1983年版，卷七。
〔註65〕宋·黃伯思：《東觀餘論》，臺灣商務印書館影印文淵閣四庫全書本，
　　　　1983年版，卷下。

各有微妙。何遜《入西塞詩》：「薄雲岩際出，初月波中上。」
至少陵《江邊小閣》則云：「薄雲岩際宿，孤月浪中翻。」
雖因舊而益妍，此類獺髓補痕也。〔註66〕

亦通過具體作品指出杜詩對何遜的因襲，但能夠做到「原六朝旨意」
而化爲己用，推陳出新。南宋孫奕《示兒編》「用古今句法」條云：「杜
詩……《江邊小閣》云：『薄雲岩際宿，孤月浪中翻。』用何遜《入
西塞》云：『薄雲岩際出，初月波中上。』」〔註67〕亦通過具體作品指
出杜詩套用何詩句法之處。

南宋龔頤正《芥隱筆記》「杜詩用前人意」條云：「老杜『寒日出
霧遲，清江轉山急。』亦用陰鏗：『野日燒中昏，山路入江窮』意」，
同卷「作詩祖述有自」條云：

陰鏗詩有：「天邊看煙樹，大江靜猶浪。」老杜所以有：「江
流靜猶湧，雲中辨煙樹。」鏗有「薄雲岩際出，初月波中
上。」杜詩：「薄雲岩際宿，孤月浪中翻。」鏗有「中川聞
棹謳」，杜有「中流聞棹謳。」鏗有「花逐下山風」，杜有
「雲逐度溪風。」祖述有自，青出於藍也。〔註68〕

更以推究作詩之祖述來處，指出杜詩對於陳代詩人陰鏗作品語詞和意
象的襲用，並稱美杜甫既善用前人語句，復能夠青出於藍。楊萬里《誠
齋詩話》稱：

句有偶似古人者，亦有述之者。杜子美《武侯廟》詩云：「映
階碧草自春色，隔葉黃鸝空好音。」此何遜《行孫氏陵》
云「山鶯空樹響，壟月自秋暉」也。……陰鏗云：「鶯隨入
戶樹，花逐下山風。」杜云：「月明垂葉露，雲逐渡溪風。」
又云：「水流行地日，江入度山雲。」此一聯勝。〔註69〕

〔註66〕宋·蔡絛：《西清詩話》，臺灣廣文書局影印《古今詩話續編》本，
卷上。
〔註67〕宋·孫奕：《示兒編》，臺灣商務印書館影印文淵閣四庫全書本，1983
年版，卷九。
〔註68〕宋·龔頤正：《芥隱筆記》，臺灣商務印書館影印文淵閣四庫全書本，
1983年版，卷一。
〔註69〕宋·楊萬里：《誠齋詩話》，《歷代詩話續編》本，第136頁。

亦分別指出杜甫在創作中對於陰鏗、何遜詩作的取法之處。杜甫在詩中曾言：「陰何尚清省」（《秋日夔府詠懷，奉寄鄭監審李賓客之芳一百韻》），「頗學陰何苦用心」（《解悶十二首》其七），陰鏗、何遜，是南北朝梁陳時代著名的新體詩人，他們的創作講究煉句修辭與音韻和諧，在斟字酌句用韻方面頗下苦功，杜甫對他們清省的詩風以及錘煉詩句的精神十分欽佩，且有意效法。由上可以看出，宋人對於杜詩取法陰、何取得的成就，也是十分肯定的。

北宋吳幵《優古堂詩話》「姬人薦初醞，幼子問殘疾」條稱：「江總《稊州九日》詩：『姬人薦初醞，幼子問殘疾。』故杜子美取其意以爲《遣懷》云：『老妻憂坐痺，幼女問頭風。』」〔註70〕南宋吳曾《能改齋漫錄》「身輕一鳥過」條稱：「杜子美：『身輕一鳥過，槍急萬人呼。』蓋用虞世南《侍宴應詔》詩云：『橫空一鳥度，照水百花燃』。」〔註71〕亦分別指出了杜詩對於陳代詩人江總和陳、隋之際詩人虞世南詩作的承襲化用。

而且，宋人還常常對杜詩化用前代名家詩作之用字、語句的創作現象，從文學史的角度做具體的梳理評述，如前述之吳曾《能改齋漫錄》、孫奕《示兒編》、龔頤正《芥隱筆記》等等；吳幵的《優古堂詩話》則更爲典型，如其書「身輕一鳥過」條載：

> 歐陽文忠公《詩話》：陳公時得杜集，至《蔡都尉》「身輕一鳥」，下脫一字。數客補之，各云「疾」、「落」、「起」、「下」，終莫能定。後得善本，乃是「過」字。其後東坡詩：「如觀李杜飛鳥句，脫字欲補知無緣。」山谷詩：「百年青天過鳥翼。」東坡詩：「百年同過鳥。」皆從而傚之也。予見張景陽詩云：「人生瀛海內，忽如鳥過目。」則知老杜蓋取諸此。況杜又有《眠柳少府》詩：「餘生如過鳥。」又云：「愁窺高鳥過。」景陽之詩，梁氏取以入《選》。杜《贈驥子》詩：

〔註70〕宋・吳幵：《優古堂詩話》，《歷代詩話續編》本，第253頁。
〔註71〕宋・吳曾：《能改齋漫錄》，臺灣商務印書館影印文淵閣四庫全書本，1983年版，卷七。

「熟精《文選》理。」則其所取，亦自有本矣。如《贈韋左丞》詩，皆仿鮑明遠《東武吟》：「主人且勿喧，賤子歌一言。」然古《詠香爐》詩：「且座且勿喧，願歌一言。」
〔註72〕

列舉數首古今詩例，對杜甫《送蔡希魯都尉還隴右因寄高三十五書記》中動詞之用字加以溯源，且論及其《奉贈韋左丞丈二十二韻》開篇「丈人試靜聽，賤子請具陳」句法的傳承所自，可謂考鏡源流，細緻入微。

其書「友於」條則載：

洪駒父《詩話》謂：「世以兄弟爲友於，子姓爲貽厥，歇後語也。杜子美詩云：『山鳥山花皆友於。』子美未能免俗何邪？」予以爲不然。按《南史》劉湛「友於素篤」，《北史》李謐「事兄盡友於之誠」。故陶淵明詩云：「一欣侍溫顏，再喜見友於。」子美蓋有所本耳。子美《上太常張卿》詩亦云：「友於皆挺拔。」〔註73〕

「詠婦人多以歌舞爲稱」條亦稱：

古今詩人詠婦人者，多以歌舞爲稱。梁元帝《妓應令》詩云：「歌清隨澗響，舞影向池生。」劉孝綽《看妓》詩云：「燕姬奏妙舞，鄭女愛清歌。」北齊蕭放《冬夜對妓》詩云：「歌還團扇後，舞出妓行前。」弘執恭《觀妓》詩云：「合舞俱迴雪，分歌共落塵。」陳陰鏗《侯司空宅詠妓》詩云：「鶯啼歌扇後，花落舞衫前。」陳劉珊亦云：「山邊歌落日，池上舞《前溪》。」庾信《和趙王看妓》詩云：「綠珠歌扇薄，飛燕舞衫長。」江總《看妓》詩云：「並歌時轉黛，息舞暫分香。」隋盧思道《夜聞鄰妓》詩云：「怨歌聲易斷，妙舞態難雙。」陳李元操《春園聽妓》詩云：「紅樹搖歌扇，綠珠飄舞衣。」釋法宣《觀妓》詩云：「早時歌扇薄，今日舞衫長。」劉希夷《春日閨人》詩云：「池月憐歌扇，山雲愛舞衣。」以歌對舞者七，以歌扇對舞衣者亦七，雖相沿以起，然詳味之自有工拙也。杜子美取以爲《豔曲》

〔註72〕宋・吳玕：《優古堂詩話》，《歷代詩話續編》本，第229頁。
〔註73〕宋・吳玕：《優古堂詩話》，《歷代詩話續編》本，第231頁。

云：「江清歌扇底，野曠舞衣前。」〔註74〕

分別考察歷代文人詩作，探究杜詩中「友於」、「歌舞」等語彙之發展源流，皆以詩例為證，可謂不遺餘力。

　　由上述宋人的諸多評論可見，杜甫不僅能夠師法《詩經》、《楚辭》、漢、魏之古風，且對於六朝以還，若晉、宋、齊、梁、陳，舉凡詩壇名家之作，皆有所繼承，並能原其旨意，化為己出，青出於藍而更勝於藍；誠如南宋嚴羽《滄浪詩話》「詩評」所云：「少陵詩憲章漢魏而取材於六朝，至其自得之妙，則前輩所謂集大成者也！」〔註75〕

第三節　貴古厚今，取法同代

　　如前所述，宋人對於杜甫學習、類比前代名家詩作藝術的情況有眾多評述；同時，杜甫在創作中對於同代詩作之藝術亦多有取法，正如其詩中所云「不薄今人愛古人，清詞麗句必為鄰」（《戲為六絕句》其五），因此，宋人對其師法唐代詩人作品藝術的現象也給以關注，其中既包括初唐時期的前輩詩人，也包括盛唐時期的當代詩人。

　　對於杜詩效法初唐詩人之詩作加以評述者，如北宋吳玕《優古堂詩話》「啼猿樹」條云：「杜詩：『影著啼猿樹，魂飄結蜃樓。』蓋用盧照鄰《巫山高》云：『莫辨啼猿樹，徒看神女雲。』」〔註76〕指出杜甫五律《第五弟豐獨在江左，近三四載寂無消息，覓使寄此二首》其二之頸聯，化用了「初唐四傑」之一的盧照鄰《巫山高》中的詩句。論述杜詩效法沈佺期詩作之評論則有很多，如蘇軾《書杜子美詩》云：「『省郎憂病士，書信有柴胡。飲子頻通汗，懷君想報珠……』此杜子美詩也。沈佺期《回波》詩云：『姓名雖蒙齒錄，袍笏未易牙緋。』

〔註74〕宋・吳玕：《優古堂詩話》，第 246 頁。
〔註75〕宋・嚴羽著，郭紹虞校釋：《滄浪詩話校釋》，北京：人民文學出版社，1983 年版，第 168～177 頁。
〔註76〕宋・吳玕：《優古堂詩話》，《歷代詩話續編》本，第 258 頁。

子美用『飲子』對『懷君』，亦『齒錄』『牙緋』之比也。」〔註77〕指出杜甫《寄韋有夏郎中》詩中「飲子頻通汗，懷君想報珠」一聯對仗，乃是類比初唐宮廷詩人沈佺期詩的借對之法。南宋吳曾《能改齋漫錄》「地如平掌」條云：「沈佺期《長安路》詩：『秦地如平掌，層城出雲漢。』故杜子美《樂遊原歌》云：『公子華筵勢最高，秦川對酒如平掌。』」〔註78〕則指出杜甫《樂遊原歌》詩，對於沈佺期《長安路》中詩句的化用。

北宋范溫《潛溪詩眼》「杜詩學沈佺期」條稱：

> 古人學問必有師友淵源。漢楊惲一書，迥出當時流輩，則司馬遷外甥故也。自杜審言已自工詩，當時沈佺期宋之問等，同在儒館為交遊，故杜甫律詩布置法度，全學沈佺期，更推廣集大成耳。沈云：「雲白山青千萬里，幾時重謁聖明君。」杜云：「雲白山青萬餘里，愁看直北是長安。」沈云：「人如天上坐，魚似鏡中懸。」杜云：「春水船如天上坐，老年花似霧中看。」是皆不免蹈襲前輩，然前後傑句，亦未易優劣也。〔註79〕

指出杜甫七律《小寒食舟中作》之頷聯與尾聯，分別取法自沈佺期之作品《釣竿篇》與《小寒食舟中作》；南宋孫奕《示兒編》「用古今句法」條云：「杜詩……《寒食舟中》云：『雲白山青萬餘里，愁看直北是長安。』用沈佺期云：『雲白山青千萬里，幾時重謁聖明君。』《寒食舟中》云：『春水船如天上坐，老年花似霧中看。』用沈佺期云：『船如天上坐，人似鏡中行。』……此皆取古人之句也。」〔註80〕亦認同范氏之論。南宋王楙《野客叢書》「損益前人詩語」條稱：

〔註77〕宋・蘇軾著，孔凡禮點校：《蘇軾文集》，北京：中華書局，1986年版，第2118頁。

〔註78〕宋・吳曾：《能改齋漫錄》，臺灣商務印書館影印文淵閣四庫全書本，1983年版，卷六。

〔註79〕宋・范溫：《潛溪詩眼》，《宋詩話輯佚》本，第317～318頁。

〔註80〕宋・孫奕：《示兒編》，臺灣商務印書館影印文淵閣四庫全書本，1983年版，卷九。

《詩眼》曰：「沈佺期詩：『人如天上坐，魚似鏡中懸。』
子美詩：『春水船如天上坐，老年花似霧中看。』不免蹈
襲。」……僕謂此非襲用前人句也，以前人詩語而以己
意損益之，在當時自有此體，……有全用前人一句而以
己意貼之者，如沈雲卿：「雲白山青千萬里，幾時重謁聖
明君。」而子美曰：「雲白山青萬餘里，愁看直北是長安」
是也。〔註81〕

則認為杜詩損益前人詩語之作法，乃自是一體，而能「以己意貼之」。
胡仔《苕溪漁隱叢話》後集卷五亦載：「《復齋漫錄》云：山谷言：『船
如天上坐，人似鏡中行。』又云：『船如天上坐，魚似鏡中懸』。沈
雲卿詩也。老杜云：『春水船如天上坐』。祖述佺期之語也。繼之以
老年花似霧中看，蓋觸類而長之。』……雖有所襲，然語益工也。」
〔註82〕更引黃庭堅之語，認為杜甫《小寒食舟中作》詩雖祖述沈佺
期語，然能造語益工，可謂青出於藍，點鐵成金。

　　在宋人詩話、筆記中，論及杜甫詩傳承其祖父、初唐詩壇「文
章四友」之一的杜審言詩法者，亦大有人在。如北宋陳師道《後山
詩話》載：「黃魯直云：『杜之詩法出審言，句法出庾信，但過之爾。』」
〔註83〕稱引同輩詩人黃庭堅之語，指出杜甫詩法本自乃祖。至南宋，
胡仔《苕溪漁隱叢話》前集卷六載：「《後山詩話》云：魯直言：『杜
之詩法出審言，句法出庾信，但過之耳。』苕溪漁隱曰：「老杜亦自
言：『吾祖詩冠古。』則其詩法乃家學所傳云。」〔註84〕蔡夢弼《杜
工部草堂詩話》卷一亦載：「後山陳無己《詩話》曰：黃魯直言：『杜
子美之詩法出審言，句法出庾信，但過之耳。』苕溪胡元任曰：『老

〔註81〕宋・王楙：《野客叢書》，臺灣商務印書館影印文淵閣四庫全書本，
　　　　1983 年版，卷七。
〔註82〕宋・胡仔：《苕溪漁隱叢話》後集，北京：人民文學出版社，1962 年
　　　　版，第 30 頁。
〔註83〕宋・陳師道：《後山詩話》，《歷代詩話》本，第 303 頁。
〔註84〕宋・胡仔：《苕溪漁隱叢話》前集，北京：人民文學出版社，1962 年
　　　　版，第 33 頁。

杜亦自言『吾祖詩冠古』，則其詩法乃家學所傳耳。」〔註85〕宋代三部知名的詩話，不約而同地轉述黃庭堅語，足見其作者們對於杜甫詩法源自家傳之論的普遍認同。

北宋邵博《河南邵氏聞見後錄》卷十八云：「杜審言，字必簡，子美大父也，景龍初為國子監主簿，……味其句法，知子美之詩有自云。」〔註86〕指出杜甫詩之句法對其祖的承襲；北宋王得臣《麈史》云：

> 杜審言，子美之祖也。唐則天時，以詩擅名，與宋之問相唱和。其詩有「綰霧清條弱，牽風紫蔓長」，又有「寄語洛城風月道，明年春色倍還人」之句。若子美「林花帶雨胭脂落，水荇牽風翠帶長」，又云「傳語風光共流轉，暫時相賞莫相違」，雖不襲取其意，而語脈蓋有家法矣。〔註87〕

則通過創作實際的對比，指出杜甫之七律《曲江對雨》頷聯與《曲江二首》其二尾聯，分別對於杜審言《和韋承慶過義陽公主山池》其二與《春日京中有懷》兩篇詩作句法的祖述。另，南宋龔頤正《芥隱筆記》「子美詩有祖述」條，與胡仔《苕溪漁隱叢話》後集卷五，亦皆引述有王得臣此語，僅部分字句略有不同，如下：

> 龔頤正《芥隱筆記》：「杜審言『綰霧清條弱，牽風紫蔓長。』又云：『寄語洛城風月主，明年春色倍還人。』子美有『林花著雨胭脂落，水荇牽風翠帶長』，又云『傳語風光共流轉，暫時相賞莫相違。』皆祖述其意。」〔註88〕

> 胡仔《苕溪漁隱叢話》後集卷五：「《麈史》云：杜審言，子美之祖也。則天時，以詩擅名，與宋之問唱和。其詩有『綰霧青條弱，牽風紫蔓長。』又有『寄語洛城風月道，明年春色倍還人』之句。若子美『林花帶雨胭脂落，水荇

〔註85〕宋・蔡夢弼：《杜工部草堂詩話》，《歷代詩話續編》本，第194頁。

〔註86〕宋・邵博：《邵氏聞見後錄》，北京：中華書局，1983年版，第142頁。

〔註87〕宋・王得臣：《麈史》，臺灣商務印書館影印文淵閣四庫全書本，1983年版，卷二。

〔註88〕宋・龔頤正：《芥隱筆記》，臺灣商務印書館影印文淵閣四庫全書本，1983年版，卷一。

牽風翠帶長。』又云：『傳語風光共流轉，暫時相賞莫相違。』雖不襲其意，而語句體格脈絡，蓋可謂入宗而取法矣。」〔註89〕

南宋舒岳祥《王任詩序》則云：

詩必有家也，家必有世也，不家非詩也，不世非家也，唐詩人惟杜甫家爲最大，要自其祖審言世佋也。「枝亞果新肥」，審言詩也，甫用之爲「花亞欲移竹」之句。「飛花攪獨愁」，審言詩也，甫用之爲「樹攪離思花冥冥」之語。而甫亦自謂「詩是吾家事」，非誇也。盛唐之時，詩未脫梁陳之習，至審言始句律情切，華爾不靡，典兒不質，觀其《和李嗣眞奉使村撫河東》詩，則甫之《夔府書懷》等作有自來矣。〔註90〕

亦通過分析杜審言、杜甫祖孫二人詩作，並稱引杜甫《宗武生日》詩中「詩是吾家事」之語，指出杜甫對其句法、詩法的自覺學習。

還有，南宋陳振孫《直齋書錄解題》云：「審言詩雖不多，句律極嚴，無一失黏者。甫之家傳，有自來矣。」〔註91〕南宋趙以夫《石屏詩後集序》稱：「少陵之詩，是固天授神助，而發源實自於審言；審言之詩至少陵而工。」〔註92〕宋末劉克莊《後村詩話》前集卷一稱：「杜審言《夜宴》云：『酒中堪累月，身外即浮雲。』《登襄陽城》云：『楚山橫地出，漢水接天回。』《妾薄命》云：『啼鳥驚殘夢，飛花攪獨愁。』杜氏句法有自來矣」〔註93〕，其《跋黃貢士詩卷》云：「少陵有云：『吾祖詩冠古。』有云：『詩是吾家事。』」

〔註89〕宋·胡仔：《苕溪漁隱叢話》後集，北京：人民文學出版社，1962年版，第35頁。

〔註90〕宋·舒岳祥：《閬風集》，臺灣商務印書館影印文淵閣四庫全書本，1983年版，卷十。

〔註91〕宋·陳振孫：《直齋書錄解題》，臺灣商務印書館影印文淵閣四庫全書本，1983年版，卷十九。

〔註92〕宋·戴復古著，金芝山校點：《戴復古詩集》，杭州：浙江古籍出版社，1992年版，第325頁。

〔註93〕宋·劉克莊：《後村詩話》，北京：中華書局，1983年版，第7頁。

其尊祖至矣。然少陵實兼風雅、騷、選、隋唐眾體，非不欲放他姓入社者。」〔註94〕皆認同杜詩本自家傳。此外，杜甫還在其詩文中稱，「吾祖詩冠古」（《贈蜀僧閭丘師兄》），「天下之人謂之才子」（《唐故萬年縣君京兆杜氏墓誌》），對乃祖評價極高，從中亦足見宋人評述之客觀屬實。

　　宋人對於杜詩取法盛唐名家詩作加以評述者，亦有很多，如北宋吳圻《優古堂詩話》「洞房懸月影，高枕聽江流」條稱：「張說有《深度驛》詩云：『洞房懸月影，高枕聽江流。』杜子美用其意，見於《客夜篇》云：『入簾殘月影，高枕遠江聲。』」〔註95〕指出杜甫五律《客夜》詩之頷聯，對於盛唐名相、一代文宗、「燕許大手筆」之一的張說詩名句的化用，二聯無論意象、構句，皆極相類，足見吳氏立論之公允。陳師道《後山詩話》稱：

> 子美《懷薛據》云：「獨當省署開文苑，兼泛滄浪學釣翁。」「省署開文苑，滄浪憶釣翁」，據之詩也。王摩詰云：「九天閶闔開宮殿，萬國衣冠拜冕旒。」子美取作五字云：「閶闔開黃道，衣冠拜紫宸」，而語益工。〔註96〕

指出杜甫七絕《解悶十二首》其四（懷薛據）下半，直接取自薛據之作，僅每句增二字，化五言為七言；而杜甫五排《太歲日》，亦裁王維七言律《和賈舍人早朝大明宮之作》頷聯為五言，化而為己用。南宋王楙《野客叢書》「損益前人詩語」條則云：

> 薛據詩：「省署開文苑，滄浪學釣翁。」而子美詩：「獨當省署開文苑，兼泛滄浪學釣翁」……增前人之語者如此。又有損前人句語者，如王維詩：「九天閶闔開宮殿，萬國衣冠拜冕旒。」而杜子美詩：「閶闔開黃道，衣冠拜紫宸」是也。〔註97〕

〔註94〕宋‧劉克莊：《後村先生大全集》，四部叢刊本，卷一百一十。
〔註95〕宋‧吳圻：《優古堂詩話》，《歷代詩話續編》本，第247頁。
〔註96〕宋‧陳師道：《後山詩話》，《歷代詩話》本，第304頁。
〔註97〕宋‧王楙：《野客叢書》，臺灣商務印書館影印文淵閣四庫全書本，1983年版，卷七。

葛立方《韻語陽秋》卷一亦云：「『九天閶闔開宮殿，萬國衣冠拜冕旒。』
王摩詰詩也。杜子美刪之爲五言句，『閶闔開黃道，衣冠拜紫宸。』
而語益工。」〔註98〕可見此已爲當時詩壇之共識。北宋王觀國《學林》
「李杜」條云：

> 李太白《宮詞》曰：「山花插寶髻，石竹繡羅衣」。杜子美
> 《琴臺》詩曰：「野花留寶靨，蔓草見羅裙。」此相仿之句
> 也。按太白《宮詞》，乃開元盛時所撰；司馬相如琴臺在西
> 蜀，子美《琴臺》詩，乃天寶末避地西蜀時所撰。則子美
> 仿太白之詞也。太白《宮詞》曰：「宮中誰第一，飛燕在昭
> 陽」。子美《哀江頭》詩，乃祿山陷京師後所作，亦子美仿
> 太白之句也。〔註99〕

則從創作時間之先後次序的角度，指出杜甫《琴臺》詩中「野花留寶
靨，蔓草見羅裙」句，與《哀江頭》詩中「昭陽殿里第一人」句，對
於盛唐大詩人李白《宮詞》的模倣。南宋孫奕《示兒編》「遞相祖述」
條亦云：

> 老杜《戲爲》詩曰：「未及前賢更勿疑，遞相祖述復先誰。」
> 所謂夫子自道也。當觀其……《春日憶李白》云：「何時一
> 樽酒，重與細論文？」即孟浩然「何時一杯酒，重與李膺
> 傾」之體。《復愁》云：「月生初學扇，雲細不成衣。」即
> 李義府「鏤月成歌扇，裁雲成舞衣」之體。〔註100〕

亦分別指出杜甫《春日憶李白》與《復愁》二詩，對於孟浩然《永嘉
別張子容》詩，及李義府《雜曲歌辭・堂堂》詩中句法的效法。

　　值得一提的是，宋人還對杜甫在詩歌創作中，大量借鑒當時民
歌、謠諺的現象給予關注，如南宋吳可《藏海詩話》云：「老杜詩云：

〔註98〕宋・葛立方：《韻語陽秋》，上海：上海古籍出版社，1984 年版，第
　　　　14～15 頁。
〔註99〕宋・王觀國：《學林》，臺灣商務印書館影印文淵閣四庫全書本，1983
　　　　年版，卷八。
〔註100〕宋・孫奕：《示兒編》，臺灣商務印書館影印文淵閣四庫全書本，1983
　　　　年版，卷九。

『一夜水高二尺強，數日不可更禁當。南市津頭有船賣，無錢即買繫籬旁。』與《竹枝詞》相似，蓋即俗爲雅。」〔註 101〕指出杜甫上元二年（761）流寓成都時期，所作七絕《春水生二絕》其二，對於蜀地俚曲《竹枝詞》的取法，乃以俗爲雅；南宋吳曾《能改齋漫錄》「猿啼三聲淚沾衣」條：「川峽記行者歌曰：『巴東三峽猿鳴悲，猿啼三聲淚沾衣。』故古樂府有『巫峽長，猿鳴三聲淚沾衣』……故子美詩：『聽猿實下三聲淚。』」〔註 102〕亦指出杜甫大曆元年（766）秋流寓夔州時期，所作之七律組詩《秋興八首》其二，曾化用了巴東民謠入詩；南宋張表臣《珊瑚鈎詩話》卷三云：「杜詩……戲作俳優體二首，純用方語云：『異俗吁可怪，斯人難並居。家家養烏鬼，頓頓食黃魚。舊識能爲態，新知已暗疏。治生且耕鑿，只有不關渠。』『西歷青羌板，南留白帝城。於菟侵客恨，粔籹作人情。瓦卜傳神語，畬田費火耕。是非何處定，高枕笑浮生。』」〔註 103〕則引用杜甫大曆二年（767）在夔州所作之《戲作俳諧體遣悶二首》全文，南宋黃徹《䂬溪詩話》卷十也稱：「子美亦戲效俳諧體」〔註 104〕，其詩頗記述當地人情世俗，且富於方言色彩，當爲效法民歌而作。另，胡仔《苕溪漁隱叢話》後集卷五載：「《樂府解題》云：『武王伐紂，作歌，使士習之，號曰《巴渝之曲》。』因其地以巴渝取名，故《題瀼西草堂》云：『萬里《巴渝曲》，三年實飽聞。』」〔註 105〕則引杜詩爲據，指出杜甫因晚年長期流寓巴渝之地，深入民間，故多聞其地俚曲、俗謠，並自覺加以學習，引以入詩，從而豐富了其詩的創作特色；應該說，胡仔從創作來源的角度出發，對此所做的揭示，是十分到位的。

〔註 101〕宋・吳可：《藏海詩話》，《歷代詩話續編》本，第 340 頁。

〔註 102〕宋・吳曾：《能改齋漫錄》，臺灣商務印書館影印文淵閣四庫全書本，1983 年版，卷八。

〔註 103〕宋・張表臣：《珊瑚鈎詩話》，《歷代詩話》本，第 475 頁。

〔註 104〕宋・黃徹：《䂬溪詩話》，北京：人民文學出版社，1986 年版，第 168 頁。

〔註 105〕宋・胡仔：《苕溪漁隱叢話》後集，北京：人民文學出版社，1962 年版，第 32 頁。

　　綜上所述，從兩宋詩壇杜詩藝術「集大成」說由提出到最終定型，並得到普遍認同的發展過程來看，其中充分體現出了宋人對於杜詩藝術淵源的全面探討。宋人關於杜詩具體藝術宗尙、詩法家數的探究，緊密聯繫客觀創作實際，細緻入微、層出不窮，上起《風》、《騷》、樂府，中有漢、魏、六朝，下及唐代諸賢，充分驗證了杜詩「轉益多師是汝師」（《戲爲六絕句》其六）、「學詩猶孺子」（《奉贈鮮於京兆二十韻》）的詩學精神和創作態度，對其師法眾家、藝出多門之推重評述數不勝數。

　　更爲難得的是，宋人還通過前後具體的藝術比較，特別指出了杜詩推陳出新、化腐朽爲神奇的藝術創新之舉，正如宋末王構《修辭鑒衡》「詩清立意新」條所稱：「老杜『詩清立意新』，最是作詩用力處，蓋不可循習陳言，只規模舊作也。」〔註106〕借用杜甫《奉和嚴中丞西城晚眺十韻》中語，點明其創作理念與創作實踐相結合處。同時，對杜詩藝術淵源的這些探討，也爲宋詩的詩學繼承與藝術創新，提供了理論上的借鑒和啓迪。

〔註106〕宋・王構：《修辭鑒衡》，臺灣商務印書館影印文淵閣四庫全書本，1983
　　　　年版，卷一。

第八章　宋人學杜論

　　宋人不僅對於杜詩的藝術淵源加以探索，也對杜甫身後詩壇對於杜詩藝術的學習情況，給予充分的關注，這在「宋人喜言杜詩」（《四庫全書總目‧九家集注杜詩提要》）〔註1〕，以及「千注杜詩」〔註2〕的兩宋詩壇，確乎是屢見不鮮的。正如許總先生《杜詩學發微》中所說：「北宋中葉以後，詩壇宗杜之風，盛況空前，詩人幾乎無一不學杜甫。因此，整個宋代詩歌的發展，從某些方面來看，直可視爲一部杜詩影響史」，〔註3〕因而宋人對學杜之重視，也自是勢所必然的。

第一節　宋人學杜概說

　　宋人對於杜詩藝術極爲推重並加以學習，已成爲當前學界的共識，如錢鍾書先生在 1948 年所寫的《中國詩與中國畫》一文中明確指出：「中唐以後，眾望所歸的最大詩人一直是杜甫。」〔註4〕陳尙君先生在其《杜詩早期流傳考》一文中，也已經通過研究證明，杜詩在

〔註1〕清‧永瑢等：《四庫全書總目》，北京：中華書局，1965 年版，第 1281頁。
〔註2〕金‧王若虛：《滹南詩話》，《歷代詩話續編》本，第 506 頁。
〔註3〕許總：《杜詩學發微》，南京：南京出版社，1989 年版，第 34 頁。
〔註4〕錢鍾書：《七綴集》，北京：生活‧讀書‧新知三聯書店，2001 年版，第 24 頁。

中唐到宋初甚爲流傳，且是最早被刊印的書籍之一。〔註5〕袁行霈先
生主編的《中國文學史》第三卷則指出：「到了北宋中葉，尊杜成爲
整個詩壇的共識」〔註6〕，鄔國平先生所著《中國古代接受文學與理
論》亦稱：「宋朝詩人又極其講究詩法，將學習詩法作爲揣摩古人作
品的重要內容」，「杜詩有法度脈理可以依循，因此學杜有著力之處」
〔註7〕。

在兩宋時期，將杜詩奉爲詩學圭臬之語，即早已有之，如北宋蔡
啓《蔡寬夫詩話》「宋初詩風」條云：

> 國初沿襲五代之餘，士大夫皆宗白樂天詩，故王黃州主盟
> 一時。祥符、天禧之間，楊文公、劉中山、錢思公專喜李
> 義山，故昆體之作，翕然一變；而文公尤酷嗜唐彥謙詩，
> 至親書以自隨。景祐、慶曆後，天下知尚古文，於是李太
> 白、韋蘇州諸人，始雜見於世。杜子美最爲晚出，三十年
> 來學詩者，非子美不道，雖武夫女子皆知尊異之。李太白
> 而下殆莫與抗。〔註8〕

其中所提及的宋初「白體」代表詩人王禹偁，也曾鮮明的提出「子
美集開詩世界」（《日長簡仲咸》）、「韓柳文章李杜詩」（《贈朱嚴》）
〔註9〕，且曾因自己詩作《春居雜興二首》其一中「何事春風容不
得，和鶯吹折數枝花」〔註10〕二句，偶類杜甫「恰似春風相欺得，
夜來吹折數枝花」（《絕句漫興九首》其二）之語，竟至喜極而賦詩
云：「任無功業調金鼎，且有篇章到古人。本與樂天爲後進，敢期子

〔註5〕 陳尚君：《唐代文學叢考·杜詩早期流傳考》，北京：中國社會科學
　　　　出版社，1997年版，第306～337頁。
〔註6〕 袁行霈：《中國文學史》（第三卷），北京：高等教育出版社，2005年
　　　　第2版，第78頁。
〔註7〕 鄔國平：《中國古代接受文學與理論》，哈爾濱：黑龍江人民出版社，
　　　　2005年版，第98頁、第105頁。
〔註8〕 宋·蔡啓：《蔡寬夫詩話》，《詩話輯佚》本，第398～399頁。
〔註9〕 傅璇琮等：《全宋詩》第二冊，北京：北京大學出版社，1991年版，
　　　　第737頁、第759頁。
〔註10〕 傅璇琮等：《全宋詩》第二冊，第722頁。

美是前身！」(《前賦〈春居雜興〉詩二首，間半歲，不復省視，因
長男嘉祐讀杜工部集，見語意頗有相類者，咨於予，且意予竊之也。
予喜而作詩，聊以自賀》) 〔註11〕，蔡啓《蔡寬夫詩話》「王元之《春
日雜興詩》」條載此事云：

> 元之本學白樂天詩，在商州嘗賦《春日雜興》云：「兩株桃
> 杏映籬斜，裝點商州副使家。何事春風容不得，和鶯吹折
> 數枝花！」其子嘉祐云：「老杜嘗有『恰似春風相欺得，夜
> 來吹折數枝花』之句，語頗相近。」因請易之。王元之忻
> 然曰：「吾詩精詣，遂能暗合子美邪？」更爲詩曰：「本與
> 樂天爲後進，敢期杜甫是前身。」卒不復易。〔註12〕

南宋孫奕《示兒編》「類前人句」條亦載：「王元之『何事春風容不得，
和鶯吹折數枝花。』同老杜『恰似春風相欺得，夜來吹折數枝花』」，
〔註13〕一時間傳爲詩壇佳話，從中亦足見王禹偁對杜詩的推崇、景仰。

北宋文壇頗負盛名的「紅杏枝頭春意鬧尙書」、《新唐書》編撰者
之一宋祁，則在其所作的《杜甫傳贊》中云：「至甫，渾涵汪茫，千
彙萬狀，兼古今而有之，它人不足，甫乃厭餘，殘膏剩馥，沾丐後人
多矣。」(《新唐書·文藝上·杜甫傳贊》) 〔註14〕以史家之筆，作出
了杜詩堪爲詩壇後學楷模的定評。北宋名相王安石《老杜詩後集序》
云：「予考古之詩，尤愛杜甫氏作者，其辭所從出，一莫知窮極，而
病未能學也。」〔註15〕胡仔《苕溪漁隱叢話》前集卷十四載：「荊公
嘗言：『世間好語言，已被老杜道盡……』，」〔註16〕對杜詩可謂推崇

〔註11〕傅璇琮等：《全宋詩》第二冊，第733頁。

〔註12〕宋·蔡啓：《蔡寬夫詩話》，《宋詩話輯佚》本，第405頁。

〔註13〕宋·孫奕：《示兒編》，臺灣商務印書館影印文淵閣四庫全書本，1983
年版，卷九。

〔註14〕宋·歐陽修，宋祁：《新唐書》，北京：中華書局，1975年版，第5738
頁。

〔註15〕宋·王安石：《王安石全集》，上海：上海古籍出版社，1999年版，
第323頁。

〔註16〕宋·胡仔：《苕溪漁隱叢話》前集，北京：人民文學出版社，1962年
版，第90頁。

備至，青眼有加；蔡啓《蔡寬夫詩話》「王荊公愛義山詩」條亦載：「王荊公晚年亦喜稱義山詩，以爲唐人知學老杜而得其藩籬，惟義山一人而已。」〔註17〕因李商隱詩善學杜詩而愛之，則王安石對杜詩之專愛，更是不言而喻。

　　大文豪蘇軾亦多在其詩文中對善學杜詩者大加讚賞，如《次韻孔毅父集古人句見贈五首》其三云：「天下幾人學杜甫，誰得其皮與其骨？劃如太華當我前，跛牂欲上驚嶁崒。名章俊語紛交衡，無人巧會當時情。前生子美只君是，信手拈得俱天成」〔註18〕；其《書石曼卿詩筆後》云：「范文正公《祭曼卿文》，其略曰：『……曼卿之詩，氣豪而奇，大愛杜甫，酷能似之』」〔註19〕，稱美孔平仲、石延年能學杜甫而似之，足見其心目中每以杜詩爲詩學標杆。「蘇門六君子」之一的陳師道，亦於其《後山詩話》中稱：「學詩當以子美爲師，有規矩故可學。退之於詩，本無解處，以才高而好爾。淵明不爲詩，寫其胸中之妙爾。學杜不成，不失爲工。無韓之才與陶之妙，而學其詩，終爲樂天爾。」〔註20〕亦通過前代詩學名家之比較，指出後學當以杜詩爲法，以其「有規矩故可學」；北宋強幼安《唐子西文錄》也稱：「六經已後，便有司馬遷，《三百五篇》之後，便有杜子美。《六經》不可學，亦不須學，故作文當學司馬遷，作詩當學杜子美，二書亦須常讀，所謂『何可一日無此君』也。」〔註21〕更從文體發展史的角度，將杜詩與司馬遷之《史記》相提並論，並引《世說新語》中東晉書法家王徽之愛竹之語，藉以喻杜詩之重要。北宋詩人韓維，則作有《讀杜子美詩》云：

　　　　取觀杜詩盡累紙，坐覺神氣來洋洋。高言大議輕比重，往

〔註17〕宋・蔡啓：《蔡寬夫詩話》，《宋詩話輯佚》本，第399頁。
〔註18〕宋・蘇軾撰，清・王文誥輯注：《蘇軾詩集》，北京：中華書局，1982年版，第1157頁。
〔註19〕宋・蘇軾著，孔凡禮點校：《蘇軾文集》，北京：中華書局，1986年版，第2159頁。
〔註20〕宋・陳師道：《後山詩話》，《歷代詩話》本，第304頁。
〔註21〕宋・強幼安：《唐子西文錄》，《歷代詩話》本，第443頁。

往變化安能常。壯哉起我不暇寐，滿座歎息喧中堂。唐之
詩人以百數，羅列眾製何煌煌。太陽重光燭萬物，星宿安
得舒其芒。讀之踴躍精膽張，徑欲追躡忘愚狂。徘徊攬筆
不得下，元氣混浩神無方。〔註22〕

詩人因「觀杜詩」而「不暇寐」，「徑欲追躡」卻又「攬筆不得下」，
足見其在「以百數」的唐代詩人中，對杜詩之推賞獨尊。葉適《徐斯
遠文集序》稱：「慶曆、嘉祐以來，天下以杜甫爲師。」〔註23〕北宋
嘉祐四年（1059），曾將杜集鏤板印行的王琪，在其《增修王原叔編
次杜詩後記》中稱：「近世學者，爭言杜詩，愛之深者，至剽竊語句」
〔註24〕，則當時詩壇對杜詩崇愛之深，由此可見一斑。

至南宋，「中興四大詩人」之一的陸游，曾作《施司諫注東坡
詩序》云：「唐詩人最盛，名家者以百數，惟杜詩注者數家」〔註25〕，
並作《草堂拜少陵遺像》詩歎曰：「公詩豈紙上，遺句處處滿。人
皆欲拾取，志大才苦短！」〔註26〕皆足以表明當時詩壇諸家，對於
杜詩的敬仰、傾慕之情。南宋呂午《書題紫芝編唐詩》亦云：「唐
詩惟杜工部號『集大成』，自我朝數鉅公發明之，後學咸知宗師，
如車指南，罔迷所向也。」〔註27〕蔡夢弼《杜工部草堂詩箋跋》亦
云：

少陵先生博極群書，馳騁今古，周行萬里，觀覽謳謠，發
爲歌詞，奮乎風、雅、頌不作之後；比興相侔，哀樂交貫，
揄揚敘述，妙達乎眞機；美刺箴規，該具乎眾體。自唐迄

〔註22〕宋・韓維：《南陽集》，臺灣商務印書館影印文淵閣四庫全書本，1983
年版，卷一。

〔註23〕宋・葉適：《水心集》，臺灣商務印書館影印文淵閣四庫全書本，1983
年版，卷十二。

〔註24〕宋・黃希，黃鶴：《補注杜詩》，臺灣商務印書館影印文淵閣四庫全
書本，1983年版，傳序碑銘。

〔註25〕宋・陸游：《陸游集・渭南文集》，北京：中華書局，1976年版，第
2106頁。

〔註26〕宋・陸游：《劍南詩稿》，長沙：嶽麓書社，1998年版，第212頁。

〔註27〕宋・呂午：《竹坡類稾》，《北京圖書館古籍珍本叢刊》本，卷三。

今，餘五百年，爲詩學之宗師，家傳而人誦之。〔註28〕
均從中國古代詩學發展史的角度，對杜甫其人、其詩，給予了極高的
讚譽，杜詩由唐、五代至兩宋，「咸知宗師」、「家傳而人誦」，則在當
時詩壇之崇高地位與深遠影響，自不待言。

除此之外，南宋時期眾多的詩話、筆記、詩文集序中，以杜詩爲
詩學至尊加以推崇、宗法之論，亦比比皆是，如：

胡仔《苕溪漁隱叢話》前集卷十四：「苕溪漁隱曰：余纂集
《叢話》，蓋以子美之詩爲宗。」〔註29〕

許尹《黃陳詩注原序》：「杜少陵之詩，出入古今，衣被天
下……」〔註30〕

趙蕃《石屏詩集序》：「學詩者莫不以杜師。」〔註31〕

葉某《愛日齋叢鈔》：「杜詩人皆能誦，乃不及之。」〔註32〕

王楙《野客叢書》：「不行一萬里，不讀萬卷書，不可看老
杜詩也」〔註33〕

吳沆《環溪詩話》：「前輩作詩皆有法，近體當法杜，長句
當法韓與李。」〔註34〕

陳鵠《耆舊續聞》：「呂紫微居仁云：學詩須熟看老杜……」，
「老杜歌行並長韻律詩，切宜留意。」〔註35〕

〔註28〕宋・佚名：《集千家注杜工部詩集》，臺灣商務印書館影印文淵閣四
庫全書本，1983 年版，序。

〔註29〕宋・胡仔：《苕溪漁隱叢話》前集，北京：人民文學出版社，1962 年
版，第 93 頁。

〔註30〕宋・任淵：《山谷內集詩注》，《武英殿聚珍版叢書》本，原序。

〔註31〕宋・戴復古著，金芝山校點：《戴復古詩集》，杭州：浙江古籍出版
社，1992 年版，第 326 頁。

〔註32〕宋・葉某：《愛日齋叢鈔》，臺灣商務印書館影印文淵閣四庫全書本，
1983 年版，卷四。

〔註33〕宋・王楙：《野客叢書》，臺灣商務印書館影印文淵閣四庫全書本，
1983 年版，卷二十二。

〔註34〕宋・吳沆：《環溪詩話》，臺灣商務印書館影印文淵閣四庫全書本，
1983 年版，卷二。

〔註35〕宋・陳鵠：《耆舊續聞》，臺灣商務印書館影印文淵閣四庫全書本，
1983 年版，卷二。

晦齋《簡齋詩集引》:「詩至老杜,極矣。……近世詩人,知尊杜矣。」〔註36〕

劉克莊《跋何秀才詩禪方丈》:「詩家以少陵爲祖。」〔註37〕

王邁《讀誠齋新酒歌仍效其體》:「古來作酒稱杜康,作詩只說杜草堂。」〔註38〕

由上可見,「杜詩人皆能誦」、「人吟老杜詩」、「莫不以杜師」、「詩家以少陵爲祖」、「作詩只說杜草堂」等等贊評之語,雖難免有過於主觀、誇大之辭,但也足以體現出在宋代詩壇,眾多的詩人群體對於杜詩普遍推崇、膜拜,以及自覺學習的熱誠。

此外,南宋理學名家朱熹稱:「杜甫夔州以前詩佳;夔州以後,自出規模,不可學。」〔註39〕對杜詩一生高絕之作倍加推賞,歎爲觀止;王之道作《寄白香岩縣丞》詩云:「愧我無能老杜門,何時一笑披青雲!」〔註40〕在贈友人的作品中,則爲己身不能學得杜詩眞髓而慚愧汗顏,這也從側面反映出,杜詩在當時文人心目中,所具有的詩學典範、楷模意義。

更有甚者,還將杜詩奉爲詩學經典,與《詩經》、《楚辭》、漢樂府等上古詩歌經典相提並論:

陳造《題韻類詩史》:「學詩,三百篇其祖也,次《楚辭》……杜子美古律詩,實與之表裏。」〔註41〕

何汶《竹莊詩話》卷一:「《楚詞》、杜、黃,固法度所在」,

〔註36〕宋・陳與義撰,白敦仁校箋:《陳與義集校箋》,上海:上海古籍出版社,1990年版,第1017頁。

〔註37〕宋・劉克莊:《後村先生大全集》,四部叢刊本,卷九十九。

〔註38〕宋・王邁:《臞軒集》,臺灣商務印書館影印文淵閣四庫全書本,1983年版,卷十三。

〔註39〕宋・黎靖德:《朱子語類》,北京:中華書局,1994年版,第3324頁。

〔註40〕宋・王之道:《相山集》,臺灣商務印書館影印文淵閣四庫全書本,1983年版,卷六。

〔註41〕宋・陳造:《江湖長翁集》,臺灣商務印書館影印文淵閣四庫全書本,1983年版,卷三十一。

「欲法度備足，當看杜子美。」〔註42〕

朱熹《答劉子澄書》：「文章尤不可泛，……古樂府及杜子美詩，意思好，可取者多。」〔註43〕

黎靖德《朱子語類》卷一百四十：「作詩須先用看李、杜，如士人治本經，本既立，次第方可看蘇黃諸家詩。」〔註44〕

吳可《藏海詩話》：「看詩且以數家為率，以杜為正經，餘為兼經也。」〔註45〕

陳善《捫蝨新話》：「老杜詩當是詩中《六經》，他人詩乃諸子之流也。」〔註46〕

嚴羽《滄浪詩話・詩辨》：「以李杜二集枕藉觀之，如今人之治經……」，「獨取李杜二公之詩而熟參之……」〔註47〕

此外，據《宋史・宗澤傳》記載：南宋建炎二年（1128），「澤前後請上還京二十餘奏，每為潛善等所抑，憂憤成疾，疽發於背。諸將入問疾，澤矍然曰：『吾以二帝蒙塵，積憤至此。汝等能殲敵，則我死無恨。』眾皆流涕曰：『敢不盡力！』諸將出，澤歎曰：『出師未捷身先死，長使英雄淚滿襟。』翌日，風雨晝晦。澤無一語及家事，但連呼『過河』者三而薨。都人號慟。遺表猶贊上還京。」〔註48〕（《宋史》卷三百六十）連宗澤這樣的前線統兵大將臨終之時，尚在吟頌杜甫的七律《蜀相》詩尾聯「出師未捷身先死，長使英雄淚滿襟」，借杜詩之慨，抒一己之憤。可見，在有宋一代，「杜詩人皆能誦」、「雖武夫女子，皆知尊異之」之論，不為虛言，正如羅大經《鶴林玉露》丙編

〔註42〕宋・何汶：《竹莊詩話》，北京：中華書局，1984年版，第3頁、第10頁。

〔註43〕宋・朱熹：《晦庵先生朱文公文集》，四部叢刊本，卷三十五。

〔註44〕宋・黎靖德：《朱子語類》，北京：中華書局，1994年版，第3333頁。

〔註45〕宋・吳可：《藏海詩話》，《歷代詩話續編》本，第333頁。

〔註46〕宋・陳善：《捫蝨新話》下集，《儒學警悟》本，卷一。

〔註47〕宋・嚴羽著，郭紹虞校釋：《滄浪詩話校釋》，北京：人民文學出版社，1983年版，第1～2頁。

〔註48〕元・脫脫等：《宋史》，北京：中華書局，1977年版，第11284～11285頁。

卷六「李杜」條所云：「唐人每以李杜並稱；韓退之識見高邁，亦惟曰『李杜文章在，光焰萬丈長。』無所優劣也。至宋朝諸公，始知推尊少陵。」〔註49〕杜詩藝術在宋代詩壇，被普遍作爲典範加以學習，也是與宋人崇杜的文化土壤緊密相聯的。

第二節　宋人學杜方式論

宋人對於詩歌發展史上學習杜詩藝術的具體情況，是從中晚唐時代就開始加以關注的，如北宋孫僅《讀杜工部詩集序》云：

> 公之詩支而爲六家，孟郊得其氣焰，張籍得其簡麗，姚合得其清雅，賈島得其奇僻，杜牧、薛能得其豪健，陸龜蒙得其瞻博，皆出公之奇偏而，尚軒軒然自號一家，嫩世炬俗。後人師擬不暇，矧合之乎！風騷而下，唐而上，一人而已。〔註50〕

從杜詩藝術相容眾體，及唐詩發展史上中、晚唐詩人對其詩風因襲的角度，指出早在唐代，杜詩藝術即被廣泛學習。故此，杜詩在中國古代詩歌藝術發展史上的地位，可謂「一人而已」。南宋葛立方《韻語陽秋》卷一稱：「杜子美《曹將軍丹青引》云：『將軍魏武之子孫，於今爲庶爲清門。』元微之《去杭州》詩亦云：『房杜王魏之子孫，雖及百代爲清門。』則知子美於當時已爲詩人所欽服如此。殘膏餘馥，沾丐後人，宜哉！故微之云：『詩人已來，未有如子美者也。』」〔註51〕指出杜詩藝術早在中唐時期，就「已爲詩人所欽服」。

北宋蔡啓《蔡寬夫詩話》「王荊公愛義山詩」條載：「王荊公晚年亦喜稱義山詩，以爲唐人知學老杜而得其藩籬，惟義山一人而已。」

〔註49〕宋・羅大經：《鶴林玉露》，北京：中華書局，1983 年版，第 341 頁。
〔註50〕宋・黃希，黃鶴：《補注杜詩》，臺灣商務印書館影印文淵閣四庫全書本，1983 年版，傳序碑銘。
〔註51〕宋・葛立方：《韻語陽秋》，上海：上海古籍出版社，1984 年版，第7 頁。

〔註52〕引王安石之論，稱道晚唐「小李杜」中的李商隱，在唐人中學杜詩最爲出色。南宋朱弁《風月堂詩話》亦稱：「李義山擬老杜詩云：『歲月行如此，江湖坐渺然。』直是老杜語也。……然未似老杜沈涵汪洋，筆力有餘也。」〔註53〕則指出李商隱對杜詩之類比，雖筆力氣勢頗有不及，未能達杜詩渾成之境，然畢竟極盡形似——「直是老杜語」。北宋阮閱《詩話總龜》前集卷二十四稱：「杜甫……後歿衡州宋陽縣。杜牧之常覽其集，有詩曰：『杜詩韓筆愁來讀，似倩麻姑癢處搔。天外鳳凰誰得髓，無人解合續弦膠。』」〔註54〕引述晚唐「小李杜」中杜牧的《讀韓杜集》詩，以證其對杜詩藝術的景仰。

宋人對於當代詩壇宗杜、學杜的情況，則更有著普遍的共識。如南宋晦齋《簡齋詩集引》云：「東坡蘇公、山谷黃公……大抵同出老杜，而自成一家。」〔註55〕指出宋代詩壇的代表作家蘇軾、黃庭堅，皆由師杜而成家，故吳可《藏海詩話》稱：「學詩當以杜爲體，以蘇黃爲用，拂拭之則自然波峻，讀之鏗鏘。蓋杜之妙處藏於內，蘇黃之妙發於外，用工夫體學杜之妙處恐難到。用功而效少。」〔註56〕本爲學詩經驗之談，然從其詩學溯源梳理中，亦足見其對於蘇、黃皆以杜爲師之認同。

關於在兩宋詩壇最具影響力、以黃庭堅、陳師道爲首的「江西詩派」，對杜詩之推崇、宗法，宋人對此亦多有評述，如胡仔《苕溪漁隱叢話》前集卷四十九稱：

> 苕溪漁隱曰：「近時學詩者，率宗江西，然殊不知江西本亦學少陵者也。故陳無己曰：『豫章之學博矣，而得法於少陵，

〔註52〕宋・蔡啓：《蔡寬夫詩話》，《宋詩話輯佚》本，第399頁。

〔註53〕宋・朱弁：《風月堂詩話》，臺灣商務印書館影印文淵閣四庫全書本，1983年版，卷下。

〔註54〕宋・阮閱：《詩話總龜》前集，北京：人民文學出版社，1987年版，第257～258頁。

〔註55〕宋・陳與義撰，白敦仁校箋：《陳與義集校箋》，上海：上海古籍出版社，1990年版，第1017頁。

〔註56〕宋・吳可：《藏海詩話》，《歷代詩話續編》本，第331頁。

故其詩近之。』今少陵之詩，後生少年不復過目，抑亦失
江西之意乎？江西平日語學者爲詩旨趣，亦獨宗少陵一人
而已。余爲是說，蓋欲學詩者師少陵而友江西，則兩得之
矣。」〔註57〕

借用陳師道之語，特意爲當世學詩者指出，「江西詩派」詩法本自杜
詩，詩派之首黃庭堅猶然，故後學當取法乎上，直追少陵。黃庭堅在
其《答王子飛書》中，亦曾讚揚陳師道云：「其作詩淵源，得老杜句
法。」〔註58〕從黃、陳二人之互評，可見其宗法杜詩之共識。

　　南宋許尹《黃陳詩注原序》則云：

杜少陵之詩，出入古今，衣被天下，……宋興二百年，文
章之盛，追還三代，而以詩名世者，豫章黃庭堅魯直，其
後學黃而不至者後山陳師道無己。二公之詩，皆本於老杜
而不爲者也。〔註59〕

亦分別指出，「江西詩派」的代表詩人黃庭堅、陳師道之作，皆源出
杜詩。

　　南宋王正德《餘師錄》亦稱：「豫章之學博矣，而得法於杜少陵。」
〔註60〕曾幾亦作六言詩云：「老杜詩家初祖，涪翁句法曹溪。尚論淵
源師友，他時派列江西」（《李商叟秀才求齋名於王元渤，以養源名之，
求詩》）〔註61〕，以禪論詩，將杜甫比作佛教禪宗之初祖達摩，而將
黃庭堅比作禪宗的南宗六祖慧能，以見其詩學衣缽之承襲，開宋末元
初方回《瀛奎律髓》中「一祖三宗」說之漸（其書卷二十六，評陳與
義《清明》詩，下云：「古今詩人當以老杜、山谷、後山、簡齋四家

〔註57〕宋・胡仔：《苕溪漁隱叢話》前集，北京：人民文學出版社，1962年
　　　　版，第332頁。
〔註58〕宋・黃庭堅：《山谷集》，臺灣商務印書館影印文淵閣四庫全書本，
　　　　1983年版，卷十九。
〔註59〕宋・任淵：《山谷內集詩注》，《武英殿聚珍版叢書》本，原序。
〔註60〕宋・王正德：《餘師錄》，臺灣商務印書館影印文淵閣四庫全書本，
　　　　1983年版，卷一。
〔註61〕宋・曾幾：《茶山集》，臺灣商務印書館影印文淵閣四庫全書本，1983
　　　　年版，卷七。

爲一祖三宗。」〔註62〕南宋詩壇「江西詩派」的代表詩人陳與義，曾在其《正月十二日自房州城遇虜至，奔入南山，十五日抵回谷張家》詩中云：「但恨平生意，輕了老杜詩。」〔註63〕反省其早年對於杜詩，僅從藝術層面著眼，忽視其思想意義，則其對杜詩之藝術，亦多有借鑒。〔註64〕）

南宋趙蕃更有多首論詩詩論及此，如：

《挽宋柳州綬》：少陵在大曆，涪翁在元祐。

相去幾百載，合若出一手。

《讀〈東湖集〉二首》其一：世競江西派，人吟老杜詩。

《寄劉凝遠巒四首》其三：少陵衣鉢在涪翁，〔註65〕

《書紫微集後》：詩家初祖杜少陵，涪翁再續江西燈。〔註66〕

足見「江西詩派」詩法本自杜詩，已成爲當時詩壇之共識，正如南宋葉適《徐斯遠文集序》所言：「慶曆、嘉祐以來，天下以杜甫爲師，始黜唐人之學，而江西宗派章焉。」〔註67〕

在兩宋詩壇最具影響力的「江西詩派」推波助瀾之下，宋人作詩師法杜詩藝術，成爲了詩壇普遍的創作宗尚，一如陳伯海先生《唐詩學史稿》中所說：「杜甫的詩歌創作作爲唐詩模本中的一種經典範式，在宋人中得到廣泛的推揚。」〔註68〕宋人對於當代詩人在創作中學

〔註62〕 元‧方回選評，李慶甲集評校點：《瀛奎律髓彙評》，上海：上海古籍出版社，1986 年版，第 1149 頁。

〔註63〕 宋‧陳與義撰，白敦仁校箋：《陳與義集校箋》，上海：上海古籍出版社，1990 年版，第 498 頁。

〔註64〕 參見袁行霈：《中國文學史》（第三卷），第五編"宋代文學"第五章"江西詩派與兩宋之際的詩歌"第五節"陳與義和曾幾的詩歌"，北京：高等教育出版社，2005 年第 2 版，第 82～83 頁。

〔註65〕 宋‧趙蕃：《淳熙稿》，臺灣商務印書館影印文淵閣四庫全書本，1983 年版，卷一、卷九、卷二十。

〔註66〕 宋‧趙蕃：《章泉稿》，臺灣商務印書館影印文淵閣四庫全書本，1983 年版，卷一。

〔註67〕 宋‧葉適：《水心集》，臺灣商務印書館影印文淵閣四庫全書本，1983 年版，卷十二。

〔註68〕 陳伯海：《唐詩學史稿》，石家莊：河北人民出版社，2004 年版，第 213 頁。

習、繼承杜詩藝術的不同方式和具體情況，分別進行了細緻入微的批評，以下分而述之。

一、化用杜詩語典

　　直接化用杜詩語典入詩的創作現象，在中唐之後，特別是兩宋時期詩壇廣泛流行，並在當時就較早被關注和總結，如南宋洪邁《容齋隨筆》卷一「白用杜句」條云：「杜子美詩云：『夜足沾沙雨，春多逆水風。』白樂天詩：『巫山暮足沾花雨，隴水春多逆浪風。』全用之。」〔註69〕南宋王楙《野客叢書》「損益前人詩語」條云：「子美詩『夜足沾沙雨，春多逆水風。』樂天詩：『巫山暮足沾花雨，隴水春多逆浪風。』白全用杜句如此」，其書「白用杜句」條亦云：「杜詩：『甲第紛紛厭粱肉，廣文先生飯不足。』白詩：『靖節先生尊長空，廣文先生飯不足。』杜詩：『眼前無俗物，多病也身輕。』白詩：『眼前無俗物，身外即僧居。』杜詩：『酒債尋常行處有，人生七十古來稀。』白詩：『舊語相傳聊自慰，世間七十古來稀。』」〔註70〕指出早在中唐，大詩人白居易就多次在創作中化用杜詩語典，甚至引杜詩全句入詩，僅損益、更改二三字，則其對杜詩之推崇，自不言而喻；其書「王建襲杜意」條稱：「王建詩曰：『人客少能留我屋，客有新漿馬有粟』，此正杜子美『肯訪浣花老翁無』『與奴白飯馬青芻』之意。」〔註71〕亦指出中唐「元白詩派」著名詩人王建《田家留客》詩中二句，實則化用了杜甫雜言歌行《入奏行贈西山檢察使竇侍御》中之語典。

　　還有，宋末范晞文《對牀夜語》卷三稱：「顧況『一別二十年，人堪幾回別』……予讀老杜《別唐十五》詩云：『九載一相逢，百年能幾何。』顧之意或原於此」，其書卷四稱：「老杜《泉》詩有云：『明涵

〔註69〕宋・洪邁：《容齋隨筆》，上海：上海古籍出版社，1978年版，第13頁。

〔註70〕宋・王楙：《野客叢書》，臺灣商務印書館影印文淵閣四庫全書本，1983年版，卷七、卷十九。

〔註71〕宋・王楙：《野客叢書》，卷十一。

客衣淨，細蕩林影趣。』『涵』『蕩』二字，曲盡形容之妙。嚴維《詠泉》亦云：『獨映孤松色，殊分眾鳥喧。』頗得老杜活法。」〔註72〕南宋王楙《野客叢書》「詩句相近」條云：「唐人詩句不一，固有採取前人之意，……杜子美詩：『試吟青玉案，莫弄紫羅囊。』劉夢得詩：『學堂青玉案，彩服紫羅囊。』」〔註73〕南宋黃徹《䂬溪詩話》卷五云：「老杜：『卿到朝廷說老翁，漂零已是滄浪客。』又：『朝覲從容問幽仄，勿云江漢有垂綸。』其後夢得《送陳郎中》云：『若問舊人劉子政，而今頭白在商於。』《送惠休》則云：『休公久別如相問，楚客逢秋心更悲。』小杜：『江湖酒伴如相問，終老煙波不記程。』『交遊話我憑君道，除卻鱸魚更不聞。』商隱《寄崔侍御》云：『若向南臺見鶯友，爲言垂翅度春風。』……皆有所因也。」〔註74〕南宋陳必復《山居存稿》自序云：「余愛晚唐諸子，……及讀少陵先生集，然後知晚唐諸子之詩盡在是矣。所謂詩之集大成者也。」〔註75〕亦分別從顧況、嚴維、劉禹錫、杜牧、李商隱等中晚唐詩壇諸子，在創作中化用杜詩語典之角度，推知杜詩藝術「於當時已爲詩人所欽服」〔註76〕。

北宋方深道《諸家老杜詩評》卷二云：「誦古人詩句多，積久或不記，則往往認爲己有。如杜詩有『峽束滄江起，岩排石樹圓。』頃見蘇子美詩，全用『峽束滄江』、『岩排石樹』作七言詩兩句，子美非竊人詩者。」〔註77〕南宋孫奕《示兒編》「類前人句」條亦載：「蘇子美『峽束滄淵深貯月，岩排紅樹巧妝秋』，同老杜『峽束滄江起，岩

〔註72〕宋・范晞文：《對牀夜語》，《歷代詩話續編》本，第427頁、第437頁。

〔註73〕宋・王楙：《野客叢書》，臺灣商務印書館影印文淵閣四庫全書本，1983年版，卷十九。

〔註74〕宋・黃徹：《䂬溪詩話》，北京：人民文學出版社，1986年版，第84頁。

〔註75〕宋・陳必復：《山居存蒿》，《南宋群賢小集》本，卷一。

〔註76〕宋・葛立方：《韻語陽秋》，上海：上海古籍出版社，1984年版，第7頁。

〔註77〕張忠綱：《杜甫詩話六種校注・諸家老杜詩評》，濟南：齊魯書社，第32頁。

排石樹圓』。」〔註78〕均指出，北宋前期詩人蘇舜欽《秋宿虎丘寺數
夕執中以詩見貺因次元韻》詩中「峽束滄淵深貯月，岩排紅樹巧裝秋」
一聯，乃化用杜甫五言排律《秋日夔府詠懷奉寄鄭監審李賓客之芳一
百韻》詩中語典而成，北宋邵博《河南邵氏聞見後錄》卷十八稱：「古
今詩人多以記境熟，語或相類。……杜子美云：『坐飲賢人酒，門聽
長者車。』荊公云：『室有賢人酒，門多長者車。』」〔註79〕則指出王
安石《春日》詩中佳句，乃化用杜甫五律《對雨書懷走邀許主簿》頷
聯之語典。北宋吳幵《優古堂詩話》「天北極殿中間」條稱：「徐師川
《紫宸早朝》詩一聯云：『黃氣遠臨天北極，紫宸位在殿中央。』以
予觀之，乃全是杜子美『玉幾猶來天北極，朱衣只在殿中間』一聯也。」
〔註80〕則指出北宋詩人徐師川《紫宸早朝》詩中，亦化用杜甫七律《至
日遣興，奉寄北省舊閣老兩院故人二首》其二頷聯之語。

　　北宋王直方《歸叟詩文發源》云：

> 「讀書頭欲白，相對眼終青」。「身更萬事頭已白，相對百
> 年終眼青」。「看鏡白頭知我老，平生青眼爲君明」。「古人
> 相見尚青眼，新貴即今多白頭」。「江山萬里將頭白，骨肉
> 十年終眼青」。「白頭逢國士，青眼酒樽開」。此坡、谷所爲
> 也。其用「青眼」對「白頭」者非一，而工拙亦各有差耳。
> 老杜亦云：「別來頭並白，相見眼終青」。〔註81〕

則列舉蘇軾、黃庭堅創作中總共六例「頭白」對「眼青」的詩聯，指
出其所用語典，皆出自杜甫長篇五排《秦州見敕目，薛三璩授司議郎，
畢四曜除監察，與二子有故，遠喜遷官，兼述索居，凡三十韻》中的
「別來頭並白，相見眼終青」之句，由此亦足見以蘇、黃爲代表的宋

〔註78〕宋・孫奕：《示兒編》，臺灣商務印書館影印文淵閣四庫全書本，1983
　　　　年版，卷九。
〔註79〕宋・邵博：《邵氏聞見後錄》，北京：中華書局，1983 年版，第 142
　　　　～143 頁。
〔註80〕宋・吳幵：《優古堂詩話》，《歷代詩話續編》本，第 249 頁。
〔註81〕張忠綱：《杜甫詩話六種校注・諸家老杜詩評》，濟南：齊魯書社，
　　　　第 44～45 頁。

代詩人，使用杜詩語典之頻繁。南宋胡仔《苕溪漁隱叢話》前集卷四
十一載：「苕溪漁隱曰：東坡詩云：『圖書跌宕悲年老，燈火青熒語夜
深。』山谷詩云：『弓刀陌上望行色，兒女燈前語夜深。』蓋皆出於
老杜『廚人語夜闌』之意。」〔註82〕也指出蘇、黃同用杜甫五律《移
居公安山館》頷聯之語意。

　　南宋黃徹《碧溪詩話》卷五云：「老杜：『卿到朝廷說老翁，漂零
已是滄浪客。』又：『朝覲從容問幽仄，勿云江漢有垂綸。』……臨
川：『故人一見如相問，爲道方尋木雁編。』『歸見江東諸父老，爲言
飛鳥會知還。』聖俞：『儻或無忘問姓名，爲言懶拙皆如故。』坡：『單
於若問君家世，莫道中朝第一人。』皆有所因也。」〔註83〕分別指出
王安石、梅堯臣、蘇軾，對於杜甫《惜別行送向卿進奉端午御衣之上
都》與《奉寄章十侍御》二詩中語典的襲用。南宋龔頤正《芥隱筆記》
「荊公用歸字」條：「荊公詩：『綠攪寒蕪出，紅爭暖樹歸。』妙甚。
『歸』字蓋用老杜：『紅入桃花嫩，青歸柳色新。』」〔註84〕則點明王
安石五絕《宿雨》中「歸」字後置之法，係典出杜詩《奉酬李都督表
丈早春作》中寫景名句，將顏色字置於動詞之前，以凸顯作者強烈的
視覺感受。

　　南宋張戒《歲寒堂詩話》卷上稱：

　　杜子美《登慈恩寺塔》云：「回首叫虞舜，蒼梧雲正愁。
　　惜哉瑤池飲，日宴崑崙丘。」此但方言其窮高極遠之趣爾，
　　南及蒼梧，西及崑崙，然而叫虞舜，惜瑤池，不爲無意也。
　　《白帝城最高樓》云：「扶桑西枝對斷石，弱水東影隨長
　　注。」使後來作者如何措手？東坡《登常山絕頂廣麗亭》
　　云：「西望穆陵關，東望琅邪臺。南望九仙山，北望空飛

〔註82〕宋・胡仔：《苕溪漁隱叢話》前集，北京：人民文學出版社，1962 年
　　　版，第 279 頁。

〔註83〕宋・黃徹：《碧溪詩話》，北京：人民文學出版社，1986 年版，第 84
　　　頁。

〔註84〕宋・龔頤正：《芥隱筆記》，臺灣商務印書館影印文淵閣四庫全書本，
　　　1983 年版，卷一。

埃。相將叫虞舜，遂欲歸蓬萊。」襲子美已陳之迹，而不
逮遠甚。〔註85〕

指出蘇軾登臨詩，化用杜甫同類詩作之語意，然襲其舊語，未能出新，
故「不逮遠甚」。南宋周必大《二老堂詩話》「東坡寒碧軒詩」條：「蘇
文忠公詩，初若豪邁天成，其實關鍵甚密。再來杭州《壽星院寒碧軒》
詩，……第五句『日高山蟬抱葉響。』頗似無意，而杜詩云：『抱葉
寒蟬靜』並葉言之，寒亦在其中矣。」〔註86〕指出蘇詩中詠蟬之句，
頗類杜甫《秦州雜詩二十首》其四中句，然不及杜詩句意內涵豐厚。

　　胡仔《苕溪漁隱叢話》後集卷二十六載：「苕溪漁隱曰：《送小本
禪師赴法雲》云：『是身如浮雲，安得限南北。』此二句乃老杜《別
贊上人詩》中全語，豈偶然用之邪？」〔註87〕以蘇詩襲用杜詩一聯全
語之例，驗證其乃有意為之。其書前集卷九亦載：

> 《高齋詩話》云：「子美詩云：『兩個黃鸝鳴翠柳，一行白
> 鷺上青天，窗含西嶺千秋雪，門泊東吳萬里船。』東坡《題
> 真州范氏溪堂詩》云：『白水滿時雙鷺下，綠槐高處一蟬吟，
> 酒醒門外三竿日，臥看溪南十畝陰。』蓋用老杜詩意也。」
> 〔註88〕

指出蘇軾甚至化用杜甫《絕句四首》其三全篇語意而成詩，更能表明
其創作中善用杜詩語典的傾向。

　　南宋楊萬里《誠齋詩話》云：

> 詩家用古人語，而不用其意，最為妙法。……老杜有詩云：
> 「忽憶往時秋井塌，古人白骨生青苔，如何不飲令心哀。」
> 東坡則云：「何須更待秋井塌，見人白骨方銜杯。」此皆翻
> 案法也。予友人安福劉潘字景明，《重陽詩》云：「不用茱

〔註85〕宋・張戒：《歲寒堂詩話》，《歷代詩話續編》本，第456～457頁。
〔註86〕宋・周必大：《二老堂詩話》，《歷代詩話》本，第669-670頁。
〔註87〕宋・胡仔：《苕溪漁隱叢話》後集，北京：人民文學出版社，1962年
　　　　版，第191頁。
〔註88〕宋・胡仔：《苕溪漁隱叢話》前集，北京：人民文學出版社，1962年
　　　　版，第57頁。

萸仔細看，管取明年各強健。」得此法矣。〔註89〕

則以蘇軾《次韻孔毅甫久旱已而甚雨三首》其三末聯，反用杜甫《蘇
端薛復筵簡薛華醉歌》詩語典，以及劉潛《重陽詩》，反用杜甫《九
日藍田崔氏莊》詩中尾聯「明年此會知誰健，醉把茱萸仔細看」之語
典爲例，並強調詩中化用古人語典，當用語不用意，方爲上乘。

　　南宋葛立方《韻語陽秋》卷一稱：「杜甫《觀安西過兵詩》云：『談
笑無河北，心肝奉至尊。』故東坡亦云：『似聞指揮築上郡，已覺談
笑無西戎。』蓋用左太沖《詠史詩》『長嘯激清風，志若無東吳』也。」
〔註90〕指出蘇軾《九月十五日，邇英講〈論語〉，終篇，賜執政講》
詩，亦化用杜詩語典，並溯源自西晉詩人左思《詠史詩》，其書卷二
則稱：

> 魯直謂陳後山學詩如學道，此豈尋常雕章繪句者之可擬
> 哉。客有爲余言後山詩，其要在於點化杜甫語爾。杜云「昨
> 夜月同行」，後山則云「勤勤有月與同歸」。杜云「林昏罷
> 幽磬」，後山則云「林昏出幽磬」。杜云「古人去已遠」，
> 後山則云「斯人日已遠」。杜云「中原鼓角悲」，後山則云
> 「風連鼓角悲」。杜云「暗飛螢自照」，後山則云「飛螢元
> 失照」。杜云「秋覺追隨盡」，後山則云「林湖更覺追隨盡」。
> 杜云「文章千古事」，後山則曰「文章平日事」。杜云「乾
> 坤一腐儒」，後山則曰「乾坤著腐儒」。杜云「孤城隱霧深」，
> 後山則曰「寒城著霧深」。杜云「寒花只暫香」，後山則云
> 「寒花只自香」。如此類甚多，豈非點化老杜之語而成
> 者？……用語相同，乃是讀少陵詩熟，不覺在其筆下，又
> 何足以病公。〔註91〕

更列舉十處陳師道化用杜詩成句的例子，以驗證陳詩長於「點化杜甫
語」，並釋其原因，乃在讀杜詩爛熟於心，故用如己出。宋末蔡正孫

〔註89〕宋・楊萬里：《誠齋詩話》，《歷代詩話續編》本，第141頁。
〔註90〕宋・葛立方：《韻語陽秋》，上海：上海古籍出版社，1984年版，第
　　　　7頁。
〔註91〕宋・葛立方：《韻語陽秋》，第24頁。

《詩林廣記》後集卷六「陳後山」條亦云：「後山……『落木無邊江不盡』之句，亦本老杜《登高》詩云：『無邊落木蕭蕭下，不盡長江滾滾來。』」〔註92〕亦指出陳師道《次韻李節惟九日登南山》，化用杜甫七律名篇《登高》頸聯。正如嚴羽《滄浪詩話》論「詩體」所云：「後山體，後山本學杜，其語似之……」〔註93〕葛立方《韻語陽秋》卷六亦云：

> 杜子美襃稱元結《春陵行》兼《賊退後示官吏》二詩云：「兩章對秋水，一字偕華星。致君唐虞際，淳樸憶大庭。」……李義山，乃謂次山之作以自然爲祖，以元氣爲根，無乃過乎？秦少游《漫郎詩》云：「字偕華星章對月，漏泄元氣煩揮毫。」蓋用子美、義山語也。〔註94〕

同樣指出秦觀《漫郎詩》之作，亦曾化用杜甫《同元使君春陵行》詩中之句。

還有，宋末蔡正孫《詩林廣記》前集卷九「唐彥謙」條下云：「僧惠洪詩：『人生如逆旅，歲月苦相催。安知賢與愚，同作一抔土。』愚謂：此詩祇是翻杜子美『孔丘盜蹠俱塵埃』之語耳。」〔註95〕指出北宋著名詩僧惠洪，將杜甫《醉時歌》中一句詩，敷衍成篇，化爲一首詩。南宋曾季貍《艇齋詩話》云：「東湖《滕王閣》詩用老杜《玉臺觀》詩本，首云：『一日因王造，千年與客遊。』即老杜『浩劫因王造，平臺訪古遊』也。」〔註96〕指出其對杜甫一聯詩句語典的化用……

由上可見，宋人對於當代詩壇普遍化用杜詩語典的創作現象，給予了廣泛的關注，且聯繫創作實際加以驗證。然而，宋代詩人創作中

〔註92〕宋・蔡正孫：《詩林廣記》，北京：中華書局，1982 年版，第 321 頁。
〔註93〕宋・嚴羽著，郭紹虞校釋：《滄浪詩話校釋》，北京：人民文學出版社，1983 年版，第 59 頁。
〔註94〕宋・葛立方：《韻語陽秋》，上海：上海古籍出版社，1984 年版，第 87 頁。
〔註95〕宋・蔡正孫：《詩林廣記》，北京：中華書局，1982 年版，第 151 頁。
〔註96〕宋・曾季貍：《艇齋詩話》，《歷代詩話續編》本，第 290 頁。

化用杜詩語典的例子，還遠不止這些，據筆者統計，僅以高舉宗杜、學杜大旗的「江西詩派」領袖黃庭堅為例，其詩中用杜詩語典就不下數十處，其中，黃庭堅一首詩中化用兩句杜詩語典者，有二十處，如下表所示：

黃庭堅詩句	黃詩篇名	杜甫詩句	杜詩篇名
「下筆不無神，……飛揚子建親」	《次韻高子勉十首》其二	「下筆如有神，……詩看子建親」	《奉贈韋左丞丈二十二韻》
「東南望彭門，官道平如案」	《見子瞻粲字韻詩和答三人四近不困而急崛奇輒次韻寄彭門三首》	「東屯大江北，百頃平如案」	《行官張望補稻畦水歸》
「不見兩謫仙……平生人欲殺」	《次蘇子瞻和李太白潯陽紫極宮感秋詩韻追懷太白子瞻》	「不見李生久，……世人皆欲殺」	《不見》
「富屋酒肉臭……客從濟南來」	《以同心之言其臭如蘭為韻寄李子先》	「富家廚肉臭」及「客從南溟來」	《驅豎子摘蒼耳》及《客從》
「苦遭晴鳩聒……春事亦可悅」	《二月二日曉夢會於廬陵西齋作寄陳適用》	「苦遭此物聒」及「幽事亦可悅」	《夏日李公見訪》及《北征》
「白頭不是折腰具……滄江鷗鷺野心性」	《次韻子瞻以紅帶寄王宣義》	「非供折腰具」及「盤渦鷺浴底心性」	《有懷台州鄭十八司戶》及《愁》
「畫手眇前輩……經營鬼神會」	《用前韻謝子舟為予作風雨竹》	「畫手看前輩」及「那知根無鬼神會」	《冬日洛城北謁玄元皇帝廟》及《閬山歌》
「落日映江波，依稀比顏色」	《覃》	「落月滿屋梁，猶疑照顏色」	《夢李白二首》
「林薄鳥遷巢，水寒魚不聚」	《次韻晁元忠西歸十首》其二	「林茂鳥有歸，水深魚知聚」	《遣興五首》其二
「風憾鶺鴒枝，波寒鴻雁影」	《和答子瞻和子由常父憶館中故事》	「鴻雁影來連峽內，鶺鴒飛急到沙頭」	《舍弟觀赴藍田取妻子到江陵喜寄三首》其一
「鴻雁雙飛彈射下，鶺鴒同病急難時」	《答德甫弟》	同上	同上

「鴻雁池邊照雙影，鶺鴒原上憶三人」	《同韻和元明兄知命弟九日相憶二首》其二	同上	同上
「鴻雁要須翔集早，鶺鴒無憾急難求」	《奉送劉君昆仲》	同上	同上
「急雪鶺鴒相並影，驚風鴻雁不成行」	《和答元明黔南贈別》	同上	同上
「讀書頭愈白，見士眼終青」	《寄忠玉提刑》	「別來頭並白，相對眼終青」	《秦州見勑目薛三琚授司議郎畢四曜除監察與二子有故喜遷官兼述索居凡三十韻》
「江山千里俱頭白，骨肉十年眼終青」	《送王郎》	同上	同上
「身更萬事已頭白，相對百年終眼青」	《次韻和臺源諸篇九首之南屏山》	同上	同上
「今年相看青眼舊，他年肯作白頭新」	《次韻奉答文少激紀贈二首》其一	同上	同上
「看鏡白頭知我老，平生青眼爲君明」	《和答君庸見寄別時絕句》	同上	同上
「青眼向來同醉醒，白頭相望不緇磷」	《再次韻杜仲觀二絕》其二	同上	同上

（表中所引黃庭堅詩句，皆依傅璇琮等主編：《全宋詩》第十七冊，北京大學出版社，1995 年版；所引杜甫詩句，皆依清‧仇兆鰲：《杜詩詳注》，中華書局，1979 年版。）

　　從上表中可見，黃詩反覆化用杜詩同一處語典，竟達五、六次之多。黃庭堅一首詩中化用一句杜詩語典者就更多，有三十餘處，如下表所示：

黃庭堅詩句	黃詩篇名	杜甫詩句	杜詩篇名
「一丘藏曲折」	《再和答爲之》	「一丘藏曲折」	《早起》
「讀書開萬卷」	《題王仲弓兄弟巽序》	「讀書破萬卷」	《奉贈韋左丞丈二十二韻》
「白鷗之翼沒江波」	《二十八宿歌贈別無咎》	「白鷗沒浩蕩」	《奉贈韋左丞丈二十二韻》
「鶺鴒亦一枝」	《庭堅得邑太和六舅按節出同按邂逅於皖公溪口》	「鶺鴒在一枝」	《秦州雜詩》其二十

「不用書來細作行」	《新喻道中寄元明用觴字韻》	「來書細作行」	《別常徵君》
「白眼舉觴三百杯」	《過方城尋七叔祖舊題》	「舉觴白眼望青天」	《飲中八仙歌》
「長安市上酒家人」	《雜詩七首》其四	「長安市上酒家眠」	《飲中八仙歌》
「琵琶作胡語」	《次以道韻寄范子夷子默》	「千載琵琶作胡語」	《詠懷古迹五首》其三
「未有涓埃可報君」	《次韻張昌言給事喜雨》	「未有涓埃答聖朝」	《野望》
「十年驥驤地上行」	《送范德孺知慶州》	「肯使驥驤地上行」	《驄馬行》
「作雲作雨手翻覆」	《次中和觴字韻》	「翻手為雲覆手雨」	《貧交行》
「覆手雲雨翻」	《次韻奉送公定》	同上	同上
「顧我今如喪家狗」	《次韻德孺惠貺秋字之句》	「今如喪家狗」	《將適吳楚留別章使君》
「真成折棰擒胡月」	《和遊景叔月報三捷》	「勢成擒胡月」	《北征》
「潤物無聲春有功」	《二月丁卯喜雨吳體為北門留守文潞公作》	「潤物細無聲」	《春夜喜雨》
「李侯畫骨不畫肉」	《和子瞻戲書伯時畫好頭赤》	「幹惟畫肉不畫骨」	《丹青引》
「文采風流今尚爾」	《聽宋宗儒摘阮歌》	「文采風流今尚存」	同上
「未嘗一飯能留客」	《戲贈彥深》	「一飯未曾留俗客」	《解悶》
「豈有文章名九縣」	《再用舊韻寄孔毅甫》	「豈有文章驚海內」	《賓至》
「筆力挾風雨」	《和邢惇夫秋懷十首》其七	「筆落驚風雨」	《寄李十二白二十韻》
「少日結交皆老蒼」	《次韻答和甫盧泉水道》	「所交皆老蒼」	《壯遊》
「淒其望諸葛」	《宿舊彭澤懷陶令》	「淒其望呂葛」	《晚登瀼上堂》
「深信前賢畏後生」	《次韻答任仲微》	「不覺前賢畏後生」	《戲為六絕句》其一
「天地無私花柳春」	《睡起二首》其一	「花柳更無私」	《後遊》
「李髯作詩有佳句」	《戲贈彥深》	「李侯有佳句」	《與李十二白同尋張氏隱居》

「燈花何故喜」	《過家》	「燈花何太喜」	《獨酌成詩》
「松根養茯苓」	《和答莘老見贈》	「知子松根養茯苓」	《嚴氏溪放歌》
「渥窪騏驥兒」	《次韻答邢惇夫》	「渥窪騏驥兒」	《送李校書二十六韻》
「霜月入戶寒皎皎」	《贈陳師道》	「客子入門月皎皎」	《暮歸》
「人事多乖迕」	《觀秘閣蘇子美題壁及中人張侯家墨迹十九紙率同舍錢才翁學士賦之》	「人事多錯迕」	《新婚別》
「排悶有新詩」	《次韻答斌老病起獨遊東園二首》	「排悶強裁詩」	《江亭》

（表中所引黃庭堅詩句，皆依傅璇琮等主編：《全宋詩》第十七冊，北京大學出版社，1995 年版；所引杜甫詩句，皆依清·仇兆鰲：《杜詩詳注》，中華書局，1979 年版。）

　　在上表所列黃庭堅詩句中，多有僅易杜詩一字入詩的情況，五言如改杜詩「讀書破萬卷」爲「讀書開萬卷」，改杜詩「鸕鷀在一枝」爲「鸕鷀亦一枝」，改杜詩「淒其望諸葛」爲「淒其望諸葛」，改杜詩「燈花何太喜」爲「燈花何故喜」，改杜詩「人事多錯迕」爲「人事多乖迕」，七言如改杜詩「長安市上酒家眠」爲「長安市上酒家人」，改杜詩「文采風流今尚存」爲「文采風流今尚爾」。或僅增刪二字，如改杜詩「來書細作行」爲「不用書來細作行」，改杜詩「今如喪家狗」爲「顧我今如喪家狗」，變五言爲七言；又如改杜詩「千載琵琶作胡語」爲「琵琶作胡語」，改杜詩「知子松根養茯苓」爲「松根養茯苓」，裁七言爲五言。甚至還有一字不易照搬杜詩原句入詩的情況——如「一丘藏曲折」、「渥窪騏驥兒」等，宋人詩中喜用杜詩語典的創作傾向，由此可見一斑。

　　同時，也有人對此傾向提出反對意見，如南宋張表臣《珊瑚鈎詩話》卷二載：

　　　　陳無己先生語余曰：「今人愛杜甫詩，一句之內，至竊取數
　　　　字以髣像之，非善學者。學詩之要，在乎立格、命意、用
　　　　字而已。」余曰：「如何等是？」曰：「《冬日洛城北謁玄元

皇帝廟》詩，敘述功德，反覆外意，事核而理長；《閬中歌》，
辭致峭麗，語脈新奇，句清而體好。茲非立格之妙乎？《江
漢》詩，言乾坤之大，腐儒無所寄其聲；《縛雞行》，言雞
蟲得失，不如兩忘而寓於道。茲非命意之深乎？《贈蔡希
魯》詩云『身輕一鳥過』，力在一『過』字；《徐步》詩云
『蕊粉上蜂鬚』，功在一『上』字。茲非用之精乎？學者，
體其格、高其意、鍊其字，則自然有合矣，何必規規然仿
象之乎？」〔註97〕

引陳師道之語，批評當時詩人因仰慕杜詩藝術，化用其語典，至竊其
字句以爲己用，非善學者，當以借鑒效法其立格、命意、煉字爲要，
體現出其對學杜之層次、高下的區分。

二、襲用杜詩章法、句法、對仗法

宋人對於杜詩的謀篇、構句、對仗之法十分推重，並奉爲學詩取
法的對象，如南宋何汶《竹莊詩話》卷一稱：「《楚詞》、杜、黃，固
法度所在」，「欲法度備足，當看杜子美」〔註98〕，南宋孫奕《示兒編》
「省題詩更須留意」條稱：「大體作省題詩尤當用老杜句法」，同書「屬
對不拘」條稱：「草堂先生……未始有一字非的對也。」〔註99〕胡仔
《苕溪漁隱叢話》前集卷八亦云：「先生詩該眾美者，不唯近體嚴於
屬對，至於古風句對者亦然」，〔註100〕並對中、晚唐及當代詩人在創
作中對於杜詩章法、句法、對仗手法的襲用，分別加以評述。

如南宋王楙《野客叢書》「韓用杜格」條稱：

杜子美《逢李龜年》詩曰：「歧王宅裏尋常見，崔九堂前
幾度聞。正是江南好風景，落花時節又逢君。」韓退之《井》

〔註97〕宋・張表臣：《珊瑚鉤詩話》，《歷代詩話》本，第464頁。
〔註98〕宋・何汶：《竹莊詩話》，北京：中華書局，1984年版，第3頁、第
    10頁。
〔註99〕宋・孫奕：《示兒編》，臺灣商務印書館影印文淵閣四庫全書本，1983
    年版，卷十。
〔註100〕宋・胡仔：《苕溪漁隱叢話》前集，北京：人民文學出版社，1962年
    版，第51～52頁。

詩曰：「賈宜宅中今始見，葛洪山下昔曾窺。寒池百尺空
看影，正是行人渴死時。」……因知韓詩亦自杜詩中來。
〔註 101〕
指出中唐詩人韓愈之七絕《井》詩，乃套用杜甫七絕《江南逢李龜年》
全篇之章法。

　　南宋龔頤正《芥隱筆記》「北征詩」條云：「《北征》詩：『皇帝二
載秋，閏八月初吉。』盧仝《月蝕》詩：『元和庚午，斗柄插子，律
調黃鐘。』白樂天《賀雨》詩云：『皇帝嗣寶曆，元和三年冬。』又
《苦寒》詩：『八年十二月，五日雪紛紛。』」〔註 102〕提及「韓孟詩
派」著名詩人「玉川子」盧仝及白居易，對於杜甫《北征》詩以紀年
開篇之章法的借鑒。南宋陳長房《步里客談》則云：「古人作詩，斷
句輒旁入他意，最爲警策。如老杜云：『雞蟲得失無了時，注目寒江
倚山閣』是也。黃魯直作《水仙花》詩，亦用此體，云：『坐對眞成
被花惱，出門一笑大江橫。』」〔註 103〕指出黃庭堅《王充道送水仙花
五十枝，欣然會心，爲之作詠》詩結篇之章法，實則取自杜甫《縛雞
行》詩。

　　北宋沈括《夢溪筆談》稱：「杜子美詩，有『紅豆啄餘鸚鵡粒，
碧梧棲老鳳凰枝。』此亦語反而意全。韓退之《雪》詩：『入鏡鸞窺
沼，行天馬度橋。』亦仿此體，然稍牽強矣，不若前人之語渾成也。」
〔註 104〕指出「韓孟詩派」之領袖韓愈，模倣杜甫《秋興八首》其八
頷聯之倒裝句法。南宋孫奕《示兒編》「遞相祖述」條稱：「退之『酒
食罷無爲，橫槊以相娛』句法，又使少陵《今夕行》云：『咸陽客舍

〔註 101〕宋‧王楙：《野客叢書》，臺灣商務印書館影印文淵閣四庫全書本，1983
　　　　年版，卷七。
〔註 102〕宋‧龔頤正：《芥隱筆記》，臺灣商務印書館影印文淵閣四庫全書本，
　　　　1983 年版，卷一。
〔註 103〕宋‧陳長房：《步里客談》，臺灣商務印書館影印文淵閣四庫全書本，
　　　　1983 年版，卷下。
〔註 104〕宋‧沈括：《夢溪筆談》，臺灣商務印書館影印文淵閣四庫全書本，1983
　　　　年版，卷十四。

一事無，相與博塞爲歡娛。』《祭姪孫湘文》云：『情一何長，命一何短』句法，又使少陵《石壕吏》云：『吏呼一何怒，婦啼一何苦』也。」〔註105〕亦指出韓愈多次在其詩歌創作中，祖述杜詩之句法。

北宋強幼安《唐子西文錄》云：「王荊公五字詩，得子美句法，其詩云：『地蟠三楚大，天入五湖低。』」〔註106〕指出王安石五律《次韻唐公三首其三旅思》頷聯，深得杜詩構句之法，考察杜甫的創作實踐，此聯二句，當從其五律《遣興》頸聯「地卑荒野大，天遠暮江遲」中化出，均爲「四——一」式句式。南宋葉夢得《石林詩話》卷上則載：「蔡天啓云：荊公每稱老杜『鈎簾宿鷺起，丸藥流鶯囀』之句，以爲用意高妙，五字之模楷也。他日公作詩，得『青山捫虱坐，黃鳥挾書眠』，自謂不減杜語。」〔註107〕指出王安石每每稱賞杜甫五古《水閣朝霽，奉簡雲安嚴明府》中名句，並以之爲楷模倣製詩聯，自許堪與之相匹，其著意效法可謂苦心。胡仔《苕溪漁隱叢話》前集卷三十六亦載：

> 苕溪漁隱曰：「半山老人《題雙廟詩》云：『北風吹樹急，西日照窗涼。』細詳味之，其託意深遠，非止詠廟中景物而已。蓋巡、遠守睢陽，當時安慶緒遣突厥勁兵攻之，日以危困，所謂『北風吹樹急』也。是時，肅宗在靈武，號令不行於江、淮，諸將觀望，莫肯救之，所謂『西日照窗涼』也。此深得老杜句法。如老杜《題蜀相廟詩》云：『映階碧草自春色，隔葉黃鸝空好音。』亦自別託意在其中矣。」〔註108〕

認爲王安石詩效杜詩句法（所引杜詩「隔葉黃鶴空好音」，當爲「隔葉黃鸝空好音」之誤），景中寓情，暗含比興寄託之意。

〔註105〕宋·孫奕：《示兒編》，臺灣商務印書館影印文淵閣四庫全書本，1983年版，卷九。

〔註106〕宋·強幼安：《唐子西文錄》，《歷代詩話》本，第445頁。

〔註107〕宋·葉夢得：《石林詩話》，《歷代詩話》本，第406頁。

〔註108〕宋·胡仔：《苕溪漁隱叢話》前集，北京：人民文學出版社，1962年版，第242頁。

　　南宋楊萬里《誠齋詩話》稱：「東坡《煎茶》詩云：……『雪乳
已翻煎處腳，松風仍作瀉時聲。』此倒語也，尤爲詩家妙法，即少陵
『紅稻啄餘鸚鵡粒，碧梧棲老鳳凰枝』也。」〔註109〕指出蘇軾《煎
茶》詩中「倒語」即詞序錯位之句法，乃出自杜甫七律組詩《秋興八
首》其八頷聯，所引杜詩中「吸」字，當爲「啄」字之誤，並稱：「杜
《夢李白》云：『落月滿屋梁，猶疑照顏色。』山谷《簟詩》云：『落
日映江波，依稀比顏色。』……此皆用古人句律，而不用其句意，以
故爲新，奪胎換骨。」〔註110〕指出黃庭堅《簟詩》中句，全套杜甫
《夢李白二首》其一之句法，雖可稱「奪胎換骨」，然類比之迹亦十
分明顯。

　　兩宋之際任淵《山谷內集詩注》云：「『且然聊爾耳，得也自知之。』
山谷此句蓋用老杜詩意，老杜所謂『文章千古事，得失寸心知』。」
〔註111〕言黃庭堅《德孺五丈和之字詩韻難而愈工輒復和成可發一笑》
詩首二句，乃化杜甫五排《偶題》詩中名句而得。胡仔《苕溪漁隱叢
話》後集卷三十二稱：

> 苕溪漁隱曰：「山谷以今時人形入詩句，蓋取法於少陵，少
> 陵詩云：『不見高人王右丞，藍田丘壑蔓寒藤。』又云：『復
> 憶襄陽孟浩然，清詩句句盡堪傳』之類是也。故山谷云：『司
> 馬丞相驟登庸，詔用元老超群公。』又云：『閉門覓句陳無
> 己，對客揮毫秦少游』之類是也。」　〔註112〕

指出黃庭堅七絕組詩《病起荊江亭即事十首》其五、其八之句格，乃
效法自杜甫晚年的七絕組詩《解悶十二首》其六、其八。南宋張戒《歲
寒堂詩話》卷上稱：

> 子美之詩，得山谷而後發明。後世復有揚子雲，必愛之矣，
> 誠然誠然。往在桐廬見呂舍人居仁，余問：「魯直得子美之

〔註109〕宋・楊萬里：《誠齋詩話》，《歷代詩話續編》本，第140頁。
〔註110〕宋・楊萬里：《誠齋詩話》，第148頁。
〔註111〕宋・任淵：《山谷內集詩注》，《武英殿聚珍版叢書》本，卷十九。
〔註112〕宋・胡仔：《苕溪漁隱叢話》後集，北京：人民文學出版社，1962年
　　　　版，第246頁。

髓乎？」居仁曰：「然。」「其佳處焉在？」居仁曰：「禪家
所謂死蛇弄得活。」余曰：「活則活矣，如子美『不見旻公
三十年，封書寄與淚潺湲。舊來好事今能否？老去新詩誰
與傳。』此等句魯直少日能之。『方丈涉海費時節，玄圃尋
河知有無。桃源人家易制度，橘州田土仍膏腴。』此等句
魯直晚年能之。至於子美『客從南溟來』，『朝行青泥上』，
《壯遊》、《北征》，魯直能之乎？如『莫自使眼枯，收汝淚
縱橫。眼枯卻見骨，天地終無情』，此等句魯直能到乎？」
居仁沈吟久之曰：「子美詩有可學者，有不可學者。」余曰：
「然則未可謂之得髓矣。……作粗俗語仿杜子美，作破律
句仿黃魯直，皆初機爾。必欲入室陞堂，非得其意則不可。
張文潛與魯直同作《中興碑》詩，然其工拙不可同年而語。
魯直自以為入子美之室，若《中興碑》詩，則眞可謂入子
美之室矣。首云『春風吹船著浯溪』，末云『凍雨為洗前朝
悲』，鋪敍云云，人能道之，不足為奇。」〔註113〕

則列舉杜詩諸多名篇警句，就呂居仁之論與之商榷，認為黃庭堅雖學
杜之句法，且自許「入子美之室」，然終不能「得其意」，「未可謂之
得髓矣」。黃庭堅亦曾稱讚「江西詩派」另一領袖陳師道，云：「其作
詩淵源，得老杜句法。」〔註114〕

　　對中晚唐及當代詩人襲用杜詩對仗手法加以評述者，如南宋王楙
《野客叢書》「韓用杜格」條稱：「杜詩：『老妻畫紙為棋局，稚子敲
針作釣鉤。』韓詩：『已呼孺人戛鳴瑟，更遣稚子傳清杯。』因知韓
詩亦自杜詩中來。」〔註115〕南宋葉某《愛日齋叢鈔》亦稱：「退之曾
云：『已呼孺人戛鳴瑟』，……『孺人』對『稚子』，自杜詩『老妻、
稚子』句中來。」〔註116〕均指出韓愈詩中的人倫類對仗「已呼孺人

〔註113〕宋・張戒：《歲寒堂詩話》，《歷代詩話續編》本，第463頁。
〔註114〕宋・黃庭堅：《山谷集》，臺灣商務印書館影印文淵閣四庫全書本，1983
　　　　年版，卷十九。
〔註115〕宋・王楙：《野客叢書》，臺灣商務印書館影印文淵閣四庫全書本，1983
　　　　年版，卷七。
〔註116〕宋・葉某：《愛日齋叢鈔》，臺灣商務印書館影印文淵閣四庫全書本，
　　　　1983年版，卷五。

夏鳴瑟，更遣稚子傳清杯」（《感春五首》其一），實取自杜詩「老妻畫紙爲棋局，稚子敲針做釣鉤」（《江村》）。

　　南宋吳曾《能改齋漫錄》「陸農師取杜子美詩」條云：「王荊公父子俱侍經筵，陸農師以詩賀云：『潤色聖猷雙孔子，調燮元化兩周公。』議者爲太過，然不知取杜子美《送薛明府》詩：『侍臣雙宋玉，戰策兩穰苴。』」〔註117〕指出陸農師《賀王荊公父子俱侍經筵》詩中對仗，取自杜甫五言排律《秋日荊南，送石首薛明府辭滿告別，奉寄薛尚書頌德敘懷斐然之作三十韻》，均以先秦人物作對，在對仗中兼用典故，乃爲「事對」。

　　南宋周紫芝《竹坡詩話》卷一云：

> 余讀秦少游擬古人體所作七詩，因記頃年在辟雍，有同舍郎澤州貢士劉剛爲余言，其鄉里有一老儒，能效諸家體作詩者，語皆酷似。效老杜體云：「落日黃牛峽，秋風白帝城。」尤爲奇絕。〔註118〕

詩話中所記之鄉里老儒，效老杜體所作詩聯，以地名入對，且地名中「黃」與「白」字，又構成顏色類對仗，當仿自杜甫七律《送韓十四江東覲省》之頸聯——「黃牛峽靜灘聲轉，白馬江寒樹影稀」。南宋袁文《甕牖閒評》云：

> 杜工部題《岳陽樓》詩，其間二句云：「江山有巴蜀，棟宇自齊梁。」至矣哉詩之極也！而汪彥章《陪諸公遊惠山》詩，乃云：「巋基首梁宋，爽氣接吳楚。」亦佳作，但不免蹈工部之塵也。〔註119〕

指出兩宋之際的詩人汪藻詩中對仗，取法杜甫《上兜率寺》詩（袁氏誤爲《登岳陽樓》）頷聯，以地域名稱入詩，構成對仗。然而，杜詩對仗上句「巴蜀」，係從空間角度下筆，下句「齊梁」，乃從時間角度

〔註117〕宋・吳曾：《能改齋漫錄》，臺灣商務印書館影印文淵閣四庫全書本，1983年版，卷八。

〔註118〕宋・周紫芝：《竹坡詩話》，《歷代詩話》本，第341頁。

〔註119〕宋・袁文：《甕牖閒評》，上海：上海古籍出版社，1985年版，第95頁。

下筆，為「時空並馭」之手法，汪詩對仗兩句全係從空間角度下筆，雖學杜，但不及杜詩多矣。

胡仔《苕溪漁隱叢話》前集卷九云：

> 苕溪漁隱曰：「律詩有扇對格，第一與第三句對，第二與第四對，如少陵《哭台州鄭司户蘇少監詩》云：『得罪台州去，時危棄碩儒，移官蓬閣後，穀貴歿潛夫。』東坡《和鬱孤臺》詩云：『解後陪車馬，尋芳謝朓洲，淒涼望鄉國，得句仲宣樓。』……之類是也。」〔註120〕

列舉蘇軾詩與杜詩中之「扇對格」相類比，皆為一對三、二對四，交錯成對，當有前後承襲之迹。

嚴有翼《藝苑雌黃》云：

> 前輩論詩，有奪胎換骨之説，信有之也。杜陵《謁玄元廟》，其一聯云：「五聖聯龍袞，千官列雁行。」蓋紀吳道子廟中所畫者，徽宗嘗製《哲廟挽詩》，用此意作一聯云：「北極聯龍袞，西風拆雁行。」亦以雁行對龍袞，然語意中的，其親切過於本詩，不謂之奪胎可乎？不然，徒用前人之語，殊不足貴。且如……蘇子美云：「峽束滄淵深貯月，岩排紅樹巧裝秋。」並不佳也，然正用杜陵「峽束滄江起，岩排石樹圓」之句耳。語雖工，而無別也。〔註121〕

指出長於文學、藝術的宋徽宗吟詩作對，亦曾類比杜甫《冬日洛城北謁玄元皇帝廟》詩中對仗，連大宋皇帝也對其對仗頗為讚賞，乃至「奪胎換骨」化為己用，足見杜詩對仗藝術在有宋一代影響範圍之廣。同時也指出北宋詩人蘇舜欽《秋宿虎丘寺數夕，執中以詩見貺，因次元韻》詩中「峽束滄淵深貯月，岩排紅樹巧裝秋」一聯對仗，乃取法自杜甫五排《秋日夔府詠懷，奉寄鄭監審李賓客之芳一百韻》。

此外，南宋俞成《螢雪叢說》「詩題用全句對」條，還記載了當時科舉省試中，以杜甫詩句命題出對、應對的雅事趣聞：

〔註120〕宋‧胡仔：《苕溪漁隱叢話》前集，北京：人民文學出版社，1962年版，第57頁。
〔註121〕宋‧嚴有翼：《藝苑雌黃》，《宋詩話輯佚》本，第540頁。

省題詩，考官以古人詩句命題，尾字屬平，全押在第二韻上，不拆破者，並用全句對全句。曩嘗省試「王度日清夷」詩，許琮以「聖圖天廣大」爲對，並用老杜全句，最爲難得，曠古以來無此作。又如上庠孫應時作「奏賦入明光」，出杜甫《壯遊》，對韓文公《齪齪》詩「排雲叫閶闔」，亦自難得，惜乎非一家詩也。若無渾然天成之句，不免拆破四柱，中使只要穩貼，下得好，不拘倒置先後，更於點化上著工夫，亦自可以冠場。余嘗欲以杜詩「扈聖登黃閣」（《奉贈嚴八閣老》），對「亨衢照紫泥」（《奉贈太常卿》）；以「泥融飛燕子」對「地僻舞鶤雞」（並《絕句》），蓋效許公詩體也。又欲以「獻納紆皇眷」（《奉贈鮮于京兆二十韻》）聯「衣冠拜紫宸」（《太歲日詩》）之句，蓋效前輩假對詩格也，當有流水高山之遇。〔註122〕

許琮應試所對「聖圖天廣大」，出自杜詩《重經昭陵》，俞成亦仿之用杜句作數聯對仗，皆屬對精工，特別是以「紫宸」對「皇眷」，巧成借音對——借「皇」字與「黃」同音，與「紫」字構成顏色類工對。從中亦可見，在當時文人士大夫心目中，對於杜詩之句格、對仗藝術，是何等之垂青。

三、類比杜詩體式、風格

　　如前文第一章所述，宋人對於杜詩的詩體藝術讚賞有加，且在創作中多有傚仿之作，宋人的詩話、筆記著作中，對此亦給予廣泛關注和評述。如北宋惠洪《石門洪覺範天廚禁臠》云：

　　《題省中院壁》：「掖垣竹埤梧十尋，洞門對雪常陰陰。落花遊絲白日靜，鳴鳩乳燕青春深。腐儒衰晚謬通籍，退食遲回違寸心。袞職曾無一字補，許身愧比雙南金。」《卜居》：「浣花流水水西頭，主人爲卜林塘幽。已知出郭少塵事，更有澄江銷客愁。無數蜻蜓齊上下，一雙鸂鶒對沈浮。東行萬里堪乘興，須向山陰上小舟。」……前二詩子美作，……

〔註122〕宋‧俞成：《螢雪叢說》，《百川學海》本，卷下。

皆於引韻便失黏。既失黏，則若不拘聲律。然其對偶時精
到，謂之骨含蘇李體。魯直作《落星寺詩》，乃是法之曰：
「星宮遊空何時落，落地便化爲寶坊。詩人晝吟山入座，
醉客夜愕江撼床。蜜房各自開戶牖，蟻穴或夢封侯王。不
知青雲梯幾級，更拄瘦藤遊上方。」〔註123〕

所引杜甫《題省中院壁》詩平仄聲調爲：

仄平仄仄平仄平，仄平仄仄平平平。
仄平平平仄仄仄，平仄仄平平仄平。
仄平平仄平平平，仄仄平平平仄平。
仄平平仄平仄仄，仄平仄仄平仄平。

《卜居》詩平仄聲調則爲：

仄平平仄仄平平，仄平仄仄平平平。
仄平仄仄仄平仄，仄仄平平平仄平。
平仄平平仄平仄，仄平平仄仄平平。
平平仄仄平仄仄，平仄平平平仄平。

正如前文第七章所論，杜甫此二詩不拘於近體律詩之「黏對」聲律要
求，「於引韻便失黏」，乃引古入律，使用拗體，故有「蘇李體」之古
風。黃庭堅所作之《落星寺詩》平仄聲調爲：

平平平平平仄，仄仄仄仄平仄平。
平平仄平平仄仄，仄仄仄平平仄平。
仄平仄仄平仄仄，仄平仄仄平平平。
仄平平仄平仄仄，仄仄仄平平仄平。

亦效杜詩拗律之體，不受「黏對」規則之所限，律詩中相容古體之風。

南宋吳沆《環溪詩話》亦稱：

在杜詩中「城尖徑窄旌旗愁，獨立縹緲之飛樓。峽坼雲埋
龍虎睡，江清日抱黿鼉遊」，是拗體；如「二月饒睡昏昏然，
不獨夜短晝分眠。桃花氣暖眼自醉，春渚日落夢相牽」，是
拗體。如「夜半歸來衝虎過，山黑家中已眠臥。傍觀北斗

〔註123〕宋·釋惠洪：《石門洪覺範天廚禁臠》，上海：古典文學出版社，1958
年版，卷上。

向江低，仰見明星當空大」，大是拗體，又如「白摧朽骨龍虎死，黑入太陰雷雨垂」、「客子入門月皎皎，誰家擣練風淒淒」、「負鹽出井此溪女，打鼓發船何郡兒」、「運糧繩橋壯士喜，斬木火井窮猿呼」等句，皆拗體也。蓋其詩以律而差拗，於拗之中又有律焉。此體惟山谷能之，故有「黃流不解涴明月，碧樹爲我生涼秋」、「石屛堆疊翡翠玉，蓮蕩宛轉芙蓉城」、「紙窗驚吹玉蹀躞，竹砌翠撼金琅璫」、「蜂房各自開戶牖，蟻穴或夢封侯王」等語，皆有可觀。然詩才拗，則健而多奇；入律，則弱爲難工。荊公之詩，入律而能健，比山谷則爲過之。然合荊公與山谷，不能當一杜甫。而歐與蘇各能兼韓、李之半。故知學韓、李者易爲力，學杜詩者難爲功也。〔註124〕

更列舉杜甫與黃庭堅多首拗體作品加以比照，指出黃詩對於杜甫拗律藝術的效法，並藉此強調學杜之難。

胡仔《苕溪漁隱叢話》前集卷四十七亦載：

張文潛云：「以聲律作詩，其末流也，而唐至今詩人謹守之。獨魯直一掃古今，出胸臆，破棄聲律，作五七言，如金石未作，鍾磬聲和，渾然有律呂外意。近來作詩者，頗有此體，然自吾魯直始也。」苕溪漁隱曰：「古詩不拘聲律，自唐至今詩人皆然，初不待破棄聲律。詩破棄聲律，老杜自有此體，如《絕句漫與》、《黃河》、《江畔獨步尋花》、《夔州歌》、《春水生》，皆不拘聲律，渾然成章，新奇可愛，故魯直倣之作《病起荊州江亭即事》、《謁李材叟兄弟》、《謝答聞善絕句》之類是也。老杜七言如《題省中院壁》、《望嶽》、《江雨有懷鄭典設》、《晝夢》、《愁強戲爲吳體》、《十二月一日》三首。魯直七言如《寄上叔父夷仲》、《次韻李任道晚飲鎖江亭》、《兼簡履中南玉》、《廖致平送綠荔支》、《贈鄭郊》之類是也。此聊舉其二三，覽者當自知之。文潛不細考老杜詩，便謂此體自吾魯直始，非也。魯直詩本

〔註124〕宋・吳沆：《環溪詩話》，臺灣商務印書館影印文淵閣四庫全書本，1983年版，卷二。

得法於杜少陵，其用老杜此體何疑。老杜自我作古，其詩
體不一，在人所喜取而用之，如東坡《在嶺外遊博羅香積
寺》、《同正輔遊白水山》、《聞正輔將至以詩迎之》，皆古詩，
而終篇對屬精切，語意貫穿，此亦是老杜體，如《嶽麓山
道林二寺行》、《追酬故高蜀州人日見寄》、《入衡州奉贈李
八丈判官》、《晚登瀼上堂》之類，概可見矣。」〔註125〕

亦從創作實際出發，列舉數篇杜詩拗體律、絕作品，糾正張文潛所謂
拗律之體「自吾魯直始也」之論，指出黃詩「本得法於杜少陵」，正
如南宋張戒《歲寒堂詩話》卷上所云：「黃魯直自言學杜子美，子瞻
自言學陶淵明，二人好惡，已自不同。魯直學子美，但得其格律耳。」
〔註126〕同時也指出，蘇東坡古詩「引律入古」，通篇對屬精切，語意
連貫，也是對杜詩之體的效法。

北宋惠洪《石門洪覺範天廚禁臠》「四平換韻法」條稱：

「知章騎馬似乘船，眼花落井水底眠。汝陽三斗始朝天，
道逢麴車口流涎，恨不移封向酒泉。左相日興費萬錢，飲
如長鯨吸百川，銜杯樂聖稱世賢。宗之瀟灑美少年，舉觴
白眼望青天，皎如玉樹臨風前。蘇晉長齋繡佛前，醉中往
往愛逃禪。李白一斗詩百篇，長安市上酒家眠。天子呼來
不上船，自稱臣是酒中仙。張旭三杯草聖傳，脫帽露頂王
公前，揮毫落紙如雲煙。焦遂五斗方卓然，高談雄辨驚四
筵。」此杜甫作《八仙歌》。凡押兩「天」字，兩「眠」字，
兩「船」字，三「前」字，唯平頭韻可重押。若或側韻，
則不可押。李商隱亦用此體作《九日詩》曰：「羸童瘦馬行
荒陂，正是龍山落帽時。丹楓殞葉紛隨飛，黃花年年負歸
期。此生半世走路岐，歸心自逐霜鴻飛。故園秋風黍離離，
想見父老相追隨。乞將問路知何時，功名未就鬢成絲，解
鞍地坐長嗟咨。」〔註127〕

〔註125〕宋‧胡仔：《苕溪漁隱叢話》前集，北京：人民文學出版社，1962 年
版，第 319 頁。

〔註126〕宋‧張戒：《歲寒堂詩話》，《歷代詩話續編》本，第 451 頁。

〔註127〕宋‧釋惠洪：《石門洪覺範天廚禁臠》，上海：古典文學出版社，1958
年版，卷下。

通過杜甫《飲中八仙歌》與晚唐詩人李商隱《九日詩》的類比，指出
李詩對杜詩押重韻之法的沿襲（李商隱詩押兩『時』字、兩『飛』字）。

同書「換韻殺斷法」條稱：

> 「安西都護胡青驄，聲價欻然來向東。此馬臨陣久無敵，
> 與人一心成大功。功成惠養隨所致，飄飄遠自流沙至。雄
> 姿未受伏櫪恩，猛氣猶思戰場利。腕促蹄高如踣鐵，交河
> 幾蹴層冰裂。五花散作雲滿身，萬里方看汗流血。長安壯
> 兒不敢騎，走過掣電傾城知。青絲絡頭為君老，何由卻出
> 橫門道。」「道人自稱三世將，奪家十年今始壯。玉骨猶
> 含富貴餘，漆瞳已照人天上。去年相見古長干，眾中矯矯
> 始翔鸞。今年過我江西寺，病瘦已作霜松寒。朱顏不辨供
> 歲月，風中膏火湯中雪。好問君家黃面郎，乞取摩尼照生
> 滅。莫學王郎與支遁，臂鷹走馬跨神駿。還君畫圖君自收，
> 不如木人騎土牛。」前杜子美《高都護驄馬行》，後東坡
> 《贈別雲上人詩》，蓋法杜子美所作也。雲以馬圖餉坡，
> 坡還之。前換三韻，皆四句兼平側韻相間。及將斷，即折
> 四句為兩韻。若不爾，便不合格。今人信意換韻者，不知
> 此也。〔註128〕

正如前文第七章所述，惠洪所引杜甫七言歌行體詩《高都護驄馬行》
換韻有法，先平仄互轉（「前換三韻」，即「驄」、「東」、「功」三字，
為平聲韻，轉「致」、「至」、「利」三字，為去聲韻，再轉「鐵」、「裂」、
「血」三字，為入聲韻），繼而，後四句前後分押兩韻（其中，「騎」、
「知」二字為平韻，「老」、「道」二字復為仄韻）。蘇軾《贈別雲上人
詩》亦先平仄互轉（「前換三韻」，即「將」、「壯」、「上」三字，為去
聲韻，轉「干」、「鸞」、「寒」三字，為平聲韻，再轉「月」、「雪」、「滅」
三字，為入聲韻），繼而，後四句前後分押兩韻（其中，「遁」、「駿」
二字為仄韻，「收」、「牛」二字復為平韻），可謂深得杜甫歌行用韻之
法，其體式規範一脈相承。

〔註128〕宋・釋惠洪：《石門洪覺範天廚禁臠》，上海：古典文學出版社，1958
　　　　年版，卷下。

　　北宋方深道《諸家老杜詩評》卷三稱：「老杜《贈李八秘書》詩云：『事殊迎代邸，喜異賞朱虛。』又云：『風煙巫峽遠，臺榭楚宮虛（一作除）。』『除』字似寡理，蓋二『虛』字意不同，故得重押。乃知東坡送江公著詩兩用『耳』字，亦有祖述也。」〔註129〕亦指出杜甫五言排律《贈李八秘書別三十韻》中押重韻之體式，為蘇軾詩所取法：「忽憶釣臺歸洗耳，……亦念人生行樂耳」（《送江公著知吉州》），一篇中押二「耳」字。

　　胡仔《苕溪漁隱叢話》前集卷三十八載，北宋黃朝英《靖康緗素雜記》云：

> 世俗相傳，古詩不必拘於用韻。余謂不然，如杜少陵《早發射洪縣南途中作》「及」字韻詩，皆用緝字一韻，未嘗用外韻也。及觀東坡《與陳季常》「汁」字韻，一篇詩而用六韻，殊與老杜異。其他側字韻詩多如此。以其名重當世，無敢訾議。至荊公則無是弊矣，其《得子固書因寄以及字韻詩》，其一篇中押數韻，亦止用緝字一韻，他皆類此，正與老杜合。〔註130〕

論及王安石《得子固書因寄以及字韻詩》與杜甫《早發射洪縣南途中作》兩首古體詩，體格相類，皆全篇只用「緝」字韻，一韻到底，然胡氏關於杜甫古體詩「未嘗用外韻」之立論，所引杜詩畢竟只有一例，未免有孤證之嫌。南宋嚴羽《滄浪詩話》論「詩體」則云：「有律詩至百五十韻者（少陵有百韻律詩，白樂天亦有之，而本朝王黃州有百五十韻五言律）」〔註131〕，指出宋初「白體」代表詩人王禹偁，對於杜甫百韻長篇排律詩體的效法，並能過之，多達一百五十韻。

〔註129〕張忠綱：《杜甫詩話六種校注・諸家老杜詩評》，濟南：齊魯書社，第 61 頁。

〔註130〕宋・胡仔：《苕溪漁隱叢話》前集，北京：人民文學出版社，1962 年版，第 261～262 頁。

〔註131〕宋・嚴羽著，郭紹虞校釋：《滄浪詩話校釋》，北京：人民文學出版社，1983 年版，第 73 頁。

　　宋人還論及中、晚唐及當代詩人對於杜詩具體篇目體式的效法，如南宋張表臣《珊瑚鈎詩話》卷一云：「退之《南山》詩，乃類杜甫之《北征》」，〔註132〕南宋曾季貍《艇齋詩話》亦云：「韓退之《南山》詩用杜詩《北征》詩體作」，〔註133〕均論及韓愈五言古風長篇《南山》詩，乃效法杜甫五古長篇《北征》之詩體。《艇齋詩話》另載：「東湖言：荊公《畫虎行》用老杜《畫鶻行》，奪胎換骨。」〔註134〕指出王安石對於杜甫題畫詩《畫鶻行》詩體的效法。南宋吳可《藏海詩話》：「蘇叔党云：『東坡嘗語後輩，作古詩當以老杜《北征》爲法。』」〔註135〕指出蘇軾對於杜甫長篇古風《北征》詩體的重視，將其作爲詩壇後學創作古體詩的樣板。

　　南宋洪邁《容齋續筆》卷二「存歿絕句」條稱：

> 杜子美有《存歿絕句》二首云：「席謙不見近談棋，畢曜仍傳舊小詩。玉局他年無限笑，白楊今日幾人悲。」「鄭公粉繪隨長夜，曹霸丹青已白頭。天下何曾有山水，人間不解重驊騮。」每篇一存一歿。蓋席謙曹霸存，畢鄭歿也。黃魯直《荊江亭即事》十首其一云：「閉門覓句陳無己，對客揮毫秦少游。正字不知溫飽未？西風吹淚古藤州。」乃用此體，時少游歿而無己存也。〔註136〕

指出黃庭堅《荊江亭即事十首》其一，一篇之中兼論二友，一存一歿，乃取法杜甫《存歿口號二首》之體。

　　南宋趙蕃《石屏詩集序》云：

> 學詩者莫不以杜師，然能如師者鮮矣。句或有之，而篇之全似者絕難得。陳後山《寄外舅郭大夫》：「巴蜀通歸使，妻孥且舊居。深知報消息，不忍問何如。身健何妨遠，情

〔註132〕宋・張表臣：《珊瑚鈎詩話》，《歷代詩話》本，第450頁。
〔註133〕宋・曾季貍：《艇齋詩話》，《歷代詩話續編》本，第307頁。
〔註134〕宋・曾季貍：《艇齋詩話》，第283頁。
〔註135〕宋・吳可：《藏海詩話》，《歷代詩話續編》本，第340頁。
〔註136〕宋・洪邁：《容齋隨筆》，上海：上海古籍出版社，1978年版，第230～231頁。

親未肯疏。功名欺老病，淚盡數行書。」此陳之全篇似杜
者也。〔註137〕

論及陳師道有五律全篇酷肖杜詩之體者。其《讀呂益卿所寄詩編明日
四月一日也》云：「《白沙》、《龍陽》作，如杜紀行役。」〔註138〕亦
指出呂益卿對杜甫《發秦州》、《發同谷》等紀行詩作的仿傚。

　　南宋陸游《家世舊聞》云：

　　　李作乂知剛，……與馬巨濟善，巨濟在太學有聲，及赴省
　　　試，作乂擬杜子美杜鵑書體作詩戲之曰：「太學有馬涓，南
　　　省無馬涓。秋榜有馬涓，春榜無馬涓。」〔註139〕

論及李作乂作詩戲友人馬涓，乃效杜甫《杜鵑詩》開篇「西川有杜鵑，
東川無杜鵑。涪萬無杜鵑，雲安有杜鵑」之體，雖為戲作，亦足以說
明其對杜詩名篇的熟知。

　　南宋王炎《七歌並序》云：「杜工部有同穀七歌，其辭高古難
及，而音節悲壯，可擬也。用其體作七歌，觀者不取其辭，取其意
可也」，類比乾元二年（759年）　杜甫流寓同穀時，所作的描寫當
時艱難生活的七言八句古體組詩《乾元中，寓居同穀縣，作歌七
首》，其辭曰：

　　　有子有子共七人，六子短命一子存。
　　　後固無窮前萬古，浮生修短何足論。
　　　天屬情鍾在我輩，歲月雖久哀如新。
　　　嗚呼五歌三歎息，理不勝情難自釋。〔註140〕

出語悲慨，氣韻蒼涼，頗類杜甫之體。

　　南宋詩人李洪則有五律《九日效少陵體》詩：

〔註137〕宋・戴復古著，金芝山校點：《戴復古詩集》，杭州：浙江古籍出版社，
　　　　1992年版，第326～327頁。
〔註138〕宋・趙蕃：《淳熙稿》，臺灣商務印書館影印文淵閣四庫全書本，1983
　　　　年版，卷一。
〔註139〕宋・陸游：《家世舊聞》，北京：中華書局，1993年版，第188頁。
〔註140〕宋・王炎：《雙溪類稿》，臺灣商務印書館影印文淵閣四庫全書本，1983
　　　　年版，卷九。

異縣黃花節，愁邊白髮生。茱萸朝士賜，粗妝楚鄉情。

鴻雁何時到，霪霖未肯晴。今朝一杯酒，獨酌似淵明。

〔註141〕

類比杜甫同題七律詩作：

去年登高鄲縣北，今日重在涪江濱。

苦遭白髮不相放，羞見黃花無數新。

世亂郁郁久為客，路難悠悠常傍人。

酒闌卻憶十年事，腸斷驪山清路塵。（《九日》）

其詩篇藝術境界，乃至黃花、白髮諸般意象，皆祖述杜詩之體。

南宋「江湖派」代表詩人戴復古，還曾類比杜甫論詩組詩《戲為六絕句》的形式，創作有論詩組詩《昭武太守王子文日與李賈嚴羽共觀前輩一兩家詩及晚唐詩，因有論詩十絕，子文見之謂無甚高論，亦可作詩家小學須知》（簡稱《論詩十絕》）：

文章隨世作低昂，變盡風騷到晚唐。

舉世吟哦推李杜，時人不識有陳黃。

古今胸次浩江河，才比諸公十倍過。

時把文章供戲謔，不知此體誤人多。

曾向吟邊問古人，詩家氣象貴雄渾。

雕鎪太過傷於巧，樸拙唯宜怕近村。

意匠如神變化生，筆端有力任縱橫。

須教自我胸中出，切忌隨人腳後行。

陶寫性情為我事，留連光景等兒嬉。

錦囊言語雖奇絕，不是人間有用詩。

飄零憂國杜陵老，感寓傷時陳子昂。

近日不聞秋鶴唳，亂蟬無數噪斜陽。

欲參詩律似參禪，妙趣不由文字傳。

個裏稍關心有悟，發為言句自超然。

詩本無形在窈冥，網羅天地運吟情。

〔註141〕宋・李洪：《芸庵類藁》，臺灣商務印書館影印文淵閣四庫全書本，1983年版，卷二。

> 有時忽得驚人句，費盡心機做不成。
>
> 作詩不與作文比，以韻成章怕韻虛。
>
> 押得韻來如砥柱，動移不得見工夫。
>
> 草就篇章只等閒，作詩容易改詩難。
>
> 玉經雕琢方成器，句要豐腴字要安。〔註142〕

正如莫礪鋒先生《杜甫評傳》中所論：「純粹的論詩詩，是歷代論詩絕句的主流。……到了戴復古，就把他的論詩詩稱爲《論詩十絕》，正式標出了『論詩』的專名。稍後的元好問則有《論詩絕句三十首》之作。郭紹虞先生指出：『此二者都是源本少陵，但是各得其一體。戴氏所作，重在闡說原理；元氏所作，重在衡量作家。這正開了後來論詩絕句的兩大支派。』〔註143〕」〔註144〕則戴復古與金人元好問一起，對杜甫組詩《戲爲六絕句》這種論詩詩的形式加以了繼承和發揚。

此外，宋人還對效法杜詩藝術風格的中、晚唐及當代詩人多有提及，如南宋魯訔《編次杜工部詩序》云：

> 騷人雅士，同知祖尚少陵，同欲模楷聲韻，同苦其意律深嚴難讀也。余謂少陵老人，初不事艱澀左隱以病人，其平易處，有賤夫老婦初可道者。至其深純宏妙，千古不可追迹，則序事穩實，立意渾大；遇物寫難狀之景，紓情出不說之意；借古的確，感時深遠，若江海浩漾，風雲蕩汩，蛟龍黿鼉，出沒其間，而變化莫測，風澄雲霽，象緯回薄，錯峙偉麗，細大無不可觀。又云：其敻邈高聳，則若鑿太虛而嗷萬籟；其馳騁怪駭，則若仗天策而騎箕尾；其直截峻整，則若儼鉤陳而界雲漢。樞機日月，開闔雷電，昂昂然神其謀，挺其勇，握其正，以高視天壤，趨入作者之域，所謂眞粹氣中人也。公之詩，支而爲六家：孟郊得其氣焰，

〔註142〕宋·戴復古著，金芝山校點：《戴復古詩集》，杭州：浙江古籍出版社，1992 年版，第 230〜231 頁。

〔註143〕郭紹虞：《中國文學批評史》，上海：上海古籍出版社，1979 年版，第 296 頁。

〔註144〕莫礪鋒：《杜甫評傳》，南京：南京大學出版社，1993 年版，第 365 頁。

張籍得其簡麗，姚合得其清雅，賈島得其奇僻，杜牧、薛
能得其豪健，陸龜蒙得其贍博，皆出公之奇偏爾，尚軒然
自號一家，赫世烜俗。後人師擬不暇，矧合之乎！風雅而
下，唐而上，一人而已。是知唐之言詩，公之餘波及爾。
〔註145〕

從杜詩風格兼容眾體的角度，論述孟郊、張籍、姚合、賈島、杜牧、
薛能、陸龜蒙等中晚唐詩壇諸家，對於杜詩多樣化藝術風格各有所
承，且皆能取其一體而自成一家。

南宋劉昌詩《籌筆驛詩》云：「曼卿之詩氣雄而奇大，愛杜甫，
酷能似之。」〔註146〕指出北宋詩人石延年因酷愛杜詩雄奇之風，故
其作亦能氣韻沈雄，學而似之。南宋陳鑑之《題陳景說詩稿後》云：
「碧海掣長鯨，君慕杜陵老。」〔註147〕杜甫論詩詩中有「才力應難
誇數公，凡今誰是出群雄。或看翡翠蘭苕上，未掣鯨魚碧海中」（《戲
為六絕句》其四）之言，在創作中表現出「碧海掣鯨」的雄闊豪壯的
風格，陳鑑之藉此評價陳景說之作，正因其追慕杜詩之風而法之。南
宋蔡戡《蘆川居士詞序》云：「公博覽群書，尤好韓集杜詩，手之不
釋，故文詞雅健，氣格豪邁，有唐人風。」〔註148〕論及「蘆川居士」
——南宋詩人、詞人張元幹，風格豪邁雅健，亦因好讀杜詩之故。

南宋羅大經《鶴林玉露》丙編卷三「以俗為雅」條云：

杜陵詩，亦有全篇用常俗語者，然不害其為超妙。如云：「一
夜水高二尺強，數日不可更禁當。南市津頭有船賣，無錢
即買繫籬旁。」又云：「江上被花惱不徹，無處告訴只顛狂。
走覓南鄰愛酒伴，經旬出飲獨空床。」又云：「夜來醉歸衝
虎過，昏黑家中已眠臥。傍見北斗向江低，仰看明星當空

〔註145〕宋・黃希，黃鶴：《補注杜詩》，臺灣商務印書館影印文淵閣四庫全書
　　　　本，1983年版，傳序碑銘。
〔註146〕宋・劉昌詩：《蘆浦筆記》，臺灣商務印書館影印文淵閣四庫全書本，
　　　　1983年版，卷十。
〔註147〕宋・陳鑒之：《東齋小集》，《南宋群賢小集》本，卷一。
〔註148〕宋・蔡戡：《定齋集》，臺灣商務印書館影印文淵閣四庫全書本，1983
　　　　年版，卷十三。

　　大。庭前把燭嗔兩炬，峽口驚猿聞一個。白頭老罷舞復歌，杖藜不寐誰能那？」是也。楊誠齋多效此體，亦自痛快可喜。〔註149〕

以杜甫《春水生二絕》其二、《江畔獨步尋花七絕句》其一、《夜歸》等三首具有俚俗特色的詩作爲例，指出南宋「中興四大詩人」之一的楊萬里，其出語淺俗、輕快自然的「誠齋體」，乃效杜詩通俗之風。南宋詩人戴復古，亦於詩中自言：「遍參百家體，終乃師杜甫」（《祝二嚴》）〔註150〕，足見其獨慕杜詩之風的詩學抉擇。

　　同時，宋人也對當世詩人效法杜詩之不足有所認識，如北宋范溫《潛溪詩眼》「詩貴工拙相半」條云：「老杜詩凡一篇皆工拙相半，……今人學詩，多得老杜平慢處，乃鄰女效顰者。」〔註151〕指出學杜者僅習得其詩風之一體，未能得其全貌，如東施效顰而已。宋末王構《修辭鑒衡》「詩清立意新」條亦云：「老杜『詩清立意新』，最是作詩用力處，蓋不可循習陳言，只規模舊作也。……近世人學老杜，多矣，左規右矩，不能稍出新意，終成屋下架屋，無所取長。」〔註152〕更是感慨近世之人學杜詩只「循習陳言」、「規模舊作」，不能如杜甫那樣推陳出新，做到「詩清立意新」（《奉和嚴中丞西城晚眺十韻》）。

第三節　集句詩與隱括詞

　　在宋人對杜詩藝術的傳承過程中，還出現了兩種富有特色的創作現象，即集句杜詩與隱括杜詩塡詞。集句，是中國古代詩歌創作中一種類似於文字遊戲的創作形式，其作法爲截取前人詩作中單句，拼集

〔註149〕宋・羅大經：《鶴林玉露》，北京：中華書局，1983年版，第285頁。
〔註150〕宋・戴復古著，金芝山校點：《戴復古詩集》，杭州：浙江古籍出版社，1992年版，第18頁。
〔註151〕宋・范溫：《潛溪詩眼》，《宋詩話輯佚》本，第322～323頁。
〔註152〕宋・王構：《修辭鑒衡》，臺灣商務印書館影印文淵閣四庫全書本，1983年版，卷一。

成篇。北宋蔡絛《西清詩話》曾云：「集句，自國初有之」〔註153〕，可見集句詩早在宋初即已存在。關於集句杜詩的情況，胡仔《苕溪漁隱叢話》前集卷三十五載：

> 《遯齋閒覽》云：「荊公集句詩，雖累數十韻，皆頃刻而就，詞意相屬，如出諸己，他人極力傚之，終不及也。如《老人行》云：『翻手爲雲覆手雨，當面輸心背面笑。』前句老杜《貧交行》，後句老杜《其相疑行》，合兩句爲一聯，而對偶親切如此。又《送吳顯道》云：『欲往城南望城北，此心炯炯君應識。』《胡笳十八拍》云：『欲往城南望城北，三步回頭五步坐。』此皆集老杜句也。」〔註154〕

其中列舉了王安石創作實踐中集句杜詩的詩例，並且曾兩次擇取杜甫《哀江頭》詩尾句「欲往城南望城北」。

然而，據莫礪鋒先生《杜甫評傳》統計，「王安石喜作集句詩，如《胡笳十八拍》十八首中集杜句共二十九句，但還沒有出現專集杜句的作品。從現存材料來看，最早作集杜詩的是南宋詩人楊萬里，他的《類試所戲，集杜句跋杜詩，呈監試謝昌國察院》共三十句，全部集自杜詩。」〔註155〕

莫先生所論之楊萬里專集杜句的集句詩，全篇如下：

> 有客有客字子美，日糴太倉五升米。錦官城西生事微，盡醉江頭夜不歸。青山落日江湖白，嗜酒酣歌拓金戟。語不驚人死不休，萬草千花動凝碧。稚子敲針作釣鈎，老夫乘興欲東流。巡簷索共梅花笑，還如何遜在揚州。老去詩篇渾漫歟，蛺蝶飛來黃鸝語。往時文采動人主，來如雷霆收震怒。一夜水高數尺強，濯足洞庭望八荒。閶闔晴開映蕩蕩，安得仙人九節杖。君不見西漢杜陵老，脫身事幽討，

〔註153〕宋・蔡絛：《西清詩話》，臺灣廣文書局影印《古今詩話續編》本，卷上。

〔註154〕宋・胡仔：《苕溪漁隱叢話》前集，北京：人民文學出版社，1962年版，第238頁。

〔註155〕莫礪鋒：《杜甫評傳》，南京：南京大學出版社，1993年版，第397頁。

下筆如有神？汝與山東李白好，儒術於我何有哉？願吹野
水添金杯，焉知餓死填溝嶽。如何不飲令心哀，名垂萬古
知何用，萬牛回首丘山重。(《類試所戲，集杜句跋杜詩，呈監試
謝昌國察院》)〔註156〕

其詩共三十句，全部集自杜詩，所引杜詩篇目按前後次序，分別為《乾
元中寓居同穀縣作歌七首》其一、《醉時歌》、《將赴成都草堂途中有
作先寄嚴鄭公五首》其五、《曲江二首》其二、《惜別行送向卿進奉端
午御衣之上都》、《醉為馬墜諸公攜酒相看》、《江上值水如海勢聊短
述》、《白絲行》、《江村》、《解悶十二首》其二、《舍弟觀赴藍田取妻
子到江陵喜寄三首》其二、《和裴迪登蜀州東亭送客逢早梅相憶見
寄》、《江上值水如海勢聊短述》、《白絲行》、《莫相疑行》、《觀公孫大
娘弟子舞劍器行》、《春水生二絕》其二、《寄韓諫議注》、《樂遊園歌》、
《望嶽》、《醉歌行贈公安顏十少府請顧八題壁》、《贈李白》、《奉贈韋
左丞丈二十二韻》、《蘇端薛復筵簡薛華醉歌》、《醉時歌》、《蘇端薛復
筵簡薛華醉歌》、《醉時歌》、《蘇端薛復筵簡薛華醉歌》、《醉時歌》、《古
柏行》。其中尤以集《醉時歌》、《蘇端薛復筵簡薛華醉歌》二詩中句
為多，前者用四句，後者用三句，足見楊萬里對於杜詩熟悉程度之深。

宋末愛國詩人文天祥亦對杜詩推崇備至，曾作詩云：「千年夔峽
有詩在」(《讀杜詩》)〔註157〕，特別是晚年被元軍俘虜之後，於元世
祖至元十七年（1280），在燕京獄中，創作有大量的集句杜詩作品，
今存《文天祥全集》中有《集杜詩》一卷，共計五言絕句二百首，數
量之多，竟占其集中全部九百三十餘首詩作的五分之一強，堪為宋代
集杜詩之冠。其自作序云：

余坐幽燕獄中，無所為，誦杜詩，稍習諸所感興。因其五
言，集為絕句。久之，得二百首。凡吾意所欲言者，子美

〔註156〕宋·楊萬里著，王琦珍整理：《楊萬里詩文集》，南昌：江西人民出版
社，2006 年版，第 331 頁。
〔註157〕宋·文天祥：《文天祥全集》，北京：北京市中國書店，1985 年版，
第 378 頁。

先爲代言之。日玩之不置，但覺爲吾詩，忘其爲子美詩也。
乃知子美非能自爲詩，詩句自是人情性中語，煩子美道耳。
子美於吾隔數百年，而其言語爲吾用，非情性同哉！昔人
評杜詩爲詩史，蓋以其歌詠之辭，寓記載之實，而抑揚褒
貶之意，燦然於其中，雖謂之史，可也。吾所集杜詩，自
余顛沛以來，世變人事，概見於此矣。是非有意於爲詩者
也，後之良史，尚庶幾有考焉。(《文天祥全集（卷十六）·
集杜詩》)〔註158〕

從中可以看出，文天祥身陷囹圄，遭受百般苦楚，惟誦杜詩以自遣，
且爲杜詩之「詩史」精神所感動，成其異代之知音，遂集杜句而成詩。

如前所述，「集杜詩」，即把杜詩詩句重新排列組合而成新作，有
文字遊戲的性質，然文天祥則借杜甫之詩句，抒己身之情懷，兼敘國
家淪喪之由，生平閱歷之境，及忠臣義士之周旋患難者，富於獨創意
義，並非「戲作」所能概括。

例如其中二首：

握節漢臣回，麻鞋見天子。

感激動四極，壯士淚如雨。(《至福安第六十二》)

天地西江遠，無家問死生。

涼風起天末，萬里故鄉情。(《思故鄉第一百五十六》)〔註159〕

前詩所集杜甫詩句，分別出自五排《鄭駙馬池臺喜遇鄭廣文同飲》、
五古《述懷》、五古《八哀詩·贈左僕射鄭國公嚴公武》、五古《聽楊
氏歌》，藉以敘寫己身從元軍中歷險逃出，至溫州覲見宋端宗的情事，
與杜詩中所述乾元二年（757 年）杜甫從安史叛軍盤踞下的長安，逃
至鳳翔朝見唐肅宗之事相類，且亂離中得遇聖上，感慨之情亦相同。
後詩所集杜甫詩句，分別出自五律《夏日楊長寧宅送崔侍御、常正字
入京》、五律《月夜憶舍弟》、五律《天末懷李白》、五律《季秋蘇五

〔註158〕宋·文天祥：《文天祥全集》，北京：北京市中國書店，1985 年版，
第 397 頁。

〔註159〕宋·文天祥：《文天祥全集》，北京：北京市中國書店，1985 年版，
第 412 頁、第 434 頁。

弟縉江樓夜宴崔十三評事韋少府姪三首》其一，則敘寫己身困處燕京獄中的思鄉之情，亦與杜詩中漂泊西南懷念故鄉之情相類，正所謂「人同此心，心同此理」。並且，其集句情眞意切，渾然一體，如出己手，「說明杜甫的傳統對宋末詩壇的深刻影響，也說明集句詩這種形式也可能改變其遊戲文字的性質而成爲嚴肅的創作，雖說這也許是文學史上僅有的一個範例。」〔註160〕

與創作《集杜詩》同年，文天祥還在燕京獄中集杜甫詩句而成《胡笳曲》詩十八拍，並自作序曰：

> 庚辰中秋日，水雲慰予囚所，援琴作《胡笳十八拍》，取予疾徐，指法良有可觀也。琴罷，索予賦胡笳詩，而倉促中未能成就，水雲別去。是歲十月復來。予因集老杜句成拍，與水雲共商略之。蓋圄圄中不能得死，聊自遣耳。亦不必一一學琰語也。水雲索予書之，欲藏於家。故書以遺之。〔註161〕

文天祥《胡笳曲（十八拍）》，乃應內廷供奉琴師汪元量之求（汪元量本人也非常推崇杜詩，如其《草地寒甚氈帳中讀杜詩》曾云：「少年讀杜詩，頗厭其枯槁。斯時熟讀之，始知句句好」〔註162〕），用蔡琰舊題，集杜詩句而成，全詩如下：

> 風塵澒洞昏王室，天地慘慘無顏色。而今西北自反胡，西望千山萬山赤。歎息人間萬事非，被驅不異犬與雞。不知明月爲誰好，來歲如今歸未歸。（《胡笳曲·一拍》）

> 獨立縹緲之飛樓，高視乾坤又何愁。江風蕭蕭雲拂地，笛聲憤怒哀中流。鄰雞野哭如昨日，昨日晚晴今日黑。蒼惶已就長途往，欲往城南忘南北。（《胡笳曲·二拍》）

〔註160〕袁行霈：《中國文學史》（第三卷），北京：高等教育出版社，2005年第2版，第174頁。

〔註161〕宋·文天祥：《文天祥全集》，北京：北京市中國書店，1985年版，第369～370頁。

〔註162〕宋·汪元量撰，孔凡禮輯校：《增訂湖山類稿》，北京：中華書局，1984年版，第86頁。

三年奔走空皮骨，三年笛裏關山月。中天月色好誰看，豺狼塞路人煙絕。寒刮肌膚北風利，牛馬毛零縮如蝟。塞上風雲接地陰，咫尺但愁雷雨至。（《胡笳曲‧三拍》）

黃河北岸海西軍，翻身向天仰射雲。胡馬長鳴不知數，衣冠南渡多崩奔。山木慘慘天欲雨，前有毒蛇後猛虎。欲問長安無使來，終日戚戚忍羈旅。（《胡笳曲‧四拍》）

北庭數有關中使，飄飄遠自流沙至。胡人高鼻動成群，仍唱胡歌飲都市。中原無書歸不得，道路只今多擁隔。身欲奮飛病在床，時獨看雲淚沾臆。（《胡笳曲‧五拍》）

胡人歸來血洗箭，白馬將軍若雷電。蠻夷雜種錯相干，洛陽宮殿燒焚盡。干戈兵革鬥未已，魑魅魍魎徒爲爾。慟哭秋原何處村，千村萬落生荊杞。（《胡笳曲‧六拍》）

憶昔十五心尚孩，莫怪頻頻勸酒杯。孤城此日腸堪斷，如何不飲令人哀。一去紫臺連朔漢，月出雲通雪山白。九度附書歸洛陽，故國三年一消息。（《胡笳曲‧七拍》）

只今年才十六七，風塵荏苒音書絕。胡騎長驅五六年，弊裘何啻連百結。愁對寒雲雪滿山，愁看冀北是長安。此身未知歸定處，漂泊西南天地間。（《胡笳曲‧八拍》）

午夜漏聲催曉箭，寒盡春生洛陽殿。漢主山河錦繡中，可惜春光不相見。自胡之反持干戈，一生抱恨空咨嗟。我已無家尋弟妹，此身那得更無家。南極一星朝北斗，每依南斗望京華。（《胡笳曲‧九拍》）

今年臘月凍全消，天涯涕淚一身遙。諸將亦自軍中至，行人弓箭各在腰。白馬嚼齧黃金勒，三尺角弓兩斛力。胡雁翅濕高飛難，一箭正墜雙飛翼。（《胡笳曲‧十拍》）

冬至陽生春又來，口雖吟詠心中哀。長笛誰能亂愁思，呼兒且覆掌中杯。雲白山青萬餘里，壁立石城橫塞起。元戎小隊出郊坰，天寒日暮山谷裏。（《胡笳曲‧十一拍》）

洛陽一別四千里，邊庭流血成海水。自經喪亂少睡眠，手腳凍皴皮肉死。反鏁衡門守環堵，稚子無憂走風雨。此時

與子空歸來，喜得與子長夜語。(《胡笳曲·十二拍》)

大兒九齡色清澈，驊騮作駒已汗血。小兒五歲氣食牛，冰壺玉衡懸清秋。罷琴惆悵月照席，人生有情淚沾臆。離別不堪無限意，更爲後會知何地。酒肉如山又一時，只今未醉已先悲。(《胡笳曲·十三拍》)

北歸秦川多鼓鼙，禾生隴畝無東西。三步回頭五步坐，誰家搗練風淒淒。已近苦寒月，慘慘中腸悲，自恐二男兒，不得相追隨。去留俱失意，徘徊感生離。十年蹢躅將雛遠，目極傷神誰爲攜。此別還須各努力，無使霜露沾人衣。(《胡笳曲·十四拍》)

寒雨颯颯枯樹濕，坐臥只多少行立。青春欲暮急還鄉，非關使者徵求急。欲別上馬身無力，去住彼此無消息。關塞蕭條行路難，行路難行澀如棘。男兒性命絕可憐，十日不一見顏色。(《胡笳曲·十五拍》)

乃知貧賤別更苦，況我飄轉無定所。心懷百憂復千慮，世人那得知其故。嬌兒不離膝，哀哉兩決絕。也復可憐人，里巷盡嗚咽。斷腸分手各風煙，中間消息兩茫然。自斷此生休問天，看射猛虎終殘年。(《胡笳曲·十六拍》)

江頭宮殿鎖千門，千家今有百家存。面妝首飾雜啼痕，教我歡恨傷精魂。自有兩兒郎，忽在天一方。胡塵暗天道路長，安得送我置汝傍。(《胡笳曲·十七拍》)

事殊興極憂思集，足繭荒山轉愁疾。漢家山東二百州，青是烽煙白人骨。入門依舊四壁空，一斛舊水藏蛟龍。年過半百不稱意，此曲哀怨何時終。(《胡笳曲·十八拍》) 〔註163〕

正如文天祥自序中所言，「學琰語」、「集老杜句」、「聊自遣耳」，是其《胡笳曲（十八拍）》創作的主要特點。詩人在集杜句的同時，融進自己於國破家亡之際的經歷和感情，其沈鬱厚重的風格，與蔡文姬的

〔註163〕宋·文天祥：《文天祥全集》，北京：北京市中國書店，1985 年版，第 370～372 頁。

《胡笳十八拍》可謂異曲同工，又在詩體和手法上提供了與五言律絕體的《集杜詩》二百首不同的集句創作經驗——選取杜詩多以七言古詩爲主，間以五言古詩（如第十四拍、十六拍、十七拍），全部十八拍共 160 句，五言句僅有 12 句，每一拍至少八句七言，爲古體詩中的歌行體。

如起首《胡笳曲·一拍》所集杜句，分別出自七言歌行《觀公孫大娘弟子舞劍器行》、七言歌行《虎牙行》、七言歌行《惜別行送劉僕射判官》、七言歌行《光祿阪行》、七律《送韓十四江東省觀》、雜言歌行《兵車行》、七古《秋風二首》其二、七律《見螢火》，又如《胡笳曲·十七拍》所集杜句，分別出自七言歌行《哀江頭》、七律《白帝》、七言歌行《負薪行》、七言歌行《苦戰行》、雜言歌行《奉先劉少府新畫山水障歌》、五古《成都府》、七古《乾元中寓居同穀縣作歌七首》其三（後二句）。可見，其整體規模雖然遠遠不及先前的《集杜詩》，但是單篇容量則過之。正如劉華民先生《文天祥〈胡笳曲（十八拍）〉初探》一文中所論：「『集老杜句成拍』，恐怕不祇是採取集句方式，不知是借用杜甫詩句，也包括著對杜詩思想、藝術的繼承和借鑒，就是說在集杜中包含著學杜。」〔註 164〕

此外，南宋黃公度也有《戲集老杜句再和》云：

> 背堂資僻遠，要路亦高深。未負幽棲志，回看不住心。
> 寒花隱亂草，飛鳥度層陰。獨繞荒齋徑，新詩近玉琴。

〔註 165〕

詩中所集杜句，分別出自《課小豎鋤斫舍北果林枝蔓荒穢淨訖移床三首》其一、《西閣二首》其一、《寄李十二白二十韻》、《望牛頭寺》、《薄暮》、《送嚴侍郎到綿州同登杜使君江樓得心字》、《惡樹》、《西閣二首》其一。全篇平仄聲調爲：

〔註 164〕劉華民：《文天祥〈胡笳曲（十八拍）〉初探》，鐵道師院學報，1998
　　　年第 6 期。
〔註 165〕宋·黃公度：《知稼翁集》，臺灣商務印書館影印文淵閣四庫全書本，
　　　1983 年版，卷上。

仄平平仄仄，仄仄仄平平。仄仄平平仄，平平仄仄平。

平平仄仄仄，平平仄仄平。仄仄平平仄，平平仄仄平。

可見雖爲集杜之作，亦符合近體詩「黏對」規則要求，聲律嚴整、和諧，爲首句平起仄收式的五言律詩，如出己手。

另據陸游《楊夢錫集句杜詩序》記載，南宋詩人、詞人楊冠卿亦作有集杜詩一卷，序文如下：

> 文章要法，在得古作者之意。意既深遠，非用力精到，則不能造也。前輩於《左氏傳》、《太史公書》、韓文、杜詩，皆通讀暗誦。雖支枕據鞍間，與對卷無異。久之，乃能超然自得。今後生用力有限，掩卷而起，已十忘三四，而望有得於古人，亦難矣。楚人楊夢錫才高而深於詩，尤積勤杜詩。平日涵養不離胸中，故其句法森然可喜。因以暇戲集杜句。夢錫之意，非爲集句設也，本以成其詩耳。〔註166〕

從陸文中可以看出，楊冠卿於古人作品，「尤積勤杜詩」，且「平日涵養不離胸中」，故能「超然自得」，戲集杜句，而自成其詩。

並且，楊冠卿還有集杜句塡詞之作品，如其《卜運算元・秋晚集杜句弔賈傅》云：

> 蒼生喘未蘇，賈筆論孤憤。文采風流今尚存，毫髮無遺恨。
>
> 淒側近長沙，地僻秋將盡。長使英雄淚滿襟，天意高難問。
>
> 〔註167〕

全詞八句皆集自杜詩，按順序分別擷取自《行次昭陵》、《寄岳州賈司馬六丈巴州嚴八使君兩閣老五十韻》、《丹青引贈曹將軍霸》、《寄贈鄭諫議十韻》、《入喬口》、《秦州雜詩二十首》其十八、《蜀相》、《暮春江陵送馬大卿公恩命追赴闕下》等八篇。且全篇鉤連緊密，毫無斷層，大有一氣呵成之妙。

此外，宋代詞人，也創作有許多隱括杜詩的詞作，如南宋蔣捷的《賀新郎（隱括杜詩）》：

〔註166〕宋・陸游：《陸游集・渭南文集》，北京：中華書局，1976 年版，第2108 頁。

〔註167〕唐圭璋：《全宋詞》，北京：中華書局，1965 年版，第 1861 頁。

絕代幽人獨，掩芳姿、深居何處？亂雲深谷。自說關中良
家子，零落聊依草木。世喪敗、誰收骨肉？輕薄兒郎為夫
婿，愛新人、窈窕顏如玉。千萬事，風前燭。駕鴦一旦成
孤宿。最堪憐、新人歡笑，舊人哀哭。侍婢賣珠回來後，
相與牽蘿補屋。漫采得、柏枝盈掬。日暮山中天寒也，翠
綃衣、薄甚肌生粟。空斂袖，倚修竹。〔註168〕

蔣詞全篇隱括杜甫的五言古詩《佳人》，無論詞句亦或風格、境界，
均十分相類：

絕代有佳人，幽居在空谷。自云良家子，零落依草木。關
中昔喪亂，兄弟遭殺戮。官高何足論，不得收骨肉。世情
惡衰歇，萬事隨轉燭。夫婿輕薄兒，新人美如玉。合昏尚
知時，駕鴦不獨宿。但見新人笑，那聞舊人哭！在山泉水
清，出山泉水濁。侍婢賣珠回，牽蘿補茅屋。摘花不插髮，
采柏動盈掬。天寒翠袖薄，日暮倚修竹。（《佳人》）

南宋林正大更擅長創作隱括杜詩詞，《全宋詞》中就收錄有五首之多，
如下：

諸公臺省，問先生何事，冷官如許。甲第紛紛梁肉厭，應
怪先生無此。道出羲皇，才過屈宋，空有名垂古。得錢沽
酒，忘形欲到爾汝。好是清夜沈沈，共開春酌，細聽簷花
雨。茅屋石田荒已久，總待先生歸去。司馬子雲，孔丘盜
蹠，到了俱塵土。不須聞此，生前杯酒相遇。（《醉江月‧括
杜工部醉時歌》）

人笑杜陵客，短褐鬢如絲。得錢沽酒，時赴鄭老同襟期。
清夜沈沈春酌，歌語燈前細雨，相覓不相疑。忘形到爾汝，
痛飲真吾師。問先生，今去也，早歸來。先生去後，石田
茅屋恐蒼苔。休怪相如滌器，莫學子雲投閣，儒術亦佳哉。
誰道官獨冷，袞袞上蘭臺。（《水調歌‧送敬則赴袁州教官》）

袞袞諸公，嗟獨冷、先生宦薄。誇甲第、紛紛梁肉，謾甘
寥寞。道出羲皇知有用，才過屈宋人誰若。剩得錢、沽酒

〔註168〕唐圭璋：《全宋詞》，北京：中華書局，1965 年版，第 3448 頁。

兩忘形，更酬酢。清夜永，開春酌。聽細雨，簷花落。但
高歌不管，餓填溝壑。司馬逸才親滌器，子雲識字終投閣。
且生前、相遇共相歡，銜杯樂。(《滿江紅》)

知章騎馬似乘船。落井眼花圓。汝陽三斗朝天去，左丞相、
鯨吸長川。瀟灑宗之，皎如玉樹，舉盞望青天。長齋蘇晉
愛逃禪、李白富詩篇。三杯草聖傳張旭，更焦遂、五斗驚
筵。一笑相逢，銜杯樂聖，同是飲中仙。(《一叢花·括杜工部
飲中八仙歌》)

暮春天氣，爭看長安，水邊多麗人人。意遠態濃，肌理骨
肉輕勻。繡羅衣裳照映，盡𪩘金、孔雀麒麟。誇榮貴，是
椒房雲幕，恩寵無倫。簇簇紫駝翠釜，間去聲水精盤裏，
縷鱠紛綸。御送珍羞，夾道簫鼓橫陳。後來賓從雜沓，認
青鸞、飛舞紅巾。扶下馬，似楊花、翻入錦茵。(《聲聲慢·
括杜工部麗人行》) 〔註169〕

值得一提的是，林氏前三篇詞作，分用《酹江月》、《水調歌》、《滿江
紅》三種詞調，來隱括杜甫的七言長篇歌行體《醉時歌》，形式不拘
一格：

諸公袞袞登臺省，廣文先生官獨冷。甲第紛紛厭粱肉，廣
文先生飯不足。先生有道出羲皇，先生有才過屈宋。德尊
一代常坎軻，名垂萬古知何用。杜陵野客人更嗤，被褐短
窄鬢如絲。日糴太倉五升米，時赴鄭老同襟期。得錢即相
覓，沽酒不復疑。忘形到爾汝，痛飲眞吾師。清夜沈沈動
春酌，燈前細雨簷花落。但覺高歌有鬼神，焉知餓死填溝
壑。相如逸才親滌器，子雲識字終投閣。先生早賦歸去來，
石田茅屋荒蒼苔。儒術於我何有哉，孔丘盜蹠俱塵埃。不
須聞此意慘愴，生前相遇且銜杯。(《醉時歌》)

後二篇隱括杜甫《飲中八仙歌》、《麗人行》，亦為歌行體，體現出林
氏對杜甫長篇歌行體詩的偏好，乃以慢詞隱括之。

至於宋詞中襲用杜詩語意、化用杜詩語典的現象，也非常多，如

〔註169〕唐圭璋：《全宋詞》，北京：中華書局，1965年版，第2440～2445頁。

南宋王楙《野客叢書》「詞句祖古人意」條稱：「晏叔原『今宵剩把銀
缸照，猶恐相逢是夢中』，蓋出於老杜『夜闌更秉燭，相對如夢寐。』」
〔註170〕指出了北宋著名詞人晏幾道的《鷓鴣天》詞最後兩句，對於
杜甫《羌村三首》其一末聯詩句的化用。宋末俞琰《書齋夜話》亦稱：
「杜少陵詩云：『夜闌更秉燭，相對如夢寐。』晏小山之詞乃云：『今
宵剩把銀缸照，猶恐相逢是夢中。』談者但稱晏詞之美，不知其出於
杜詩也。」〔註171〕

　　另據筆者統計，在《全宋詞》眾多作品中，化用杜詩語典者，就
有數十例之多，如下表所示：

宋詞名句	作者及篇名	杜詩原句	杜詩篇名
「明月樓高休獨倚」	范仲淹《蘇幕遮》	「行藏獨倚樓」	《江上》
「芳洲拾翠暮忘歸」	張先《木蘭花·乙卯吳興寒食》	「佳人拾翠春相問」	《秋興八首》其八
「對滿目，亂花狂蕊」	柳永《晝夜樂》	「稠花亂蕊裹江濱」	《江畔獨步尋花七絕句》其二
「有筆頭千字，胸中萬卷，致君堯舜，又有何難！」	蘇軾《沁園春》	「讀書破萬卷，下筆如有神，致君堯舜上」	《奉贈韋左丞丈二十二韻》
「樽酒何人懷李白？草堂遙指江東」	蘇軾《臨江仙·夜到揚州席上作》	「渭北春天樹，江東日暮雲。何時一樽酒……」	《春日憶李白》
「岷峨雪浪，錦江春色」	蘇軾《滿江紅·寄鄂州朱使君壽昌》	「錦江春色來天地」	《登樓》
「年少隨我追涼，晚尋幽徑，繞張園森木」	黃庭堅《念奴嬌》	「憶昔好追涼，故繞池邊樹」	《羌村三首》其二
「春去也，飛紅萬點愁如海」	秦觀《千秋歲》	「一片花飛減卻春，風飄萬點正愁人」	《曲江二首》其一
「金鼓俊郵，銅駝巷陌」	秦觀《望海潮》	「金鼓銅駝非故鄉」	《至後》

〔註170〕宋·王楙：《野客叢書》，臺灣商務印書館影印文淵閣四庫全書本，1983
　　　　年版，卷二十。
〔註171〕宋·俞琰：《書齋夜話》，臺灣商務印書館影印文淵閣四庫全書本，1983
　　　　年版，卷四。

「雨肥梅子」	周邦彥《滿庭芳‧夏日溧水無想山作》	「紅綻雨肥梅」	《陪鄭廣文遊何將軍山林十首》其五
「且莫思身外，長近尊前」	同上	「莫思身外無窮事，且盡生前有限杯」	《絕句漫興九首》其四
「雲鬟香霧濕」	周邦彥《鎖陽臺》	「香霧雲鬟濕」	《月夜》
「夜遊共誰秉燭」	周邦彥《大酺‧春雨》	「夜闌更秉燭」	《羌村三首》其一
「歎文園、近來多病」	周邦彥《法曲獻仙音》	「文園多病後」	《贈李八秘書別三十韻》
「亂插繁花須異日」	李清照《憶江梅》	「亂插繁花向晴昊」	《蘇端薛復筵薛華醉歌》
「寂寥深似、何遜在揚州」	李清照《滿庭芳》	「還如何遜在揚州」	《和裴迪登蜀州東亭送客逢早梅相憶見寄
「欲挽天河，一洗中原膏血」	張元幹《石州慢‧己酉秋吳興州中作》	「安得壯士挽天河，淨洗甲兵長不用」	《洗兵馬》
「萬里夕陽垂地，大江流」	朱敦儒《相見歡》	「月湧大江流」	《旅夜書懷》
「山吐月千仞，殘夜水明樓」	王以寧《水調歌頭‧呈漢陽使君》	「四更山吐月，殘夜水明樓」	《月》
「欲挽天河，一洗中原膏血」	張元幹《石州慢‧己酉秋吳興舟中作》	「安得壯士挽天河，淨洗甲兵長不用」	《洗兵馬》
「遺恨琵琶舊語」	張元幹《賀新郎‧寄李伯紀丞相》	「千載琵琶作胡語，分明怨恨曲中論」	《詠懷古迹五首》其三
「清夜沈沈，暗蛩啼處簷花落」	張元幹《點絳唇‧呈洛濱、筠溪二老》	「清夜沈沈動春酌，燈前細雨簷花落」	《醉時歌》
「天意從來高難問，況人情老易悲難訴」	張元幹《賀新郎‧送胡邦衡謫新州》	「天意高難問，人情老易悲」	《暮春江陵送馬大卿公恩命追赴闕下》
「白雲蒼狗變浮雲」	張元幹《瑞鷓鴣‧彭德器出胡邦衡新句，次韻》	「天上浮雲似白衣，斯須改變如蒼狗」	《可歎》
「醉裏挑燈看劍」	辛棄疾《破陣子‧為陳同甫賦壯詞以寄之》	「檢書燒燭短，看劍引杯長」	《夜宴左氏莊》

「斫去桂婆娑，人道是、清光更多」	辛棄疾《太常引‧爲陳同甫賦壯詞以寄之》	「斫卻月中桂，清光應更多」	《一百五日夜對月》
「不盡長江滾滾流」	辛棄疾《摸魚兒》	「不盡長江滾滾來」	《登高》
「江南游子，把吳鉤看了」	辛棄疾《水龍吟‧登建康賞心亭》	「少年別有贈，含笑看吳鉤」	《後出塞五首》其一
「茅簷低小，溪上青青草」	辛棄疾《清平樂》	「孰知茅齋絕低小」	《絕句漫興九首》其三
「季子正年少，匹馬黑貂裘」	辛棄疾《水調歌頭‧舟次揚州、和楊濟翁周顯先韻》	「貂餘季子裘」	《搖落》
「誰向桑麻杜曲？要短衣匹馬，移住南山」	辛棄疾《八聲甘州》	「杜曲幸有桑麻田，故將移住南山邊」	《曲江三章章五句》其三
「秋菊堪餐」	辛棄疾《沁園春‧帶湖新居將成》	「明霞高可餐」	《空囊》
「縹緲著危樓」	陸游《水調歌頭‧多景樓》	「獨立縹緲之飛樓」	《白帝城最高樓》
「笑儒冠自來多誤」	陸游《謝池春》	「儒冠多誤身」	《奉贈韋左丞丈二十二韻》
「看鏡倚樓俱已矣」	陸游《南鄉子》	「勳業頻看鏡，行藏獨倚樓」	《江上》
「少日功名頻看鏡」	劉學箕《賀新郎》	同上	同上
「籬角黃昏，無言倚修竹」	姜夔《疏影》	「天寒翠袖薄，日暮倚修竹」	《佳人》
「想佩環，月夜歸來」	同上	「環佩空歸月夜魂」	《詠懷古迹五首》其三
「難應接，許多春色，最無賴」	史達祖《喜遷鶯》	「無賴春色到江亭」	《絕句漫興九首》其一
「看落筆四筵風雨驚」	劉過《沁園春‧張路分秋閱》	「筆落驚風雨」，及「高談雄辯驚四筵」	《寄李十二白二十韻》及《飲中八仙歌》
「喚起杜陵風雨手，寫江東渭北相思句」	劉過《賀新郎》	「渭北春天樹，江東日暮雲」	《春日憶李白》
「醉倚修篁」	吳文英《齊天樂‧白酒自酌有感》	「天寒翠袖薄，日暮倚修竹」	《佳人》

「平生江海客」	吳文英《大酺·荷塘小隱》	「張公一生江海客」	《洗兵馬》
「漫細將、茱萸看」	吳文英《霜葉飛·重九》	「醉把茱萸仔細看」	《九日藍田崔氏莊》
「看錦江好在，臥龍已矣；玉山無恙，躍馬何之」	陳人傑《沁園春·問杜鵑》	「臥龍躍馬皆黃土，人事音書漫寂寥」	《閣夜》
「杜陵老，向年時也自，井凍衣寒」	陳人傑《沁園春》	「不爨井晨凍，無衣床夜寒」	《空囊》
「落木蕭蕭，日夜江聲流去」	彭元遜《疏影·尋梅不見》	「無邊落木蕭蕭下，不盡長江滾滾來」	《登高》
「鄜州今夜」	劉辰翁《永遇樂》	「今夜鄜州月」	《月夜》

（表中所引宋詞名句，皆依唐圭璋主編：《全宋詞》，中華書局，1965 年版；所引杜甫詩句，皆依清·仇兆鰲：《杜詩詳注》，中華書局，1979 年版。）

　　可見，從北宋范仲淹、張先、柳永、蘇軾、黃庭堅、秦觀、周邦彥，至南宋李清照、朱敦儒、張元幹、辛棄疾、陸游、姜夔、史達祖、吳文英、陳人傑等十餘位兩宋時期詞壇名家，無論其詞風或婉約、或豪放，皆有化用杜詩語典入詞之舉，表中近五十處創作例證，雖未能概括有宋一代詞人學杜之全貌，但亦足以證明杜詩對於宋詞創作的深遠影響與借鑒意義。

　　綜上所述，杜詩在有宋一代得到了廣泛的尊奉與推崇，「宋人喜言杜詩」（《四庫全書總目·九家集注杜詩提要》）〔註172〕，「學詩者，非子美不道，雖武夫女子皆知尊異之」（《蔡寬夫詩話》）〔註173〕，「看詩且以數家爲率，以杜爲正經，餘爲兼經也」（《藏海詩話》）〔註174〕等語，皆足以表明宋人尊杜、學杜的普遍性，並將杜詩奉爲詩學楷模。

　　從現存宋人眾多詩話、筆記的記載來看，當時的詩人通過在詩歌創作中化用杜詩語典，模學杜詩的句法、對仗法，以及效法杜詩詩體、

〔註172〕清·永瑢等：《四庫全書總目》，北京：中華書局，1965 年版，第 1281 頁。
〔註173〕宋·蔡啓：《蔡寬夫詩話》，《宋詩話輯佚》本，第 399 頁
〔註174〕宋·吳可：《藏海詩話》，《歷代詩話續編》本，第 333 頁。

風格，以及集句杜詩、塡詞隱括杜詩等諸多方式來學習杜詩藝術，甚至「愛杜甫詩，一句之內，至竊取數位以仿象之，非善學者」，儘管多有「循習陳言」、亦步亦趨、缺乏創新之不足，但其學杜的熱情是難以抹煞的。這對於杜甫在有宋一代被尊爲詩中之「聖」，起到了極大的推促作用。正如莫礪鋒先生在《杜甫評傳》一書中，所說的那樣——「宋人學杜是一種整體性的自覺的詩學活動，杜詩在古典詩歌史上的典範地位是由宋人確立的。」〔註175〕

〔註175〕莫礪鋒：《杜甫評傳》，南京：南京大學出版社，1993年版，第397頁。

第九章　宋人杜詩藝術成就論

　　承前所述，宋人對於杜詩的風格、詩體、章句、煉字、對仗、用典、聲韻等諸多藝術表現，結合具體作品，給予了細緻且較爲全面的批評，並詳細考察了其藝術淵源與傳承情況，將杜詩奉爲詩學楷模。基於此，有關杜甫的「詩聖」說，最終在宋代得以產生。

第一節　「詩聖」說

　　關於「詩聖」尊號的內涵及其出現的時代背景，南開大學羅宗強、陳洪二位先生主編的《中國古代文學史》（一）稱：「到了宋代，杜詩在長期接收過程中得到普遍認同，成爲宋人效法的最高典範——『詩聖』。……不僅杜甫作爲儒家理想人格的化身受到推崇，杜詩也作爲集大成的藝術範式受到膜拜。自此之後，杜詩就奠定了在中國詩史上的崇高地位。」〔註1〕韓成武師亦專門撰有《誰給杜甫封的聖》一文，在其中詳細地指出：

　　　　杜甫被稱爲「詩聖」，其內涵應該包括兩個方面：一是指他的完美人格、醇厚的倫理風範；一是指他精深的詩歌造詣、承前啓後的詩壇地位。……杜甫在兩宋時期獲得詩國聖者的尊號，是那個時代的政治、文化等多種因素造成的。宋

〔註1〕羅宗強、陳洪：《中國古代文學史》，上海：華東師範大學出版社，2000 年版，第 360 頁。

代國力虛弱，外患增多，農民起義時有發生，統治者需要
加強對臣民的思想制約，需要提倡「忠君」思想，而杜甫
具有濃厚的忠君意識，正好爲其所用。當時的文人不提杜
甫深刻批判現實的精神，而擴張了杜甫的忠君意識，蘇軾
就曾張揚杜甫「一飯不曾忘君」。更重要的是，由於宋代統
治者採取政治高壓手段，對文人實行「文字獄」打擊，致
使詩人不敢寫深刻批評朝政的詩歌，而把主要的心思用到
詩歌藝術的追求上來，而杜詩在藝術上又確實給後人提供
了廣闊的引領和發展的空間。……杜詩的有法可循，成了
這個時代詩人的興奮點。兩宋時期，注杜之風盛行，有百
家注杜、千家注杜之說，收集杜詩、注釋杜詩、集注杜詩、
評點杜詩、編寫年譜，各類著述層出不窮，形成了杜詩學
史上第一次研杜高潮。杜甫在宋代獲得詩國聖人的稱號不
是偶然的。〔註2〕

可見在兩宋時期，杜甫「詩聖」尊號中的「聖」，既有作爲倫理道德
層面的「聖賢」意義，又富有藝術表現層面的「聖手」意義。

　　就前者而言，北宋文壇領袖蘇軾曾在《王定國詩集敍》中提出：
「古今詩人眾矣，而杜子美獨爲首，豈非以流落饑寒，終身不用，而
一飯未嘗忘君也歟！」〔註3〕其「一飯未嘗忘君」所指，當爲杜甫於
大曆二年（767 年），在夔州瀼西所作之《槐葉冷淘》，詩中敍冷淘清
新味美，並確有向君王獻芹薦藻之意——

　　青青高槐葉，採掇付中廚。新面來近市，汁滓宛相俱。入
　　鼎資過熟，加餐愁欲無。碧鮮俱照箸，香飯兼苞蘆。經齒
　　冷於雪，勸人投比珠。願隨金騕褭，走置錦屠蘇。路遠思
　　恐泥，興深終不渝。獻芹則小小，薦藻明區區。萬里露寒
　　殿，開冰清玉壺。君王納涼晚，此味亦時須。（《槐葉冷淘》）

蘇軾以此作論，凸顯杜甫濃厚的忠君戀闕之倫理道德意識，故稱之爲

〔註 2〕 韓成武：《便引詩情到碧霄》，天津：天津教育出版社，2011 年版，
　　　　第 19～21 頁。
〔註 3〕 宋‧蘇軾著，孔凡禮點校：《蘇軾文集》，北京：中華書局，1986 年
　　　　版，第 318 頁。

古今詩人之首，然而卻忽略了杜詩中如「邊庭流血成海水，武皇開邊意未已」（《兵車行》），「唐堯眞自聖，野老復何知」（《秦州雜詩二十首》其二十），「鄴城反覆不足怪，關中小兒壞紀綱。張後不樂上爲忙……犬戎直來坐御床，百官跣足隨天王」（《憶昔二首》其一）等批判、諷刺玄宗、肅宗、代宗三代君王的諸多作品，不免有以偏概全之嫌。其《評子美詩》復云：「子美自比稷與契，人未必許也。然其詩云：『舜舉十六相，身尊道益高。秦時用商鞅，法令如牛毛。』此自是契、稷輩人口中語也。」〔註4〕引述杜甫「許身一何愚，竊比稷與契」（《自京赴奉先縣詠懷五百字》）及《述古三首》其二之詩句，稱美杜甫人格堪比上古堯舜時代之聖賢契、稷。其弟蘇轍《詩病五事》云：「李白詩類其爲人，駿發豪放，華而不實，好事喜名，不知義理之所在也。……今觀其詩固然。唐詩人李杜稱首，今其詩皆在。杜甫有好義之心，白所不及也。」〔註5〕從「文如其人」的角度，比較李、杜二家，顯然，他更推重杜甫的「好義之心」，從倫理道德角度，揚杜而抑李。

北宋名相王安石也曾在詩中寫道：

> 吾觀少陵詩，爲與元氣侔，力能排天幹九地，壯顏毅色不可求。浩蕩八極中，生物豈不稠。醜妍鉅細千萬殊，竟莫見以何雕鎪。惜哉命之窮，顚倒不見收。青衫老更斥，餓走半九州。瘦妻僵前子僕後，攘攘盜賊森戈矛。吟哦當此時，不廢朝廷憂。常願天子聖，大臣各伊周。寧令吾廬獨破受凍死，不忍四海寒颼颼。傷屯悼屈止一身，嗟時之人死所羞。所以見公像，再拜涕泗流。惟公之心古亦少，願起公死從之遊。（《杜甫畫像》）〔註6〕

〔註4〕宋·蘇軾著，孔凡禮點校：《蘇軾文集》，北京：中華書局，1986年版，第2105頁。

〔註5〕宋·蘇轍著，陳宏天等點校：《蘇轍集》，北京：中華書局，1990年版，第1228頁。

〔註6〕宋·王安石：《王安石全集》，上海：上海古籍出版社，1999年版，第410頁。

以感慨深沈、鋪張揚厲的語言，高度讚美杜甫在家國離亂之際，那憂國憂民的「聖賢」情懷，亦從倫理道德層面著眼。正出於此，王安石編選李白、杜甫、韓愈、歐陽修四家詩作，亦以杜甫爲第一，如胡仔《苕溪漁隱叢話》前集卷六所載：「荊公編集四家詩，其先後之序，或以爲存深意，或以爲初無意。蓋以子美爲第一，此無可議者。」〔註7〕

黃庭堅作《次韻伯氏寄贈蓋郎中喜學老杜之詩》詩云：「老杜文章擅一家，國風純正不欹斜。……千古是非存史筆，百年忠義寄江花」〔註8〕，潘淳《潘子眞詩話》「山谷論杜甫韓偓詩」條稱：「山谷嘗謂余言：『老杜雖在流落顛沛，未嘗一日不在本朝，故善陳時事，句律精深，超古作者。忠義之氣，感發而然。』」〔註9〕亦稱引黃庭堅之語，稱美杜甫超出古之詩人處，乃在其「忠義之氣」、聖賢之心。南宋陳俊卿則云：「杜子美詩人冠冕，後世莫及，以其句法森嚴，而流落困躓之中，未嘗一日忘朝廷也。」〔註10〕直承蘇軾「一飯未嘗忘君」說，讚賞杜甫困頓中忠君戀闕之倫理綱常，故推爲「詩人冠冕」。正如劉英奎、張小樂二先生《推陳出新的宋詩》一書中所云：「他們心目中的杜甫是一位人格高尚的偉大詩人，忠君意識當然是這種人格的組成部分，但更重要的則是以天下爲己任的胸懷和關心天下蒼生的赤子之心。」〔註11〕

同時，杜詩也被宋人視爲可體現儒家倫理道德之經典，加以尊奉，如北宋鄒浩《送裴仲孺赴官江西敘》云：「昔司馬子長、杜子美

〔註7〕 宋・胡仔：《苕溪漁隱叢話》前集，北京：人民文學出版社，1962 年版，第 37 頁。

〔註8〕 宋・黃庭堅：《山谷集・外集》，臺灣商務印書館影印文淵閣四庫全書本，1983 年版，卷十四。

〔註9〕 宋・潘淳：《潘子眞詩話》，《宋詩話輯佚》本，第 310 頁。

〔註10〕 宋・黃徹：《䂬溪詩話・序》，北京：人民文學出版社，1986 年版，第 1 頁。

〔註11〕 劉英奎、張小樂：《推陳出新的宋詩》，北京：大眾文藝出版社，2004 年版，第 168～169 頁。

皆放浪沅湘、窺九疑、登衡山，以搜抉天地之秘，然後發憤一鳴，聲
落萬古，儒家仰之，幾不減六經。」〔註12〕北宋李復《與侯謨秀才》
云：「蓋子美深於經術，其言多止於禮義。至於陶冶性靈，留連光景
之作，亦非若尋常之所謂詩人者。元微之作墓誌甚稱，尚竟不能發其
氣象意趣，蓋子美詩自魏、晉以來，一人而已。」〔註13〕南宋陳善《捫
蝨新話》亦云：「老杜詩當是詩中《六經》，他人詩乃諸子之流也。」
〔註14〕南宋張戒《歲寒堂詩話》卷上則云：

> 至於杜子美，則又不然，氣吞曹劉，固無與為敵，如放歸
> 鄜州，而云「維時遭艱虞，朝野少暇日。顧慚恩私被，詔
> 許歸蓬蓽。」新婚戍邊，而云：「勿為新婚念，努力事戎行。
> 羅襦不復施，對君洗紅妝。」《壯遊》云：「兩宮各警蹕，
> 萬里遙相望。」《洗兵馬》云：「鶴駕通宵鳳輦備，雞鳴問
> 寢龍樓曉。」凡此皆微而婉，正而有禮，孔子所謂「可以
> 興，可以觀，可以群，可以怨，邇之事父，遠之事君」者。
> 如「刺規多諫諍，端拱自光輝。儉約前王禮，風流後代希。」
> 「公若登臺輔，臨危莫愛身。」乃聖賢法言，非特詩人而
> 已。〔註15〕

列舉數首杜詩名篇，標舉其有規諫、諷諭之倫理教化意義，以「聖
賢法言」目之，則杜甫即非止為詩人，更堪為「聖人」矣。南宋趙
與時《賓退錄》卷二稱：「獨唐杜工部如周公製作，後世莫能擬議。」
〔註16〕將杜詩比作「周公製作」，而周公既為儒家先聖，則明確將杜
甫亦視作聖人。南宋曾噩《九家集注杜詩序》稱：「以詩名家，惟唐
為盛，著錄傳後，固非一種。獨少陵巨編，至今數百年，鄉校家塾，

〔註12〕宋·鄒浩：《道鄉集》，臺灣商務印書館影印文淵閣四庫全書本，1983
　　　　年版，卷二十七。
〔註13〕宋·李復：《潏水集》，臺灣商務印書館影印文淵閣四庫全書本，1983
　　　　年版，卷五。
〔註14〕宋·陳善：《捫蝨新話》下集，《儒學警悟》本，卷一。
〔註15〕宋·張戒：《歲寒堂詩話》，《歷代詩話續編》本，第453頁。
〔註16〕宋·趙與時：《賓退錄》，上海：上海古籍出版社，1983年版，第22
　　　　頁。

齠齔之童，琅琅成誦，殆與《孝經》、《論語》、《孟子》並行。」〔註17〕
可見，杜詩在有宋一代，被普遍當作聖賢之書加以尊奉和學習，則杜
甫爲「詩中聖人」，已不言自明。（宋人中與蘇軾、王安石、張戒等觀
點相類似，從倫理教化角度尊杜甫爲「詩聖」者，還有很多，因與本
文重點探討藝術批評稍有距離，茲不一一贅述）。

　　就後者而言，宋人從藝術表現層面尊杜甫爲詩中之「聖」，是與
有宋一代杜詩「集大成」說的產生（詳見本書第八章）相關聯的，特
別是北宋秦觀的《韓愈論》一文，使「集大成」說最終得以定型：

> 杜子美之於詩，實積眾流之長，適當其時而已。昔蘇武、李
> 陵之詩長於高妙；曹植、劉公於之詩長於豪逸；陶潛、阮籍
> 之詩長於藻麗；於是子美者，窮高妙之格，極豪逸之氣，包
> 沖澹之趣，兼峻潔之姿，備藻麗之態，而諸家之作所不及焉。
> 然不集諸家之長，子美亦不能獨至於斯也，豈非適當其時故
> 耶？《孟子》曰：「伯夷，聖之清者也。伊尹，聖之任者也。
> 柳下惠，聖之和者也。孔子，聖之時者也。孔子之所謂集大
> 成。」嗚呼！子美亦集詩之大成者歟？〔註18〕

由上可見，秦觀從詩歌藝術角度，論及杜詩能集前代諸家詩人藝術之
所長，並引述孟子之論，將杜甫與「集大成」之孔子相提並論——

> 《孟子·萬章下》云：「伯夷，聖之清者也；伊尹，聖之任
> 者也；柳下惠，聖之和者也；孔子，聖之時者也。孔子之
> 謂集大成。集大成也者，金聲而玉振之也。」〔註19〕

孟子在這段話裏歷數上古代之聖人：商末孤竹君之長子伯夷，「非其
君不事，非其友不友。不立於惡人之朝，不與惡人言。立於惡人之朝，
與惡人言」（《孟子·公孫丑上》），有讓國之德，武王興兵滅紂後，與

〔註17〕宋·郭知達：《九家集注杜詩》（《杜詩引得》本），上海：上海古籍
　　　　出版社，1985 年版，第 1 頁。

〔註18〕宋·秦觀撰，徐培均箋注：《淮海集箋注》，上海：上海古籍出版社，
　　　　1994 年版，第 751～752 頁。

〔註19〕李學勤：《十三經註疏（標點本）·孟子註疏》，北京：北京大學出版
　　　　社，1999 年版，第 269 頁。

其弟叔齊，不食周粟，餓死於首陽山，品行清高，故以「清」稱之；
商湯之阿衡伊尹，將不遵湯規，橫行無道太甲放逐，三年後悔過，乃
復迎回，勇於擔當，以天下爲己任，故以「任」稱之；魯國大夫柳下
惠「不羞汙君，不卑小官；進不隱賢，必以其道；遺佚而不怨，厄窮
而不憫」（《孟子・公孫丑上》）〔註20〕，曾止齊攻魯，使兩國和好，
故以「和」稱之；而孔子則能集往古聖賢之所長，「時行則行，時止
則止」（《孟子・萬章下》）〔註21〕，有始有終，正所謂集大成，就像
奏樂時先以打擊鎛鍾開始，再以敲擊玉磬收尾一樣，井然有序，有始
有終。

　　孟子認爲，聖人是天底下最爲完美的人，「形、色，天性也；惟
聖人然後可以踐形」（《孟子・盡心上》），堪爲後世效法之楷模──「聖
人，百世之師也」（《孟子・盡心下》），「充實之謂美，充實而有光輝
之謂大，大而化之之謂聖」（《孟子・盡心下》），故惟有孔子可當之，
「聖人之於民，亦類也。出於其類，拔乎其萃，自生民以來，未有盛
於孔子也。」（《孟子・公孫丑上》）〔註22〕秦觀既引孟子之語，把杜
甫與「聖之時」的孔子並提，指出二人均有「集大成」的地位，雖未
明言，但將杜甫視爲「詩中之聖」之意，已然自不待言、呼之欲出了。

　　與秦觀《韓愈論》觀點相類似，從詩歌藝術水平角度，視杜甫爲
「詩家聖手」之論，在有宋一代比比皆是，如蘇軾《記杜子美陋句》
云：「杜甫詩固無敵，」《書吳道子畫後》云：「詩至於杜子美、文至
於韓退之、書至於顏魯公、畫至於吳道子，而古今之變，天下之能事
畢矣。」〔註23〕將杜甫與文壇之韓愈、書法界之顏眞卿、「畫聖」吳

〔註20〕李學勤：《十三經註疏（標點本）・孟子註疏》，北京：北京大學出版
　　　　社，1999 年版，第 98 頁。
〔註21〕李學勤：《十三經註疏（標點本）・孟子註疏》，第 269 頁。
〔註22〕李學勤：《十三經註疏（標點本）・孟子註疏》，第 373 頁、第 394 頁、
　　　　第 388 頁、第 79 頁。
〔註23〕宋・蘇軾著，孔凡禮點校：《蘇軾文集》，北京：中華書局，1986 年
　　　　版，第 2104 頁、第 2210 頁。

道子等相提並論，稱讚其詩歌藝術之登峰造極、超凡入聖。

南宋王邁《讀誠齋新酒歌仍效其體》詩云：「古來作酒稱杜康，作詩只說杜草堂。」〔註24〕亦將杜甫與「酒聖」杜康並提，足見亦目之爲「詩中之聖」。在我國民間，至今尚流傳著所謂「十聖」之說（即「文聖」孔丘、「武聖」關羽、「詩聖」杜甫、「史聖」司馬遷、「書聖」王羲之、「草聖」張旭、「畫聖」吳道子、「醫聖」張仲景、「茶聖」陸羽、「酒聖」杜康），將古代十位分別在不同領域被奉爲「聖人」者加以並稱，可見宋人早已開此說之先河。

除此之外，宋人中稱讚杜詩達到詩歌藝術巔峰、獨步詩壇、冠絕古今者，還有如

　　張伯玉《讀杜子美集》：「寂寞風騷主，先生第一才」！
〔註25〕

　　孫覿《浮溪集序》稱：「杜子美詩格力自大，雄跨百代，爲古今詩人之冠。」〔註26〕

　　歐陽修《堂中畫像探題得杜子美》：「風雅寂寞久，吾思見其人。杜君詩之豪，來者孰比倫？」〔註27〕

　　黃庭堅《題韓忠獻詩杜正獻草書》：「杜子美一生窮餓，作詩數千篇，與日月爭光。」〔註28〕

　　方深道《諸家老杜詩評》：「老杜詩，蓋備有眾體，爲詩之豪。」〔註29〕

〔註24〕宋・王邁：《臞軒集》，臺灣商務印書館影印文淵閣四庫全書本，1983年版，卷十三。

〔註25〕宋・佚名：《分門集注杜工部詩》，四部叢刊本，序。

〔註26〕宋・孫覿：《浮溪集》，臺灣商務印書館影印文淵閣四庫全書本，1983年版，原序。

〔註27〕宋・歐陽修：《歐陽修全集》，北京：北京市中國書店，1986年版，第369頁。

〔註28〕宋・黃庭堅：《山谷集》，臺灣商務印書館影印文淵閣四庫全書本，1983年版，卷二十六。

〔註29〕張忠綱：《杜甫詩話六種校注・諸家老杜詩評》，濟南：齊魯書社，第47頁。

郭思《瑤溪集》云：「至老杜體格無所不備，斯周詩以來老杜所以爲獨步也。」〔註30〕

張戒《歲寒堂詩話》卷下：「子美詩超今冠古，一人而已。」〔註31〕……

「第一才」、「詩人之冠」、「詩之豪」、「獨步」、「超今冠古」等讚語，均繫從杜甫詩才、詩藝之高度作論，足以顯示其在古今詩壇地位之無與倫比。

並且，在一些宋人眼中，杜詩藝術超凡入聖，甚至達到造化之境，直以天人視之，如南宋郭印《草堂》詩云：「我公本天人，造化生肝脾。」〔註32〕南宋樓鑰《答杜仲高旃書》則稱：「杜之詩，韓之文，如王右軍之書，皆古今一人而已。……唐史贊之：『詩人以來，未有如杜子美者』，皆極口稱讚其詩。工部之詩，眞有參造化之妙，別是一種肺肝，兼備眾體，間見層出，不可端倪！」〔註33〕更將杜甫視爲中國古代詩歌發展史上的「古今一人」，而無人可及，亦即「前無古人，後無來者」之謂也。

以上這些推崇杜甫或杜詩的話著眼點並不相同，但都含有視杜甫爲「詩國聖人」之意。南宋「中興四大詩人」之一的楊萬里，則明確在其《江西宗派詩序》中，逕稱杜甫爲「聖於詩者」〔註34〕，杜甫「詩聖」尊號之定名，至此即水到渠成，這是與宋人普遍推崇杜詩藝術，且奉之爲詩學楷模分不開的。正如清人仇兆鼇在《杜詩詳注・杜詩凡例》中所云：「王介甫選四家詩，獨以杜居第一。秦少游則推爲孔子大成，……楊誠齋則推爲詩中之聖……諸家無不崇奉

〔註30〕　宋・郭思：《瑤溪集》，《宋詩話輯佚》本，第 532 頁。

〔註31〕　宋・張戒：《歲寒堂詩話》，《歷代詩話續編》本，第 466 頁。

〔註32〕　宋・郭印：《雲溪集》，臺灣商務印書館影印文淵閣四庫全書本，1983年版，卷三。

〔註33〕　宋・樓鑰：《攻媿集》，臺灣商務印書館影印文淵閣四庫全書本，1983年版，卷六十六。

〔註34〕　宋・楊萬里著，王琦珍整理：《楊萬里詩文集》，南昌：江西人民出版社，2006年版，第 1254 頁。

師法。」〔註35〕

第二節　杜詩藝術成就比較論

　　宋人還通過將杜甫、杜詩與古代詩歌史上歷代詩壇名家、名作藝術之比較，凸顯杜詩藝術的超凡入聖，如南宋程珌云：「詩難言也。自洙泗聖人既刪之後，惟唐杜工部實擅其全。」（《曹少監詩序》）〔註36〕南宋晁公遡《薛仲經詩集序》云：「子美之詩，掩魏晉以來，其殆庶幾乎三百五篇。」〔註37〕大詩人陸游亦有詩贊云：「千載《詩》亡不復刪，少陵談笑即追還！」（《讀杜詩》）〔註38〕均將杜詩與《詩經》並稱，認為其有詩界「擅全」之功，《詩經》三百篇既為儒家聖人孔子所刪訂，則喻杜甫為「詩聖」之意，不言自明。

　　張戒《歲寒堂詩話》卷上更云：「子美詩奄有古今，學者能識《國風》騷人之旨，然後知子美用意處，識漢魏詩，然後知子美遣詞處。至於掩顏謝之孤高，雜徐庾之流麗，在子美不足道耳」〔註39〕，從「集大成」之詩學視野出發，肯定杜詩堪比《詩》、《騷》與漢魏古詩，並對中唐元稹《唐故檢校工部員外郎杜君墓係銘并序》中所謂杜詩「掩顏謝之孤高，雜徐庾之流麗」之論頗不以為然，認為「《國風》、《離騷》固不論，自漢魏以來，詩妙於子建，成於李杜」〔註40〕，並將杜詩與建安詩人曹植、正始詩人阮籍、東晉詩人陶淵明等魏晉名家相比較：

　　　　阮嗣宗詩，專以意勝；陶淵明詩，專以味勝；曹子建詩，

〔註35〕清・仇兆鰲：《杜詩詳注》，北京：中華書局，1979年版，第23頁。
〔註36〕宋・程珌：《洺水集》，臺灣商務印書館影印文淵閣四庫全書本，1983年版，卷八。
〔註37〕宋・晁公遡：《嵩山集》，臺灣商務印書館影印文淵閣四庫全書本，1983年版，卷四十七。
〔註38〕宋・陸游：《劍南詩稿》，長沙：嶽麓書社，1998年版，第779頁。
〔註39〕宋・張戒：《歲寒堂詩話》，《歷代詩話續編》本，第451頁。
〔註40〕宋・張戒：《歲寒堂詩話》，第455頁。

專以韻勝：杜子美詩，專以氣勝。然意可學也，味亦可學
也，若夫韻有高下，氣有強弱，則不可強矣。此韓退之之
文，曹子建、杜子美之詩，後世所以莫能及也。……子美
之詩，顏魯公之書，雄姿傑出，千古獨步，可仰而不可及
耳。〔註41〕

張戒分別以「意」、「味」、「韻」、「氣」等範疇，匹配、稱道四家之
詩，認爲杜詩後世「莫能及也」，唯有建安詩壇代表詩人曹植之作可
相媲美，而勝過阮、陶二家，其於詩壇，有如書界之顏眞卿，「千古
獨步」。

北宋陳師道《後山詩話》稱：「余登多景樓，南望丹徒，有大白
鳥飛近青林，而得句云：『白鳥過林分外明。』謝朓亦云：『黃鳥度青
枝。』語巧而弱。老杜云：『白鳥去邊明。』語少而意廣。」〔註42〕
將南齊「永明體」代表詩人謝朓與杜甫詠鳥名句相對比，指出謝詩之
纖巧柔弱，杜詩語淺意廣，從詩作鑒賞之細微處出發，肯定杜詩超越
前人。正如南宋李昴英《吳輦門杜詩九發序》所云：「工部胸襟氣象
摹寫曲盡，皆前人所未到。」〔註43〕

宋人詩論中將杜甫與唐詩名家相比較者非常多，特別是與杜甫同
代的盛唐詩人中，尤以和李白比較爲多，如蘇軾《書黃子思詩集後》
云：「李太白、杜子美以英偉絕世之姿，凌跨百代，古今詩人盡廢。」
〔註44〕並在詩中稱：「誰知杜陵傑，名與謫仙高。……巨筆屠龍手」
（《次韻張安道讀杜詩》）〔註45〕，將李、杜並尊爲詩壇巨擘。其《書
李白集》云：「良由太白豪俊，語不甚擇，集中也往往有臨時率然之

〔註41〕宋・張戒：《歲寒堂詩話》，《歷代詩話續編》本，第450～451頁。
〔註42〕宋・陳師道：《後山詩話》，《歷代詩話》本，第315頁。
〔註43〕宋・李昴英：《文溪集》，臺灣商務印書館影印文淵閣四庫全書本，
　　　　1983年版，卷三。
〔註44〕宋・蘇軾著，孔凡禮點校：《蘇軾文集》，北京：中華書局，1986年
　　　　版，第2124頁。
〔註45〕宋・蘇軾撰，清・王文誥輯注：《蘇軾詩集》，北京：中華書局，1982
　　　　年版，第266～267頁。

句,故使妄庸輩敢耳。若杜子美,世豈復有僞撰者耶?」〔註46〕如此
解讀李白集中竄入僞作之現象,足見在蘇軾心目中,雖李、杜並雄,
然杜詩藝術造詣更勝李詩一籌。南宋戴復古作論詩詩亦云:「舉世吟
哦推李杜,」(《昭武太守王子文日舉李賈嚴羽共觀前輩一兩家詩及晚
唐詩,因有論詩十絕,子文見之謂無甚高論,亦可作詩家小學須知》
其一),「嗚呼杜少陵」,「文章萬丈光」(《杜甫祠》)〔註47〕……宋祁
《新唐書·杜甫傳贊》稱:「昌黎韓愈於文章慎許可,至歌詩,獨推
曰:『李、杜文章在,光焰萬丈長。』誠可信云。」〔註48〕羅大經《鶴
林玉露》丙編卷六「李杜」條云:「唐人每以李杜並稱;韓退之識見
高邁,亦惟曰『李杜文章在,光焰萬丈長。』無所優劣也。至宋朝諸
公,始知推尊少陵。」〔註49〕均引述中唐詩人韓愈《調張籍》詩中「李
杜文章在,光焰萬丈長」〔註50〕之論,在李杜並稱之中,推尊杜甫。

　　嚴羽《滄浪詩話·詩辨》云:「以李杜二集枕藉觀之,如今人之
治經。……詩之極致有一:曰入神。詩而入神至矣!盡矣!蔑以加矣!
惟李杜得之,他人得之蓋寡也」〔註51〕,將李、杜詩皆以經書視之,
並加以「入神」之譽,《滄浪詩話·詩評》云:「論詩以李杜為準,挾
天子以令諸侯也。少陵詩法如孫吳,太白詩法如李廣。……李、杜數
公如金鵄擘海、香象渡河,下視郊島輩,直蟲吟草間耳。」〔註52〕更
通過李、杜不同詩風的比擬,且與中晚唐孟郊、賈島等輩對比,肯定
杜甫與李白比肩齊名的詩學地位。胡仔《苕溪漁隱叢話》後集卷八,

〔註46〕宋·蘇軾著,孔凡禮點校:《蘇軾文集》,第 2096 頁。
〔註47〕宋·戴復古著,金芝山校點:《戴復古詩集》,杭州:浙江古籍出版
　　　社,1992 年版,第 230 頁、第 14 頁。
〔註48〕宋·歐陽修,宋祁:《新唐書》,北京:中華書局,1975 年版,第 5738
　　　頁。
〔註49〕宋·羅大經:《鶴林玉露》,北京:中華書局,1983 年版,第 341 頁。
〔註50〕清·彭定求等:《全唐詩》,北京:中華書局,1960 年版,第 3814 頁。
〔註51〕宋·嚴羽著,郭紹虞校釋:《滄浪詩話校釋》,北京:人民文學出版
　　　社,1983 年版,第 1～8 頁。
〔註52〕宋·嚴羽著,郭紹虞校釋:《滄浪詩話校釋》,第 168～177 頁。

則稱：

> 元稹云：「余讀詩至杜子美，而知古人之才，有所總萃焉。……則詩人以來，未有如子美者。是時，山東人李白亦以奇文取稱，時人謂之李、杜。余觀其壯浪縱態，擺去拘束，模寫物象，及樂府歌詩，誠亦差肩於子美矣。至若鋪陳終始，排比聲韻，大或千言，次猶數百，詞氣豪邁，而風調清深，屬對律切，而脫棄凡近，則李尚不能歷其藩翰，況堂奧乎？」〔註53〕

引述中唐元稹《唐故檢校工部員外郎杜君墓係銘并序》原文，認同其所謂李白「差肩於子美」、「不能歷其藩翰」的揚杜抑李之論。

南宋王阮《次韻庸齋〈納涼〉一首》云：「所愧岑參聊爾耳，強將詩與少陵班。」〔註54〕明確指出，杜甫同時代的邊塞詩人岑參詩才不及杜甫。南宋祝穆《古今事文類聚》「詩用茱萸」條稱：「詩中用茱萸者凡三人，杜甫云『醉把茱萸仔細看』，王維云『遍插茱萸少一人』，朱放云『學得年少插茱萸』，三君所用杜爲優。」〔註55〕將杜甫《九日藍田崔氏莊》與同代的山水田園詩人王維《九月九日憶山東兄弟》、朱放《九日與楊凝、崔淑期登江上山，會有故不得往，因贈之》詠重陽的同類題材詩作相比較，稱美杜詩用語出類拔萃。

將杜甫與中唐詩人加以比較者，如南宋姚勉《秋崖毛應父詩序》云：「杜子美李太白白樂天，唐詩人之冠冕者，」〔註56〕認爲中唐詩人白居易與李、杜皆爲唐詩之冠，然《苕溪漁隱叢話》前集卷二十一載：「王直方《詩話》云：……老杜云：『眼前無俗物，多病也身

〔註53〕宋·胡仔：《苕溪漁隱叢話》後集，北京：人民文學出版社，1962年版，第56～57頁。

〔註54〕宋·王阮：《義豐集》，臺灣商務印書館影印文淵閣四庫全書本，1983年版，卷一。

〔註55〕宋·祝穆：《古今事文類聚》前集，臺灣商務印書館影印文淵閣四庫全書本，1983年版，卷十一。

〔註56〕宋·姚勉：《雪坡集》，臺灣商務印書館影印文淵閣四庫全書本，1983年版，卷三十七。

輕』，而樂天有『眼前無俗物，身外即僧居』之句，世亦獨稱老杜。」
〔註57〕則通過白詩化用杜詩名句之比較，肯定杜詩更勝一籌。蘇轍
《詩病五事》則云：

> 老杜陷賊時，有詩曰：「少陵野老吞聲哭，春日潛行曲江曲。
> 江頭宮殿鎖千門，細柳新蒲為誰綠？憶昔霓旌下南苑，苑
> 中萬物生顏色。昭陽殿里第一人，同輦隨君侍君側。輦前
> 才人帶弓箭，白馬嚼齧黃金勒。翻身向天仰射雲，一箭正
> 墜雙飛翼。明眸皓齒今何在？血污遊魂歸不得。清渭東流
> 劍閣深，去住彼此無消息。人生有情淚沾臆，江水江花豈
> 終極。黃昏胡騎塵滿城，欲往城南忘南北。」予愛其詞氣
> 如百金戰馬，注坡驀澗，如履平地，得詩人之遺法。如白
> 樂天詩，詞甚工，然拙於紀事，寸步不遺，猶恐失之。此
> 其所以望老杜之藩垣而不及也。〔註58〕

引述杜甫《哀江頭》詩全文，讚賞其詞氣縱橫，敘事自然，批評白居
易詩「拙於紀事，寸步不遺」，遠不及杜詩。

陸游《老學庵筆記》卷七云：「蜀人石耆公言：蘇黃門嘗語其姪
孫在庭少卿曰：《哀江頭》即《長恨歌》也。《長恨》冗而凡，《哀江
頭》簡而高。」〔註59〕通過對杜甫《哀江頭》與白居易《長恨歌》兩
首歌行體名篇的品評，鮮明地指出白詩冗長，而杜詩高古，高下立見。
張戒《歲寒堂詩話》卷上云：

> 楊太眞事，唐人吟詠至多，然類皆無禮。太眞配至尊，豈
> 可以兒女語瀆之耶？惟杜子美則不然，《哀江頭》云：「昭
> 陽殿裏第一人，同輦隨君侍君側。」不待云「嬌侍夜」、「醉
> 和春」，而太眞之專寵可知，不待云「玉容」、「梨花」，而
> 太眞之絕色可想也。至於言一時行樂事，不斥言太眞，而
> 但言輦前才人，此意尤不可及。如云：「翻身向天仰射雲，

〔註57〕宋・胡仔：《苕溪漁隱叢話》前集，北京：人民文學出版社，1962 年
版，第 143 頁。

〔註58〕宋・蘇轍著，陳宏天等點校：《蘇轍集》，北京：中華書局，1990 年
版，第 1228 頁。

〔註59〕宋・陸游：《老學庵筆記》，北京：中華書局，1979 年版，第 95 頁。

一笑正墜雙飛翼。」不待云「緩歌慢舞凝絲竹，盡日君王
看不足」，而一時行樂可喜事，筆端畫出，宛在目前。「江
水江花豈終極」，不待云「比翼鳥」、「連理枝」，「此恨綿綿
無盡期」，而無窮之恨，「黍離」麥秀之悲，寄於言外。題
云《哀江頭》，乃子美在賊中時，潛行曲江，睹江水江花，
哀思而作。其詞婉而雅，其意微而有禮，真可謂得詩人之
旨者。《長恨歌》在樂天詩中為最下，《連昌宮詞》在元微
之詩中乃最得意者，二詩工拙雖殊，皆不若子美詩微而婉
也。元白數十百言，竭力摹寫，不若子美一句，人才高下
乃如此。〔註60〕

亦通過白居易、元稹歌行體名篇《長恨歌》、《連昌宮詞》與杜甫《哀
江頭》詩的詳細鑒賞比較，認為其「竭力摹寫，不若子美一句」，用
語雖有誇張之嫌，然亦符合三人的創作實際。其書卷下「劍門」條云：

子美詩設詞措意，與他人不可同年而語。如狀昭陵之威靈，
乃云「玉衣晨自舉，鐵馬汗常趨」；狀泥功山之險，乃云「朝
行青泥上，暮在青泥中。白馬為鐵驪，小兒成老翁」；狀岳
麓寺之佳，乃云「塔劫宮牆壯麗敵，香廚松道清涼俱」。此
其用意處，皆他人所不到也。《鹿頭山》云「遊子出京華，
劍門不可越」，《七歌》云「山中儒生舊相識，但話宿昔傷
懷抱」，《遭田父泥飲》云「久客惜人情，如何拒鄰叟」，《又
上後園山腳》云「到今事反覆，故老淚萬行。龜蒙不可見，
況乃懷故鄉」，皆人心中事而口不能言者，而子美能言之，
然詞高雅，不若元白之淺近也。〔註61〕

列舉多首杜詩名篇，以證其用詞精煉高雅，不似元白詩作之凡俗淺
近。葛立方《韻語陽秋》卷一稱：「杜子美《曹將軍丹青引》云：『將
軍魏武之子孫，於今為庶為清門。』元微之《去杭州》詩亦云：『房
杜王魏之子孫，雖及百代為清門。』則知子美於當時已為詩人所欽服
如此。殘膏餘馥，沾丐後人，宜哉！故微之云：『詩人已來，未有如

〔註60〕宋・張戒：《歲寒堂詩話》，《歷代詩話續編》本，第457頁。
〔註61〕宋・張戒：《歲寒堂詩話》，第470頁。

子美者也。』」〔註62〕引述元稹學杜之詩作及《唐故檢校工部員外郎杜君墓係銘并序》之讚語，以證其對杜詩欽服備至。

張戒《歲寒堂詩話》卷上云：「才力有不可及者，李太白韓退之是也。意氣有不可及者，杜子美是也。……杜子美、李太白、韓退之三人，才力俱不可及」，稱道中唐詩人韓愈與李、杜才力非凡，並稱：「蘇黃門子由有云：『唐人詩當推韓杜，韓詩豪，杜詩雄，然杜之雄亦可以兼韓之豪也。』」〔註63〕引述北宋蘇轍之語，指出韓愈雖以詩風著稱，但杜詩風格兼有雄、豪之氣，為韓詩所不及也。與劉克莊《後村詩話》新集卷五云：「韓詩沈著痛快，可以配杜，但以氣為之，直截者多，雋永者少。」〔註64〕從詩歌語言角度，批評韓愈詩太過直截，不及杜詩沈厚渾成。南宋吳沆《環溪詩話》稱：「若論詩之妙，則好者固多；若論詩之正，則古今惟有三人。所謂一祖、二宗，杜甫、李白、韓愈是也。」〔註65〕品第古今詩人，提出「一祖二宗」之說，而以杜為祖，李、韓為宗，更是明確尊杜為古今詩壇第一。

宋末范晞文《對牀夜語》卷三云：

子厚：「西岑極遠目，毫末皆可了。」老杜有「齊魯青未了」。劉禹錫「一方明月可中庭」，老杜有「清池可方舟」。退之「綠淨不可唾」，老杜「自為青城客，不唾青城地」，乃知老杜無所不有。〔註66〕

分別將中唐詩人柳宗元《與崔策登西山》、劉禹錫《金陵五題・生公講堂》、韓愈《合江亭》等詩中名句與杜甫《望嶽》、《發秦州》、《丈人山》諸篇相比較，從造語的角度，指出中唐諸家句中得意之語，杜

〔註62〕宋・葛立方：《韻語陽秋》，上海：上海古籍出版社，1984年版，第7頁。

〔註63〕宋・張戒：《歲寒堂詩話》，《歷代詩話續編》本，第452～453頁、第458頁。

〔註64〕宋・劉克莊：《後村詩話》，北京：中華書局，1983年版，第164頁。

〔註65〕宋・吳沆：《環溪詩話》，臺灣商務印書館影印文淵閣四庫全書本，1983年版，卷二。

〔註66〕宋・范晞文：《對牀夜語》，《歷代詩話續編》本，第425～426頁。

詩中已先道之，故稱賞其「無所不有」。

　　將杜甫與晚唐詩人加以比較者，如北宋陳師道《後山詩話》云：「杜牧云：『南山與秋色，氣勢兩相高。』最爲警絕。而子美才用一句，語益工，云：『千崖秋氣高。』」〔註67〕將杜牧《長安秋望》與杜甫《王良州筵奉酬十一舅惜別之作》詩中警句相比較，指出二詩同摹山崖秋色，「小杜」以二句概括之，「老杜」只用一句，且語言更加工巧凝煉，足見其詩才之高下。北宋吳开《優古堂詩話》「花應解笑人，無窮事有限身」條稱：

> 唐李敬方《歡醉》詩云：「不向花前醉，花應解笑人。只應連夜雨，又過一年春。日日無窮事，區區有限身。若非杯裏酒，何以寄天眞。」杜子美絕句云：「二月已破三月來，漸老逢春能幾回？莫悲身外無窮事，且進生前有限杯。」二詩雖相沿，而杜則尤工者也。〔註68〕

將晚唐詩人李敬方五律《歡醉》與杜甫七絕《絕句漫興九首》其四二首詩相比較，指出李詩雖沿襲杜詩之意，衍爲八句，然不及杜詩之精工自然。張戒《歲寒堂詩話》卷下「秦州雜詩」條云：「『長江風送客，孤館雨留人』，此晚唐佳句也。然子美『塞門風落木，客舍雨連山』，則留人送客不待言矣。第十八首『塞雲多斷續，邊日少光輝』，此兩句畫出邊塞風景也。『山雪河冰野蕭索，青是烽煙白人骨』，亦同。」〔註69〕將擅長「推敲」的苦吟詩人賈島的五言名聯，與杜甫五律《秦州雜詩二十首》其十五中同類詩聯相比較，指出賈詩借景抒情雖佳，然不及杜詩融情入景更爲精工，可謂情景交融、意在言外。並引《秦州雜詩二十首》其十八及《悲青阪》中同樣手法之詩聯爲例，足見杜詩此種手法運用之純熟。

　　北宋孫僅《讀杜工部詩集序》云：

> 公之詩支而爲六家，孟郊得其氣焰，張籍得其簡麗，姚合

〔註67〕宋・陳師道：《後山詩話》，《歷代詩話》本，第307頁。
〔註68〕宋・吳开：《優古堂詩話》，《歷代詩話續編》本，第247頁。
〔註69〕宋・張戒：《歲寒堂詩話》，《歷代詩話續編》本，第469頁。

> 得其清雅，賈島得其奇僻，杜牧、薛能得其豪健，陸龜蒙
> 得其贍博，皆出公之奇偏而，尚軒軒然自號一家，……風
> 騷而下，唐而上，一人而已。〔註70〕

更從風格角度，指出上述中晚唐六家詩人雖獨具特色、各擅勝場，然
僅得杜甫詩風之一體，則不及杜詩遠甚。

由上唐詩諸名家之比較可見，在宋人的詩學視野中，杜甫在唐代
詩人中，其詩才、藝術成就最為傑出，正如北宋畢仲游《陳子思傳》
所稱：「唐人以詩名家者甚眾，而皆在杜甫下。」〔註71〕

宋人也多將杜詩與當代詩人的作品相比較，品第高下，如陳師道
《後山詩話》稱：

> 余登多景樓，南望丹徒，有大白鳥飛近青林，而得句云：「白
> 鳥過林分外明。」……老杜云：「白鳥去邊明。」語少而意
> 廣。余每還里，而每覺老，復得句云「坐下漸人多」，而杜
> 云「坐深鄉里敬」，而語益工。乃知杜詩無不有也。〔註72〕

陳氏將己身即景詠懷所得詩句，分別與杜甫《雨四首》其一、《壯遊》
中同類詩句相比較，頓覺不及杜詩意廣、語工，可謂心悅誠服。

張戒《歲寒堂詩話》卷上更云：

> 人才各有分限，尺寸不可強。同一物也，而詠物之工有遠
> 近；皆此意也，而用意之工有淺深。……梅聖俞云：「復想
> 下時險，喘汗頭目旋。不知且安坐，休用窺雲煙。」何其
> 語之凡也。東坡《真興寺閣》云：「山林與城郭，漠漠同一
> 形。市人與鴉鵲，浩浩同一聲。側身送落日，引手攀飛星。
> 登者尚呀咻，作者何以勝。」《登靈隱寺塔》云：「足勠小
> 舉相，前路高且長。漸聞鐘磬音，飛鳥皆下翔。入門亦何
> 有，雲海浩茫茫。」意雖有佳處，而語不甚工，蓋失之易
> 也。劉長卿《登西靈寺塔》云：「化塔凌虛空，雄規壓川澤。

〔註70〕宋・黃希，黃鶴：《補注杜詩》，臺灣商務印書館影印文淵閣四庫全
書本，1983 年版，傅序碑銘。

〔註71〕宋・畢仲游：《西臺集》，臺灣商務印書館影印文淵閣四庫全書本，
1983 年版，卷六。

〔註72〕宋・陳師道：《後山詩話》，《歷代詩話》本，第 315 頁。

亭亭楚雲外，千里看不隔。盤梯接元氣，坐壁棲夜魄。」
王介甫《登景德寺塔》云：「放身千仞高，北望太行山。邑
屋如蟻冢，蔽虧塵霧間。」此二詩語雖稍工，而不爲難到。
杜子美則不然，《登慈恩寺塔》首云：「高標跨蒼天，列風
無時休。自非曠士懷，登茲翻百憂。」不待云「千里」、「千
仞」、「小舉足」、「頭目旋」而窮高極遠之狀，可喜可愕之
趣，超軼絕塵而不可及也。「七星在北戶，河漢聲西流。羲
和鞭白日，少昊行清秋。」視東坡「側身」、「引手」之句
陋矣。「秦山忽破碎，涇渭不可求。俯視但一氣，焉能辨皇
州？」豈特「邑屋如蟻冢，蔽虧塵霧間」，山林城郭，漠漠
一形，市人鴉鵲，浩浩一聲而已哉？人才有分限，不可強
乃如此。〔註73〕

分別將北宋著名詩人梅堯臣、蘇軾、王安石等之登臨詩作，與杜甫《同
諸公登慈恩寺塔》相對比，一一指出宋人之不足，若梅詩之「語凡」、
蘇詩之「句陋」、王詩之「不爲難到」，而杜詩不用誇張語，則臨眺高
遠之狀畢陳，才氣之高，力壓群賢。

另，范溫《潛溪詩眼》「杜詩高處」條稱：

或問余，「東坡有言：『詩至於杜子美，天下之能事畢矣』。
老杜之前，人固未有如老杜，後世安知無過老杜者？」余
曰：「如『一片花飛減卻春』，若詠落花，則語意皆盡，所
以古人既未到，決知後人更無好語。如《畫馬詩》云：『玉
花卻在御榻上，榻上庭前屹相向』。則曹將軍能事與造化之
功，皆不可以有加矣。至其他吟詠人情，模寫景物，皆如
是也。」〔註74〕

引蘇軾論杜之語及杜甫詠花、題畫名篇，力證杜詩之藝術成就非但古
人不及，且後世亦難於超越。許顗《彥周詩話》亦云：「畫山水詩，
少陵數首後，無人可繼者。」〔註75〕更直言稱許杜詩該題材後世詩人

〔註73〕宋・張戒：《歲寒堂詩話》，《歷代詩話續編》本，第454～455頁。
〔註74〕宋・范溫：《潛溪詩眼》，《宋詩話輯佚》本，第331頁。
〔註75〕宋・許顗：《彥周詩話》，臺灣商務印書館影印文淵閣四庫全書本，
　　　　1983年版，卷一。

難及。胡仔《苕溪漁隱叢話》前集卷六載：

> 《遯齋閒覽》云：「或問王荊公云：『編四家詩，以杜甫爲第一，李白爲第四，豈白之才格詞致不逮甫也？』公曰：『白之歌詩，豪放飄逸，人固莫及；然其格止於此而已，不知變也。至於甫，則悲歡窮泰，發斂抑揚，疾徐縱橫，無施不可，故其詩有平淡簡易者，有綺麗精確者，有嚴重威武若三軍之帥者，有奮迅馳驟若泛駕之馬者，有淡泊閒靜若山谷隱士者，有風流醞藉若貴介公子者。蓋其詩緒密而思深，觀者苟不能臻其閫奧，未易識其妙處，夫豈淺近者所能窺哉？此甫所以光掩前人，而後來無繼也。』」〔註76〕

引王安石之語，從杜詩兼備諸體詩風的角度，稱讚其前無古人，後無來者。此三家所謂「後人更無好語」、「無人可繼」、「後來無繼」之論，言外之意，相較杜詩，後世詩人包括宋代詩人在內，固難以企及。

王得臣《增注杜工部詩序》稱：

> 唐興，承陳隋之遺風，浮靡相矜，莫崇理致。開元之間，去雕篆，黜浮華，稍裁以雅正。雖締句繪章，人既一概，各爭所長。如大羹玄酒者，薄滋味；如孤峰絕岸者，駭郎廟；稼華可愛者，乏風骨；爛然可珍者，多玷缺。逮至子美之詩，周情孔思，千彙萬狀，茹古涵今，無有涯涘，森嚴昭煥，若在武庫，見戈戟布列，蕩人耳目，非特意語天出，尤工於用字，故卓然爲一代冠，而歷世千百，膾炙人口。〔註77〕

其從中國古代詩歌發展史的角度詳細作論，使用了極其華麗、鋪排的辭藻和形象化語言，對杜詩的藝術成就加以概括和褒揚。還有，南宋胡銓《僧祖詩信序》云：「少陵杜甫耽作詩，不事他業，……甫之詩，短章大篇，紆餘妍而卓犖傑，筆端若有鬼神，不可致詰。後之議者至

〔註76〕 宋・胡仔：《苕溪漁隱叢話》前集，北京：人民文學出版社，1962年版，第37頁。

〔註77〕 宋・黃希，黃鶴：《補注杜詩》，臺灣商務印書館影印文淵閣四庫全書本，1983年版，傳序碑銘。

謂：書至於顏、畫至於吳、詩至於甫極矣。」〔註78〕晦齋《簡齋詩集引》亦云：「詩至老杜，極矣！」〔註79〕……可見，在宋人詩學批評視野中，杜甫詩歌的藝術成就已然超凡入聖，登峰造極。

　　此外，北宋詩人劉敞《編杜子美外集》詩云：「少陵詩筆捷懸河」，「斯文未喪微而顯，」〔註80〕南宋詩人史彌寧《和黃雲夫武攸見寄韻》云：「詩名千古杜陵翁，」〔註81〕陸游《宋都曹屢寄詩且督和答作此示之》云：「天未喪斯文，杜老乃獨出！」〔註82〕……更紛紛以「未喪斯文」，慨歎杜甫於詩壇上藝術成就之超絕無倫，名揚千古，則其「詩聖」之尊位，在宋代已幾成定論，正如廖仲安先生《杜詩學》一文所說：「雖『詩聖』之名號宋末尚未普遍公認，但我們已經可以說他是唯一的『詩聖』候選人了。」〔註83〕

　　綜上所述，宋人不但從倫理道德層面之「聖賢」層面，將杜甫作為理想人格的化身加以推崇，並將杜詩視為經典全社會加以宗奉，與《孝經》、《論語》、《孟子》等儒家經書並行；而且，也從藝術表現層面，對杜詩的藝術高度與成就倍加讚賞，諸如「詩人之冠」、「第一才」、「光掩前人，而後來無繼」、「超今冠古」之贊評層出不窮，且係將其與古今歷代詩壇名家之詩歌藝術相比較而得出結論。這兩方面的批評、論述，構成了「詩聖」說的理論基礎與內涵。

　　杜甫堪為「詩中之聖」之論，在兩宋時期，亦可謂深入人心，至

〔註78〕宋・胡銓：《胡澹庵先生文集》，乾隆二十二年刊本，卷十三。
〔註79〕宋・陳與義撰，白敦仁校箋：《陳與義集校箋》，上海：上海古籍出版社，1990年版，第1017頁。
〔註80〕傅璇琮等：《全宋詩》第九冊，北京：北京大學出版社，1992年版，第5867頁。
〔註81〕宋・史彌寧：《友林乙稿》，臺灣商務印書館影印文淵閣四庫全書本，1983年版，卷一。
〔註82〕宋・陸游：《劍南詩稿》，長沙：嶽麓書社，1998年版，第606頁。
〔註83〕廖仲安：《杜詩學》，載《國學通覽》，北京：群眾出版社，1996年版，第648頁。

南宋楊萬里，則明確尊杜甫爲「聖於詩者」(《江西宗派詩序》)〔註84〕，代表了宋人對於杜詩藝術成就的定評，「(杜甫)成爲宋人效法的最高典範——『詩聖』⋯⋯自此之後，杜詩就奠定了在中國詩史上的崇高地位」〔註85〕，在杜詩學史乃至於中國古代文學史、批評史上，都具有著重要的意義和深遠的影響。

〔註84〕宋・楊萬里著，王琦珍整理：《楊萬里詩文集》，南昌：江西人民出版社，2006年版，第1254頁。
〔註85〕羅宗強、陳洪：《中國古代文學史》，上海：華東師範大學出版社，2000年版，第360頁。

結　語

　　「中國歷史進入宋代，宛如人到中年，變得成熟起來。它寧靜、深沈，用一副飽含理性的眼光打量這個紛紛擾擾的世界，……毫無疑問，宋代是中國封建文化最為發達的一個時代。」〔註1〕關於宋代的學術成就與影響，國學大師陳寅恪先生，曾在《鄧廣銘宋史職官志考證序》一文中談到：「吾國近年之學術，如考古、歷史、文藝及思想史等，以世局激蕩及外緣熏習之故，咸有顯著之變遷。將來所止之境，今固未敢斷論。惟可一言蔽之曰，宋代學術之復興，或新宋學之建立是已。華夏民族之文化，歷數千年之演進，造極於趙宋之世。」〔註2〕由此可見，宋代學術、文化對於中華民族傳統文化的重要價值和意義。

　　在兩宋時期，「崇文抑武」基本國策，「萬般皆下品，惟有讀書高」（《神童詩・勸學》）的社會心理趨向，都促進了這個時代的文化、學術的蓬勃發展和高度繁榮。並且，有宋一代，也是中國古代詩歌發展史和批評史上高度自覺的時期，詩人們在對以唐詩為代表的前代詩歌遺產的繼承與創新、學習與揚棄過程中，形成自身的時代文化特色，促進了詩歌創作與詩學理論的共同繁榮。在杜詩學史上，兩宋時期也

〔註1〕劉英奎、張小樂：《中國文學批評指要》，北京：大眾文藝出版社，2004 年版，第 147 頁。
〔註2〕陳寅恪：《金明館叢稿二編》，北京：生活・讀書・新知三聯書店，2001 年版，第 277 頁。

是第一個研杜的高潮期，如「學詩者莫不以杜師」（趙蕃《石屏詩集序》）〔註3〕、「天下以杜甫爲師」（葉適《徐斯遠文集序》）〔註4〕、「千家注杜」等評述，即足以爲證。杜詩學中一些最重要的理論建樹，如關於杜甫的「詩聖」說、關於杜詩的「詩史」說以及「集大成」說，都是在兩宋時期逐步確立並得以推廣普及的，這些都爲清代杜詩研究第二次高潮期的到來，奠定了堅實的基礎，甚至，也對於「改革開放」新時期以來的杜詩研究第三次高潮期的研究內容和研究方法，富有著研究史的參考價值。

包括詩歌在內的文學，從本質上來說，都屬於語言藝術，因此，體認、揭示詩歌的特徵與魅力，藝術層面的分析是必不可少的。中國是詩歌的國度，在中國古代詩壇燦若繁星的名家中，承前啓後的「詩聖」杜甫，無疑是其中最偉大的詩人之一，杜詩既集前輩詩人名家之大成，又開啓後世詩歌創作的眾多法門，已成爲中國古代文學與中華傳統文化中的不朽經典。杜詩之所以在詩學領域能夠達到這樣的高度，與宋人對它的藝術批評是分不開的，特別是杜詩學中的三大理論建樹（「詩聖」說、「集大成」說、「詩史」說），前二者即直接源出自宋人的藝術批評。

宋人從創作實際出發，對於杜詩的體裁、章法、句法、煉字、對仗、用典、風格等等諸多具體的藝術表現，乃至於藝術源流與成就，都進行了既廣博、宏觀，又細緻入微的批評和研究，總結出許多了可資後世詩壇創作借鑒的藝術表現模式，如對於杜詩的體裁運用，總結出其古、近體各類詩作之所長，充分肯定了其「體格無所不備」的詩體運用才能；對於杜詩章句藝術，援引大量詩例，將其「毫髮無遺憾，波瀾獨老成」（《敬贈鄭諫議十韻》）、「爲人性癖耽佳

〔註3〕 宋·戴復古著，金芝山校點：《戴復古詩集》，杭州：浙江古籍出版社，1992年版，第326頁。

〔註4〕 宋·葉適：《水心集》，臺灣商務印書館影印文淵閣四庫全書本，1983年版，卷十二。

句，語不驚人死不休」(《江上值水如海勢聊短述》)的富於開拓創新
精神的章句法度，上升到詩學理論高度；對於杜詩的煉字藝術，分
別就其煉實字、虛字、疊字、俗字詳加推敲，甚至通過仿竊杜詩用
字、補杜詩之缺字等文字遊戲的方式，親身感受和學習其煉字之功；
對於杜詩對仗藝術，總結其多種特殊對仗形式如「借對」、「流水對」、
「當句對」、「扇對」等，作爲後世詩人學習借鑒的模式；對於杜詩
用典藝術，遍查經史子集注釋其詩中事典、語典，總結其正用、反
用、明用、暗用多種用典手法，形成了以「無一字無來處」論，對
後世影響深遠；對於杜詩藝術風格，既對其「沈鬱頓挫」的主體風
格深切體認，也關注到其「備極全美」的多樣化風格呈現；對於杜
詩藝術淵源，從詩歌發展史角度探尋其具體藝術宗尙和詩法家數，
形成了「集大成」說；對於宋代詩人化用語典、模學句法、對仗法、
效法詩風、集句及隱括杜詩等學杜方式，從創作實際出發，詳加辨
析，富於創作指導意義；對杜詩藝術成就以「詩人之冠」、「第一才」、
「超今冠古」等普遍贊評加以論定，使「詩聖」說最終得以定型，
成爲詩壇共識。以上這些都深刻影響了後世杜詩學的研究內容和發
展趨向，富於學術史的指導意義，在杜詩學史和中國古代文學批評
史，乃至於中國古代文學發展史上，都具有著不朽的價值。

　　此外，在兩宋時期的詩話、筆記、選集、論詩詩文、箚記、杜詩
注本等文獻中，還存在著大量的宋人對於杜詩單篇作品集中進行藝術
鑒賞和評論的材料，以及宋人以類比杜詩、集杜詩、改杜詩等方式爲
題目結詩社的內容（這也是杜詩在兩宋時期廣泛存在、並且十分獨特
的傳播方式），當作爲在本學位論文基礎上，今後研杜工作中的重點
研究方向，進一步加以深入探索。

參考文獻

一、著作類

1. 漢‧司馬遷:《史記》,北京:中華書局,1959 年版。

2. 晉‧陸機撰,張少康集釋:《文賦集釋》,上海:上海古籍出版社,1984 年版。

3. 梁‧劉勰著,詹鍈義證:《文心雕龍義證》,上海:上海古籍出版社,1989 年版。

4. 梁‧蕭統:《文選》,北京:中華書局,1977 年版。

5. 唐‧李善等:《六臣注文選》,北京:中華書局,1987 年版。

6. 唐‧房玄齡:《晉書》,北京:中華書局,1974 年版。

7. 唐‧元稹:《元稹集》,北京:中華書局,1982 年版。

8. 唐‧杜牧:《樊川文集》,上海:上海古籍出版社,1978 年版。

9. 五代‧劉昫等:《舊唐書》,北京:中華書局,1975 年版。

10. 宋‧歐陽修,宋祁:《新唐書》,北京:中華書局,1975 年版。

11. 宋‧郭知達:《九家集注杜詩》(《杜詩引得》本),上海:上海古籍出版社,1985 年版。

12. 宋‧佚名:《集千家注杜工部詩集》,臺灣商務印書館影印文淵閣四庫全書本,1983 年版。

13. 宋‧佚名:《分門集注杜工部詩》,四部叢刊本。

14. 宋‧黃希,黃鶴:《補注杜詩》,臺灣商務印書館影印文淵閣四庫全書本,1983 年版。

15. 宋‧黃鶴:《黃氏集千家注杜工部詩史補遺》,《古逸叢書》本。

16. 宋・趙次公注，林繼中輯校：《杜詩趙次公先後解輯校》，上海：上海古籍出版社，1994 年版。

17. 宋・歐陽修：《六一詩話》，北京：人民文學出版社，1962 年版。

18. 宋・歐陽修：《歐陽修全集》，北京：北京市中國書店，1986 年版。

19. 宋・王安石：《王安石全集》，上海：上海古籍出版社，1999 年版。

20. 宋・蘇軾撰，清・王文誥輯注：《蘇軾詩集》，北京：中華書局，1982 年版。

21. 宋・蘇軾著，孔凡禮點校：《蘇軾文集》，北京：中華書局，1986 年版。

22. 宋・蘇轍著，陳宏天等點校：《蘇轍集》，北京：中華書局，1990 年版。

23. 宋・黃庭堅：《山谷集》，臺灣商務印書館影印文淵閣四庫全書本，1983 年版。

24. 宋・秦觀撰，徐培均箋注：《淮海集箋注》，上海：上海古籍出版社，1994 年版。

25. 宋・鄒浩：《道鄉集》，臺灣商務印書館影印文淵閣四庫全書本，1983 年版。

26. 宋・陳振孫：《直齋書錄解題》，臺灣商務印書館影印文淵閣四庫全書本，1983 年版。

27. 宋・司馬光：《資治通鑒》，北京：中華書局，1956 年版。

28. 宋・李燾：《續資治通鑒長編》，北京：中華書局，1986 年版。

29. 宋・阮閱：《詩話總龜》前、後集，北京：人民文學出版社，1987 年版。

30. 宋・胡仔：《苕溪漁隱叢話》前、後集，北京：人民文學出版社，1962 年版。

31. 宋・沈括：《夢溪筆談》，臺灣商務印書館影印文淵閣四庫全書本，1983 年版。

32. 宋・王觀國：《學林》，臺灣商務印書館影印文淵閣四庫全書本，1983 年版。

33. 宋・釋惠洪：《冷齋夜話》，臺灣商務印書館影印文淵閣四庫全書本，1983 年版。

34. 宋・釋惠洪：《石門洪覺範天廚禁臠》，上海：古典文學出版社，1958 年版。

35. 宋・馬永卿：《嬾真子》，臺灣商務印書館影印文淵閣四庫全書本，

1983 年版。

36. 宋・黃伯思：《東觀餘論》，臺灣商務印書館影印文淵閣四庫全書本，
1983 年版。

37. 宋・王應麟：《困學紀聞》，臺灣商務印書館影印文淵閣四庫全書本，
1983 年版。

38. 宋・蔡縧：《西清詩話》，臺灣廣文書局影印《古今詩話續編》本，
1973 年版。

39. 宋・方勺：《泊宅編》，北京：中華書局，1983 年版。

40. 宋・邵博：《邵氏聞見後錄》，北京：中華書局，1983 年版。

41. 宋・張邦基：《墨莊漫錄》，北京：中華書局，2002 年版。

42. 宋・陳應行：《吟窗雜錄》，北京：中華書局，1997 年版。

43. 宋・袁文：《甕牖閒評》，上海：上海古籍出版社，1985 年版。

44. 宋・陳與義撰，白敦仁校箋：《陳與義集校箋》，上海：上海古籍出
版社，1990 年版。

45. 宋・李綱著，王瑞明點校：《李綱全集》，長沙：嶽麓書社，2004
年版。

46. 宋・嚴羽著，郭紹虞校釋：《滄浪詩話校釋》，北京：人民文學出版
社，1983 年版。

47. 宋・姜夔：《白石詩說》，北京：人民文學出版社，1962 年版。

48. 宋・陸游：《陸游集》，北京：中華書局，1976 年版。

49. 宋・陸游：《劍南詩稿》，長沙：嶽麓書社，1998 年版。

50. 宋・陸游：《老學庵筆記》，北京：中華書局，1979 年版。

51. 宋・陸游：《家世舊聞》，北京：中華書局，1993 年版。

52. 宋・楊萬里著，王琦珍整理：《楊萬里詩文集》，南昌：江西人民出
版社，2006 年版。

53. 宋・蔡正孫：《詩林廣記》，北京：中華書局，1982 年版。

54. 宋・莊綽：《雞肋編》，北京：中華書局，1983 年版。

55. 宋・葛立方：《韻語陽秋》，上海：上海古籍出版社，1984 年版。

56. 宋・何汶：《竹莊詩話》，北京：中華書局，1984 年版。

57. 宋・洪邁：《容齋隨筆》，上海：上海古籍出版社，1996 年版。

58. 宋・陳模：《懷古錄》，明抄《說集》本。

59. 宋・許顗：《彥周詩話》，臺灣商務印書館影印文淵閣四庫全書本，
1983 年版。

60. 宋・龔頤正：《芥隱筆記》，臺灣商務印書館影印文淵閣四庫全書本，1983 年版。

61. 宋・魏慶之：《詩人玉屑》，臺灣商務印書館影印文淵閣四庫全書本，1983 年版。

62. 宋・吳子良：《荊溪林下偶談》，臺灣商務印書館影印文淵閣四庫全書本，1983 年版。

63. 宋・王楙：《野客叢書》，臺灣商務印書館影印文淵閣四庫全書本，1983 年版。

64. 宋・曹彥約：《昌谷集》，臺灣商務印書館影印文淵閣四庫全書本，1983 年版。

65. 宋・舒岳祥：《閬風集》，臺灣商務印書館影印文淵閣四庫全書本，1983 年版。

66. 宋・袁燮：《絜齋集》，臺灣商務印書館影印文淵閣四庫全書本，1983 年版。

67. 宋・晁公遡：《嵩山集》，臺灣商務印書館影印文淵閣四庫全書本，1983 年版。

68. 宋・程珌：《洺水集》，臺灣商務印書館影印文淵閣四庫全書本，1983 年版。

69. 宋・費袞：《梁溪漫志》，臺灣商務印書館影印文淵閣四庫全書本，1983 年版。

70. 宋・劉昌詩：《蘆浦筆記》，臺灣商務印書館影印文淵閣四庫全書本，1983 年版。

71. 宋・俞鼎孫等：《儒學警悟》，北京：中華書局，2001 年版。

72. 宋・俞文豹撰，張宗祥校訂：《吹劍錄全編》，上海：古典文學出版社，1958 年版。

73. 宋・林希逸：《竹溪鬳齋十一稿續集》，臺灣商務印書館影印文淵閣四庫全書本，1983 年版。

74. 宋・羅大經：《鶴林玉露》，北京：中華書局，1983 年版。

75. 宋・范晞文：《對牀夜語》，北京：中華書局，1985 年版。

76. 宋・黃徹：《𧮲溪詩話》，北京：人民文學出版社，1986 年版。

77. 宋・劉克莊：《後村詩話》，北京：中華書局，1983 年版。

78. 宋・劉克莊：《後村先生大全集》，四部叢刊本。

79. 宋・朱弁：《風月堂詩話》，臺灣商務印書館影印文淵閣四庫全書本，1983 年版。

80. 宋・吳沆:《環溪詩話》,臺灣商務印書館影印文淵閣四庫全書本,1983 年版。

81. 宋・張方平:《樂全集》,臺灣商務印書館影印文淵閣四庫全書本,1983 年版。

82. 宋・陳造:《江湖長翁集》,臺灣商務印書館影印文淵閣四庫全書本,1983 年版。

83. 宋・陳傅良:《止齋集》,臺灣商務印書館影印文淵閣四庫全書本,1983 年版。

84. 宋・姚勉:《雪坡集》,臺灣商務印書館影印文淵閣四庫全書本,1983 年版。

85. 宋・曾豐:《緣督集》,臺灣商務印書館影印文淵閣四庫全書本,1983 年版。

86. 宋・蔡戡:《定齋集》,臺灣商務印書館影印文淵閣四庫全書本,1983 年版。

87. 宋・郭印:《雲溪集》,臺灣商務印書館影印文淵閣四庫全書本,1983 年版。

88. 宋・王之道:《相山集》,臺灣商務印書館影印文淵閣四庫全書本,1983 年版。

89. 宋・黃裳:《演山集》,臺灣商務印書館影印文淵閣四庫全書本,1983 年版。

90. 宋・韓維:《南陽集》,臺灣商務印書館影印文淵閣四庫全書本,1983 年版。

91. 宋・畢仲游:《西臺集》,臺灣商務印書館影印文淵閣四庫全書本,1983 年版。

92. 宋・曾幾:《茶山集》,臺灣商務印書館影印文淵閣四庫全書本,1983 年版。

93. 宋・程大昌:《演繁露續集》,臺灣商務印書館影印文淵閣四庫全書本,1983 年版。

94. 宋・程公許:《滄洲塵缶編》,臺灣商務印書館影印文淵閣四庫全書本,1983 年版。

95. 宋・陳鵠:《耆舊續聞》,臺灣商務印書館影印文淵閣四庫全書本,1983 年版。

96. 宋・胡仲弓:《葦航漫遊稿》,臺灣商務印書館影印文淵閣四庫全書本,1983 年版。

97. 宋・徐鹿卿:《清正存藁》,臺灣商務印書館影印文淵閣四庫全書本,

1983 年版。

98. 宋・項安世：《項氏家説》，臺灣商務印書館影印文淵閣四庫全書本，1983 年版。

99. 宋・王炎：《雙溪類藁》，臺灣商務印書館影印文淵閣四庫全書本，1983 年版。

100. 宋・李洪：《芸菴類藁》，臺灣商務印書館影印文淵閣四庫全書本，1983 年版。

101. 宋・孫奕：《示兒編》，臺灣商務印書館影印文淵閣四庫全書本，1983 年版。

102. 宋・趙蕃：《淳熙稿》，臺灣商務印書館影印文淵閣四庫全書本，1983 年版。

103. 宋・趙蕃：《章泉稿》，臺灣商務印書館影印文淵閣四庫全書本，1983 年版。

104. 宋・葉適：《水心集》，臺灣商務印書館影印文淵閣四庫全書本，1983 年版。

105. 宋・葉適：《習學記言》，臺灣商務印書館影印文淵閣四庫全書本，1983 年版。

106. 宋・葉某：《愛日齋叢鈔》，臺灣商務印書館影印文淵閣四庫全書本，1983 年版。

107. 宋・王正德：《餘師錄》，臺灣商務印書館影印文淵閣四庫全書本，1983 年版。

108. 宋・李昴英：《文溪集》，臺灣商務印書館影印文淵閣四庫全書本，1983 年版。

109. 宋・張鎡：《南湖集》，臺灣商務印書館影印文淵閣四庫全書本，1983 年版。

110. 宋・樓鑰：《攻媿集》，臺灣商務印書館影印文淵閣四庫全書本，1983 年版。

111. 宋・李石：《方舟集》，臺灣商務印書館影印文淵閣四庫全書本，1983 年版。

112. 宋・員興宗：《九華集》，臺灣商務印書館影印文淵閣四庫全書本，1983 年版。

113. 宋・林之奇：《拙齋文集》，臺灣商務印書館影印文淵閣四庫全書本，1983 年版。

114. 宋・劉辰翁：《須溪集》，臺灣商務印書館影印文淵閣四庫全書本，1983 年版。

115. 宋・李復：《潏水集》，臺灣商務印書館影印文淵閣四庫全書本，1983年版。

116. 宋・王得臣：《麈史》，臺灣商務印書館影印文淵閣四庫全書本，1983年版。

117. 宋・周紫芝：《太倉稊米集》，臺灣商務印書館影印文淵閣四庫全書本，1983年版。

118. 宋・祝穆：《古今事文類聚》，臺灣商務印書館影印文淵閣四庫全書本，1983年版。

119. 宋・戴昺：《東農野歌集》，臺灣商務印書館影印文淵閣四庫全書本，1983年版。

120. 宋・孫覿：《浮溪集》，臺灣商務印書館影印文淵閣四庫全書本，1983年版。

121. 宋・陳起輯，清・顧修重輯：《南宋群賢小集》，清嘉慶石門顧氏讀畫齋刊本。

122. 宋・左圭：《百川學海》，北京：中華書局，2009年版。

123. 宋・孫覿：《鴻慶居士集》，臺灣商務印書館影印文淵閣四庫全書本，1983年版。

124. 宋・陳叔方：《潁川語小》，臺灣商務印書館影印文淵閣四庫全書本，1983年版。

125. 宋・謝采伯：《密齋筆記》，臺灣商務印書館影印文淵閣四庫全書本，1983年版。

126. 宋・俞琰：《書齋夜話》，臺灣商務印書館影印文淵閣四庫全書本，1983年版。

127. 宋・王構：《修辭鑒衡》，臺灣商務印書館影印文淵閣四庫全書本，1983年版。

128. 宋・釋居簡：《北磵集》，臺灣商務印書館影印文淵閣四庫全書本，1983年版。

129. 宋・呂午：《竹坡類藁》，《北京圖書館古籍珍本叢刊》本。

130. 宋・王阮：《義豐集》，臺灣商務印書館影印文淵閣四庫全書本，1983年版。

131. 宋・黃公度：《知稼翁集》，臺灣商務印書館影印文淵閣四庫全書本，1983年版。

132. 宋・王邁：《臞軒集》，臺灣商務印書館影印文淵閣四庫全書本，1983年版。

133. 宋・陳長房：《步里客談》，臺灣商務印書館影印文淵閣四庫全書本，
     1983 年版。

134. 宋・胡銓：《胡澹菴先生文集》，乾隆二十二年刊本。

135. 宋・朱熹：《晦菴先生朱文公文集》，四部叢刊本。

136. 宋・黎靖德：《朱子語類》，北京：中華書局，1994 年版。

137. 宋・趙與時：《賓退錄》，上海：上海古籍出版社，1983 年版。

138. 宋・史彌寧：《友林乙稿》，臺灣商務印書館影印文淵閣四庫全書本，
     1983 年版。

139. 宋・李季可：《松窗百説》，《知不足齋叢書》本。

140. 宋・陳仁子：《牧萊脞語》、《牧萊脞語二稿》，北京圖書館藏清初影
     元鈔本。

141. 宋・計有功撰，王仲鏞校箋：《唐詩紀事校箋》，北京：中華書局，
     2007 年版。

142. 宋・戴復古著，金芝山校點：《戴復古詩集》，杭州：浙江古籍出版
     社，1992 年版。

143. 宋・文天祥：《文天祥全集》，北京：北京市中國書店，1985 年版。

144. 宋・黃堅選編，熊禮彙點校：《詳説古文眞寶大全》，長沙：湖南人
     民出版社，2007 年版。

145. 元・方回選評，李慶甲集評校點：《瀛奎律髓彙評》，上海：上海古
     籍出版社，1986 年版。

146. 元・脱脱等：《宋史》，北京：中華書局，1977 年版。

147. 明・陶宗儀：《説郛》，上海：商務印書館，1927 年版。

148. 清・永瑢等：《四庫全書總目》，北京：中華書局，1965 年版。

149. 清・彭定求等：《全唐詩》，北京：中華書局，1960 年版。

150. 清・董誥：《全唐文》，上海古籍出版社，1983 年版。

151. 清・仇兆鰲：《杜詩詳注》，北京：中華書局，1979 年版。

152. 清・乾隆敕輯：《武英殿聚珍版叢書》，同治十三年江西書局刊本。

153. 清・胡鳳丹：《金華叢書》，南京：江蘇廣陵古籍刻印社，1983 年版。

154. 清・王夫之等：《清詩話》，上海：上海古籍出版社，1999 年版。

155. 清・何文煥：《歷代詩話》，北京：中華書局，1981 年版。

156. 丁福保：《歷代詩話續編》，北京：中華書局，1983 年版。

157. 華文軒：《古典文學研究資料彙編・杜甫卷》上編，北京：中華書
     局，1964 年版。

158. 張忠綱等:《杜集敍錄》,濟南:齊魯書社,2008 年版。

159. 張忠綱等:《杜甫大辭典》,濟南:山東教育出版社,2008 年版。

160. 張忠綱:《杜甫詩話六種校注》,濟南:齊魯書社,2002 年版。

161. 吳文治:《宋詩話全編》,南京:江蘇古籍出版社,1998 年版。

162. 郭紹虞:《宋詩話考》,北京:中華書局,1979 年版。

163. 郭紹虞:《宋詩話輯佚》,北京:中華書局,1980 年版。

164. 傅璇琮等:《全宋詩》(全 72 冊),北京:北京大學出版社,1991~1998 年版。

165. 唐圭璋:《全宋詞》,北京:中華書局,1965 年版。

166. 曾棗莊,劉琳:《全宋文》,上海:上海辭書出版社,2006 年版。

167. 朱易安等:《全宋筆記》(第二編),鄭州:大象出版社,2006 年版。

168. 李學勤:《十三經注疏(標點本)》,北京:北京大學出版社,1999 年版。

169. 毛水清,梁揚:《中國傳統蒙學大典》,南寧:廣西人民出版社,1993 年版。

170. 蕭滌非:《杜甫研究》,濟南:齊魯書社,1980 年版。

171. 莫礪鋒:《杜甫評傳》, 南京:南京大學出版社,1993 年版。

172. 胡可先:《杜甫詩學引論》,合肥:安徽大學出版社,2003 年版。

173. 韓成武:《杜詩藝譚》,石家莊:河北教育出版社,2002 年版。

174. 韓成武:《詩聖:憂患世界中的杜甫》,保定:河北大學出版社,2004 年版。

175. 韓成武:《少陵體詩選》,保定:河北大學出版社,2004 年版。

176. 韓成武:《杜甫新論》,保定:河北大學出版社,2007 年版。

177. 韓成武:《便引詩情到碧霄》,天津:天津教育出版社,2011 年版。

178. 蔡振念:《杜詩唐宋接受史》,臺北:五南圖書出版公司,2002 年版。

179. 許總:《杜詩學發微》,南京:南京出版社,1989 年版。

180. 鄔國平:《中國古代接受文學與理論》,哈爾濱:黑龍江人民出版社,2005 年版。

181. 葉嘉瑩:《迦陵論詩從稿》,北京:中華書局,1984 年版。

182. 劉明華:《杜詩修辭藝術》,鄭州:中州古籍出版社,1991 年版。

183. 葛景春:《李杜之變與唐代文化轉型》,鄭州:大象出版社,2009 年版。

184. 于年湖:《杜詩語言藝術研究》,濟南:齊魯書版,2007 年版。

185. 錢鍾書：《宋詩選注》，北京：人民文學出版社，1958 年版。

186. 錢鍾書：《談藝錄》，北京：生活・讀書・新知三聯書店，2001 年版。

187. 錢鍾書：《七綴集》，北京：生活・讀書・新知三聯書店，2001 年版。

188. 陳寅恪：《金明館叢稿二編》，北京：生活・讀書・新知三聯書店，2001 年版。

189. 柳詒徵：《中國文化史》，上海：東方出版中心，1988 年版。

190. 游國恩等：《中國文學史》（第二冊），北京：人民文學出版社，1983 年版。

191. 袁行霈：《中國文學史》，北京：高等教育出版社，2005 年第 2 版。

192. 羅宗強、陳洪：《中國古代文學史》，上海：華東師範大學出版社，2000 年版。

193. 郭紹虞：《中國文學批評史》，上海：上海古籍出版社，1979 年版。

194. 王運熙：《中國文學批評通史》，上海：上海古籍出版社，1996 年版。

195. 顧易生等：《宋金元文學批評史》，上海：上海古籍出版社，1996 年版。

196. 詹福瑞：《中古文學理論範疇》，保定：河北大學出版社，1997 年版。

197. 郭紹虞：《中國歷代文論選》，上海：上海古籍出版社，1979 年版。

198. 陶秋英：《宋金元文論選》，北京：人民文學出版社，1984 年版。

199. 陳伯海：《唐詩學引論》，上海：東方出版中心，1988 年版。

200. 陳伯海：《唐詩學史稿》，石家莊：河北人民出版社，2004 年版。

201. 王力：《漢語詩律學》，上海：上海世紀出版集團，2002 年版。

202. 王力：《古代漢語》，北京：中華書局，1978 年版。

203. 曹之：《中國古籍版本學》，武漢：武漢大學出版社，1992 年版。

204. 羅積勇：《用典研究》，武漢：武漢大學出版社，2005 年版。

205. 羅宗強：《隋唐五代文學思想史》，北京：中華書局，1999 年版。

206. 羅宗強：《唐詩小史》，天津：百花文藝出版社，2008 年版。

207. 陳尚君：《唐代文學叢考》，北京：中國社會科學出版社，1997 年版。

208. 周裕鍇：《宋代詩學通論》，上海：上海古籍出版社，2007 年版。

209. 劉英奎、張小樂：《推陳出新的宋詩》，北京：大眾文藝出版社，2004 年版。

210. 劉英奎、張小樂：《中國文學批評指要》，北京：大眾文藝出版社，2004 年版。

211. 李春青：《宋學與宋代文學觀念》，北京：北京師範大學出版社，2001 年版。

212. 姚瀛艇：《宋代文化史》，開封：河南大學出版社，1992 年版。

二、論文類

1. 裴斐：《略論兩宋杜詩學中存在的一種傾向》，中國文學研究，1995（03）。

2. 聶巧平：《宋代杜詩學論》，學術研究，2000（09）。

3. 張忠綱等：《20 世紀杜甫研究述評》，文史哲，2001（02）。

4. 林繼中：《杜詩與人詩歌價值觀》，文學遺產，1990（01）。

5. 莫礪鋒：《論宋代杜詩注釋的特點與成就》，中華文史論叢，2006（01）。

6. 楊勝寬：《唐宋人所體認的杜甫精神》，杜甫研究學刊，2000（03）。

7. 楊勝寬：《南宋杜學片論》，杜甫研究學刊，1995（03）。

8. 胡可先：《唐以後杜甫研究的熱點問題》，杜甫研究學刊，2005（03）。

9. 劉文剛：《杜甫在宋代的魅力》，文史雜誌，2003（01）。

10. 邱美瓊等：《宋代詩學對批評方法的運用》，廣西大學學報（哲學社會科學版），2008（01）。

11. 陳伶俐：《淺析〈歲寒堂詩話〉和〈滄浪詩話〉中的杜甫論》，綏化學院學報，2005（05）。

12. 黃鎮林：《語不驚人死不休——略論黃庭堅學杜》，杜甫研究學刊，2000（04）。

13. 杭勇：《論陳與義與江西詩派學杜之差異》，學術交流，2009（08）。

14. 蕭滌非：《杜甫研究論文集 3 輯》，北京：中華書局，1963 年版。

15. 劉崇德：《「詩史」與宋代詩風》，載《敝帚集》，保定：河北大學出版社，2001 年版。

16. 廖仲安：《杜詩學》，載《國學通覽》，北京：群眾出版社，1996 年版。

17. 黃桂鳳：《「詩史」精神重放光輝——論宋末詩人對杜詩的接受》，孝感學院學報，2005（05）。

18. 劉華民：《文天祥〈胡笳曲（十八拍）〉初探》，鐵道師院學報，1998（06）。

19. 韓成武：《新論「沈鬱頓挫」的內涵》，杜甫研究學刊，2009（02）。

20. 韓成武、李新：《宋詩話中的杜詩對仗藝術批評》，《河北大學學報》（哲學社科版），2010（03）。

21. 霍松林、鄧小軍：《論宋詩》，文史哲，1989（02）。

22. 胡建次：《20世紀以來宋代詩話研究述略》，南昌大學學報（人文社科版），2002（02）。

23. 白貴：《詩話勃興於宋代的條件與成因》，河北學刊，2003（03）。

24. 孫微：《宋人崇杜的經濟因素解析》，河北大學學報（哲學社會科學版），2007（02）。

25. 李新等：《「曲盡人情」贊杜詩》，長春師範學院學報（人文社會科學版），2004（02）。

26. 王紅麗：《宋人唐詩觀研究》，華南師範大學（博士學位論文），2007。

27. 傅明善：《宋代唐詩學》，浙江大學（博士學位論文），2001。

28. 梁桂芳：《杜甫與宋代文化》，山東大學（博士學位論文），2005。

29. 朋星：《杜甫與先秦文化》，山東大學（博士學位論文），2005。

30. 姜玉芳：《我詩故我在——杜甫與唐代文化》，山東大學（博士學位論文），2005。

31. 黃桂鳳：《唐代杜詩接受研究》，北京師範大學（博士學位論文），2006。

32. 余思亮：《宋代詩話中的杜甫批評》，暨南大學（碩士學位論文），2006。

33. 郭月蓮：《老成：杜詩風格與宋代詩學的「視界融合」》，暨南大學（碩士學位論文），2004。

34. 趙冰潔：《文天祥對杜甫詩歌的繼承》，陝西師範大學（碩士學位論文），2007。

讀博期間發表論文情況

1.《論〈紅樓夢〉對於杜詩的接受》,《山西師大學報》(社會科學版),
 2009 年第 1 期,獨立署名。

2.《同題共賦,文如其人》,《名作欣賞》,2011 年第 1 期 (中旬刊),
 獨立署名。

3.《宋詩話中的杜詩對仗藝術批評》,《河北大學學報》(哲學社科版),
 2010 年第 3 期,第二作者。

4.《論杜甫棄官之舉的先秦儒學精神》,《大家》,2010 年 12 月 (下),
 第一作者。(以上為中文核心期刊)

5.《正本清源求完璧,清初注杜集大成》,《光明日報》,2009 年 7 月
 15 日,獨立署名。

6.《李杜之變與唐代文化轉型》,載《唐代文學研究年鑒》,桂林:廣
 西師範大學出版社,2010 年版,獨立署名。(以上為國家級報紙、
 研究年鑒)

7.《論影視歌曲中的古典詩詞內蘊》,《電影評介》,2009 年第 13 期,
 第一作者。

8.《論杜甫思想對屈原精神的傳承》,《北華大學學報》(社科版),2010
 年第 4 期,第一作者。

9.《論杜甫的憫農詩》,《華北電力大學學報》(社科版),2009 年第 5
 期,獨立署名。

10.《論杜詩中的「春秋筆法」》,《殷都學刊》,2009 年第 1 期,獨立署
 名。

11.《論杜詩的充實美》,《湖南科技學院學報》,2009 年第 6 期,獨立署
 名。

12.《悲歌慷慨，地靈人傑》，《社科縱橫》，2009 年第 4 期，第一作者。

13.《論杜詩中的鳳凰意象》，《文學界‧人文》，2008 年第 12 期，獨立署名。(以上爲其他類核心期刊)

14.《「2010 中國‧黃岡東坡文化國際論壇」會議論文綜述》，《保定學院學報》，2011 年第 1 期，第一作者。

15.《藉古爲今用，打通文史哲》，《保定學院學報》，2010 年第 2 期，第一作者。

16.《杜甫研究辨誤三則》，《河北廣播電視大學學報》，2010 年第 1 期，第一作者。

17.《論孟子「知人論世」原則在古代文學教學中的運用》，《商丘職業技術學院學報》，2010 年第 6 期，第一作者。

18.《披文入情，品讀東坡》，《商丘職業技術學院學報》，2009 年第 3 期，獨立署名。

19.《論杜甫的「登樓」詩》，《石家莊鐵道學院學報》(社會科學版)，2009 年第 3 期，獨立署名。

20.《李杜多佳譽，雄筆映千古》，《保定學院學報》，2009 年第 5 期，獨立署名。

21.《禪機詩意，觀照人生》，《太原師範學院學報》，2009 年第 6 期，獨立署名。

22.《論「燕趙文化精神」的生成因素》，《石家莊學院學報》2010 年第 5 期，獨立署名。(以上爲省級期刊)

後　記

　　我的這篇博士學位論文書稿，是在導師韓成武先生的幫助和指導之下完成的。我是在 2002 年，從華北電力大學工商管理專業本科畢業的，由於本人對中國古典文學有著濃厚的興趣，經過刻苦地自學，十分榮幸地跨專業考取了河北大學古代文學專業碩士研究生，當時即拜在韓老師門下。經過三年的學習，我不僅在省級刊物上發表了 4 篇論文，還通過了英語六級，獲得了「河北大學優秀研究生獎學金」二等獎，並在 2005 年取得了碩士學位，之後因經濟原因，沒有能夠繼續讀博，而是到了保定師專（現保定學院）中文系任教，成為一名古代文學專任教師。在執教期間，我亦未敢一日忘懷專業學習和研究，我曾引用自己所熟知的杜詩明志——「此生那老蜀，不死會歸秦！」（《奉送嚴公入朝十韻》）。之後，又經過三年的積累和拼搏，終於在 2008 年，我又考取了河北大學古代文學專業的博士研究生，再入韓老師門下繼續研究杜詩。

　　讀博這三年來，我跟著韓老師紮紮實實地學做學問，學作詩，學做人，通過不懈地努力，我終於完成了這篇博士學位論文。並且，在讀博期間，我在各類核心及省級學術刊物上發表了二十餘篇論文，獲得了「河北大學優秀研究生獎學金」博士一等獎（2009 年）、二等獎（2010 年）、「河北大學研究生優秀科研作品獎」（2010 年），「保定市

第三屆高校青年教師說課比賽」三等獎（2009 年），以及「保定市民革優秀黨員」（2008 年、2010 年）榮譽稱號，並代表學校參加了在湖北省舉辦的「2010 中國・黃岡東坡文化國際論壇」。當然，我所取得的這些成績，是和導師爲我付出的心血分不開的，在此，特向我的導師韓成武先生致以崇高的敬意和深深的謝意！

同時，也向河北大學古代文學專業其他曾給予過我指導和幫助的詹福瑞先生、劉崇德先生、葛景春先生、李金善老師、楊寶忠老師、白貴老師、姜劍雲老師、時永樂老師、田玉琪老師、孫微老師、吳淑玲老師，表示感謝！

書成之時，亦十分感謝妻子韓松言與三歲的兒子李韓喆陪我度過這段難忘的歲月，感謝父親李根起，母親藺秀珍多年來對我的培養，更懷念我的外祖父藺廷海老先生，願他老人家在天之靈平安、喜樂！永遠……

畢業之際，回憶良多，感而有詩，增諸書末：

　　學問敢稱博？雜家空自多。昔年慚布縷，今日愧綾羅。
　　三謝嚴師誼，再爲名校歌。臨岐當感慨，別淚若洪波。

最後，向花木蘭文化出版社杜潔祥總編輯、高小娟社長、楊嘉樂編輯，及各位工作人員，致以誠摯的謝意！

作者
2012 年 6 月 8 日於古城保定